SHADOW OF NIGHT
by Deborah Harkness
translation by Kazumi Nakanishi

魔女の契《ちぎ》り 上

デボラ・ハークネス

中西和美［訳］

ヴィレッジブックス

小説を書くことを考えるきっかけをくれた
物語りの達人にして歴史学者、
レーシー・ボールドウィン・スミスへ。

過去を改めることはかなわない。

――イングランド女王 エリザベス一世

目次

魔女の契《ちぎ》り

上

おもな登場人物

ダイアナ・ビショップ	魔女の血を引く歴史学者
マシュー・クレアモント	オックスフォード大学の生化学教授
ウォルター・ローリー	〈夜の学派〉のメンバー。 エリザベス1世の寵臣
クリストファー・ マーロウ(キット)	〈夜の学派〉のメンバー。 劇作家
トーマス(トム)・ハリオット	〈夜の学派〉のメンバー。 数学者で天文学者
ヘンリー(ハル)・ パーシー	〈夜の学派〉のメンバー。 ノーサンバーランド伯爵
ジョージ・チャップマン	〈夜の学派〉のメンバー。詩人
ギャロウグラス	マシューの甥
ピエール フランソワーズ	マシューの召使い
メアリ・シドニー	ペンブルック伯爵夫人。マシューの友人
フィリップ	マシューの父親。フランスの セット・トゥールの領主
イザボー	マシューの母親
サラ	ダイアナの叔母
エミリー	サラのパートナー

第一部

ウッドストック
オールド・ロッジ

1

そのとき、わたしたちは魔女とヴァンパイアの無様《ぶざま》な塊になっていた。下にいるマシューの長い手足が、いつになく不恰好《ぶかっこう》に折れ曲がっていた。ふたりのあいだで本が押しつぶされ、着地の衝撃でわたしの手から飛びだした小さな銀製のチェスの駒が、部屋の向こうへ転がった。

「ちゃんと着いたの?」十六世紀のオックスフォードシャーではなく、まだ二十一世紀のニューヨーク州にあるサラのホップ納屋にいるといけないので、わたしはきつく目をつぶっていた。けれど、初めて嗅《か》ぐにおいで未知の時代と場所にいるのがわかった。草の甘い香りと、夏を連想する青くさいにおい。煙のにおいがわずかに漂い、薪が爆《は》ぜる音もする。

「目をあけて自分で確かめてごらん、ダイアナ」冷たい唇が羽根のように両頬に触れ、含み笑いが聞こえた。嵐の海の色をした瞳が、ヴァンパイアでしかありえない色白の顔からこちらを見つめている。マシューの両手がわたしの首筋から肩へ移動した。「だいじょうぶか?」

マシューのはるかな過去へ旅したわたしの体は、そよ風にひと吹きされただけでばらばらになってしまいそうだった。叔母の家で何度か軽いタイムウォークを試したときとはぜんぜん違う。

「だいじょうぶよ。あなたは?」わたしはまだまわりを見る勇気がなくて、彼だけを見ていた。

「うちに帰ってほっとしている」マシューが木の床に仰向けに寝そべると、床に敷いたイグサとラベンダーから夏の香りが立ち昇った。一五九〇年だろうと、オールド・ロッジは彼にとって馴染《なじ》んだ場所なのだ。

薄暗さに目が慣れてきた。存在感のあるベッド、小さなテーブル、細長いベンチ、背もたれのある椅子。ベッドの天蓋《てんがい》を支える木彫りの支柱のあいだから、わたしは隣の部屋へつづく戸口を窺《うかが》った。そこから漏れる光がベッドカバーと床にあたり、ゆがんだ金色の長方形をつくっている。壁は二十一世紀に何度か訪れたとき見たのと同じ、美しい襞《ひだ》彫りだ。天井を見あげると、厚く漆喰《しっくい》を塗った格天井《ごうてんじょう》の格間《ごうま》ひとつひとつに、華やかな赤と白のチューダーローズが金箔《きんぱく》から浮きあがっている。

「この家を建てたころは、チューダーローズが必須だった」素っ気なくマシューが言った。「わたしは嫌いだ。機会を見つけてまっさきに白く塗りつぶす」

燭台《しょくだい》で灯《とも》る金と青の炎が隙間風で揺らめき、色鮮やかなタペストリーの角と、淡い色のベッドカバーの果実と葉を縁取るつややかな黒いステッチがきらめいた。二十一世紀の織物にこんな光沢はない。

ふいに気分が高揚して口元がほころんだ。「わたし、やり遂げたのね。失敗もせず、ジェファーソンの家があるモンティセロにも行かず——」

「ああ」マシューが笑顔で答えた。「見事にやり遂げた。エリザベス朝ロンドンへようこそ」

生まれて初めて、魔女でよかったと心底思った。わたしは歴史学者として過去を研究している。そこを実際に訪れることができたのは、魔女だったおかげだ。一五九〇年に来たのは魔力の忘れられた技をいろいろ学ぶためだが、ここで学べるものはほかにもたくさんある。頭をうしろに倒して祝福のキスを受けようとしたとき、扉がひらく音が聞こえて動きがとまった。

唇にマシューが指を一本あててきた。首をわずかにめぐらせ、鼻孔を広げている。隣の部屋にいるのがだれかわかると、彼の緊張がゆるんだ。紙をめくる小さな音がする。マシューが本とわたしをひょいと持ちあげ、わたしの手を取って戸口へ向かった。

隣の部屋には、書簡で散らかった机のわきに男性がひとり立っていた。中肉中背で茶色い髪がくしゃくしゃに乱れ、仕立てのいい高価な服を着ている。口ずさんでいる曲は聞き覚えがないもので、ところどころに歌詞がはさまれているが、声が小さくて聞き取れない。

驚きの表情を浮かべたマシューの唇に、慈愛に満ちた笑みが浮かんだ。

「いったいどこにいるんだ、ぼくの大事なマットは」男性が一枚の紙を光にかざした。その瞬間マシューの目が細まり、慈愛が苛立《いらだ》ちに取って代わった。

「探しものか、キット?」マシューの声で若者が机に書簡を落とし、くるりと振り向いた。顔を輝かせている。その顔には見覚えがあった。クリストファー・マーロウの戯曲『マルタ島のユダヤ人』で見た顔。

「マット! ピエールに、あなたはチェスターにいるから間に合わないかもしれないと言われていたんだ。でもぼくは、年に一度の集会にあなたが来ないはずはないと思っていた」聞き慣れた言語なのに、妙な抑揚があるので集中していないと意味がわからない。エリザベス朝の英語は現代英語と異なり、シェイクスピア戯曲に精通しているわたしが期待していたほど容易に理解できるものでもなかった。

「どうして顎髭《あごひげ》がないんだ? 具合でも悪いのか?」わたしに気づいたマーロウの瞳がきらめき、執拗《しつよう》につついてくるその視線で、デーモンだとはっきりわかった。

わたしはイングランドの偉大な劇作家のひとりに駆け寄って握手をし、質問攻めにしたい気持ちを懸命にこらえた。いざ本人を目の前にすると、これまで彼について知っていたわずかな知識も頭から吹き飛んでしまった。一五九〇年にマーロウの作品のどれかが上演されていただろうか? 年はいくつだっただろう? マシューやわたしより年下なのは間違いない。まだ三十歳になっていないはずだ。わたしはにっこり微笑《ほほえ》みかけた。

「それをどこで見つけたんだ?」嫌悪感もあらわにマーロウが訊いた。わたしは悪趣味な美術品でもあるのかとうしろを振り向いた。がらんとしたスペースしかない。

わたしのことだとわかり、顔から笑みが消えた。

「口をつつしめ、キット」マシューがたしなめた。

マーロウはその非難を無視した。「まあいいさ。みんなが来るまで、心ゆくまで楽しめよ。そういえばしばらく前にジョージが来て、食事をしたり本を読んだりしてる。まだパトロンが見つからないから、一文無しなんだ」

「ジョージならいつでも歓迎する」マシューが若者を見つめたまま、わたしとつないだ手を無表情で口元へ引き寄せた。「ダイアナ、友人のクリストファー・マーロウだ」

紹介されたことで、マーロウはこれまで以上にあけすけにわたしをじろじろながめだした。つま先から頭のてっぺんまで視線を這《は》わせている。さげすんでいるのを隠そうともしていないが、嫉妬《しっと》はうまく隠している。マーロウはやはりわたしの夫に恋心を抱いているのだ。マディソンでマシューの『フォースタス博士』に書かれていた献辞に触れたとき、そうではないかと思っていた。

「ウッドストックに背が高い女ばかり置いてる売春宿があるとは知らなかったよ。これまであなたが選ぶ娼婦は、華奢《きゃしゃ》で可憐《かれん》な女がほとんどだった。その女はどう見てもアマゾネスだ」マーロウがあたりのにおいを嗅ぎ、うしろの机に散らばった書簡へ振り向いた。「老ギツネの最新報告では、あなたが北へ行った理由は肉欲ではなく仕事となっていたぞ。どこで女とねんごろになる暇を見つけたんだ?」

「相変わらず恩を仇《あだ》で返すのがうまいな、キット」マシューの口調はゆったりしていたが、警告の響きが含まれていた。マーロウは書簡に集中しているらしく、警告に気づかずに薄ら笑いを浮かべている。わたしと手をつないでいるマシューの指に力が入った。

「ダイアナというのは本名なのか？　それとも客の気を引くために名乗ってるだけなのか？　おおかた右の胸をむき出しにするか、弓矢でも持っているんだろう」マーロウが肩をすくめて書簡を一枚手に取った。「ブラックフライアーズのベスがアフロディーテと呼べと言ってきたときのことを覚えて――」

「ダイアナは妻だ」隣からマシューの姿が消えていた。さっきまでわたしの手を握っていた手が、マーロウの襟元をつかんでいる。

「嘘だ」キットの顔にショックが浮かんだ。

「嘘じゃない。つまりダイアナはこの家の女主人であり、わたしの名を名乗り、わたしの庇《ひ》護《ご》下にいる。これらの事実と、言うまでもないが長年の友情を踏まえ、彼女をあげつらった貞操を疑う台詞《せりふ》は二度と口にするな」

わたしは指を曲げ伸ばしして感覚を取り戻した。腹を立てたマシューにきつくつかまれていたせいで、左手の薬指にはめた指輪が食いこみ、うっすら赤い痕《あと》が残っていた。カットされていない中央のダイアモンドが火明かりのぬくもりを捉《とら》えている。この指輪は、マシューの母親イザボーからの思いがけない贈り物だ。数時間前――数世紀前？　数世紀後？――マシューが古《いにしえ》の婚姻の誓いの言葉を暗誦しながらこの指輪をはめてくれた。

食器をカチャカチャ鳴らしながらヴァンパイアがふたり現れた。ひとりは表情豊かなほっそりした男性で、肌はハシバミ色に日焼けし、髪と目が黒い。ワインの細口瓶と、柄がイルカのかたちをしていて、その尾に酒を注ぐ部分が載ったゴブレットを持っている。もうひとりはパンとチーズの皿を持った痩せた女性だ。

「お帰りでしたか、だんなさま《ミロール》」男性が言った。明らかに面喰《めんくら》っている。妙なことに、フランス語のアクセントのおかげで聞き取りやすい。「木曜日に来た使者の話では――」

「予定が変わった、ピエール」マシューが女性に目を向けた。「フランソワーズ、妻の荷物が旅の途中でなくなり、着ていた服はひどく汚れていたので燃やしてしまった」平然と嘘をついている。ヴァンパイアたちもキットも信じているようには見えない。

「奥さま《マダム》?」フランソワーズがくり返した。ピエールのようにフランス語訛《なま》りがある。「でもその方は――」

「血が温かい者だ」マシューが言葉をつぎ、トレイからひったくるようにゴブレットを取った。「チャールズに人数がひとり増えたと言ってくれ。ダイアナは体調がよくないので、医者に新鮮な肉や魚を食べるように指示されている。だれか買い出しに行かせろ」

ピエールが目をしばたたかせた。「承知しました、ミロール」

「それにお召し物も必要です」わたしの全身をながめまわしてフランソワーズが言った。マシューがうなずくと、フランソワーズが部屋を出ていき、ピエールもそのあとにつづいた。

「この髪はどうしたんだ?」マシューがわたしの顔にかかったひとふさの髪をどけた。

「まさか」両手をあげると、肩までの藁《わら》色の髪ではなく、腰までさざ波のように流れ落ちる赤みがかった金色の巻き毛に手が触れた。最後にわたしの髪が自分の意思で伸びたのは、大学時代に『ハムレット』のオフィーリア役を演じたときだった。当時もいまも、髪が伸びる異常な速さと色合いの変化はいい兆候ではない。過去へ旅するあいだに、わたしのなかの魔女が目覚めたのだ。ほかにどんな魔力が解き放たれてしまったのだろう。

ヴァンパイアなら、この種の認識に伴って一気に高まる不安やアドレナリンを嗅ぎ取るか、わたしの血が奏でる音楽を聞き取るかしたかもしれない。けれどキットのようなデーモンは、魔女のエネルギーが高まったのを感じ取ることができる。

「なんてこった」マーロウの笑みには敵意が満ちていた。「魔女を連れてきたのか。どんな邪悪な力を使われたんだ？」

「口を出すな、キット。おまえには関わりのないことだ」マシューの口調はふたたび命令調になっていたが、わたしの髪に触れる手つきはやさしいままだった。「気にするな。きっとただの疲れが原因だ」

わたしの第六感は違うと叫んでいた。この変化は疲れだけでは説明できない。魔女の家系に生まれたわたしは、まだ自分がどれほどの能力を受け継いでいるのかわからずにいる。叔母のサラや叔母のパートナーのエミリー・マザー――どちらも魔女――でさえ、それがどんな能力なのかも、どう対処すべきかもわからない。マシューの科学的な検査で潜在的な魔力を示す遺伝子マーカーが複数見つかったが、それらの可能性が現実になる時期も、そもそも現実になるかどうかもはっきりしていない。

今後のことをあれこれ心配する間もなく、口にいくつもピンをくわえたフランソワーズがかがり針らしきものを持って戻ってきた。ベルベットとウールと麻の大きな塊をうしろに従えている。塊の下からほっそりした茶色の脚が出ているところを見ると、奥にピエールが隠れているらしい。

「それをどうするの?」わたしはピンに疑いの目を向けた。

「これをマダムに着ていただくために使うんです」フランソワーズが布の山のいちばん上から小麦粉袋のようなくすんだ茶色の生地を取った。検討に値する選択とは思えないが、エリザベス朝のファッションのことはほとんど知らないから任せるしかない。

「おまえは下へ行っていろ、キット」マシューが言った。「わたしたちもすぐ行く。口をつぐんでいろよ。このことはわたしが自分で話す」

「勝手にしろ」マーロウが暗紫色の上着の裾を引っ張った。何気ないそぶりとは裏腹に手が震えている。そしてわざとらしく軽く頭をさげた。そのわずかな仕草で、マシューの命令を了解すると同時に責めている。

デーモンが行ってしまうと、フランソワーズが近くのベンチに布の塊を置いてわたしのまわりを歩き、どこから攻めるべきか全身をじろじろながめまわした。そして苛立たしげにため息を漏らし、わたしに服を着せはじめた。マシューは机へ移動し、そこに散らばった書簡の山に注意を引きつけられている。彼が綺麗に四角くたたまれた手紙を取り、ピンク色の封蠟を切った。小さな手書き文字に視線を走らせている。

「まずい。うっかりしていた。ピエール!」

「はい、ミロール」布の塊の奥からこもった声がした。

「それをおろしてクロムウェル夫人の最新の申し立てについて話してくれ」ピエールとフランソワーズに対するマシューの態度には、親しみと権威の両方がうかがえる。これが使用人への接し方なら、マスターするには少し時間がかかりそうだ。

　炉辺であれこれ話し合っているふたりの横で、わたしは布をかけられたりピンでとめられたり締めつけられたりして、人前に出ても見苦しくない姿にさせられた。フランソワーズは片方しかつけていないイヤリングを見て不満の声を漏らした。ひねった金線に宝石がついたこのイヤリングは、もともとはイザボーのものだった。マシューの『フォースタス博士』や月の女神《ダイアナ》の小さな銀の像と同じように、これもこの時代へさかのぼるのを手伝ってくれたアイテムのひとつだ。フランソワーズは近くにあるチェストをあさり、あっさりと対になった片方を見つけだした。アクセサリーが選ばれ、膝上まであげた厚手の長靴下が真紅のリボンでしっかりとめられた。

「もういいんじゃない?」早く下へ行って十六世紀を見物したくてたまらなかった。過去に関する本を読むのと、それを経験するのは大違いだ。フランソワーズと交わした短いやりとりや、この時代の服装に関する短期集中講座がそれを裏づけている。

　マシューがわたしの姿をまじまじとながめた。「まあいいだろう――さしあたっては」

「それ以上ですよ。これなら地味だし、印象に残りません」フランソワーズが言った。「この家にいる魔女はこうでなければいけません」

マシューは使用人の意見を無視してわたしを見た。「下へ行く前に断っておく。言葉に気をつけろ。キットはデーモンで、ジョージはわたしがヴァンパイアだと知っているが、飛びきり心の広いクリーチャーでも、毛色の違う目新しいものには警戒心を抱きがちだ」

下の大広間で、わたしはジョージ──お金もパトロンもないマシューの友人──に礼儀正しくてエリザベス朝にふさわしい（はずの）挨拶《あいさつ》をした。

「それは英語なのか？」ジョージがぎょっとして、青い瞳をカエル並みに大きくしている丸眼鏡を持ちあげた。反対の手を腰に置いている姿は、ヴィクトリア&アルバート博物館で見かける十六世紀の肖像画そのものだ。

「ダイアナはチェスターの生まれだ」すかさずマシューが言った。ジョージは半信半疑の顔をしている。どうやらイングランド北部の田舎育ちと言ったぐらいでは、わたしの奇妙なしゃべり方を説明できないらしい。マシューのアクセントはこの時代の抑揚や音質にマッチした柔らかいものに変化しているが、わたしの発音はあくまで二十一世紀のアメリカのままだ。

「魔女なのさ」キットが友人の勘違いを指摘してワインに口をつけた。

「ほんとうか？」ジョージがあらためて興味を引かれたように見つめてきた。デーモンであることを示すつつかれる感触はなく、魔女に見られているときのピリピリする感覚も、ヴァンパイアの視線が残す凍るような感触もない。ジョージは普通の、血が温かい人間だ──早くも人生に疲れ果ててしまったような、中年のくたびれた人間。「でもきみはキットと同じぐらい魔女を嫌ってるじゃないか、マシュー。わたしが魔女をテーマにしようとするたびに、やめろと言う。ヘカテーに関する詩を書こうとしたときは――」

「この魔女は気に入っている。だから結婚した」マシューがさえぎり、友人を納得させるためにわたしとしっかりキスをした。

「結婚した？」ジョージの視線が素早くキットへ走った。ごほんと咳払いしている。「そういうことなら、これで思いがけない祝い事がふたつになったな。ピエールの予想に反してきみは仕事に遅れなかっただけでなく、妻を伴って戻ってきた。祝辞を送る」卒業式の演説めいたもったいぶった口調に、わたしは微笑みそうになるのをこらえた。かわりにジョージが笑顔を見せて頭をさげた。「ジョージ・チャップマンだ」

この名前は聞いたことがある。わたしは歴史学者の脳みそに入っている繁雑な知識を物色した。チャップマンは錬金術師ではない。わたしの専門は錬金術だが、この特殊な分野に割いているスペースに彼の名前はなかった。記憶がたしかなら、マーロウと同じ作家のはずだが、作品のタイトルを思いだせない。

紹介が終わると、マシューは誘われるままに友人と暖炉の前に腰をおろした。政治の話が進むなか、ジョージは道の状態や天候に関する質問でわたしを会話に加えようとした。わたしはできるだけ言葉少なに答えながら、エリザベス朝にふさわしいちょっとした仕草や単語の選び方を懸命に観察した。ジョージは熱心に耳を傾けるわたしの態度に気を良くして、最近の文学作品について長々と語ってくれた。脇役にされておもしろくないキットが、ジョージの講釈をさえぎって最新版の『フォースタス博士』を朗読すると言いだした。「本番前の「内輪のリハーサルにする」瞳をきらめかせてデーモンが言った。

「あとにしろ、キット。もう零時を過ぎているし、ダイアナは旅で疲れている」マシューがわたしを立たせた。

キットの視線は部屋を出るわたしたちをずっと追っていた。彼はわたしたちがなにか隠していると気づいていて、思いきって会話に参加したわたしが変な言いまわしをするたびにすかさず言葉尻を捉え、マシューがリュートのしまい場所を思いだせなかったときは不信感をつのらせていた。

マディソンを発つ前に、キットはデーモンのわりには並はずれて鋭いとマシューに警告されていた。いつまで彼に隠し通せるだろう。その疑問の答えは、数時間後に判明した。

翌朝、わたしたちはオールド・ロッジが動きだす音を聞きながらぬくぬくしたベッドで語り合っていた。はじめのうち、マシューはキットとジョージに関する質問に快く答えていた──キットは靴屋の息子ということがわかった。ジョージは意外にもキットとさほど年が変わらなかった。でも家の管理や女性の振舞いといったような具体的な話題になると、マシューはすぐに退屈してしまった。

「この服はどうなの?」わたしは直近の問題に意識を向けさせようとした。

「既婚女性はこんなものを着て寝ない」彼が上質のリネンの寝巻をつまんだ。ギャザーになった襟元のひもをほどき、耳の下にキスをして自分の主張を通そうとしたとき、ベッドカーテンがさっと開いた。わたしはまぶしい日差しに目をつぶった。

「どう思う?」キットだ。

もうひとり、色黒のデーモンがマーロウの肩越しにこちらをのぞきこんでいた。ほっそりした体型ととがった顎が元気のいい小妖精《レプラコーン》を思わせ、鳶《とび》色の逆三角形の髭顎が突きでた顎を強調している。髪はどう見ても何週間も梳《と》かしていないようだ。わたしはあわてて寝巻の前をかき合わせた。透ける素材だし、下着をつけていない。

「ロアノーク島へ行った巨匠ホワイトの絵はおまえも見ただろう、キット。この魔女はヴァージニアの先住民とは似ても似つかない」見知らぬデーモンが不満げに答えた。そこで初めてマシューににらまれていることに気づいたらしい。「ああ、おはよう、マシュー。半円定規を借りてもいいかい? 今回は川へ持っていかないと約束する」

マシューがわたしの肩に額をつけ、目をつぶってうめいた。

「この女はぜったい新世界の生まれだ――あるいはアフリカの」キットが食いさがった。あくまでもわたしを名前で呼ぶのを拒んでいる。「チェスター生まれのはずがない。スコットランドでもアイルランドでもないし、ウェールズやフランスやイングランドでもない。オランダやスペイン出身とも思えない」

「おはよう、トム。おまえとキットがダイアナの出身地について、いま、わたしの寝室で話す必要があるのか?」マシューがわたしの寝巻のひもを締めた。

「朝寝坊にはもったいない天気だぞ。たとえ高熱で頭がおかしくなっていてもな。キットは、きみが魔女と結婚したのは高熱に冒されていたせいにちがいないと言っている。そうでなければこんな無謀な行動の説明がつかない」トムがマシューの質問を無視して、いかにもデーモンらしく一気にまくしたてた。「道が乾いていたから、みんな数時間前に到着した」

「だからもうワインがない」キットがぼやいた。

「みんな?」まだいるの? オールド・ロッジは破裂しそうになっているにちがいない。

「出てください! マダムは伯爵さまにご挨拶される前に顔を洗わなければ」湯気のあがるたらいを持ってフランソワーズが現れた。例によってうしろにピエールを従えている。

「なにかあったのか?」カーテンの向こうでジョージの声がした。男たちを追いだそうとするフランソワーズをうまくかわして、いつのまにか寝室に入りこんでいる。「ノーサンバーランド卿が大広間でほったらかしにされてるぞ。わたしのパトロンだったら、ぜったいあんな仕打ちはしない!」

「ハルはピサの数学者がわたしに送ってきた天秤《てんびん》の構造に関する論文を読んでいるのさ。楽しんでいるから問題ない」トムがむっつり応えてベッドの端に腰かけた。

ガリレオを指しているにちがいないと気づき、胸が高鳴った。一五九〇年のガリレオは、ピサ大学の教授になったばかりだった。天秤に関する論文は発表していない——まだ。

トム。ノーサンバーランド卿。ガリレオと書簡をやりとりする人物。

驚きのあまり口が開いてしまった。キルティングのベッドカバーに腰かけているデーモンは、トーマス・ハリオットなのだ。

「フランソワーズの言うとおりだ。出てくれ。みんなだ」マシューがトムに負けない不機嫌な口調で告げた。

「ハルにはなんて言えばいいんだ？」意味ありげな視線をわたしに送りながら、キットが尋ねた。

「わたしもすぐ来ると言え」マシューが寝返りを打ってわたしを抱き寄せた。

みんながぞろぞろ出ていくと、わたしはマシューの胸を拳《こぶし》でたたいた。

「なんだ？」わざとらしく痛そうな顔をしているが、あざができるのはこちらの手のはずだ。

「友だちの正体を教えてくれなかった罰よ！」片肘をついて彼を見おろす。「偉大な劇作家のクリストファー・マーロウ。詩人で学者のジョージ・チャップマン。わたしの勘違いでなければ数学者で天文学者のトーマス・ハリオット。そのうえ下では〝魔術師伯爵〟がお待ちなのよ！」

「いつヘンリーにそのあだ名がついたのか覚えていないが、いまはまだそうは呼ばれていない」おもしろがっている。それを見るといっそう怒りがつのった。

「これでサー・ウォルター・ローリーがいれば、この家に〈夜の学派〉のメンバーが勢ぞろいだわ」急進派や哲学者や無神論者からなる伝説的なグループの名前を聞いたマシューが、窓の外へ目を向けた。トーマス・ハリオット。クリストファー・マーロウ。ジョージ・チャップマン。ウォルター・ローリー。それと……。

「あなたはだれなの、マシュー?」二十一世紀にいるときは、こんな疑問は浮かばなかった。

「マシュー・ロイドンだ」たったいま出会ったばかりのように軽く頭をさげている。「詩人の友」

「歴史学者はあなたについてほとんど知らないわ」度肝を抜かれるとは、まさにこのことだ。マシュー・ロイドンは謎めいた〈夜の学派〉と親交があった人物のなかで、もっとも闇に包まれた存在だ。

「べつに驚くようなことではないだろう。もうマシュー・ロイドンの正体を知っているんだから」マシューの黒い眉があがった。

「とんでもない。一生分ぐらい驚いてるわ。こんな状況の真ん中にわたしを放りこむ前に、教えてくれればよかったのに」

「教えたところでどうなった? 発つ前はせいぜい着替えをする時間しかなかった。とても調査する余裕などなかった」マシューが体を起こして素早く両脚を床についた。ふたりだけの時間はあっという間に終わってしまった。「きみが心配する必要はない。みんなどこにでもいる普通の男だ」

マシューがなんと言おうが、彼らが普通であるはずがない。〈夜の学派〉は異端思想を掲げ、エリザベス女王の腐敗した宮廷を嘲笑《あざわら》い、教会や大学の知的ぶった標榜《ひょうぼう》をばかにしていた。〝関わり合いになるべきでない、邪悪で危険でいかがわしい存在〟という表現がぴったったりのグループだ。ハロウィーンの夜、わたしたちが参加したのは心なごむ再会の場ではなかった。エリザベス朝の陰謀が侃々諤々《かんかんがくがく》と語られる場に飛びこんでしまったのだ。

「あなたの友人がどれほど向こう見ずだろうが、大人になってからずっと研究してきた対象に紹介されて、わたしが冷静でいられると思わないでちょうだい。トーマス・ハリオットはこの時代の一流の天文学者のひとりよ。あなたの友だちのヘンリー・パーシーは錬金術師だわ」爆発寸前の女性の気配に慣れているピエールが、あわててマシューに黒い短いズボン《ブリーチズ》を押しつけ、わたしの怒りが爆発したとき脚をさらした状態でいなくてもすむようにした。

「ウォルターとトムもそうだ」マシューは渡されたブリーチズを無視して顎を掻《か》いている。

「キットも少しかじっているが、成果はあげていない。彼らについて知っていることにこだわらないほうがいい。どうせ間違っているのが落ちだ。それから二十一世紀の歴史的呼び名には注意しなければだめだ」話しながらようやくブリーチズをつかんで足を入れた。「〈夜の学派〉はウィルがキットへの嫌がらせに思いついた名前だが、それはまだ数年先だ」

「ウィリアム・シェイクスピアがこれまでになにをしようが、いまなにをしていようが、今後なにをしようがどうでもいいわ。いまこの瞬間にノーサンバーランド伯爵と大広間にいないかぎり！」わたしはそう言い返し、高いベッドからすべりおりた。

「ウィルがいるはずがない」マシューが素っ気なく手を振った。「ウォルターはウィルの韻律能力を認めていないし、キットは売文家の泥棒とみなしている」

「そう、それを聞いてほっとしたわ。わたしのことはみんなにどう説明するつもり？　キットはわたしたちが隠し事をしていると感づいてるわ」

マシューの灰緑色の瞳と目が合った。「事実を話す」ピエールが彼に上着――黒くて複雑なキルティングが施されている――を手渡した。視線はわたしの肩のうしろをじっと見つめている。優秀な使用人の手本。「きみはタイムウォーカーで、新世界から来た魔女だと」

「事実ね」わたしは言下《げんか》に言い捨てた。ピエールにも聞こえたはずなのにまったく反応を見せず、マシューも彼が透明人間であるかのように無視している。わたしもピエールの存在に無頓着になれるほどこの時代に留《とど》まることになるのだろうか。

「いけないいか？トムはきみの言葉をすべて書き留めて、新世界の先住民が使うアルゴンキン語に関する自分の資料と照らし合わせるだろう。それをのぞけば、だれもさして気にしないはずだ」友人の反応より自分の服装のほうが気になるらしい。

フランソワーズが洗い立ての服を抱えた若い女性をふたり連れて戻ってきた。寝巻に目配せされ、わたしはそれを脱ぐためにベッドの支柱のうしろへまわった。二十一世紀のロッカールームで過ごしたおかげで他人の前で着替えをする気まずさをほとんど感じなくなっていることに感謝しつつ、リネンの寝巻を腰から肩まで引きあげた。

「キットはちがうわ。わたしを嫌いになる理由をずっと探しているし、その話をすれば理由を複数提供することになるもの」

「あいつのことはどうでもいい」マシューが断言した。

「キットはあなたの友だちなの？それとも言いなりになる子分なの？」布から頭を出そう

と格闘していると、戦慄《せんりつ》して息を呑む声が聞こえた。「なんてこと《モン・デュー》」

わたしは凍りついた。フランソワーズに肩甲骨《けんこうこつ》のあいだの星と、その下で背中を横切る三日月形の傷を見られたのだ。

「マダムの着付けはわたしがやるわ」フランソワーズが若いメイドたちに冷静に告げた。

「ドレスを置いて仕事に戻りなさい」

メイドたちは軽く膝を曲げ、うっすら興味を引かれた顔をしただけで去っていった。あのふたりには背中を見られなかったのだ。メイドの姿が見えなくなったとたん、残った全員が一斉に口をひらいた。フランソワーズの「だれがこんなことを?」という怯《おび》えた声に、マシューの「だれにも話すな」という声と、わたしのやや言い訳めいた「ただの傷よ」という声がかぶった。

「クレアモント家の徽章《きしょう》を焼印されたんですね」首を振りながらフランソワーズがつづけた。「ミロールがお使いの徽章を」

「わたしたちは誓約を破ったの」わたしはほかの魔女に裏切り者の印をつけられた晩の話をするたびに感じる、胃がよじれるような吐き気をこらえた。「コングレガシオンの罰よ」

「それでおふたりはここにいらしたんですね」鼻息を荒くしている。「あの誓約は最初から愚かな思いつきだったんです。フィリップさまは、ずっと異を唱えておいでです」

「でも、あれのおかげでクリーチャーは人間社会でも安全に生きてこられたのよ」あんな誓約は気に入らないし、それを強いるデーモンとヴァンパイアと魔女各三名から成るコングレガシオンも気に入らないが、長年にわたって人間の目からクリーチャーを隠し通してきたことは否定できない。大昔にデーモンとヴァンパイアと魔女のあいだで交わされた誓約は、人間社会の政治や宗教への関与と、三つの種族をまたいだ個人的な関係を禁じている。魔女は魔女としか親しくしてはいけないし、ヴァンパイアとデーモンもそれは同じだ。別の種族との恋愛や結婚は許されない。

「安全？　マダムは、ここが安全だとお思いですか？　とんでもありません。イングランド人は疑り深く、教会の墓場を見れば幽霊を探し、大釜《おおがま》があれば近くに魔女はいないかと思うような人種です。わたしたちと破滅のあいだに立ちはだかっているものは、コングレガシオンしかありません。ここへ逃げてこられたのは賢明でしたね。さあ、お着替えをすませてみなさんのところへまいりましょう」わたしの寝巻を脱がせ、ローズマリーとオレンジの香りがするべたつくものが入った皿と濡れた布を差しだした。子どものように扱われるのは変な気分だったが、マシューぐらいの身分の者が、人形のように体を洗われたり服を着せられたり食事をさせられるのが習慣なのは知っていた。ピエールがワインにしては色が濃すぎるものが入った杯をマシューに手渡している。

「マダムはただの魔女ではなく、fileues de temp《フルーズ・ド・タン》でもあるんですね？」フランソワーズがぽつりとマシューに尋ねた。耳慣れない言葉――時を紡ぐ者《タイムスピナー》――は、この時代へさかのぼるためにたどってきた色とりどりの糸のイメージをよみがえらせた。

「ああ」マシューがうなずいた。杯の中身を飲んでいるあいだも、ずっとわたしから目を離さずにいる。

「でも、マダムが違う時代からいらしたとすると……」そう言いかけたフランソワーズの目が丸くなり、考えこむ表情になった。きっとマシューのしゃべり方や態度が以前と違うのだ。フランソワーズは同じマシューではないのではと疑っている。わたしの心に警戒がよぎった。

「わたしたちは、マダムがミロールの庇護のもとにあることだけ心得ていればいい」ピエールが警告の響きがはっきり聞き取れる厳しい口調でいさめ、マシューに短剣を手渡した。

「理由などどうでもいい」

「理由はわたしが彼女を愛し、彼女もわたしを愛しているからだ」マシューが従者をじっと見つめた。「ほかの者にわたしがなんと言おうと、これが事実だ。いいな?」

「はい」ピエールはそう答えたが、口調はその逆を示していた。

マシューに尋ねる視線を向けられたフランソワーズが、唇を引き結んでしぶしぶうなずいた。

そしてわたしの着替えに意識を戻し、厚い麻布でわたしをくるんだ。ほかの傷にも気づいたにちがいない。魔女のサトゥと過ごした無限につづくように思われたあの日についた傷、そしてそのあとできた傷も。けれどフランソワーズはもうなにも質問せず、暖炉脇の椅子にわたしを座らせて櫛《くし》で髪を梳かしはじめた。

「では、この辱《はずかし》めは、ミロールが魔女のマダムへの愛を公言されたあと、起きたんですか？」フランソワーズが尋ねた。

「そうだ」マシューは腰に短剣をつけている。

「だとすると、マダムに印をつけたのはマンジュサンではありませんね」ピエールがつぶやいた。ヴァンパイアを指す古いオック語を使っている――血を飲む者。「クレアモント家の怒りを買うような真似をするはずがない」

「ええ、ほかの魔女にされたの」冷気から守られていても、その事実を口にすると寒気が走った。

「マンジュサンがふたりそばにいたのに、見て見ぬふりをしていた」険しい顔でマシューが言った。「あのふたりには必ず報いを受けさせる」

「もう終わったことよ」ヴァンパイア同士の争いを引き起こしたくない。解決しなければいけない難題なら、すでにじゅうぶん抱えているのだ。

「魔女にさらわれたのが、ミロールが妻として認めたあとなら終わってはいません」フランソワーズの素早い指が髪をきつく編みこんでいく。それを頭に巻きつけてピンでとめた。「取り立てて言うほどの忠義など存在しないこの堕落しきった国で、マダムの名前はロインかもしれませんが、クレアモント一族の一員であることに変わりはありません」

クレアモント一族は、ひとつの群れなのだとマシューの母親に警告されたことがある。二十一世紀にいたときは、群れのメンバーでいることに伴う責務や縛りがわずらわしかった。けれど一五九〇年では、わたしの魔力は予想がつかず、魔術に関する知識はないに等しく、知られているかぎり最古の祖先はまだ生まれてもいない。ここで頼れるのは、自分の才覚とマシューだけだ。

「お互いに結婚する意思ははっきりしていたわ。でもいまもめごとを起こしたくない」わたしはイザボーの指輪に視線を落とし、親指で触れた。過去にすんなり溶けこめるだろうと期待したのは、見込み薄であると同時に甘い考えだったらしい。わたしは周囲を見渡した。

「それに――」

「わたしたちがここにいる理由はふたつだ、ダイアナ。きみの指南役を探すことと、可能であれば例の錬金術の写本を見つけること」〈アシュモール782〉と呼ばれているその謎めいた写本は、わたしたちが出会うきっかけになった。二十一世紀にはオックスフォード大学のボドリアン図書館に収蔵された無数の本のなかにしっかりと隠されていた。閲覧表に記入したときは、その行為であの写本を書架に縛りつけていた複雑な呪文が解けるとは思いもしなかったし、写本を戻したとたんに同じ呪文がまた働きはじめるのも知らなかった。写本の内容が暴くと噂《うわさ》されていた、魔女やデーモンやヴァンパイアに関する数々の秘密も知らずにいた。マシューは二十一世紀の世界でもう一度呪文を解こうと試みるより、過去で〈アシュモール782〉を見つけるほうが得策と考えたのだ。

「戻るまでは、ここがきみの家だ」マシューがつづけ、納得させようとした。

寝室にある頑丈そうな家具は博物館やオークションのカタログで見たものに似ているが、オールド・ロッジを自分の家とは思えそうになかった。厚い麻布の触り心地は、サラとエムの家にある、何度も洗ってすっかり薄くなってしまった色あせたパイル地のタオルとはまったく違う。ほかの部屋から聞こえる声には、歴史学者であろうとなかろうと現代人には予想できない抑揚や節《ふし》がついている。でもわたしたちが選ぶ道は過去しかないのだ。マディソンで過ごした最後の日々に、ほかのヴァンパイアがそれを証明した。あのときは、わたしたちの居場所を探りあてたヴァンパイアにマシューが殺されかけた。このまま計画をつづけるなら、エリザベス朝の女性として通用するようになるのがまず最初にわたしがやるべきことだ。

「〝ああ、素晴らしき新世界〟」書かれる二十年も前にシェイクスピアの『テンペスト』の言葉を引用するのはひどい歴史的違反行為だが、今朝は酷な時間を過ごしている。

「〝そなたにはすべてが新しい〟」マシューが同じ『テンペスト』の台詞を返してきた。「さて、もめごとに立ち向かう覚悟はできたか？」

「ええ。服を着させて」わたしは背筋を伸ばして椅子から立ちあがった。「伯爵にはどう挨拶すればいいの？」

2

礼儀作法を心配する必要はなかった。相手の伯爵が温厚なヘンリー・パーシーの場合、肩書きや敬称はどうでもよかった。

礼儀を重視するフランソワーズは、不満の声を漏らしたり些細《ささい》なことを大げさに騒ぎ立てたりしながらあり合わせの服でわたしの身なりを整えた――だれかのペチコート。アスリート体型のわたしを本来の女らしい体型に変える詰め物をしたコルセット。ラベンダーと杉の香りがする、高い襞襟《ひだえり》がついた刺繡《ししゅう》つきの下着《スモック》。黒いベルベットの釣鐘型スカート。そしてピエールの一張羅《いっちょうら》の上着。多少なりともサイズが合う仕立服はそれしかなかったのだが、フランソワーズの努力も虚《むな》しく、胸の前のボタンがどうしてもはまらなかった。わたしは息を詰めておなかをひっこめ、コルセットのひもをきつく締めてもらいながら奇跡を祈ったが、神の御手の介入がないかぎり、ほっそりした優美なシルエットにはなれそうになかった。

ややこしい作業がつづくあいだ、わたしはフランソワーズを質問攻めにした。この時代の肖像画で、スカートを支えるために不恰好な鳥籠のようなファージンゲールをつけるのだと思っていたが、それはもっとフォーマルな場で使うものだと言われた。かわりに彼女は詰め物をしたドーナツ型のものをわたしの腰に縛りつけた。これの唯一の利点は、何枚も重なった布が脚に触れないおかげで、歩くのが比較的容易になることだ――ただし、歩く方向に家具がなく、目指す場所まで曲がらずにまっすぐ行ける場合に限られる。それでも、膝を軽く曲げてお辞儀をする必要はあるだろう。フランソワーズから大急ぎでお辞儀の作法を教わりながら、ヘンリー・パーシーが持ついくつもの肩書きの意味も教わった――名字がパーシーで伯爵だろうが、彼は〝ノーサンバーランド卿〟だった。

ただ、学んだばかりの知識を生かす機会はなかった。マシューと一緒に大広間に踏みこむやいなや、泥はねがついた柔らかそうな茶色い革の旅行着を着た、ひょろりと背が高い青年が勢いよく立ちあがって挨拶をしてきたのだ。幅の広い顔を好奇心で輝かせ、灰色の太い眉が額のV字型の生え際まであがっていた。

「ハル」マシューの笑顔には兄のような寛大な親しみがこもっていた。伯爵は旧友を無視してまっすぐわたしに近づいてきた。

「ロ、ロイドン夫人」低い声は単調で、抑揚もアクセントもほとんどない。上の階にいるときマシューから、ヘンリーは聴覚に軽い障害があり、子どものころから言葉に詰まる癖があると言われていた。そのかわり、唇の動きを読むのがうまい。つまり、ようやく気おくれせずに話せる相手が見つかったのだ。

「どうやらまたキットに先を越されたようだな」マシューが残念そうに微笑んだ。「自分の口から言いたかったのだが」

「こんなうれしい知らせは、だれから聞こうと関係ない」ノーサンバーランド卿がお辞儀をした。「おもてなし、いたみいります。こんな恰好でご挨拶する失礼をお許しください。早々にご主人の友人を受け入れてくださって、ありがとうございます。あなたのご到着を知った時点で、すみやかに失礼するべきでしたのに。宿に泊まってもかまわなかったのです」

「遠慮なくゆっくりなさってください、伯爵」ここで軽く膝を曲げてお辞儀をするタイミングなのに、スカートが重いのとコルセットがきついのとで、前に屈めなかった。敬意を示す位置に両脚を動かしてみたが、膝を曲げようとしたら体がぐらついてしまった。すかさず大きな手が差しだされ、支えてくれた。

「ヘンリーでかまいません。みんなにはハルと呼ばれていますので、ヘンリーでもかなり改まった呼び方になります」聴覚に障害を持つ者がたいていそうであるように、ノーサンバーランド卿も意識して声のボリュームを落としている。彼はわたしから手を放してマシューを見た。「なぜ髭がないんだい、マット？　具合でも悪いのか？」

「少し熱が高かっただけだ。結婚したら治った。みんなはどこにいる？」キットとジョージとトムを探してあたりを見まわしている。

日差しのなかで見るオールド・ロッジの大広間はまったく違っていた。これまで夜にしか見たことがなかったが、どっしりした鏡板だと思っていたものは鎧戸《よろいど》で、今朝はそれがすべて開け放たれている。そのせいで、突きあたりに巨大な暖炉があっても風通しがよく感じられた。暖炉を飾っている中世の石細工は、かつてここに建っていた修道院のがれきのなかからマシューが回収したものにちがいない——記憶に残る聖人の顔、紋章、ゴシック様式の四つ葉飾り。

「ダイアナ？」マシューのおもしろそうな声で、大広間とその内装の観察がさえぎられた。

「みんな、客間で読書やトランプをしているそうだ。ハルはこの家の女主人に滞在を許されないうちは、みんなにくわわるのを遠慮していた」

「もちろん伯爵にはいていただくわ。早くお友だちのところへ行きましょう」おなかが鳴った。

「それともなにか食べてもいい」マシューの目がきらめいている。わたしとヘンリー・パーシーの対面がとどこおりなく終わったので、リラックスしはじめているのだ。「きみはなにか食べたのか、ハル？」

「ピエールとフランソワーズが、いつもどおりよく気を配ってくれている」ヘンリーがわたしたちを安心させた。「もちろん、もしロイドン夫人にご一緒していただけるなら……」声が小さくなり、おなかが鳴る音が聞こえた。ヘンリーはキリンぐらい背が高い。こんな体を維持するには、きっと大量の食べ物が必要なはずだ。

「わたしも朝食をたっぷりいただくのが好きなんです、伯爵」笑いながらわたしは言った。

「ヘンリーです」伯爵がやさしく訂正した。微笑むと顎にえくぼができる。

「それなら、わたしのことはダイアナと呼んでください。〝ロイドン夫人〟と呼ばれていたら、ノーサンバーランド伯爵をファーストネームでは呼べません」伯爵の高い身分に敬意を払わなければならないと、フランソワーズからしつこく釘を刺されていた。

「わかりました、ダイアナ」ヘンリーが腕を差しだした。

彼の腕に手をかけて風通しのいい回廊を進み、居心地がよさそうな天井の低い部屋に入った。南向きの窓がならんでいるだけの、こぢんまりした気持ちのいい部屋だ。さほど広くないのに、テーブルが三つ詰めこんであり、スツールとベンチもいくつかある。ひとが動きまわる音の合間に鍋やフライパンがぶつかる音が聞こえるから、厨房が近いのだろう。だれかが壁に暦の一ページを鋲《びょう》でとめていて、中央のテーブルに地図が広げてある。角のひとつが燭台でおさえられ、別の角には果物を盛った浅い白目《ピューター》の皿が置かれていた。素朴な品々の配置が、オランダの静物画のようだ。そのとき、香りで頭がくらくらして足がとまった。

「マルメロだわ」わたしの手が伸びてマルメロに触れた。マディソンでマシューからオールド・ロッジの様子を聞いたとき、心の目に映ったイメージそのものだ。

ヘンリーはありきたりな果物を盛った皿にわたしが見せた反応に戸惑っているようだったが、育ちのいい彼は口をつぐんでいた。三人でテーブルを囲むと、召使いが目の前にある静物画に焼きたてのパンとブドウを盛った皿、赤すぐり《レッドカラント》が入った小さなボウルをくわえた。見慣れた食べ物を見ると、心がなごんだ。わたしは食事をはじめたヘンリーを手本にし、彼がどの食べ物を選び、それをどのぐらい食べるか注意深く心に刻んだ。些細な違いで部外者だとばれてしまうものだから、できるだけ普通に見えるようにしたかった。マシューは皿に食べ物をよそうわたしたちの横で、グラスにワインを注いでいた。

食事のあいだ、ヘンリーはずっと礼儀正しい態度を貫いた。立ち入った質問はいっさいせず、マシューを詮索《せんさく》することもなかった。そのかわりに飼っている犬や自分の屋敷、やかまし屋の母親の話でわたしたちを笑わせ、その合間に暖炉から焼いたパンを次々に運んできた。彼がロンドンで引っ越した際の話をはじめたとき、中庭で騒がしい声がした。ドアに背を向けているヘンリーは気づいていない。

「あの女には我慢できない！　みんなには警告されていたが、あんな恩知らずがいるとは。さんざん貢がせておいて、あの態度は――」新しい客の広い背中が戸口をふさいだ。羽根のついた見事な帽子から黒い巻き毛があふれ、同じぐらい黒いマントを一方の肩にかけている。「マシュー、具合でも悪いのか？」

ヘンリーが驚いて振り向いた。「おはよう、ウォルター。なぜ宮廷にいないんだ？」

わたしは口のなかのトーストをなんとか飲みこんだ。新来の客はほぼ間違いなく、〈夜の学派〉の最後のひとり、ウォルター・ローリーだ。

「官職を求めて楽園を追放されたのさ、ハル。で、それはだれだ？」射るような青い瞳をわたしへ向け、黒い顎髭の奥で歯をきらめかせた。「ヘンリー・パーシー、隅に置けないな。きみはあの麗《うるわ》しきアラベラとの色事に溺《おぼ》れているとキットから聞いていた。十五歳の少女よりもっと年増の相手まで好みが及んでいると知っていたら、男に飢えた後家を紹介してやったのに」

年増？　後家？　わたしは三十三になったばかりだ。

「日曜なのに教会に行っていないのは、このせいか。腰をあげて馬に乗るという、本来きみがやるべきことをさせてくれたこのご婦人に感謝しなければ」ウォルターのしゃべり方は、デボンシャー・クリームのようにこってりと濃い訛りがある。

ノーサンバーランド卿がパンを焼くために使っていた長い金串を暖炉の前に置き、まじまじと友人を見つめた。そして首を振って作業に戻った。「外に出て、もう一度入り直してからマットに話を聞くといい。そのときは懺悔《ざんげ》の表情を忘れるな」

「まさか」ウォルターが啞然《あぜん》とマシューを見た。「おまえの女なのか？」

「指輪が証拠だ」マシューが長い脚でテーブルの下から椅子を蹴りだした。「座ってエールでも飲め、ウォルター」

「ぜったい結婚はしないと誓っていたじゃないか」まだ面喰っている。

「納得するまで少し時間がかかった」

「だろうな」あらためて値踏みの視線をわたしに送っている。「気の毒に、血が冷たいクリーチャーのものになるとはもったいない話だ。出遅れるんじゃなかった」

「ダイアナはわたしの正体を知っているし、おまえの言うわたしの冷たさも気にしていない。それに納得する必要があったのは彼女のほうだ。わたしはひと目で恋に落ちた」

ウォルターが鼻で笑った。

「そう皮肉るな、ウォルター。おまえのところにもそのうちキューピッドが来るかもしれない」友人の将来を知っているマシューの灰色の瞳が、いたずらっぽくきらめいた。

「キューピッドには、おれに矢を向けるのは待ってもらわなきゃならない。いまは女王と提督のすげない態度をかわすだけで手いっぱいだ」ウォルターが近くのテーブルに投げた帽子がバックギャモン板のつややかな表面をすべり、ゲーム途中の駒をめちゃくちゃにした。ウォルターがうめき声を漏らし、ヘンリーの隣に腰をおろした。「ひとり残らずおれをダシにして余禄にあずかろうとしているようなのに、植民地の一件が片づかないうちは抜擢《ばってき》など望めない。今年の女王の在位記念の祝典はおれのアイデアだったのに、女王はカンバーランドを責任者にした」また苛立っている。

「ロアノーク島からは、まだ知らせがないのか？」ヘンリーがやさしく尋ね、濃いブラウンエールの杯を差しだした。失敗する運命にあるウォルターの新世界での冒険が耳に入り、わたしはみぞおちを殴られたようなショックを受けた。今後の展開についてだれかが疑問を口にしたのはこれが初めてだが、最後でもないはずだ。

「先週ホワイトがプリマスに帰港した。悪天候で島を離れるしかなかったそうだ。娘と孫娘の捜索は断念せざるをえなかった」ウォルターがごくりとエールをあおって虚空を見つめた。「開拓者たちになにがあったのか、まったくわからない」

「春になれば、また島へ行ってみんなを見つけられるさ」ヘンリーは本気でそう信じているようだが、マシューとわたしはロアノーク島で行方不明になった開拓者が二度と見つからないことも、ウォルターがふたたびノース・カロライナの土を踏めないことも知っていた。

「そのとおりになるよう祈るよ、ハル。だがおれの問題はこのぐらいにしよう。出身はどちらかな、ロイドン夫人？」

「ケンブリッジ」わたしはできるだけ短く正直に小声で答えた。マサチューセッツ州のケンブリッジでイングランドではないが、ここで作り話をはじめたら、そのうちぜったいに話の辻褄《つじつま》を合わせられなくなってしまう。

「では学者の娘なんだな。それとも父君は神学者か？　マットなら信仰の話ができる相手を気に入るはずだ。ハルをのぞいて、教養となるとこいつの友人はどうしようもないやつらばかりだ」エールに口をつけて返事を待っている。

「ダイアナの父親は、彼女が幼いころ亡くなった」マシューがわたしの手を取った。

「かわいそうに、ダイアナ。ち、父親を亡くすのは大きな痛手だ」ヘンリーがつぶやいた。

「それと最初の夫もだな。慰めになる息子か娘はいるのか？」ウォルターの声に、いくぶん同情が忍びこんでいる。

この時代、わたしぐらいの年齢の女性は結婚して子どもが三、四人いるのが普通だ。わたしは首を振った。「いいえ」

ウォルターは眉をひそめたが、キットの到着で踏みこんだ質問をする機会を失った。キットのうしろにジョージとトムもいる。

「あんたを待ってたんだ、ウォルター。目を覚ましてやってくれよ。いつまでもキルケーに惑わされたオデュッセウスを演じさせてはいられない」キットがヘンリーの前にあるゴブレットをつかんだ。「おはよう、ハル」

「だれの目を覚ますんだ?」ウォルターはむっとしている。

「マシューに決まってるだろう。その女は魔女だ。それになんとなくおかしい」キットの目が細まった。「なにか隠している」

「魔女」ウォルターが慎重にくり返した。

薪を抱えたメイドが戸口で凍りついている。

「ああ」キットがきっぱりうなずいた。「トムとぼくは、ひと目でわかった」

メイドが籠に薪を放りこんであわてて出ていった。

「劇作家のくせに、時と場所をわきまえないやつだな、キット」ウォルターの青い瞳がマシューへ向けられた。「話のつづきはよそでやるか? それともこれもキットのばかげた妄想なのか? もし後者なら、おれは暖かい部屋でこのままエールを飲んでいたい」ふたりはしばらくじっと見つめ合っていた。マシューの表情はまったく揺らがず、ウォルターが小さく毒づいた。それが合図のようにピエールがやってきた。

「客間の暖炉に火を入れました」マシューに告げる。「お客さまにはワインと食べ物を用意してあります。お邪魔はいたしません」

客間は朝食をとった部屋ほど居心地がよくなかったし、大広間ほど印象的でもなかった。いくつもの木彫りの肘掛け椅子や絢爛《けんらん》豪華なタペストリー、凝った装飾が施された額縁に入った絵から判断して、以前は賓客をもてなす部屋だったのだろう。暖炉の近くにホルバインの見事な聖ヒエロニムスとライオンの絵がかかっている。初めて見る絵で、それは隣にある豚の目をしたヘンリー八世の肖像画も同じだった。本と眼鏡を持った王は見る者を悲しげに見つめ、手前にあるテーブルには高価な品々がならんでいる。ヘンリーの娘、現女王であるエリザベス一世が、向かいの壁から尊大に父親を凝視していた。緊張をはらんだふたりのよそよしさが、思い思いに腰をおろすわたしたちの気分をいっそう沈ませた。胸の前で腕を組んで暖炉の横に寄りかかっているマシューは、壁にかかったチューダー家のふたりと同じぐらい侮《あなど》りがたく見えた。

「まだほんとうのことを話すつもりでいるの?」わたしは小声で尋ねた。

「たいていはそのほうが簡単だ」ウォルターがとげとげしく言った。「友人のあいだでは、そのほうが好ましいのは言うに及ばず」

「自制しろ、ウォルター」マシューが釘を刺した。顔色が変わっている。

「自制しろ? 魔女とねんごろになったやつに言われたくない」怒りっぽさとなるとウォルターはマシューと互角だ。けれど同時に、声に心からの恐怖がわずかにうかがえる。

「ダイアナはわたしの妻だ」マシューがぴしゃりと言い返し、髪をかきあげた。「ダイアナの仲間に対し、この部屋にいる全員がこれまで非難に値することをしてきた。実際にやったにしろ、想像にしろ」

「だが結婚となると――いったいなにを考えていたんだ?」ウォルターが呆然《ぼうぜん》と尋ねた。

「彼女を愛していると」マシューがあっさり答えた。キットがあきれたように天井をあおぎ、銀のピッチャーから杯にワインを注いだ。暖炉の前に彼と座り、魔力や文学について語り合うわたしの夢が、十一月の朝の無情な日差しのなかでどんどん色あせていった。一五九〇年に来てからまだ二十四時間も経っていないが、早くもクリストファー・マーロウに心底うんざりしていた。

マシューの返事で静まり返った室内で、彼とウォルターがにらみ合っていた。キットに対し、マシューは寛大でやや苛立っている。ジョージとトムは彼の忍耐力を、ヘンリーは兄弟愛を引きだす。でもウォルターとマシューは対等――知性と強さ、おそらく容赦なさにおいても――で、だからこそウォルターの意見が唯一重視すべきものになっているのだ。どちらに群れのリーダーになる強さがあるのか窺っている二頭の狼《おおかみ》のように、ふたりは相手に油断ない敬意を抱いている。

「まあ、そういうこともあるだろう」ウォルターが慎重につぶやき、マシューの威信を受け入れた。

「ああ」炉床を踏むマシューの脚から緊張が消えた。

「おまえには、妻を持つには秘密も敵もありすぎる。それでも結婚したんだな」ウォルターが意外そうに言った。「みんなはおまえが自分の鋭さに頼りすぎだと責めていたが、おれはいままで違うと思っていた。いいだろう、マシュー。そんなに奸智《かんち》に長《た》けているなら、あれこれ聞かれたときどう答えればいいか教えてくれ」

キットの杯がテーブルをたたきつけ、手に赤ワインがはねた。「冗談じゃない――」

「黙れ」ウォルターがキットをにらんだ。「おまえのためにおれたちがついてる嘘を思えば、反対する権利などないはずだ。つづけてくれ、マシュー」

「ありがとう、ウォルター。この王国で、わたしの話を聞いても正気を疑わないのは、ここにいる五人だけかもしれない」マシューが両手で髪を梳《す》いた。「この世には時空を超えた世界が無限に存在するという、ジョルダーノ・ブルーノの考え方について、わたしが話したときのことを覚えているか?」

男たちが目を見合わせた。

「いったい」ヘンリーがおずおず口を開いた。「なにが言いたいんだ?」

「ダイアナはたしかに新世界から来た」そこでいったん間を置いた隙に、キットが得意顔でみんなを見渡した。「未来の新世界から」

沈黙が流れるなか、全員の視線がわたしへ向けられた。

「本人はケンブリッジ出身だと言っていたぞ」ウォルターが呆然としている。

「そのケンブリッジじゃないわ。わたしが生まれたケンブリッジはマサチューセッツ州にあるの」ずっと黙っていたのと緊張で、声がかすれた。ごほんと咳払いする。「ロアノークの北に植民地ができるのは、いまから四十年後よ」

驚きの声があがり、あらゆる方向から質問が飛んできた。トムの手が伸びてきて、ためらいがちにわたしの肩に触れた。硬い筋肉を感じてぎくりと手を引っこめている。

「時間を思いどおりにゆがめられるクリーチャーの話は聞いたことがある。素晴らしいじゃないか、キット。タイムスピナーと会えるなんて、考えたことあるか？　もっとも、近くにいるときは用心しないといけない。彼女の網に引っかかって道に迷いかねない」トムの顔には別世界に捕らわれるのを望んでいるように、物欲しげな表情が浮かんでいる。

「ここへ来た目的は？」ウォルターの低い声が騒々しい話し声を貫いた。

「ダイアナの父親は学者だった」マシューが代わりに答えた。興味を引かれてあがったざわめきを、ウォルターが片手をあげて制した。「母親も学者だった。魔女と魔術師だったふたりは、不可解な状況で死亡した」

「では、あなたとは共通点があるんですね、ダ、ダイアナ」身震いしながらヘンリーがつぶやいた。どういう意味か尋ねる前に、ウォルターがマシューにつづけるよう合図した。

「そのせいで、ダイアナの魔女としての教育は……ないがしろにされた」マシューがつづける。

「そんな魔女は簡単に餌食《えじき》にされてしまうぞ」トムが眉をひそめた。「どうして未来の新世界では、そういうクリーチャーにもっと気を配っていないんだ？」

「自分の魔力も、一族の長い歴史も、わたしにとってはどうでもよかったの。生い立ちの足かせから逃れたい気持ち、あなたなら理解できるでしょう」わたしは靴屋の息子であるキットに目を向けた。同情は無理でも、せめて同感は得られるのではないかと思っていたが、顔をそむけられた。

「無知は許しがたい罪だ」キットは、黒い上着にいくつも入ったぎざぎざの切れ目《スラッシュ》からはみだしている赤い絹をいじっている。

「不忠もそうだ」とウォルター。「つづけろ、マシュー」

「ダイアナは魔女の技の教育は受けていないかもしれないが、無知とは程遠い。彼女自身も学者になった」誇らしげな口調になっている。「錬金術に情熱を燃やしている」

「女の錬金術師なんて、ただの台所の哲学者だ」キットがせせら笑った。「自然の神秘を解き明かすことより、自分の肌の調子をよくすることに関心があるのさ」

「わたしは図書館で錬金術を研究しているわ、台所ではなく」口調や発音を調節するのも忘れ、鋭く言い返していた。キットの目が丸くなっている。「それに大学で錬金術に関する講義もしている」

「大学で女に講義をさせているのか？」ジョージが言った。強い興味と嫌悪を同じぐらい感じているらしい。

「大学への入学も許可されている」マシューが弁解がましく鼻先をつまんだ。「ダイアナはオックスフォードに通った」

「さぞ出席率がいいことだろう」にこりともせずにウォルターがつぶやいた。「オーリエル・カレッジが女の入学を認めていたら、おれももうひとつ単位を取っていたかもしれない。それで、ロアノークの北にこれからできる植民地では、女の学者が攻撃されているのか？」これまでマシューがした話を聞けば、こう結論を出すのもうなずける。

「全員ではない。だがダイアナはオックスフォードで、行方不明になっていた本を見つけた」〈夜の学派〉のメンバーが前に乗りだした。このグループにとっては、無知な魔女や女の学者より行方不明の本のほうがはるかに興味深いのだ。「その本には、クリーチャーの世界に関する秘密が書かれている」

「ぼくたちの創造を説明しているという、〝謎の本〟か？」キットが愕然《がくぜん》としている。「これまで、この伝説にはずっと無関心だったじゃないか、マシュー。それどころか迷信だと言って取り合わなかった」

「いまは信じている。その発見で、ダイアナの玄関先に敵がぞろぞろやってくるようになった」

「そしてそんな彼女とおまえは一緒にいる。ということは、敵はかんぬきをはずして入ってきたんだな」ウォルターが首を振った。

「なぜマシューの好意がそんな恐ろしい結果につながったんだ？」ジョージが尋ねた。丸眼鏡を上着に繋いでいる黒いグログランのリボンをいじっている。上着は流行に合わせて腹部をふくらませてあり、動くたびになかに詰めたものがオートミールの袋のようにカサカサ音をたてていた。ジョージが丸眼鏡を顔にあて、興味深い新たな研究対象であるかのようにまじまじとわたしを観察した。

「魔女とウィアの結婚は禁じられているからさ」すかさずキットが答える。〝ウィア〟という言葉は初耳で、口笛のような〝w〟ではじまり、最後は喉で発音している。

「デーモンとウィアもだ」ウォルターがいましめるようにキットの肩に手を置いた。

「そうなのか？」ジョージがマシューに驚きの目を向け、次にわたしを見た。「女王が禁じているのか？」

「大昔にクリーチャーのあいだで定められた、だれも破ろうとしない誓約だ」トムの声に怯《おび》えが聞き取れる。「破った者はコングレガシオンに責任を問われ、罰せられる」

この誓約が交わされる以前、クリーチャーたちが互いにどんな態度を取っていたか、周囲の人間にどんな影響を与えていたかを知っているのはマシューぐらい長生きしているヴァンパイアだけだ。〝別の種族と親しく交わってはならない〟というのがもっとも重要なルールで、コングレガシオンがその境界を厳しく監視している。クリーチャーの能力――デーモンの創造性、ヴァンパイアの強さ、魔女の超自然的な力――は、混じり合うと無視できないものになる。あたかも魔女の力がそばにいるデーモンの独創力を高め、デーモンの非凡な創造性がヴァンパイアの美貌をより際立たせるように。人間との関係に関しては、目立つのを避けて政治や宗教には介入しないことになっている。

十六世紀のコングレガシオンには、抱えている問題が多すぎるから――宗教戦争、異教徒の火刑、印刷技術にあおられて最近ブームになっている不思議なものや奇妙なものへの欲求――愛し合う魔女とヴァンパイアのような些細なことを気にする余裕はないはずだ。マシューがこう断言したのはほんの今朝のことだ。けれど彼と出会った九月から起きたさまざまな出来事を考えると、とてもそうは思えなかった。

「コングレガシオン?」ジョージが興味を引かれている。「新しい宗派かなにかか?」

ウォルターが友人の質問を無視してマシューに鋭い目を向けた。その視線をわたしに向ける。「その本はまだ手元にあるのか?」

「いいえ、だれの手元にもないわ。本は図書館に返した。でも仲間の魔女たちは、わたしならまた手に入れられると思っているの」

「つまりきみはふたつの理由で追われているんだな。ウィアから遠ざけたいと望む者と、望む結果を得るために不可欠な存在と捉えている者がいる」ウォルターが鼻のつけ根をつまみ、疲れた顔でマシューを見た。「おまえはほんとうに厄介事ばかり引き寄せるやつだな。しかもよりによってこんなときに。女王の在位記念の祝典まで三週間もない。おまえは宮廷に行かなければならない」

「女王の祝典なんて、どうでもいい! そばにタイムスピナーがいたら物騒でしかたない。ぼくたちの運命が見えるんだぞ。ぼくたちの未来を取り消すことも、不幸にすることもできるし、死を早めることさえできるんだ」キットが勢いよく立ちあがってマシューの前に立った。「いったいどんな神の御業《みわざ》でこんなことをするんだ?」

「無神論者だと豪語していたくせに、ぼろを出したようだな、キット」マシューが冷静に言った。「自分の罪を購《あがな》うときがきたのではと、不安になっているのか?」

「ぼくはあなたほど慈悲深い全能の神を信じていないかもしれないが、この世にはあなたの哲学書に書かれていないこともあるんだ。それにこの女、この魔女がぼくたちの問題に首を突っこむのは許せない。あなたはとりこになっているかもしれないが、ぼくは自分の将来を魔女にゆだねるつもりはないからな!」キットがまくしたてた。

「待て」ジョージの顔にまさかという表情が浮かんでいく。「マット、きみはチェスターからここへ来たのか? それとも——」

「答えなくていい、マット」トムがきっぱりさえぎった。「ふたつの顔を持つヤーヌス神は目的があってここにいるんだ。邪魔をするべきじゃない」

「できれば、わかるように話してくれないか」キットが意地悪く返す。

「マシューとダイアナは、顔のひとつで過去を見ている。ふたつめの顔で未来を考えている」キットの邪魔を無視してトムがつづけた。

「でももしマットが……」ジョージが言いよどむ。

「トムの言うとおりだ」冷ややかにウォルターが言った。「マシューは友人で、おれたちに助けを求めている。おれの記憶にあるかぎり、初めてのことだ。それだけわかっていればいい」

「求めすぎだ」キットが言い捨てた。

「求めすぎ? むしろ些細で遅すぎるくらいだ。マシューはおれの最初の航海の資金を出し、ヘンリーの財産を守り、ジョージとトムが本と夢の世界に閉じこもっていられるようにしてきた。おまえのことは」頭のてっぺんからつま先までじろじろながめまわしている。

「おまえの中と外にあるものはすべて——考え方からさっき飲んだワインや頭にのっている

帽子まで――マシュー・ロイドンのおかげだ。それに比べたら、嵐のあいだ彼の妻に安全な港を提供するぐらい些細なことだ」

「ありがとう、ウォルター」マシューはほっとしたようだが、わたしに向けた笑顔はおぼつかなかった。友人たちを、なかでもウォルターを説得するのは予想以上にむずかしかったのだ。

「おまえの妻がここに来たもっともらしい理由を考えておく必要があるな」ウォルターが考えこむ顔をした。「風変わりでも言い訳が立つ理由を」

「ダイアナの指南役も必要だ」とマシュー。

「たしかに少しマナーを学ぶべきだ」キットがぼやく。

「いいや、ダイアナの指南役は魔女でなければいけない」ウォルターがおもしろそうな声を漏らした。「ウッドストックから三十キロ圏内に魔女がいるとは思えない。おまえがここに住んでいるのに」

「それに、その本はどんなものなんだ?」ジョージが球根のようなかたちをしたブリーチズに隠れているポケットから、糸を巻きつけた灰色のとがった棒を出した。鉛筆の先端をなめ、目に期待を浮かべて構えている。「外観と内容を教えてくれるか? オックスフォードで探してみる」

「本はあとでいいわ」わたしは言った。「まずはまともな服がほしい。ピエールの上着とマシューの姉のスカートでは出かけられないもの」

「話し方でイングランド人でないのはすぐわかってしまう。わたしが喜んでしゃべり方を教えようとおりだ」ジョージがすまなそうに言った。帳面にメモを取っている。

「話し方でイングランド人でないのはすぐわかってしまう。わたしが喜んでしゃべり方を教えよう」イライザ・ドゥーリトルになったわたしに、ジョージ・チャップマンがヘンリー・ヒギンズを演じると思っただけで、いますぐここを出ていきたくなる。

「ひとこともしゃべらせちゃだめだ、マット。黙らせておけ」キットが食いさがった。

「わたしたちに必要なのは女性だ。ダイアナにアドバイスができる女性。五人もいるのに、なぜ娘や妻や愛人がいる者がひとりもいないんだ?」マシューの言葉に沈黙が流れた。

「ウォルター?」キットが茶化すように声をかけると、ほかの男たちがどっと笑いだし、夏の嵐が吹きぬけたように重苦しい雰囲気が明るくなった。マシューまで笑っている。

笑い声がおさまると、ピエールが部屋に入ってきて、靴底についた湿気が家中に広がらないよう床に敷いてあるイグサに混ぜたローズマリーとラベンダーの小枝を蹴りたてた。ちょうどそのとき、十二時を告げる鐘が鳴りはじめた。マルメロを目にしたときのように、音と香りがひとつになって、わたしは一気にマディソンへ戻っていた。

過去と現在と未来が合わさった。それぞれの光景がゆっくり流れるように移り変わるのではなく、時間がとまったように静止する瞬間がある。息が詰まった。

「ダイアナ?」マシューに肘をつかまれた。

青と琥珀《こはく》色のなにかが、光と色を編んだなにかが目に入った。クモの巣か埃《ほこり》しかなさそうな部屋の隅で、きつい網目になっている。わたしは目を奪われてそちらへ行こうとした。

「彼女、だいじょうぶなのか?」ヘンリーがそう尋ねる声が聞こえ、マシューの肩のうしろにある彼の顔が徐々にはっきり見えてきた。

ゆるやかにつづいた鐘の音がとまり、ラベンダーの香りが薄れていく。青と琥珀色が灰色と白にまたたいて消えた。

「ごめんなさい。部屋の隅になにか見えた気がしたの。きっと光のいたずらだわ」頬に片手をあてる。

「疲れているだけだろう」マシューがささやいた。「庭を散歩しようと約束していたな。外に出て頭をすっきりさせるか?」

おそらくタイムウォークの後遺症で、新鮮な空気を吸えば治るだろう。でも、マシューは四世紀以上ここにいる友人たちと会っていなかったのだ。

「あなたはお友だちと一緒にいて」きっぱり言ったものの、視線がつい窓へ向いてしまう。

「散歩から戻ったときも、みんなはまだここでワインを飲んでいる」マシューが笑顔で応え、ウォルターを見た。「ダイアナに彼女の家を案内して、庭で迷わないようにしてくる」

「今後のことを相談する必要がある」ウォルターが釘を刺した。「話し合っておかなければならない」

マシューがうなずいて、わたしの腰に手をまわした。「いますぐでなくてもいい」

暖かい客間に〈夜の学派〉を残して、庭へ向かった。トムはすでにヴァンパイアと魔女の問題に興味を失い、読書に夢中になっている。ジョージも同じく物思いに没頭し、さかんにメモを取っていた。キットの一瞥《いちべつ》は胡散《うさん》臭げで、ウォルターのそれには警戒がこもり、ヘンリーの目には同情があふれていた。黒っぽい服を着た真顔の三人は、薄情なカラスのようだ。それを見ると、この非凡なグループを指して間もなくシェイクスピアが書くはずの言葉が思いだされた。「始まりはなんだったかしら?」わたしは小声で尋ねた。「〝黒は黄泉《よみ》のしるし〟?」

マシューが物悲しい顔をした。「〝黒は黄泉のしるし。地下牢の色、夜の学派の色〟」

「友情の色と言ったほうが正確ね」ボドリアン図書館でマシューが閲覧者をうまくあしらうのを見たことがあるが、ウォルター・ローリーやキット・マーロウのような相手にも影響を及ぼせることがまだ信じられなかった。「あのひとたちがあなたのためにやらないことはあるの、マシュー?」

「それを知る日が来ないことを神に祈ろう」マシューが暗く答えた。

3

月曜の朝、わたしはマシューの書斎にこもっていた。書斎はピエールの部屋とそれより狭い資産管理に使われている部屋のあいだにあり、門番小屋とウッドストックの街道を見晴らせた。

連中の大半は――よく知るようになると、こう呼ぶほうが仰々しい〈夜の学派〉よりはるかにぴったりの気がする――マシューが〝朝食室〟と呼ぶ部屋でエールやワインを飲みながら、わたしの素性に大がかりな創意工夫をくわえている。ウォルターの言葉によると、それが終われば、わたしが突然ウッドストックに現れた理由をいぶかしむ住民を納得させられるし、わたしの奇妙なアクセントや振舞いが取り沙汰されることもなくなるらしい。

いまのところ、彼らがでっちあげた話はかなりメロドラマめいている。主だった要素を考えたのが、ここに住みこんでいるふたりの劇作家――キットとジョージ――であることを考慮すれば、そうなるのも無理はない。登場人物には亡くなったフランス人の両親や、寄る辺ないみなしご——わたしのこと——を食い物にする欲深い貴族、わたしの貞操を奪おうとする助平おやじが含まれている。わたしの宗教裁判とカトリックからカルヴァン主義への改宗に及んだところで物語は壮大になり、イングランドのプロテスタントの土地への自主的な国外退去、数年に及ぶ赤貧生活、マシューによる思いがけない救済、にわかに生まれた恋心へとつづく。詳細は、ストーリーに最後の仕上げをした時点でジョージ——ちょっとした教師そのもの——がわたしにたたきこんでくれることになっている。

わたしは静けさを堪能していた。住民が多いこのサイズのエリザベス朝の屋敷ではめったにないことだ。厄介な子どものように、キットは最悪のタイミングを的確に選んで手紙を持って来たり、夕食だと言いに来たり、マシューの助けを求めたりする。それにとうぜんながら、マシューは二度と会うことはないと思っていた友人たちと過ごしたがっていた。

いまマシューはウォルターと出かけていて、わたしは小さな雑記帳に屈みこんで彼の帰りを待っていた。窓辺に置かれたマシューの机は、先をとがらせた羽根ペンが入った袋とガラスのインク壺が散らかったままだ。近くにほかのものも散らばっている——書状を封印する棒状の蠟《ろう》、手紙を開封する薄刃のナイフ、蠟燭《ろうそく》、銀のシェイカー。最後のひとつには塩ではなく砂が入っていて、それは今朝、卵料理を砂だらけにしてしまったとき思い知らされた。

インクがにじまないように砂で吸い取るために使われるシェイカーは、同じようなものがわたしの机にもあり、ほかに黒インクの壺と羽根ペンの残骸が三本載っていた。いまはエリザベス朝の複雑に渦を巻く手書き文字をマスターしようとして、四本めをだめにしているところだ。やることリストぐらい、すぐ書けるはずだった。歴史学者として長年むかしの手書き文字を読んできたから、文字の見た目やよく使われる言葉、辞書や文法上の規則がほとんどない時代に選ぶべき突飛なスペルもよくわかっている。

けれど、いざやってみると知識と実践は別ものだった。専門家になるために何年も努力したというのに、また学生に逆戻りしている。ただ目下の目標は過去を理解することではなく、そこで生活することだ。いまのところ今回の挑戦は屈辱的な結果に終わっていて、今朝マシューにもらったポケットサイズの白紙の本の一ページめをぐちゃぐちゃにしただけだった。

「エリザベス朝のノートパソコンだ」薄い本を手渡しながら、マシューはこう言った。「きみは学者だから、メモを取るものがいるだろう」

きつく綴《と》じてある本をパキッとひらくと、真新しい紙のにおいが立ちのぼった。この時代、有徳な女性の多くはこういう小さな本を祈禱《きとう》に使っていた。

Diana

Dの書きはじめにインクの大きな染みができ、最後のaを書くころには線がかすれていた。とはいえ、努力の甲斐あって、この時代のイタリック体としてはまずまずの出来だ。ただゆっくりしか書けず、のたくった書記体で手紙を書いていたときのマシューよりはるかに時間がかかってしまう。書記体は法律家や医師など専門職が使う文字で、いまのわたしにはむずかしすぎる。

Bishop

さらによくなった。でも口元に浮かんだ笑みはみるみる消え、わたしは自分の名字の上に線を引いた。わたしは結婚しているのだ。インクにペン先を浸す。

de Clermont

ダイアナ・ド・クレアモント。歴史学者というより、伯爵夫人のような響きだ。インクがポタリと紙に落ちて黒い染みになり、わたしは毒づきそうになるのをこらえた。幸い、名前の上には落ちていない。もっとも、これもわたしの名前ではない。〝ド・クレアモント〟の上に染みを伸ばす。まだ読める――かろうじて。わたしはしっかりペンをかまえ、慎重に正しい文字を綴った。

Roydon.

これがいまのわたしの名前だ。ダイアナ・ロイドン。謎めいた〈夜の学派〉の関係者のなかで、もっとも捉えどころがない人物の妻。わたしは自分が書いた字をじっと見つめた。ひどい筆跡だ。一五九〇年代の女性の筆跡が一六九〇年代よりはるかにへたくそだといいのだが。あと何度かペンを走らせて飾りをつければ書き終わる。

Her Booke.

外で男性の声がした。わたしは顔をしかめてペンを置き、窓に近づいた。下にマシューとウォルターがいた。ガラスで声がくぐもっているが、マシューの怒った顔とウォルターのつりあがった眉で、険悪な話だとわかる。マシューがもういいと言うように手を振って背を向けると、ウォルターが彼をつかんで引きとめた。

今朝、手紙の束が届いてから、マシューはずっとなにかを気にしていた。彼はぴたりと動きをとめ、手紙が入った袋をあけようともしなかった。本人は通常の領地に関わる件だと話していたが、あの袋に税の催促や支払期日が来た請求書以上のものが入っていたのは間違いない。

わたしはマシューと自分を隔てているのが目の前のガラスしかないつもりで、冷たいガラスに温かい手をあてた。その温度差が、温かい血の魔女と冷たい血のヴァンパイアが触れ合ったときの感触を連想させた。わたしは机に戻ってペンを取った。

「結局は十六世紀に足跡を残すことに決めたようだな」いつのまにかマシューが横に来ていた。口の端のひきつりでおもしろがっているのがわかるが、ピリピリした雰囲気はごまかしきれていない。

「わたしがここにいたことを示す長く残るものをこしらえていいものか、まだ決心がつかないの」正直に言う。「未来の学者がなにかおかしいと気づくかもしれない」キットがわたしはどこかちぐはぐだと気づいたように。

「心配するな。それがこの家を出ることはない」マシューが手紙の束に手を伸ばした。

「断言はできないはずよ」

「歴史の決着は歴史に任せておけばいい」この話はこれで終わりだと言うような、断定的な口調。けれどわたしは未来を考えずにはいられなかった――というより、わたしたちが過去にいることで未来に及ぼす影響を心配せずにはいられない。

「やっぱりキットに例のチェスの駒をあずけたままでいいとは思えないわ」キットが月の女神の小さな彫像を勝ち誇ったように振りかざしていたときの光景が頭を離れない。あの女神はマシューの銀でできた贅沢《ぜいたく》なチェスセットで白のクイーンの役目を果たしていたもので、イザボーのイヤリングやキットの戯曲『フォースタス博士』と合わせ、過去の的確な場所へ導いてもらうためにわたしたちが使った三つの品のひとつだった。タイムウォークをしようと決めたとき、見知らぬふたりのデーモン、ソフィ・ノーマンと彼女の夫ナサニエル・ウィルソンがあの彫像を持ってマディソンにある叔母の家へ突然現れたのだ。

「キットはゆうべ、正々堂々と賭けに勝ってわたしからあれを勝ち取った――そうなることになっていた。少なくとも今回はなぜ負けたかわかった。あいつはルークでわたしの注意をそらした」うらやましいスピードでさらさらと手紙を書きあげ、きれいにたたんでいる。そして朱色の蠟を手紙の端に垂らし、印章つきの指輪を押しつけた。指輪の金色の表面に彫れているのは木星を表すシンプルな記号で、サトゥがわたしに焼印した複雑な徽章《きしょう》ではない。冷えるにつれて蠟がパチパチ音をたてていた。「なんらかの経緯をたどって、わたしの白のクイーンはキットからノース・カロライナの魔女の一族のもとへ渡った。わたしたちの介入のあるなしにかかわらず、また同じことが起きると信じるしかない」

「以前のキットはわたしを知らなかったわ。それにわたしを嫌っている」

「それならなおさら心配いらない。ダイアナ《月の女神》を見るのが不愉快なら、手放せないはずだ。クリストファー・マーロウは第一級のマゾヒストだ」べつの手紙を手に取り、ナイフで開封している。

わたしは自分の机に載ったほかの品々をながめ、硬貨の山を手に取った。エリザベス朝の通貨に関する役に立つ知識は大学院で学んでいない。家政の切り盛りも、下着をつける正しい順番も、使用人との話し方も、トムの頭痛に効く薬の作り方も学んでいない。服についてフランソワーズと交わした会話で、ありふれた色の名称も知らないことが明らかになった。〝ガチョウの糞《ふん》の緑〟は知っていたが、一風変わった灰色がかった茶色を指す〝ネズミの毛〟は知らなかった。これまでの経験から、二十一世紀に戻ったら、最初に会ったチューダー朝専門の歴史学者の首を甚大な職務怠慢で締めてやるつもりでいる。

でも日常生活のこまごましたことがわかっていくのは楽しくもあり、すぐにわずらわしく思わなくなった。わたしは手のひらに載せた硬貨を調べ、ペニー銀貨を探した。おぼつかないわたしの知識の基礎になる銀貨だ。親指の爪ぐらいの大きさで、ウエハースのように薄く、ほかの多くの硬貨と同じようにエリザベス女王の横顔が彫られている。わたしは残りの硬貨を値打ち順に整理し、次の白紙のページに順番に明細を書きはじめた。

「ありがとう、ピエール」マシューがつぶやいた。封印した手紙を素早く回収して新たな手紙を机に置いているピエールに、ろくに顔もあげていない。

わたしたちは親しさゆえの沈黙のなか、書き物をつづけた。間もなく硬貨の明細を書き終えたわたしは、口数の少ない料理人チャールズに教わった滋養飲料《コードル》――それともミルク酒?――の作り方を思いだそうとした。

頭痛に効くコードル

比較的まっすぐ書けたし、染みは小さなものが三つだけで、Cもちょっとしかゆがんでいない。

水を沸騰させる。卵の黄身ふたつを泡立てる。白ワインをくわえ、さらに泡立てる。お湯が沸いたら、いったん冷まし、ワインと卵をくわえる。ふたたび沸騰するまでかきまぜ、サフランと蜂蜜をくわえる。

できあがったのは胸が悪くなるしろもの——真っ黄色の水っぽいカッテージチーズみたいなもの——だったが、トムは文句も言わずにズルズルと音をたてて飲みきった。あとでチャールズに蜂蜜とワインの正しい割合を尋ねたが、彼はわたしの無知に愛想を尽かして両手をあげ、無言で行ってしまった。

過ぎ去った時代で暮らしたいと密《ひそ》かにずっと望んでいたのに、予想よりはるかにむずかしい。ため息が漏れた。

「それだけではリラックスできないだろう」マシューの視線は手紙から離れていない。「自分の部屋も持ったほうがいい。ここはどうだ？　明るいからじゅうぶん読書室になる。なんなら錬金術の実験室にしてもいい——もっとも、鉛を金に変えるつもりなら、もっと人目につかない場所のほうがいいだろう。厨房のそばにある部屋ならいいかもしれない」

「厨房は避けたほうがいい気がするわ。チャールズはわたしを気に入っていないもの」

「チャールズはだれのことも気に入らない。それはフランソワーズも同じだ——ただし、チャールズだけは例外だ。彼の酒好きにもかかわらず、真価を認めてもらえない聖人としてフランソワーズは崇拝している」

廊下で威勢のいい足音がした。だれのこともよしとしないフランソワーズが戸口に現れた。「マダムにお客さまです」フランソワーズが脇にどくと、両手にタコができた白髪交じりの七十代とおぼしき男と、そわそわ足を踏みかえている青年が見えた。どちらもクリーチャーではない。

「サマーズ」マシューが眉をひそめた。「隣にいるのはジョセフ・ビドウェルの息子か?」

「はい、ロイドンさま」青年が頭にかぶった縁なし帽を取った。

「マダムの採寸に来たのです」フランソワーズが言った。

「採寸?」マシューがわたしとフランソワーズに向けた顔が、答えを要求していた――いますぐ答えろと。

「靴。手袋。マダムのお召し物を注文するんです」とフランソワーズ。「ペチコートと違って、靴はだれにでも合うというわけにはいきません」

「わたしがふたりを呼ぶようにフランソワーズに頼んだの」マシューに協力してほしかった。わたしの奇妙なアクセントを聞いてサマーズが目を見ひらいたが、すぐにあたりさわりのない慇懃《いんぎん》な表情に戻した。

「妻の旅は思いのほか厳しいものになり」マシューがよどみなく応じ、わたしの隣に立った。「荷物をすべて失ってしまった。あいにく、参考にできる靴がひとつもない、ビドウェル」わたしの肩に手を置き、これ以上口をきくなと警告している。

「失礼してよろしいですか?」ビドウェルがわたしの足元にしゃがみこみ、サイズの合わない借り物の靴を固定しているひもの上で手をとめて尋ねた。足を見られたら、わたしが見かけと違うのがばれてしまう。

「ああ、たのむ」マシューが答えた。返事をさせてもらえなかったわたしに、フランソワーズが同情の顔を向けてきた。マシュー・ロイドンに黙らせられる者の気持ちをわかっているのだ。

青年が、わたしの足の温かさと頻繁に打つ脈を感じてはっとしている。もっと冷たくて生気のない足を予想していたにちがいない。

「仕事はどうだ？」マシューが鋭く尋ねた。

「はい、だんなさま。閣下。ロイドンさま」〝陛下〟と〝闇の王子〟以外の使える敬称をならべている。それでも気持ちは伝わった。

「父親はどうしている？」マシューの口調がやさしくなった。

「四日前から病で臥《ふ》せっております」ビドウェルが腰に結んだ袋からフェルトを出し、その上に片足ずつわたしの足を載せて木炭で輪郭をなぞった。フェルトになにか書きつけて手早く作業を終え、そっと足を床に戻す。それから色がついた四角い革を革ひもで綴じた奇妙なものを取りだして、差しだした。

「人気がある色はどれ？」色見本を無視してわたしは訊いた。わたしに必要なのは○×式テストではなく、アドバイスだ。

「宮廷へ行かれるご婦人たちは、金や銀の模様をつけた白を好まれます」

「われわれは宮廷へは行かない」マシューがすかさず言った。

「では黒か黄褐色はいかがでしょう」ビドウェルがキャラメル色の革を掲げて承諾を求めた。わたしがひとこともしゃべらないうちにマシューが承諾した。

次は年配の男性の番だった。青年と同じように、わたしの手のひらにタコがあるのに気づいて驚いている。マシューと結婚するような育ちのいい女性はボートなど漕《こ》がない。中指のしこりにも気づかれた。貴婦人はタコができるほどきつくペンを握ることもない。バターのように柔らかい大きすぎる手袋を右手にはめられた。サマーズが針と粗い糸で縁を縫いこんでいく。

「父親に必要なものはそろっているのか、ビドウェル?」マシューが靴職人に尋ねた。

「はい、ありがとうございます、ロイドンさま」ビドウェルがぺこりと頭をさげた。

「チャールズにカスタードと鹿肉を届けさせよう」灰色の瞳が青年のがりがりの体を見渡す。「ワインも」

「ご厚意にビドウェルも感謝することでしょう」手袋がぴったり合うように革を縫いながらサマーズが言った。

「ほかに病気の者はいるか?」とマシュー。

「ラフェ・メドウズの娘が高い熱を出しました。老エドワードを心配しましたが、高熱だけですんでいます」サマーズが簡潔に答えた。

「メドウズの娘は回復したんだろうな」

「いいえ」サマーズが糸をプツリと切る。「三日前に埋葬されました」

「アーメン」その場にいた全員がつぶやいた。フランソワーズが眉をあげてサマーズのほうへ頭を傾けている。遅ればせながら、わたしも唱和した。

職人たちの作業が終わって靴と手袋は今週末にできることになり、ふたりはお辞儀をして部屋を出ていった。あとにつづこうとしたフランソワーズを、マシューが呼びとめた。

「ダイアナにはもうだれも会わせるな」本気さがはっきり伝わる口調だ。「それとエドワードのところへ看護婦と十分な食料と飲み物を手配しろ」

フランソワーズが黙ってお辞儀をし、ふたたびこちらへ同情の視線を投げてから去っていった。

「村人たちは、わたしがよそものだと気づくんじゃないかしら」わたしは震える手で額を拭《ぬぐ》った。「問題は母音よ。それに抑揚をあげなければいけないところでさがってしまう。いつアーメンと言えばいいの？　祈り方を教わる必要があるわ、マシュー。どこからか手をつけないと――」

「落ち着け」マシューがコルセットをつけた腰に両手をまわしてきた。布を何枚も隔てていても、彼に触れられると心がなごんだ。「これはオックスフォードの口頭試験じゃないし、舞台デビューをしようとしているわけでもない。情報を詰めこみすぎたり、台詞を練習しても役に立たない。ビドウェルとサマーズを呼ぶ前に、わたしに訊くべきだった」

「どうしてあなたは何度もくり返し、それまでと違う別人のふりができるの？」不思議でならない。マシューは違う国にふたたび姿を現し、違う言語をしゃべり、違う名前を名乗るために死んだふりをするたびに、数世紀にわたって数えきれないほどこういうことをつづけてきたのだ。

「いちばん肝心なのは、芝居をしないことだ」戸惑いが顔に出ていたらしく、マシューがつづけた。「オックスフォードでわたしが言ったことを思いだせ。偽りの暮らしはできない。魔女なのに人間のふりをすることだろうが、二十一世紀から来たのにエリザベス朝の女で通そうとすることだろうが。いまはこれがきみの人生なんだ。演じようとするな」

「でもわたしのアクセントや歩き方は？」この家にいるほかの女性との歩幅の違いは自分でも気づいていたが、男っぽい歩き方をキットにあからさまに真似され、あらためて思い知らされた。

「すぐに慣れる。それまでは噂になるだろうが、ウッドストックの村人にどう思われようと関係ない。いくらもしないうちにみんなもきみに馴染んで、噂も消える」

わたしはマシューに疑いの目を向けた。「噂がどういうものか知らないくせに」

「きみが関心の的になるのはせいぜい今週だけだとわかるぐらいには知っている」ちらりと雑記帳に目をやった彼が、自信のない筆跡と染みに気づいた。「ペンを強く握りすぎだ。だからペン先が割れてインクが出なくなる。きみは新しい生活も強く握りすぎている」

「こんなにむずかしいとは思わなかったんだもの」錬金術の象徴的表現に関する学術的知識は、なんの役にも立たない。

「きみは覚えが早いし、オールド・ロッジにいるかぎり安全だ。ここには味方しかいない。

だがしばらく来客はやめておけ。それで、なにを書いていたんだ?」

「自分の名前よ、主に」

マシューがパラパラとページをめくって、これまで書きとめたものをチェックした。一方の眉があがっている。「経済学と料理の試験の準備もしているのか。どうしてこの家であったことを書かない?」

「だって十六世紀でなんとかやっていく方法を習得する必要があるんだもの。でも、日記も役に立つかもしれないわね」その可能性を考えてみた。まだ混乱している時間の感覚を整理するのに、日記は役に立ちそうだ。「フルネームは書かないことにするわ。一五九〇年には、紙とインクを節約するためにイニシャルが使われていた。それに自分の考えや感情も書かない。天候や月の満ち欠けを記録したのよ」

「十六世紀イングランドの記録のいちばんの特徴だ」笑っている。

「女性も同じようなことを書いていたの?」

マシューがわたしの顎に指をかけた。「まだそんなことを言ってるのか? ほかの女性がなにをしているかは気にするな。きみは特別なきみでいればいいんだ」わたしがうなずくと、彼がキスをして自分の机へ戻った。

わたしはできるだけそっとペンを持ち、新たなページに向かった。曜日を表すために占星術の記号を使い、天気やオールド・ロッジでの暮らしぶりに関する短い記述も書くことにした。こうすれば、将来これを読まれても不自然とは思われないはずだ。というより、そう願いたい。

♄　1590年10月31日　雨、清涼

夫の親友CMを紹介された。

☉　1590年11月1日　寒く乾燥

未明にGCと知り合う。日の出のあと、TH、HP、WRが到着。みな夫の友人。満月。

将来どこかの学者がこのイニシャルは〈夜の学派〉を指しているのではないかと考えるかもしれないが——なにしろ最初のページにロイドンの名前があるのだ——証明しようがない。それに近頃ではこの知識人グループに興味を持っている学者はほとんどいない。最高のルネサンス式教育を受けている〈夜の学派〉のメンバーは、昔の言語といまの言語のあいだを驚異的なスピードで移動できる。ひとり残らずアリストテレスを隅々まで熟知している。そしてキットとウォルターとマシューが政治の話をはじめると、歴史と地理の広範な知識を自在に使いこなす三人にだれもついていけなくなってしまう。まれにジョージとトムが意見をさしはさむことはあるものの、言葉に詰まりがちで少し耳も遠いヘンリーが難解な討論に本格的にくわわるのには無理がある。メンバーのなかでいちばん身分が高い彼は、その立場を踏まえた親愛のこもる控えめな敬意を漂わせ、たいてい静かにみんなをながめている。ここまで人数が多くなければ、わたしも話についていけたかもしれない。

マシューに関して言えば、検査結果を気に病んで種の将来を憂いていた思慮深い科学者ではなくなっていた。わたしが恋に落ちたのはそういうマシューだったが、いつしか十六世紀の彼にも恋をしていて、どっと笑い声をあげたり、哲学的な些細な点をめぐって勃発《ぼっぱつ》した討論で素早く応酬しているのを見るたびに魅了されていた。マシューはディナーの席でジョークを言い、廊下で鼻歌を歌っている。寝室の暖炉の前では犬たち――アナクシマンドロスとペリクレスという名の毛むくじゃらのマスチフ犬――とレスリングをする。二十一世紀のオックスフォードやフランスで、マシューはつねにどこか哀しげだった。でもウッドストックにいる彼は幸せそうで、現実とは思えないと言わんばかりに友人を見つめているときすらそう見える。

「自分がどれほど彼らを恋しく思っていたか、気づいていた?」わたしは仕事の邪魔をせずにはいられなかった。

「ヴァンパイアは、あとに残してきた者のことをくよくよ考えてはいられない」マシューが答えた。「そんなことをしたら頭がおかしくなってしまう。たいていは彼らを思いだすよすがになるものがたくさんある――彼らの言葉や肖像画が。だが細かいことは忘れてしまう。表情の癖や笑い声は」

「父はいつもポケットにキャラメルを入れていたわ」わたしはそっとつぶやいた。「すっかり忘れていた。ラ・ピエールのあの出来事まで」目をつぶると、いまでも小さなキャラメルの香りを感じ、柔らかいシャツにセロファンがカサコソこすれる音が聞こえる。「そしてきみはその記憶を捨てようとは思わない」マシューがやさしく言った。「たとえ苦しみから解放されようと」

彼がべつの手紙を手に取り、紙の上でペンを走らせはじめた。集中した引き締まった表情に戻り、鼻梁《びりょう》に浅い皺《しわ》を寄せている。わたしは彼が羽根ペンを持つ角度と、ペン先をインクに浸すまでの時間を真似てみた。たしかにペンをきつく握りしめていたときより書きやすい。わたしはページの上でペンをかまえ、日記のつづきを書く準備を整えた。

今日は万霊節だ。死者を偲《しの》ぶ日。家の者はみんな、庭の草木を凍らせる厚い霜の話をしている。ピエールによれば、明日はさらに寒くなるらしい。

☽ 1590年11月2日　霜

靴と手袋の採寸。フランソワーズが縫い物。

フランソワーズは寒さを避けるためのマントと、これから来る冬に備えて暖かい服を縫ってくれている。午前中ずっと屋根裏にこもり、ルイーザ・ド・クレアモントが置いていった服をあさっていたのだ。マシューの姉のガウンはどれも六十年前に流行したデザインで、スクエアなネックラインに釣鐘型の袖がついていたが、フランソワーズはそれを均整を欠いたわたしの体型に合わせ、なおかつウォルターとジョージがいまのスタイルだと主張するものに近づくように直している。とりわけ見事な黒と銀色のガウンをばらばらにするのをしぶっていたが、マシューは折れなかった。同じ屋根の下に〈夜の学派〉がいると、実用的な服だけでなくフォーマルなガウンも必要だった。

「でもルイーザさまが結婚式でお召しになったガウンですよ」フランソワーズが抗議した。

「ああ、生存している子孫がいない、八十五歳の性根が腐った大地主との式でな。その服には一族が投資した以上の価値があるはずだ」マシューが応えた。「おまえがもっとましな服を用意するまで、間に合わせにはなるだろう」

もちろん、この会話はわたしの雑記帳には書かれていない。かわりに一語一句を慎重に選び、たとえわたしには特定の人物や音や会話を鮮明にイメージさせても、他人には意味をなさないようにした。万が一この本が後世まで残っても、未来の読み手はわたしの人生の芥子《けし》粒のような断片を退屈でつまらないものと考えるだろう。歴史学者はこういう資料を熟読し、簡素な文章のかげに豊かで複雑な人生が見つかるのではないかと虚しい期待を抱く。

マシューが小さく毒づいた。この家でなにかを隠しているのはわたしだけではない。

今日、夫は多くの手紙を受け取り、思い出を残すためにわたしにこの本をくれた。インクをつけなおそうとペンを持ちあげたとき、ヘンリーとトムがマシューを探しに来た。ふいにわたしの三つめの目がひらき、どきりとさせられた。こちらへ来てから、発生期にある能力——ウィッチファイア、ウィッチウォーター、そしてウィッチウィンド——はなぜか影を潜めていた。けれど唐突に稼働した魔女の三つめの目で見ると、マシューを包む強烈な黒と赤だけでなく、トムの銀色の光やヘンリーのかろうじて識別できる緑がかった黒のきらめきも見えた。どれも指紋のようにひとりひとりに特有のものだ。

オールド・ロッジの部屋の隅で見かけた青と琥珀色の糸が思いだされた。ある種の能力の消失と、ほかの能力の出現はなにかの前兆なのだろうか。今朝もあんなことがあったし……。

部屋の隅にあるなにかが目に入った。淡いブルーの奥で琥珀色の光がきらめいている。こだまも聞こえる。かなり小さい音で、聞こえると言うより感じ取れる。発生源を確認しようと首をめぐらせたとたん、なにも感じなくなった。色と光の糸が周辺視野で拍動し、あたかも我が家へ戻れと時間が誘っているようだ。

マディソンで初めてタイムウォークをしたときは、ほんの数分、ごくわずかな範囲を移動しただけだったが、あのときからわたしは時間を光と色の糸でできたものと考えるようになった。しっかり集中すれば、一本の糸に狙いを定めて端までたどることができる。数世紀をさかのぼったいまは、この一見単純に思えることに、想像を絶する数の過去と無数の現在と膨大な起こりうる未来を繋ぐ可能性の結び目が隠されているのがわかる。アイザック・ニュートンは、時間はコントロール不可能な絶対的な自然の力と信じていた。いまなら、ニュートンに同意できる。

「ダイアナ？ だいじょうぶか？」マシューの強い口調に物思いが破られた。友人たちが心配顔でこちらを見ている。

「だいじょうぶよ」わたしは反射的に答えた。

「いいや、だいじょうぶじゃない」マシューが羽根ペンを無造作に置いた。「においが変化している。魔力も変化している気がする。キットの言うとおりだ。できるだけ早く指南役の魔女を見つけなければ」

「まだ早いわ。魔女を連れてくる前に、ここに慣れる時間をちょうだい」わたしは訴えた。「この時代にふさわしい態度と話し方を身につける必要があるもの」

「魔女ならきみがタイムウォーカーだとわかる」マシューが切り捨てた。「大目に見てくれるだろう。それともほかにもなにかあるのか？」

わたしは首を振った。彼と目を合わせたくなかった。

時間が部屋の隅でほどけるのを見なくても、しっくりしないものがあればマシューは気づく。もし彼が、わたしの魔力に話したくないことが起きているのではないかと疑っているなら、間もなくやってくる魔女から秘密を隠し通せるはずがない。

4

〈夜の学派〉はわたしの指南役を探すマシューに協力を惜しまなかった。彼らの意見は、女性や魔女や大学教育を受けていない者全体を軽視していることを示していた。ヘンリーはロンドンが捜索場所として最適と考えていたが、ひとが多い都会で迷信深い隣人からわたしを隠すのは不可能だとウォルターに反対された。ジョージはオックスフォードの学者なら少なくともそれなりの知識があるのは確かだから、専門知識を提供してくれるように説得できるのではないかと考えた。だがトムとマシューがオックスフォードに在籍している自然哲学者の長所と短所を容赦なく批評したため、ジョージの案も却下された。キットはこの役目を女に任せるのはばかげているという信念を持ち、わたしを厳しく鍛えるのも辞さない地元の紳士のリストをつくった。それには天空の黙示録的兆候を警告するセント・メアリ教会の教区牧師や、道楽半分に錬金術をかじり、手を貸してくれる魔女かデーモンを探しているスマイズソンという名の近所の地主、未払いの書籍代を星占いで払っているクライスト・チャーウッドストックの狡猾《こうかつ》な産婆のウィドー・ビートンマシューはだからこそ協力を得られるはずだと主張した。それに数キロ圏内で魔術的な力があると言われているのはウィドー・ビートンだけだった。マシューも認めていたが、彼女以外は〝ウィア〟のそばに住むのをいやがってとっくに逃げだしたらしい。

チ・カレッジの学生も含まれていた。マシューはすべての提案をはねつけ、ウッドストックの狡猾な産婆のウィドー・ビートンを選んだ。貧しい女性だったが――まさに〈夜の学派〉が毛嫌いする存在――マシューはだからこそ協力を得られるはずだと主張した。それに数キロ圏内で魔術的な力があると言われているのはウィドー・ビートンだけだった。マシューも認めていたが、彼女以外は〝ウィア〟のそばに住むのをいやがってとっくに逃げだしたらしい。

「ウィドー・ビートンを呼んでよかったのかしら」寝る準備をしながらわたしは訊いた。

「それはさっきも訊かれた」マシューは苛立ちを隠そうともしなかった。「だがたとえウィドー・ビートンの協力を得られなくても、だれかを推薦してくれるかもしれない」

「十六世紀末は、おおっぴらに魔女について訊きまわれる時代じゃないわ」〈夜の学派〉がそばにいるときは、魔女狩りの可能性をほのめかすことしかできないが、マシューはこれから起きる惨事を知っている。今度も彼はわたしの懸念をしりぞけた。

「チェルムズフォードの魔女裁判はもはや過去の話だし、ランカシャーで魔女狩りがはじまるのは二十年先だ。イングランドで魔女狩りがはじまる気配があったら、きみをここに連れてはこなかった」ピエールが机に置いていった数通の手紙に目を通している。

「そんな考え方をするのは、あなたが科学者で歴史学者じゃないからよ」わたしは歯に衣《きぬ》きせずに言い返した。「チェルムズフォードとランカシャーは、はるかに広範囲に広まっていた不安が一気に爆発しただけなのよ」

「この時代を生きた経験がある男より、歴史学者のほうが現状を理解していると思っているのか？」一方の眉をあげてあからさまな不信を示している。

「そうよ」わたしはむきになった。「たいていはそうだわ」

「今朝、この家にひとつもフォークがない理由がわからなかったときは、そうは言っていなかった」たしかにそうだ。家中くまなく二十分もフォークを探しまわったあげく、ピエールからイングランドではまだフォークが一般に使われていないとそれとなく教えられたのだ。

「たしかにあなたは、歴史学者は日付を覚えたりあまり知られていない事実を研究したりするだけだと考えている連中とは違うわ」わたしは言った。「わたしの仕事は過去の出来事が起きた理由を解き明かすことなの。目の前で起きていることの理由を見極めるのはむずかしいけれど、時が過ぎてから過去を振り返ればもっと全体像を捉えられるのよ」

「それなら心配するな。わたしには経験と過去を振り返る洞察力の両方が備わっている。きみの不安は理解できるが、ウィドー・ビートンを呼んだのは正しい判断だ」話はこれで終わりだ――口調がはっきり告げている。

「一五九〇年代は食糧難だったし、人々は将来を心配していた」わたしは指を一本ずつ折って数えて見せた。「つまり、みんなつらい暮らしの責めを負わせるスケープゴートを探しているの。すでに、奸智に長けた人間の女性や産婆は、魔術を使うとあらぬ疑いをかけられるんじゃないかと怯えているわ。あなたの男性のお友だちは気づいていないかもしれないけど」

「わたしはウッドストックでもっとも力のある男だ」マシューがわたしの両肩をつかんだ。「きみを疑う者はいない」

わたしは彼の過信に愕然として反論した。「わたしはよそ者だし、ウィドー・ビートンはわたしにはなんの義理もないのよ。もしわたしが好奇の目を引いたら、彼女の安全がおびやかされてしまう。最低でもエリザベス朝の上流階級の女性に見えるようになるまで、協力は頼めないわ。二、三週間待って」

「待てない」マシューがぴしゃりと拒否した。

「刺繍の基礎縫いやジャムの作り方を覚えるまで待ってくれと言ってるわけじゃないのよ。ちゃんとした理由があって言ってるの」不機嫌な顔で彼を見る。「いいわ、その女性を呼べばいい。でも、うまくいかなくても驚かないで」

「わたしを信じろ」マシューの唇が近づいてきた。瞳の色が濃くなり、獲物を追って屈服させる本能が鋭くなっている。十六世紀の夫が妻を説き伏せているだけではなく、ヴァンパイアが魔女を捕らえたがっているのだ。

「口論しても、これっぽっちも興奮しないわ」わたしは顔をそむけた。でもマシューはどう見ても興奮している。わたしはわずかに身を引いた。

「口論などしていない」マシューがつぶやき、耳元に口を近づけてきた。「しているのはきみだ。それに腹を立てているときわたしがきみに触れると思っているなら、勘違いもはなはだしい」冷ややかな眼差しのままわたしをベッドの支柱に押しつけ、背を向けてブリーチズをつかんだ。「わたしは下へ行く。まだ起きているだれかが話し相手になってくれるだろう」大股でドアへ向かい、戸口で足をとめる。

「それから、もしほんとうにエリザベス朝の女性らしくしたいなら、わたしにあれこれ質問するな」マシューが乱暴に言い放ち、寝室を出ていった。

　翌日、ヴァンパイアひとりとデーモンふたり、人間三人が広い床を無言で歩きまわってわたしの見た目をチェックした。セント・メアリ教会の鐘が時を告げ、鐘の音がやんだあともかすかな残響がいつまでも残っていた。マルメロとローズマリーとラベンダーの香りが漂っている。わたしはスモックにペチコート、袖、スカート、そしてひもできつく縛ったボディスでがっちり身を固め、座り心地の悪い木の椅子に座っていた。窮屈な息をするたびに、キャリア志向の二十一世紀の暮らしがかすんでいった。どんより曇った外へ目をやると、鉛格子の窓ガラスに冷たい雨が打ちつけていた。

「Elle est ici《エレ・ティシ》」そう告げたピエールが、ちらりとわたしを見て言い直した。「魔女がまいりました、マダム」

「ようやくか」マシューが言った。簡素なデザインの上着が肩幅をいっそう広く見せ、白い襟を縁取るどんぐりとオークの葉の黒い刺繍が肌の白さを際立たせている。彼が黒髪の頭をかしげて違う角度からわたしをながめ、エリザベス朝の上流階級の女性として合格するかどうか確かめた。

「どうだ?」マシューが訊いた。「だいじょうぶだと思うか?」

ジョージが眼鏡をさげた。「ああ。このあいだのドレスより、こっちの赤褐色のほうが似合っているし、髪の色にもよく映える」

「たしかにそれらしく見える。でも田舎生まれと言うだけで、変わったしゃべり方の、い、言い逃れはできない」ヘンリーが彼独特の抑揚のない低い声で言い、前に出てスカートの襞を引っ張って位置を直した。「それに身長のこともある。ごまかしようがない。ダイアナは女王より背が高い」

「フランス人で通すのは、ほんとうに無理なのか、ウォルター? オランダ人ではどうだ?」トムがインクのついた手でグローブを刺したオレンジを鼻へ近づけた。「案外ロンドンでもやっていけるんじゃないか? デーモンはいやでも気づくだろうが、普通の男は見向きもしないかもしれない」

ウォルターが鼻先で笑い、低い長椅子からゆっくり立ちあがった。「ロイドン夫人はかなり背が高いだけでなく、器量も悪くない。十三歳から六十歳の普通の男ならじろじろ見たくなる。だめだ、トム。ここにいるほうがいい、ウィドー・ビートンと」

「会うのはあとでもいいんじゃないかしら? 村で、ふたりきりで」だれかひとりでも道理に気づき、わたしの好きにやらせるようにマシューを説得してくれないだろうか。

「だめだ!」六人の男のぞっとした声が響いた。

フランソワーズが糊《のり》の効いたリネンとレースでできたものを二枚持って現れた。喧嘩《けんか》っ早い雄鶏《おんどり》をにらみつける怒った雌鶏《めんどり》のように胸がふくらんでいる。マシューに絶えず口出しされるので、わたしと同じぐらい癪《しゃく》に触っているのだ。

「ダイアナは宮廷に行くんじゃない。襞襟は必要ない」マシューが苛立った仕草をした。

「それに、問題は髪だ」

「なにが必要か、ミロールはご存じありません」フランソワーズが言い返した。ヴァンパイアと魔女ではあるが、男の愚かさとなるとわたしたちははからずも同じ見解に達している。

「クレアモントのマダムはどちらがお好きですか？」フランソワーズがプリーツを寄せた薄い生地と、見えない糸で雪片を縫い合わせたように見えるものを差しだした。

雪片のほうが楽そうだ。わたしはそちらを選んだ。

フランソワーズがボディスの端に襟をつけているあいだに、マシューがあらためてわたしの髪をもっと好ましいかたちに整えようとした。その手をフランソワーズが払いのけた。

「さわらないでください」

「わたしはいつでも好きなときに妻にさわる。それからダイアナを〝クレアモントのマダム〟と呼ぶのはやめろ」マシューが声を荒らげ、わたしの両肩に手を近づけた。「母がいてくれたらどんなに助かるか」襟の端と端を引っ張り、フランソワーズがピンを隠すために結んだ黒いベルベットのひもをゆるめている。

「マダムは既婚女性です。胸は隠さなければなりません。すでにあれこれ噂になっているんです」フランソワーズが言い返した。

「噂？　どんな噂なの？」わたしは眉を寄せた。

「マダムが昨日教会にいらっしゃらなかったので、妊娠しているとか、天然痘《てんねんとう》にかかっているとか噂されています。異教徒の牧師はマダムがカトリックだと思いこんでいますし、スペイン人だと言う者もいます」

「スペイン人？」

「ウィ、マダム。昨日の午後、厩舎《きゅうしゃ》でマダムの声を聞いた者がいるんです」

「でもわたしはフランス語の練習をしていたのよ！」わたしは物真似がうまいし、イザボーの尊大なアクセントを真似れば綿密に練りあげた作り話に信憑《しんぴょう》性が出ると思っていた。

「厩番《うまやばん》の息子にはそこまでわかりません」少年が困惑したのも無理はないと言いたげだ。フランソワーズが満足げにわたしをながめた。「できました。これで貴婦人に見えます」

「Fallaces sunt rerum species《ファッラーケース・スント・レールム・スペキエース》」キットがいやみがましくつぶやき、マシューがまた不機嫌な表情になった。「〝見かけに騙《だま》されるな〟。その女の演技に騙されるやつなどいないさ」

「セネカを持ちだすのは時期尚早だ」ウォルターがキットをにらんだ。

「ストア哲学に時期尚早はない」キットが辛辣《しんらつ》に言い返した。「ホメーロスを引き合いに出さなかったことを感謝してほしいね。最近ぼくたちが聞かされているのは、みんな『イーリアス』をわかりやすくするために下手に言い換えられている。ギリシャ語はよく理解している者に任せておけばいいんだ、ジョージ。マットのような者に」

「ホメーロスの作品の翻訳は、まだ途中だ！」ジョージがむきになった。

それをきっかけに、ウォルターがラテン語の成句をいくつか引用した。そのひとつにマシューが含み笑いを漏らし、ギリシャ語らしき台詞を返した。下で待っている魔女のことなどすっかり忘れ、男たちは一斉にお気に入りの気晴らしに——言葉で相手に一歩先んじることに——興じている。わたしは椅子の背にもたれた。

「こんなふうに上機嫌なときの彼らは、素晴らしいんですよ」ヘンリーがわたしに耳打ちした。「王国でもっとも機知に富んだ才人たちですから」

ウォルターとキットは、植民地化と新大陸探検に対する女王陛下の政策の長所——あるいは長所がないこと——について、激しい議論をはじめている。

「あんたみたいな山師に金をやるのは、手に入れた金貨をテムズ川に捨てるようなものさ、ウォルター」キットが得意げに笑った。

「山師だと！　債権者が怖くて、明るいうちは外に出られないやつがなにを言う」ウォルターの声が震えている。「おまえは大馬鹿者だ、キット」

マシューはふたりの応酬をおもしろそうに見ている。「いまはだれともめているんだ？」彼がキットに尋ねながらワインに手を伸ばした。「そしてそこから抜けだすにはいくらいるんだ？」

「仕立て屋だ」キットが値が張りそうな服の上で手を振った。「『タンバレイン大王』の印刷屋」つかのま考えこんで未払い金に優先順位をつけている。「ホプキンズ。うちの大家と言い張ってるいけすかない男だ。でも、ぼくにはこれがある」月の女神の小さな像を掲げている。日曜日の夜にしたチェスで、マシューから勝ち取ったものだ。いまだにこの像が目の届かないところへ行ってしまうのが不安でならず、わたしはわずかに身を乗りだした。

「そんなおもちゃをはした金で質屋に売るほど金に困っていないだろう」マシューがちらりとわたしに目配せし、わずかな手の動きで椅子に深く座りなおすように合図した。「わたしに任せておけ」

　キットがにんまりして勢いよく椅子から立ちあがり、銀の女神をポケットにしまった。

「あなたはいつも頼りになるな、マット。借りた分は返す、必ず」

「必ずな」マシューとウォルターとジョージが、どうだかなと言いたげにつぶやいた。

「でも、髭を買う金は残しておけよ」キットが得意げに自分の髭を撫でた。「その顔はひどすぎる」

「髭を買う？」言葉どおりの意味であるはずがない。わたしのためにならないからスラングは使うなとマシューに言われているのに、また使っているのだろう。

「オックスフォードに魔術師の理髪屋がいる。あんたの夫は髭が伸びるのが遅い。同族の男はみんなそうだ。なのにきれいさっぱり剃《そ》ってしまった」まだわたしがポカンとしていると、キットが大げさにじれた態度でつづけた。「このままでは人目を引いてしまう。髭がいる。どうやらあんたの魔力じゃマットに髭を生やしてやれないようだから、理髪屋にやってもらうしかない」

　そのとき、楡《にれ》のテーブルに載った空の水差しに、ふと目がいった。部屋に彩りと香りを添えるためにフランソワーズが庭で摘んできた草花がたっぷり生けてある――ヒイラギ、野イバラの実に似た茶色い実がついた西洋カリンの小枝、そして数輪の白薔薇。数時間前、わたしは庭に思いを馳《は》せながら小枝のあいだに手を入れ、薔薇と西洋カリンを手前に動かした。結果に満足したのは十五秒ほどで、そのあと花と実がみるみるしおれだした。枯死はわたしの指先からあらゆる方向に広がり、植物から殺到する情報で両手がぞくぞくした――日差しの感触、雨で渇きが癒《いや》される感覚、吹きつける風にあらがう根の力、土の味。

マシューは正しい。一五九〇年に来てから、わたしの魔力が変化している。マシューに出会ったあと突然噴きだしたウィッチファイアやウィッチウォーターやウィッチウィンドが消え、かわりに時間の鮮やかな糸や、生き物を取り巻く色とりどりのオーラが見える。庭を歩くたびに、オークの木陰から白い牡鹿《おじか》がじっとわたしを見つめている。そして今度は草木をしおれさせている。

「ウィドー・ビートンが待っている」ウォルターが注意し、部屋を出るようにトムをうながした。

「心を読み取られたらどうするの?」幅の広いオークの階段をおりながら、わたしは不安を口にした。

「おれはそれよりきみがなにを口走るかのほうが心配だ。ビートンの嫉妬心や恨《うら》みをかきたてるようなことはしないでくれ」残りの〈夜の学派〉のあとにつづきながらウォルターが忠告した。「もし全部うまくいかなかったら、嘘をつけ。マシューもおれもしょっちゅうやっている」

「魔女は魔女に嘘をつけないわ」

「どうせ失敗するさ」キットが陰気につぶやいた。「賭けてもいい」

「いい加減にしろ」マシューがくるりと振り向き、キットの襟をつかんだ。二頭のイングリッシュ・マスチフがキットの足首のにおいを嗅いで唸《うな》っている。二頭はマシューに忠実で、キットには微塵《みじん》も好意を抱いていない。

「ぼくはただ――」逃れようともがきながらキットが口をひらいたが、最後まで言えないうちにマシューに壁に押しつけられた。

「おまえの意見に興味はないし、言いたいことはわかっている」マシューの指に力が入った。

「やめろ」ウォルターがキットとマシューの肩に手をかけた。マシューがそれを無視してさらに数センチ友人を持ちあげた。赤と黒の羽根飾りをつけたキットが、襞彫りの壁板の襞のあいだに閉じこめられた南国の鳥に見える。マシューはつかのまそのままでいて、自分の意思がはっきり相手に伝わるようにした。

「行こう、ダイアナ。きっとすべてうまくいく」マシューの口調は相変わらず自信にあふれていたが、親指が不吉にむずむずする感覚が、キットが正しい可能性を警告していた。

「なんと」広間に入るやいなや、ウォルターが目を疑うようにつぶやいた。「あれがウィドー・ビートンか?」

広間の向こう側の暗がりに、配役会社から派遣されたような魔女が立っていた――小柄で腰が曲がった老婆。近づくにつれて、着古した黒いドレスや細い白髪、革のように固い肌がはっきり見えてきた。片目が白く濁り、反対の目はまだらのハシバミ色だ。濁った眼球が、角度を変えれば視力が改善するかのように眼窩《がんか》でくるくるまわり、見る者を不安にさせる。これ以上ひどくなりようがないと思ったとき、鼻柱にいぼがあるのがわかった。

ウィドーー・ビートンがちらりとわたしを窺い、しぶしぶ腰を落として会釈した。かろうじて肌に感じるむずむず感が、れっきとした魔女だと告げている。だしぬけに三つめの目がひらき、さらなる情報を探しはじめた。だが大半のほかのクリーチャーと違い、ウィドーー・ビートンからはいっさい光が出ていない。どこまでも灰色一色。ここまで気配を消そうとしている魔女を見ると、気が滅入った。〈アシュモール782〉に触れる前のわたしは、こんなに生気がなかったのだろうか？　三つめの目が力なくまぶたを閉じた。

「呼び出しに応じてくれて礼を言う、ウィドーー・ビートン」マシューの口調には、この家に入るのを許されたのを感謝しろという含みがあった。

「ロイドンさま」魔女の声は砂利の上で渦巻く枯葉のようにカサカサしていた。魔女が見えるほうの目をわたしに向けた。

「ウィドーー・ビートンに手を貸して座らせてやってくれ、ジョージ」マシューの指示でジョージが前に飛びだしたが、ほかの者は慎重に距離を保っている。魔女がリューマチの痛みにうめきながら腰をおろした。それを礼儀正しく待っていたマシューが、話をつづけた。

「率直に要点を言う。この女性はわたしの庇護のもとにあり、近頃問題を抱えている」結婚には触れずにいる。

「あなたさまは力のあるご友人や忠実な奉公人に囲まれておいでです。そんな立派なお方のために、卑しい女がなんの役に立ちましょう」わざとらしい美辞麗句で軽蔑《けいべつ》を隠そうとしているが、わたしの夫は耳がいい。彼の目が細まった。

「わたしの前で芝居はやめろ」マシューがそっけなく言った。「わたしを敵にまわしたくはないだろう、ウィドー・ビートン。この女性には魔女の兆候が表れていて、おまえの助けが必要だ」

「魔女?」ウィドー・ビートンが如才《じよさい》なく疑いの表情を浮かべた。「母親が魔女だったのですか? それとも父親が魔術師だった?」

「両親は彼女が幼いころ亡くなった。ふたりにどんな力があったかわかっていない」事実を半分話すのは、ヴァンパイアの常套《じようとう》手段のひとつだ。彼が硬貨の入った小さな袋を魔女の膝に投げた。「おまえに調べてもらえるとありがたい」

「承知いたしました」ウィドー・ビートンの節くれだった手がわたしの顔へ延びてきた。触れられた瞬間、わたしたちのあいだにはっきりとエネルギーが流れた。老婆がびくりとしている。

「どうだ?」マシューが問いつめた。

ウィドー・ビートンの手が膝に落ちた。硬貨の袋をぐっとつかみ、一瞬それをマシューに投げつけようとしているように見えたが、すぐ落ち着きを取り戻した。

「思っていたとおりです。この女性は魔女ではありません」冷静にしゃべっているが、さっきより声のトーンが高い。みぞおちから屈辱感がこみあげ、口に苦味があふれた。

「もしそう思っているなら、ウッドストックの村人が思っているほど能力がないことになるわ」わたしは言い捨てた。

ウィドー・ビートンがむっとして胸を張った。「わたしは優秀な治療師《ヒーラー》で、人々を病から守る薬草に精通しております。ロイドンさまはわたしの能力をご存じです」

「それは魔術よ。でも魔女にはほかの能力もあるわ」慎重に言う。マシューがきつく手を握り、黙れと伝えてきた。

「そのような能力は存じません」ウィドー・ビートンが素早く答えた。この老婆は叔母のサラと同じぐらい頑固で、綿々と伝承されてきた魔術を正しく学ばないうちに四元素を利用するわたしのような魔女を見下すところも叔母と共通している。サラはありとあらゆる薬草や植物の効用に詳しく、無数の呪文を完璧に暗記しているが、魔女にできるのはそれだけではない。ウィドー・ビートンもわかっているはずだ。たとえ認めようとしなくても。

「単に触れる以外に、この女性の力を調べる方法があるだろう。おまえのような能力を持つ者なら知っているはずだ」マシューが小ばかにした口調であからさまに挑発した。ウィドー・ビートンは心を決めかねているように手に持った袋の重みをたしかめていた。最終的にはその重さが覚悟を決めさせ、スカートの下に隠れているポケットに素早く袋をしまった。

「魔女かどうかたしかめる方法がいくつかございます。祈りの言葉の暗誦でわかると信じている者もおります。もし途中でつっかえたり、わずかでも口ごもったりしたら、近くに悪魔がいる証拠です」老婆が奇妙な抑揚をつけて祈禱を吟唱しはじめた。

「ウッドストックに悪魔はうろついていないぞ、ウィドー・ビートン」トムが言った。ベッドの下にモンスターはいないと子どもに言い聞かせている両親のような口調だ。

「悪魔はいたるところにおります。そう思わない者は、悪魔の奸計の餌食になるのです」

「迷信深い者や気の弱い者を怖がらせるために、人間がつくった寓話だ」トムが一蹴《いっしゅう》した。

「いまはやめろ、トム」ウォルターが小声でいさめた。

「証拠ならほかにもあるぞ」ジョージが言った。例によって自分の知識を披露できて夢中になっている。「悪魔は自分の魔女に醜い傷で印《しるし》をつけるんだ」

「おっしゃるとおりです」とウィドー・ビートン。「分別をわきまえた殿方であれば、それを探すべきだとご存じです」

頭から血の気が引き、めまいがした。もしだれかにそんなことをされたら、それらしい印を見られてしまう。

「ほかにも方法があるはずだ」ヘンリーが不安そうに言った。

「はい、ございます」ウィドー・ビートンの白く濁った眼が部屋のなかを見渡した。そして実験道具と本の山が載った机を指差した。「あちらへまいりましょう」

魔女の手が硬貨を隠したスカートの裂け目に入り、使い古された真鍮《しんちゅう》のベルを出した。それを机に置く。「蠟燭を一本いただけますか」

ヘンリーが素早く応じ、全員が興味津々で集まってきた。

「魔女の真の力は、命と死、光と闇のあいだに存在するがゆえにもたらされると言う者がおります。この世の十字路にいるその魔女は、自然のなせる業《わざ》をもとへ戻し、物事の条理をくくっている結び目をほどくことができるのです」老婆が積みあげられた本を一冊取り、どっしりした銀の燭台に立てた蠟燭と真鍮のベルのあいだに一列にならべた。そして声を落とした。「むかし、隣人に見つかった魔女は、その死を示す鐘の音とともに教会から追放されました」ベルを手に取り、手首をひと振りして鳴らした。手を放しても、ベルは宙に浮いたまま鳴りつづけている。

トムとキットがじりじりと前へ出た。ジョージは啞然と息を呑み、ヘンリーは十字を切っている。彼らの反応に満足顔を浮かべたウィドー・ビートンが、製図器械と一緒に机に載っていたマシューの膨大なコレクションから選んだギリシャの古典の英語版――ユークリッドの『幾何学原論』――に目を向けた。

「そのあと牧師が神聖な本、聖書を手に取り、それを閉じて魔女が神へ近づくのを拒否されたことを示します」ユークリッドの『原論』がピシャリと閉じられ、ジョージとトムがびくりとした。迷信など信じないと自負しているわりに、〈夜の学派〉の男たちは驚くほど多感だ。

「最後に牧師は蠟燭を消し、魔女に魂がないことを示します」ウィドー・ビートンの指が炎に伸びて芯をつまんだ。蠟燭が消え、灰色の煙がひと筋立ちのぼった。

男たちは陶然《とうぜん》と見入っている。マシューまで動揺しているらしい。薪が爆ぜる音と、鳴りつづける甲高いベルの音だけが聞こえていた。

「ほんものの魔女ならふたたび火をつけ、本をひらき、ベルを鳴りやませることができます。神の目に、魔女は素晴らしい生き物と映るのです」そこで芝居がかった間を置き、白く濁った眼をわたしへ向けた。「おまえにできるかね？」

二十一世紀の魔女は十三歳になると、ウィドー・ビートンのテストを不気味に連想させる儀式を行なって地元の魔女グループ《カヴン》に披露する。魔女の祭壇のベルが鳴って若い魔女を歓迎するが、普通ベルは代々伝わるどっしりした銀製で、磨きあげてある。聖書や数学の本ではなく、儀式に歴史の重みを添えるために若い魔女の先祖伝来の呪文の本が用いられる。サラがビショップ家伝来の指南書《グリモワール》を家から持ちだすのを唯一許したのは、わたしの十三歳の誕生日だった。蠟燭は、置き方も目的も同じだ。だから若い魔女は幼いころから蠟燭に火をつけたり消したりするのを練習する。

マディソンのカヴンの前で行なったわたしの正式なお披露目は惨憺《さんたん》たるもので、親戚一同がそれを目《ま》の当たりにした。それから二十年経ったいまも、どうしてもつかない蠟燭や頑としてひらかない本、ほかの魔女には鳴りやむのにわたしにだけ鳴りつづけるベルの悪夢を見る。

「わからないわ」わたしはおずおずと事実を口にした。

「やってみろ」マシューが自信たっぷりに促した。「ついこのあいだ、蠟燭に火をつけたじゃないか」

たしかにそうだ。最終的には、ハロウィーンの日にビショップ家の私道にならんだジャック・オ・ランタンに火をつけることができた。でもその前に何度か失敗したのはだれも見ていない。今日はキットとトムの期待の視線がつんつんつついてくる。ウィドー・ビートンのかすめるような視線はほとんど感じないが、マシュー独特のひんやりした視線をひしひしと感じる。それに反応し、あたかもこの些細な魔術に必要な炎を生むのを拒むように、血管のなかの血が冷えきった。うまくいくように祈りながら、わたしは蠟燭の芯に意識を集中して呪文を唱えた。

なにも起こらない。

「落ち着け」マシューがつぶやいた。「本はどうだ？　本から始めたほうがいいかもしれない」

魔術では順番を守ることが重要だが、それをさておいてもユークリッドの『幾何学原論』のどこから手をつけていいのかわからなかった。紙の繊維に閉じこめられた空気を思い浮かべればいいのだろうか、それとも表紙を持ちあげる風を呼び起こせばいいの？　執拗に鳴り響くベルの音で集中できない。

「ベルをとめてもらえる？」気ばかりあせり、わたしは訴えた。

ウィドー・ビートンが手をひと振りすると、真鍮のベルが机に落ちた。ゆがんだ縁を震わせて最後にもう一度だけベルが鳴り、静寂が訪れた。

「申しあげたとおりでしょう、ロイドンさま」ウィドー・ビートンが得意げに言った。「どんな魔力をごらんになったか存じませんが、ただの幻です。この女に魔力はありません。村人がこの女を恐れる必要はありません」

「あなたに一杯食わせようとしてるんだ、マシュー」キットが口をはさんだ。「ぼくは騙されないぞ。魔女は二枚舌を使う」

ほかの魔女もむかしウィドー・ビートンと同じことを言い、同じように悦《えつ》に入っていた。ふいに、目の前の魔女が間違っていることを証明し、キットの訳知り顔を拭い去ってやりたいという強い衝動が芽生えた。

「わたしは蠟燭に火をつけられない。本のひらき方やベルを鳴りやます方法を身につけることもできなかった。でももしわたしに力がないなら、これをどう説明するの？」そばに果物の鉢があった。庭からもいできたばかりのマルメロが、暗がりで黄金色に輝いている。わたしはそのうちひとつを手に取り、みんなに見えるように手のひらに載せた。

マルメロに意識を集中すると、手のひらの皮膚がぞくぞくした。まるでガラスでできているように、固い皮の下にある果肉がはっきり見える。ゆっくりとまぶたを閉じると魔女の目がひらき、情報を探りはじめた。額の中央からじわじわと意識が広がり、腕を伝って指先へ浸透していく。木の根のように、意識の繊維がマルメロのなかにくねくねと入っていく。

ひとつずつ、マルメロに秘められたものがわかった。芯に一匹芋虫がいて、柔らかい果肉をムシャムシャ食べていた。わたしは果肉に封じこめられたパワーに心を奪われ、日差しの味を感じた舌にぴりぴりとぬくもりが広がるのを意識した。見えない太陽の光を浴びて、歓喜で眉間が震える。あふれるほどのパワー。命。死。みんなに見られているのがどうでもよくなっていく。自分の手のひらに載っている情報が持つ、無限の可能性のことしか考えられない。

わたしの無言の招きを受けた日差しがマルメロを離れ、指先へ移動してきた。とっさにそれを拒絶してあるべき場所——マルメロのなか——に留めようとしたが、マルメロは茶色に変色し、しなびて縮みはじめていた。

ウィドー・ビートンが息を呑む音で集中がとぎれた。はっとした拍子にいびつなマルメロが手から落ち、磨いた床でつぶれた。顔をあげると、ヘンリーがふたたび十字を切っていた。大きくみはった目と、無意識のうちにゆっくり手を動かす仕草に驚愕《きょうがく》の度合いがうかがえる。トムとウォルターはわたしの指に釘づけになっていた。

指先で日差しがパチパチと弾《はじ》け、マルメロとの途切れた繋がりを虚しく回復しようとしている。

マシューが火花を散らす手を自分の手で包みこみ、未熟な力の兆候をみんなの目から隠した。指先からはまだ火花が出ていたので、わたしは彼がやけどをしないように、手を引き抜こうとした。マシューはしっかり手をつかんだまま首を振り、どんな魔力だろうが、自分にはそれに耐える強さがあると目で伝えてきた。一瞬ためらってから、わたしは肩の力を抜いた。

「終わった。もうだいじょうぶだ」彼がきっぱり言った。

「日差しの味がわかるの、マシュー」動揺で声がうわずる。「時間が見えるの、部屋の隅で待ち構えているのが」

「この女はウィアに魔法をかけている。悪魔の所業だ」ウィドー・ビートンが声をひきつらせた。指を二本立てて魔除けのサインをしながらそろそろあとずさっている。

「ウッドストックに悪魔はいない」トムが再度断言した。

「おかしな印や呪文でいっぱいの本を持っているじゃないか」ウィドー・ビートンがユークリッドの『原論』を指差した。キットが朗読した『フォースタス博士』を聞かれずにすんだのは幸いとしか言いようがない。

「あれは数学だ、魔法じゃない」トムが反論する。

「好きなように呼べばいいさ、でもあたしはこの目で見た。あんたたちもほかのやつらと同じだ、邪悪な計画にあたしを引きこむためにここへ呼んだんだ」

「ほかのやつら?」マシューが鋭く訊く。

「大学からきた学者だよ。ふたりの魔女にあれこれ質問して、ダンズ・テューから追いだした。魔女の知恵がほしかったくせに、それを教えてやった魔女を非難した。ファリンドンでカヴンがひとつできかけていたのに、あんたたちみたいな男の目にとまったせいで魔女たちはちりぢりになってしまった」カヴンは安全と保護とコミュニティを意味する。カヴンがないと、魔女は隣人のねたみや恐怖心に対してはるかに無防備になってしまう。

「だれもあなたをウッドストックから追いだそうとはしないわ」なだめるつもりだったのに、一歩近づいただけで老婆があとずさった。

「この家には邪悪なものがいる。村人はみんな知ってるよ。昨日教会で、それを根づかせる危険性について説教があった」

「わたしにはだれもいないの。あなたと同じで、力を貸してくれる魔女の家族がいないの」わたしは相手の情に訴えた。「どうか不憫《ふびん》に思って、わたしの正体がばれないうちに手を貸して」

「おまえとあたしは同じじゃないし、あたしは厄介事はごめんだ。村人が血祭りにあげる相手を求めるようになっても、あたしを不憫に思う者などいやしない。あたしには守ってくれるウィアもいないし、あたしの名誉を守るために援助を申しでる領主や宮廷紳士もいないんだ」

「マシューが、彼があなたに害が及ばないように守ってくれるわ」片手をあげて誓う。

ウィドー・ビートンがせせら笑った。「ウィアを信用できるもんか。マシュー・ロイドンの正体に気づいたら、村人がどうすると思ってるんだい?」

「これはわたしたちの問題よ、ウィドー・ビートン」と釘を刺す。

「魔女が仲間を守ると信じてるなんて、あんた、どこの生まれだい? 物騒な世の中なんだ。安全な魔女なんていやしない」老婆が憎しみのこもる目をマシューへ向けた。「何千という魔女が死んでるのに、コングレガシオンの腰抜けどもはなにもしようとしない。どうしてなんだい、ウィア?」

「もういい」マシューが冷たく言った。「フランソワーズ、ウィドー・ビートンがお帰りだ」

「ああ、帰るとも」老婆が曲がった骨が許す限界まで背筋を伸ばした。「でも覚えておくんだね、マシュー・ロイドン。ここから一日で行ける範囲にいるクリーチャーは、ひとり残らずあんたの正体を知っている。血を飲む汚らわしいけだものだってね。こんな邪悪な力を持つ魔女をかくまっていることを彼らが知ったら、神さまも自分に刃向かった者に慈悲はかけないだろうよ」

「ご機嫌よう、ウィドー・ビートン」マシューが背中を向けたが、老婆にはまだ捨て台詞が残っていた。

「せいぜい用心しな、シスター」歩きだしながら怒鳴っている。「この時代に、あんたは目立ちすぎだ」

全員の目がこちらへ向いた。わたしはいたたまれなくて身じろぎした。

「説明してくれ」ウォルターがぴしゃりと言った。

「ダイアナがおまえになにかを説明する義理はない」マシューが言い返す。

ウォルターが休戦の印に片手をあげた。

「どういうことだ?」マシューが声のトーンを落としてわたしに尋ねた。彼に対しては説明する義理がある。

「わたしが言ったとおりになったのよ。ウィドー・ビートンを怯えさせてしまった。きっとわたしとはできるかぎり距離を置こうとするわ」

「てっきりこちらの言いなりになると思っていた。わたしにはそうとう恩があるのだから」

「どうしてわたしとの関係をはっきり言わなかったの?」そっと尋ねる。

「理由はおそらく、きみが庭で取ったありきたりの果物になにができるか言わずにいた理由と同じだ」マシューがわたしの肘を取って外へ向かいながら、背後の友人たちに言った。

「妻と話す必要がある。ふたりきりで」

「いまはあなたの妻に戻ったのね!」わたしは彼の手を振り払った。

「きみはずっとわたしの妻だ。だが、わたしたちの私生活の詳細を触れまわる必要はない。それで、さっきのあれはどういうことだ?」マシューが庭のきれいに刈りこまれた柘植《つげ》の生け垣の前で足をとめた。

「あなたが正しかったの。わたしの魔力は変化している」視線をそらす。「寝室にあった花で同じようなことがあったの。枝の位置を変えていたら、育てた土と空気の味を感じた。触れた花は枯れてしまったわ。さっきはマルメロに日差しを戻そうとしたのよ。でも思いどおりにならなかった」

「ウィドー・ビートンの態度で、ウィッチウィンドかウィッチファイアが解き放たれても不思議ではなかった。前者はきみが追いつめられたと感じたとき、後者は危険が迫ったときに解き放たれる。タイムウォークが魔力に悪影響を及ぼしたのかもしれない」眉をしかめている。

わたしは唇を噛《か》んだ。「かっとなってあんな真似をするんじゃなかった」

「ウィドー・ビートンにきみの力が強いことを知られてしまった。怯えたにおいが部屋いっぱいに広がっていた」目に憂慮の色が浮かんでいる。「きみを他人の前に出すのは早すぎたようだ」

でも、もう手遅れだ。

〈夜の学派〉が窓の向こうに現れた。ガラスに押しつけた青白い顔が、名もない星座の星々のようだ。

「ガウンが湿って台無しになるぞ、マシュー。まともに見える服はそれしかないんだ」ジョージが開き窓から頭を突きだしてたしなめた。肩のうしろにトムのいたずら小僧のような顔がのぞいている。

「ぼくはかなり楽しませてもらったよ！」キットが別の窓をガラスが揺れるほど勢いよくあけて叫んだ。「あの醜さは、まさに魔女そのものだ。ぼくの作品に登場させない手はないな。古びたベルであんなことをするなんて、想像したことがあるか？」

「むかしおまえと魔女のあいだであったことは、まだ忘れられていない、マシュー」ヘンリーと一緒に砂利を踏んでやってきたウォルターが言った。「あの女はしゃべるぞ。ウィドー・ビートンのような女は必ずしゃべる」

「もし彼女があなたを非難した場合、心配する理由はあるのか？」ヘンリーが慎重に尋ねた。

「われわれはクリーチャーだ、ハル、人間社会に住むクリーチャー。心配する理由はつねにある」険しい顔でマシューが答えた。

5

〈夜の学派〉は哲学については議論を戦わすかもしれないが、ある一点においては意見が一致していた――とにかく魔女を見つけなければならない。マシューはジョージとキットをオックスフォードへ調査に行かせ、同時に謎の錬金術の写本の消息も調べさせた。

木曜日の夕食のあと、わたしたちは大広間の暖炉のまわりに集まっていた。ヘンリーとトムは天文学や数学に関する本をひらいて熱っぽく語り合っている。ウォルターとキットは長テーブルでさいころ遊びをしながら最新の執筆計画について意見を交換していた。わたしはアクセントを練習するためにウォルターに借りたエドマンド・スペンサーの『妖精の女王』を朗読していたが、エリザベス朝の大半の騎士物語と同じ程度にしか楽しめていなかった。

「出だしが唐突すぎる、キット。これでは観客が怯えて第二場がはじまる前に帰ってしまうぞ」ウォルターが意見した。「もっとわくわくするものが必要だ」ふたりはもう何時間も『フォースタス博士』を細かく分析している。ウィドー・ビートンのおかげで冒頭部分が変更されていた。

「あんたはフォースタスじゃない、ウォルト、知識人を気取っていようとな」キットが鋭く言い返した。「あんたが口を出したせいで、エドマンドの作品がどうなったと思う。『妖精の女王』はアーサー王にまつわる文句なくおもしろい物語だったんだ。それがいまじゃマロリーとウェルギリウスを無様に一緒くたにしたような、だらだらした話になってしまって、妖精の女王グロリアーナに至っては話にならない。モデルのエリザベス女王はウィドー・ビートンと同じぐらいの年齢だし、偏屈さにかけても引けを取らない。しょっちゅうあんたに口出しされていて、エドマンドがあの作品を仕上げられたら驚きだ。舞台で不朽の名声がほしければ、ウィルと話せ。あいつはいつもアイデアに困ってる」

「――それでいいか、マシュー？」ジョージが返事をうながした。いつの日か〈アシュモール782〉と呼ばれるようになる写本の捜索状況を報告していたのだ。

「すまない、ジョージ。なにか言ったか？」ほかのことに気を取られていたマシューの灰色の瞳にうしろめたさが浮かんだ。複数のことを同時に考えていたのだ。わたしも身に覚えがある。教授会で何度も経験した。おそらくマシューの思いは室内で交わされている会話とウィドー・ビートンで失敗した原因の再検討、そして次々に届けられる郵便袋の中身で三分されているのだろう。

「ロンドンで貴重な錬金術の写本が出まわっているという噂を耳にした書店は見つからなかった。クライスト・チャーチにいる友人に訊いてみたが、やはり知らないそうだ。まだ探しつづけるか？」

マシューが答えようとしたとき、頑丈な玄関扉が壁にぶつかる音が轟《とどろ》いた。マシューが瞬時に立ちあがった。ウォルターとヘンリーも素早く立ちあがり、四六時中身につけている短剣に手を伸ばしている。

「マシュー？」聞き慣れない大声が響き渡り、本能的に両腕の産毛が逆立った。あそこまで響きがいい澄んだ声は、人間ではありえない。「いるのか？」

「いるに決まってる」別の声が答えた。こちらは軽快なウェールズ訛りがある。「鼻を使え。新鮮な香辛料が港に着いた日の乾物屋みたいなにおいがするやつが、ほかにいるか？」

その直後、大広間の反対側に目の粗い茶色のマントを着た大男がふたり現れた。わたしの時代だったら、プロフットボールチームがスカウトしそうな体格だ。どちらも筋肉隆々の腕にがっしりと太い脚、たくましい肩をしている。ふたりが近づいてくると、蠟燭の光が瞳できらめき、鋭い剣に反射した。ひとりは金髪でマシューよりわずかに背が高く、それよりたっぷり十五センチは背が低いもうひとりの赤毛のほうは、左目が斜視なのが見て取れる。どちらも三十歳にはなっていない。金髪が安堵《あんど》の表情を浮かべたが、すぐにそれを隠した。赤毛は激怒していて、それを隠そうともしていない。

「ここにいたのか。いきなり姿を消したから、こっちは肝をつぶしたんだぞ」金髪が穏やかに言って足をとめ、よく切れそうな長い剣を鞘《さや》におさめた。

ウォルターとヘンリーも短剣から手を放している。ふたりともこの男たちを知っているのだ。

「ギャロウグラス。なぜここに?」マシューが警戒と当惑がこもる口調で金髪の戦士に尋ねた。

「あなたを探しにきたに決まってるだろう。土曜までハンコックとぼくと一緒だったじゃないか」返事が返ってこないので、冷たいブルーの瞳を不審げに細めている。大虐殺をはじめる寸前のバイキングのようだ。「チェスターで」

「チェスター」事の重大さに気づいたマシューが慄然《りつぜん》の表情を浮かべた。「チェスター!」

「ああ、チェスターだ」赤毛のハンコックがくり返し、怖い顔でずぶ濡れになった革の長手袋を脱いで暖炉のそばの床に投げた。「日曜に約束の場所に現れなかったから、調べてみた。宿屋の主人にあんたがいなくなったと言われて耳を疑ったが、その理由はあんたが宿代を踏み倒したからだけじゃない」

「暖炉の前でワインを飲んでいたあなたが、次の瞬間消えたと言われたんだ」ギャロウグラスが説明した。「メイド――あなたに目が釘づけになっていた、黒髪の背が低い子だ――の話で大騒ぎになっていた。彼女はあなたが幽霊にさらわれたと言い張っていた」

ふいに合点がいき、わたしは目を閉じた。十六世紀のチェスターにいたマシュー・ロイドンは、二十一世紀のオックスフォードシャーからやってきたマシューと交代するかたちで消えたのだ。わたしたちが去ったあとは、おそらく十六世紀のマシューがふたたび現れるのだろう。同時期の同じ場所にふたりのマシューが存在することを時間が許すはずがない。意図的ではないにしろ、わたしたちはすでに歴史を変えてしまったのだ。

「万聖節《ばんせいせつ》の前夜だったから、メイドの話もそれらしく聞こえた」ハンコックが白状し、マントに目を向けた。彼が襞から水滴を払い落とし、そばの椅子にかけると、冬の空気に春の草のにおいが広がった。

「どなたなの、マシュー？」わたしはもっとよく見えるようにふたりに近づこうとした。だが振り向いたマシューに二の腕に手を置かれ、動くなと指示された。

「友人だ」あからさまに言葉を選んでいるところを見ると、ほんとうだろうかと思わずにはいられない。

「おや、この女は幽霊じゃないぞ」マシューの肩越しにハンコックにのぞかれ、全身が氷に変わった。

やはりハンコックとギャロウグラスはヴァンパイアなのだ。ほかのクリーチャーなら、こんなに大柄で恐ろしげなはずがない。

「チェスターから来たのでもない」ギャロウグラスが思案顔でつぶやいた。「いつもこんなにまたたいているのか？」

おかしな表現だが、言いたいことはわかる。わたしはまたチラチラ光っていた。腹を立てたときや、なにかに集中しているとき、たまにこうなる。魔女の力が表出したもので、これまで何度か経験したが、並外れた視力を持つヴァンパイアには淡い光が見えるのだ。自分が必要以上に目立っている気がして、わたしはマシューの陰に隠れた。

「そんなことをしても無駄だ。おれたちは目だけでなく耳もいい。魔女の血が小鳥みたいにさえずってるぜ」ハンコックがもじゃもじゃの赤い眉をあげて不機嫌に連れを見た。「厄介事が起きるときは、つねに女が絡んでるんだ」

「厄介事もばかじゃない。もし選べるなら、ぼくもおまえより女と絡むほうがいい」金髪の戦士がマシューに話しかけた。「長い一日だったんだ。ハンコックは尻がひりひりしているし、腹も空かせている。この家に魔女がいる理由をさっさと説明してやらないと、その女がいつまで無事でいられるか保証できないぞ」

「ベリックと関係があるんだな」ハンコックが言い放った。「いまいましい魔女どもめ。厄介事ばかり起こしやがって」

「ベリック？」鼓動が一段階速まった。その地名は知っている。イギリス諸島で行なわれたひときわ悪名高い魔女裁判のひとつと関係がある。わたしは記憶を探って年号を思いだそうとした。一五九〇年の前か後なのは間違いない。さもなければマシューがタイムウォークする先をこの年にしたはずがない。けれどハンコックの次の言葉で、頭のなかの年表と歴史がすべて吹き飛んだ。

「そうにちがいない。それともまたコングレガシオンの仕事をおれたちに解決してほしいのか？」

「コングレガシオン？」キットが目を細めてマシューを窺った。「そうなのか？　あなたは謎のメンバーのひとりなのか？」

「そうに決まってるだろう！　きさまが縛り首にならないのはどうしてだと思ってるんだ？」ハンコックが部屋のなかを見渡した。「ワイン以外の酒はあるのか？　あんたのフランス気取りにはうんざりだ、クレアモント。エールのどこが悪い？」

「やめろ、デイヴィ」ギャロウグラスが友人をたしなめた。ただ、視線はずっとマシューに据えられている。

わたしの視線もマシューに据えられていた。愕然とする確信が広がっていく。

「違うと言って」か細い声が出た。「隠していたんじゃないと言って」

「言えない」マシューが力なく答えた。「きみと約束した。秘密はありだが嘘はなしと」

吐き気がこみあげた。一五九〇年、マシューはコングレガシオンのメンバーで、コングレガシオンはわたしたちの敵だ。

「ベリックは？　あなたは、魔女狩りに巻きこまれる危険はないと言ったわ」

「ベリックの影響がここまで及ぶことはない」マシューが請け合った。

「ベリックでなにがあったんだ？」ウォルターが不安げに訊く。

「おれたちがチェスターを発つ前、スコットランドから知らせが届いた。万聖節前夜にエディンバラの東にある村で魔女の大集会がひらかれた」ハンコックが説明した。「今年の夏、デンマークの魔女がまた嵐を起こして海水を噴きあげたという噂が流れた。恐ろしい力を持つクリーチャーの到来を告げるものだ」

「数十名が一網打尽に捕らえられた」ギャロウグラスが氷のように青い瞳でマシューを見つ

めながらつづけた。「キースという町に住むウィドー・サンプソンという女が、ホーリールード宮殿の地下牢でジェームズ王の尋問を受けることになっている。この一件に決着がつくまでに、あと何人地下牢へ送られるかわかったものじゃない」

「王に拷問されるのさ」とハンコック。「報告によると、その女はこれ以上王に呪いをかけられないように魔女用の拘束具をつけられ、食べ物も水も与えられずに壁に繋がれているらしい」

わたしはどさりと椅子に腰をおろした。

「じゃあ、彼女も告発されている魔女なのか？」ギャロウグラスがマシューに尋ねた。「できればぼくにも同じ約束をしてくれ、秘密はありだが嘘はなしだ」

長い沈黙が流れたあと、マシューが口をひらいた。「ダイアナはわたしの妻だ、ギャロウグラス」

「女のためにおれたちをチェスターに置き去りにしたのか？」ハンコックがショックを受けている。「おれたちには、やるべき務めがあったんだぞ！」

「ここぞというとき的外れなことを言うのが得意だな、デイヴィ」ギャロウグラスの視線がちらりとわたしを見た。「妻？」慎重に言う。「では、これはあくまで人間を納得させて、彼女がここにいることを正当化するための法的措置なのか？」

「ただの妻ではない」マシューが告白した。「ダイアナはわたしの伴侶《はんりょ》だ」ヴァンパイアが生涯の伴侶を選ぶのは、愛情と親近感と欲望と相性を本能的に感じてそうせずにはいられなくなったときだ。それによって築かれた絆《きずな》は死をもってしか断たれない。ヴァンパイアが複数回結婚することはありえるが、伴侶を選ぶのはたいがい一度きりだ。

ギャロウグラスが毒づいたが、その声は友人の嘲《あざけ》りになかばかき消された。

「なるほど、ローマ教皇が奇跡の時代が来たと言ったはずだ」ハンコックが嬉々《きき》として言う。「マシュー・ド・クレアモントがついに伴侶を選んだ。だが普通のおとなしい人間や、まともな教育を受けて自分の立場をわきまえた女のウィアを選ぶはずがない。おれたちの知るマシューならありえない。ひとりの女に落ち着く決心をしたとなれば、相手は魔女でなきゃおかしい。これでウッドストックの善良な村人以上に心配する対象ができたわけだ」

「ウッドストックでなにがあったの？」わたしは怪訝《けげん》に思ってマシューに尋ねた。

「なにも」彼がうわの空で答えた。だがわたしの注意を引きつけたのは巨漢のブロンドだった。

「市《いち》が立つ日に、老婆が卒倒したんだ。本人はあなたのせいだと言っている」ギャロウグラスが、こんなに魅力のない女がなぜこれほどトラブルを起こすのか理解できないと言うようにわたしの全身をながめまわした。

「ウィドー・ビートンね」わたしはつぶやいた。

フランソワーズとチャールズの登場で、会話が途切れた。フランソワーズは血が温かい者のために香りのいいジンジャーブレッドとワインを持っている。キット——マシューのワインセラーの中身を味見することに躊躇《ちゅうちょ》したためしがない——とジョージ——今夜明らかになった事実で少し顔色が悪い――が勝手に飲み食いをはじめた。どちらも次の舞台の開演を待つ観客のようだ。

ヴァンパイアの栄養補給を担当しているチャールズは、銀の取っ手がついた優美なピッチャーと背の高い広口の杯を三つ持っていた。杯に注がれた赤い液体はどのワインより色が濃くて透明感がない。主《あるじ》のもとへ向かうチャールズをハンコックが呼びとめた。

「マシューよりおれのほうが飲み物がいる」杯をひったくられたチャールズが、無礼な振舞いにぎょっとしている。ハンコックはピッチャーの中身のにおいを嗅ぎ、それもつかんだ。

「新鮮な血を飲むのは三日ぶりだ。あんたの女の趣味は変わっているが、クレアモント、客のもてなし方には文句のつけようがない」

マシューがギャロウグラスのほうへ行くようにチャールズに合図した。ふたりのヴァンパイアは一気に渇きをいやしている。飲み干したギャロウグラスが手で口を拭った。

「で？」と問いつめる。「口が堅いのは知っているが、なぜこんなことになったのか説明するのが筋じゃないか？」

「おれたちは席をはずそう」ウォルターがジョージとふたりのデーモンに目配せした。

「どうしてだ、ウォルター？」ハンコックが声を荒らげた。「クレアモントには答えるべきことがたくさんある。この魔女も同じだ。そしてその答えは魔女本人の口から聞きたい。ここへ来る途中で牧師を追い越した。胴まわりがでっぷりした男をふたり連れていた。おれが耳にしたところによれば、クレアモントの伴侶には三日――」

「せいぜい五日だ」ギャロウグラスが訂正した。

「まあ、五日かもしれないが」友人のほうへ首をかしげる。「とにかく、裁判にかけられるまでそのぐらいしかない。治安判事にどう話すか決めるのに二日、牧師を納得させる嘘をでっちあげるのに半時《はんとき》もない。いますぐほんとうのことを話したほうが身のためだぞ」

全員の視線がマシューに集中した。彼は無言で立ち尽くしている。

「もうすぐ四半時《しはんどき》ごとの鐘が鳴るぞ」しばらくのち、ハンコックがうながした。

わたしはみずから行動を起こすことにした。「マシューはわたしを魔女から守ってくれたのよ」

「ダイアナ」マシューが語気を荒らげた。

「魔女同士の問題に干渉したのか？」ギャロウグラスの目がわずかに広がった。

わたしはうなずいた。「危機が去ったとき、伴侶になったの」

「それがすべて、土曜の昼から日暮れまでのあいだに起きたとでも？」ギャロウグラスが首を振る。「どうせならもっとうまい嘘をついてくれ、叔母上」

「叔母？」愕然としてマシューを見た。最初はベリック、次はコングレガシオン、そして今度はこれだ。「この……北欧神話に出てくる狂戦士《ベルセルク》みたいな男性は、あなたの甥《おい》なの？　待って。ボールドウィンの息子ね！」筋肉が異常に発達しているところがマシューの兄にそっくりだ――執拗《しつよう》なところも。クレアモント一族はほかにもいる――ゴドフリー、ルイーザ、そして曖昧《あいまい》に短く触れられただけのヒュー。ギャロウグラスがこのうちひとりの身内である可能性もある――あるいはマシューの複雑な家系に属するだれかの身内。

「ボールドウィン？」ギャロウグラスがわずかに身震いして見せた。「ウィアになる前も、あの化け物を首筋に近寄らせたりはしなかった。それから、ぼくの祖先は狼の毛皮を着る者《ウルヒヨナル》で、熊の毛皮を着る者《ベルセルク》じゃない。それにスカンジナビアの血は一部だけ、そんなに興味があるならあえて言うが、やさしいところだけで、残りはゲール人だ」

「短気なゲール人だろ」ハンコックが言い添える。

その言葉を受けてギャロウグラスが軽く耳を引っ張ったとき、金の指輪がきらりと光って彫りこまれた棺《ひつぎ》が見えた。棺から男が踏みだしていて、縁に沿って銘文がある。

「あなたは騎士なのね」同じ指輪を予想してハンコックの手を見る。あった。妙な具合に親指にはめている。マシューがラザロ騎士団にも関わっている証拠がついに見つかった。

「さあて」ふいにギャロウグラスがいかにもスコットランド人らしく間延びした発音をした。「それはつねづね論議の的になっている。輝く鎧《よろい》をまとっているとは言えないからな、そうだろう、デイヴィ？」

「ああ、だがクレアモント一族は金持ちだ。金を拒むのはむずかしい」とハンコック。「特に、それを楽しむ長寿を約束されたときはな」

「クレアモント一族は勇猛な戦士でもある」ギャロウグラスが鼻柱をこすった。折れたままきちんと治らなかったように平らになっている。

「ああ。連中は助ける前におれを殺しやがった。そして助けるあいだに目を治した」傷のあるまぶたを笑いながら指差している。

「じゃあ、あなたたちはクレアモント一族に忠実なのね」一気に安堵がこみあげた。深刻な情勢を考えると、ギャロウグラスとハンコックは敵より味方であってほしい。

「つねにじゃない」ギャロウグラスが険しい顔で答えた。

「ボールドウィンに対しては違う。あいつはずる賢い野郎だ。それに、ばかなことをするときのマシューも相手にしない」ハンコックが鼻をひくつかせ、机に放置されたままのジンジャーブレッドを指差した。「だれも食わないなら、暖炉に放りこんでもいいか？ マシューとチャールズの料理のにおいで吐き気がする」

「もうすぐ客が来る。家系の話で時間を無駄にするより、これからどうするか考えたほうがいい」ウォルターが痺《しび》れを切らしている。

「考える暇などない」ハンコックが悪びれもせずに言った。「それよりマシューとノーサンバーランド卿に祈ってもらおう。客は神の子だ。神も耳をお貸しくださるさ」

「この魔女に飛び去ってもらうという手もある」ギャロウグラスがつぶやいた。マシューににらまれ、両手をあげて降参のポーズを取っている。

「できっこないさ」全員の視線がキットへ向いた。「マシューに顎鬚《あごひげ》を出してやることもできないんだからな」

「コングレガシオンの非難を承知で魔女と親しくなったのに、その魔女はなんのとりえもないのか？」ギャロウグラスが言った。怒っているのか耳を疑っているのか判断がつかない。

「嵐を呼んだり、敵をおぞましい皮膚病にできたりする妻なら、多少旨みがあるのは認める。でも夫の理髪師にもなれない魔女に、どんな意味があるんだ?」

「取り立てて言うほどの魔力もない、どこの馬の骨ともわからない魔女と結婚するのはマシューぐらいだな」ハンコックがウォルターに話しかけている。

「静かにしろ!」マシューが怒鳴った。「くだらない話をしゃべり散らされていたら、考えられない。ウィドー・ビートンが出しゃばりの愚かなおいぼれなのも、思いどおりに魔法を使えないのもダイアナのせいではない。わたしの妻は呪縛をかけられている。それを解かなければならない。もしこの部屋にいる者がこれ以上わたしになにか訊いたりダイアナを非難したりしたら、心臓を抉《えぐ》りだして、まだ脈を打ってるうちに口にねじこんでやる」

「それでこそ我らが家長さまだ」ハンコックが敬礼の真似をしておどけて見せた。「少しのあいだ、魔法をかけられたんじゃないかとひやひやしたぜ。でも待て。もし呪縛がかかっているなら、なにが問題なんだ? 危険なのか? 頭がおかしいのか? その両方か?」

甥たちの登場、動揺した教区牧師、ウッドストックで起ころうとしているもめごと。立て続けの展開にたじろぎ、わたしはうしろにある椅子に手を伸ばした。だが着なれない服のせいでうまく腕が伸びず、バランスを崩してよろけてしまった。素早く出された手に荒っぽく肘をつかまれ、意外なほどやさしく椅子に座らされた。

「だいじょうぶだ、叔母上」ギャロウグラスが同情の声を漏らした。「あなたの頭でどんな不具合が起きているのか知らないが、マシューが守ってくれる。迷える魂にはやさしいところがあるんだ」

「めまいがしただけよ、頭はおかしくないわ」

耳元へ口を近づけてきたギャロウグラスの瞳は冷え冷えとしていた。「そのおかしなしゃべり方では、頭がおかしいと思われても仕方ないし、どっちにしろ牧師が気にするとは思えない。あなたはチェスター出身じゃないし、これまでぼくが行ったことのあるどの土地の出身でもない——念のために断っておくが、その数はそうとうなものになる。だから、気づいたら教会の地下室に閉じこめられていたなんてはめになりたくなければ、行儀よくしたほうがいい」

長い指がギャロウグラスの肩をつかみ、わたしから引き離した。「妻を脅そうとしても無駄だ。追い越した三人の話をしろ」マシューが冷ややかに言った。「武器を持っていたのか？」

「いいや」興味津々にとっくりわたしを見つめたあと、ギャロウグラスが叔父に目を向けた。

「教区牧師と一緒にいたのは？」

「知るもんか。三人とも血が温かい者だったから、あらためて考えもしなかった。ひとりは白髪頭のでぶで、もうひとりは中肉中背で、天気について文句を言っていた」面倒くさそうに答えている。

「ビドウェル」マシューとウォルターが同時につぶやいた。

「一緒にいるのはおそらくイフリーだ」とウォルター。「あのふたりはいつも文句を言っている――道の状態、宿屋のやかましさ、ビールの質」

「イフリーってだれなの？」わたしは疑問を口にした。

「イングランド一の手袋職人を自称している男だ。サマーズは彼の下で働いている」ウォルターが答えた。

「実際、イフリーは女王の手袋をつくっている」とジョージ。

「二十年前に狩猟用の長手袋を一組つくったにすぎない。本人がどれほど名誉を欲しがっていようが、その程度では近郊でもっとも偉大な男とは言えない」マシューが侮蔑をこめてせせら笑った。「頭が切れる者はひとりもいないということだ。それが三人まとまれば間抜けの塊になる。これが村にできる精一杯なら、読書に戻っても構わないだろう」

「いいのか？」ウォルターの声は鋭い。「連中が来るのをおとなしく待っているのか？」

「ああ。だがダイアナはわたしの目の届くところにいさせる。あるいはおまえの、ギャロウグラス」マシューが釘を刺した。

「言われなくてもそれが一族でのぼくの務めなのはわかってるよ、叔父上。あなたの怒りっぽい妻が、今夜も必ずあなたのベッドへ行くように取り計らう」

「怒りっぽい？　わたしが？　夫はコングレガシオンのメンバー。馬に乗った男たちが、孤独な老婆を傷つけた罪でわたしを告発しに来る。知らない家にいて、寝室へ行くにも迷ってしまう。いまだに靴もない。そのうえずっとしゃべりつづけている若者でいっぱいの寄宿舎みたいなところに住んでるのよ!」わたしは息巻いた。「でも、あなたたちの助けは必要ないわ。自分の面倒ぐらい自分で見られるから!」

「自分の面倒を見られる?」ギャロウグラスが笑い飛ばして首を振った。「いいや、無理だ。それからこの騒ぎが終わったら、そのアクセントを治す必要がある。いまの台詞は、半分しか理解できなかった」

「アイルランド人だな」ハンコックがじろじろ見つめてきた。「呪縛もおかしなしゃべり方も、それで説明がつく。連中の大半は頭がおかしい」

「アイルランド人じゃない」とギャロウグラス。「もしそうなら、たとえ頭がおかしかろうと、ぼくには言っていることが理解できたはずだ」

「黙れ!」マシューが怒鳴った。

「村人が門番小屋に来ております」静まり返ったなかにピエールの声が響いた。

「通せ」マシューが指示し、わたしを見た。「客の相手はわたしがする。わたしがいいと言うまで質問に答えるな」きびきびとつづける。「ウィドー・ビートンが来たときのような……おかしなことが起きたらまずい。まだめまいがするか? 横になるか?」

「好奇心をそそられるわ。どうしても知りたい」わたしは両手をきつく握りしめた。「わたしの体や魔力のことは心配しないで。それより牧師が帰ったあと、わたしの質問に答えるのに何時間かかるか心配するのね。それから、〝わたしが話すことではない〟を言い訳にして質問をかわそうとしたら、容赦しないわよ」

「すっかり元気そうだな」マシューの口元がひきつった。わたしの額にキスをする。「愛している」

「愛の告白はあとまわしにして、叔母上に冷静になる時間を与えたほうがいい」ギャロウグラスが忠告した。

「なぜどいつもこいつも、妻の扱い方を指図しようとするんだ？」マシューが言い返した。冷静さにひびが入っているのが表に現れている。

「さあ、どうしてかな」ギャロウグラスが涼しい顔で答えた。「ただ、彼女はどことなく祖母に似ている。ぼくはしょっちゅう祖母をコントロールする最良の方法をフィリップにアドバイスしているのに、耳を貸そうとしないんだ」

男たちがそれぞれの位置についた。一見無造作に見えるが、じょうご型になっている――部屋の入り口は幅が広く、マシューとわたしがいる奥の暖炉前は狭い。これならジョージとキットが牧師と連れを出迎えているあいだに、ウォルターがサイコロと『フォースタス博士』を素早く片づけて、ヘロドトスの『歴史』と交換できる。聖書ではないが、このほうがこの場にふさわしい厳粛さを添えられるとウォルターが断言したのだ。キットがその交換の不当さに異議を唱えたとき、足音と話し声が聞こえてきた。

ピエールの取次ぎで三人の男が入ってきた。ひとりは靴のサイズを測りにきた痩せっぽちの青年とうりふたつだったので、すぐジョセフ・ビドウェルだとわかった。うしろでドアが閉まる音にびくりとして、不安そうに振り返っている。正面に戻したとろんとした目が待ち構えている男たちを捉え、ふたたびびくりとした。ウォルター――ハンコックとヘンリーと一緒に、部屋の中央の戦略的に重要なポジションについている――がびくついた靴職人を無視して、薄汚れた牧師服をまとった男に尊大な視線を向けた。

「こんな時刻になんの用だ、ダンフォース牧師」強い口調で尋ねている。

「サー・ウォルター」ダンフォースがお辞儀をし、縁なし帽を脱いでもみしだいた。そこでノーサンバーランド伯爵に気づく。「閣下！　まだこちらにご滞在とは存じませんでした」

「なんの用だね、牧師」マシューがにこやかに訊いた。椅子に座ったまま、リラックスしきったようすで両足を前に伸ばしている。

「ロイドンさま」ダンフォースがふたたび頭をさげた。今度はわたしたちに。わたしに好奇の目を向けたのち、怯えた顔で帽子に視線を戻している。「教会でも村でもお見かけしませんもので。お具合が悪いのではとビドウェルが申しておりました」

ビドウェルがもじもじと足を踏みかえた。革靴がきしんで抗議の声をあげ、それに合わせて肺が苦しそうな息と大きな咳を出した。息を吸おうとするたびに、だらりと張りを失った襞襟が気管を締めつけて震えている。襞をつけたリネンはどう見ても使い古しで、顎のそばについた油っぽい茶色の染みが夕食にグレイビーを食べたことを示していた。

「ああ、チェスターで体調を崩したが、神の慈悲と妻の介護のおかげで回復した」マシューが手を伸ばし、夫の愛情をこめてわたしの手を握った。「医者には髭を剃れば熱が下がると言われたが、もっとも効果があったのは、水風呂に入れというダイアナの強い勧めだった」

「妻?」ダンフォースが消え入りそうな声でつぶやいた。「ウィドー・ビートンはひとことも——」

「無知な老婆に個人的な話はしない」マシューが鋭く言い返す。

ビドウェルがくしゃみをした。最初マシューは心配そうに靴職人を見つめていたが、そのうちおもむろになにかに気づいた表情を浮かべた。今夜は夫についていろいろわかってきたが、これでびっくりするほど芝居がうまいこともわかった。

「なるほど、そういうことか。ダイアナにビドウェルを治してくれと頼みに来たんだな」マシューが残念そうな声を漏らした。「愚にもつかない噂が多すぎる。妻の能力がもう広まっているのか?」

この時代、治療の知識と魔女の民間伝承は危険なほど緊密な関係にある。マシューはわたしを面倒に巻きこもうとしているのだろうか?

ビドウェルが答えようとしたが、咳きこんで首を振るのが精一杯だった。

「治療が目的でないとすると、ダイアナの靴を届けに来たのか?」マシューが愛情をこめてわたしを見つめ、牧師に視線を移した。「すでに聞いていると思うが、旅の途中で妻の荷物を紛失したのだ、ダンフォース牧師」ふたたび靴職人に視線を戻し、こころもちとがめる口調で告げる。「忙しいのはわかっている、ビドウェル。だが少なくとも泥道用の木靴はできているだろうな。ダイアナは今週は教会へ行くつもりでいるが、礼拝堂までの道は頻繁に水浸しになる。だれかがなんとかしなければならない」

イフリーの胸はマシューが話しはじめてから、ずっと憤慨でふくらんでいた。ついに我慢できなくなったらしい。

「ビドウェルはご注文の靴を持参しておりますが、われわれがこちらへ伺ったのは奥さまが確実に礼拝に行けるようにするためでも、木靴や水たまりのようなどうでもいい話をするためでもございません」もったいぶって腰まわりのマントを引っ張っているが、とがった鼻とビーズのような目をした手袋職人がそれをやると、濡れた毛織物は彼をよけいに溺れたネズミに見せた。「言いたまえ、牧師」

ダンフォース牧師は、マシュー・ロイドンの屋敷で主《あるじ》の妻と対決するぐらいなら、地獄の火で焼かれたいと思っているように見えた。

「さあ、言うんだ」イフリーが急《せ》かす。

「奥さまに対する申し立てが――」それだけ口にしたところで、ウォルターとヘンリーとハンコックが一致団結した。

「もし申し立てをするためにここへ来たなら、わたしかノーサンバーランド伯に言ってくれ」ウォルターが鋭く告げた。

「あるいはわたしに」ジョージが声高に言う。「わたしは法律に詳しい」

「あ、あー、はい、さようですか」牧師が口をつぐんだ。

「ウィドー・ビートンは体調を崩しています。ビドウェルの息子も」気力をくじかれたダンフォースをよそに、イフリーはあくまで断行するつもりでいる。

「チェスターでわたしを苦しめ、いまは青年の父親を苦しめている悪寒と同じものにちがいない」夫がしんみり言った。手はしっかりわたしの手を握っている。うしろでギャロウグラスが小さく毒づいた。「それで、わたしの妻には具体的にどんな疑いがかかっているんだ、イフリー?」

「ウィドー・ビートンは、邪悪な所業に加担するのを拒みました。すると奥さまは、彼女が関節と頭の痛みで苦しむようにすると宣言された」

「息子は耳が聞こえなくなりました」ビドウェルが訴えた。悲嘆と痰《たん》で声がかすれている。「耳の奥で大きな音が鳴り響いているのです、鐘のような音が。ウィドー・ビートンは、息子は魔法をかけられたのだと申しております」

「違う」わたしはささやいた。頭から一気に血の気が引いていく。ギャロウグラスの両手が素早く肩をつかみ、体を支えてくれた。

〝魔法をかけられる〟という言葉を聞いたとたん、わたしは見慣れた深淵《しんえん》をのぞきこんでいた。自分がブリジット・ビショップの子孫であることを人間に気づかれるのを、なによりも恐れてきた。そうなったら好奇の視線が集まり、疑惑が集まる。そのときは逃げるしかない。わたしは指をうごめかせて手を引き抜こうとしたが、マシューの手はあたかも石でできているようで、ギャロウグラスも依然としてわたしの肩を押さえていた。

「ウィドー・ビートンは以前からリューマチに苦しんでいたし、ビドウェルの息子はくり返し耳をわずらっている。この病気はしばしば痛みや聴覚の問題を引き起こす。どちらも妻がウッドストックに来る前から病んでいた」マシューが空いている手をゆったり振った。「あの老婆はダイアナの腕前をねたみ、若いビドウェルは妻の美貌に魅了されてわたしをうらやんだのだ。どちらも申し立てではない、くだらない思いこみだ」

「神の子として、わたしにはこの問題を深刻にとらえる責任がございます。調べたのです」ダンフォース牧師が黒いローブのポケットに手を入れ、ぼろぼろになった紙の束を出した。数十枚の紙を粗末なひもでぞんざいに綴じただけのものだ。長いあいだくり返し読まれたせいで紙の繊維が柔らかくなり、灰色に変色して端がささくれている。距離があるのでわたしからは表紙が見えなかったが、三人のヴァンパイアには見えた。ジョージにも見え、青ざめている。

「それは『魔女に与える鉄槌《てっつい》』の抜粋だな。そんな難解な本を理解できるほどラテン語に堪能とは知らなかった、ダンフォース牧師」マシューが言った。『魔女に与える鉄槌』は、これまでに書かれたなかでもっとも影響力を持つ魔女狩りの手引書だ。魔女の心臓に恐怖を突き刺すタイトル。

教区牧師が侮辱された顔をした。「わたしは大学に通いました」

「それを聞いて安心した。それは低能な者や迷信深い者が持つべき本ではない」

「ご存じなのですか？」

「わたしも大学に通ったのでね」マシューが穏やかに答えた。

「それなら、わたしが奥さまに質問しなければならない理由をおわかりでしょう」ダンフォースが部屋の奥へ進もうとしたが、ハンコックの低い唸り声でぴたりと足をとめた。

「妻の耳にはなんの問題もない、牧師。近くへ来る必要はない」

「妖しい力があるんだ！」イフリーが鬼の首を取ったように叫んだ。

ダンフォースが紙束をきつくつかんだ。「だれに教わったのですか？」廊下に響くほどの大声で尋ねている。「だれから魔術を習ったのですか？」

狂乱はこうしてはじまるのだ――疑いをかけられた者を罠《わな》にかけ、ほかのだれかを糾弾《きゅうだん》するよう仕向ける。ひとりずつ、魔女たちは嘘の網にからめとられて殺されていった。この方法で、数えきれない仲間が拷問されて殺戮《さつりく》された。わたしの喉に否定の言葉がこみあげた。

「だめだ」マシューが冷徹に警告のひとことを発した。

「ウッドストックで奇妙なことが起きています。白い牡鹿がウィドー・ビートンの前を横切った」ダンフォースがつづけた。「牡鹿は道の真ん中で立ちどまり、彼女の全身が冷たくなるまで見つめていた。ゆうべは灰色狼が彼女の家の外で目撃された。闇の中でも爛々《らんらん》と目が光り、その明るさは旅人が嵐をやりすごす場所を見つけられるように外に吊るしてあるランプをしのいだ。あなたの使い魔はどちらですか？　だれに授けられたのですか？」今回はマシューに黙っていろと言われる必要はなかった。牧師の質問は有名なパターンに沿っている――わたしが大学院で学んだものに。

「魔女に答えさせるんだ、ダンフォース牧師」イフリーが連れの袖を引っ張った。「神の御心に従う村で、闇の世界の生き物がこのように傍若無人《ぼうじゃくぶじん》に振舞うのを許すわけにはいかない」

「妻はわたしの許可がなければだれとも話さない」マシューが言った。「それから、だれかを魔女呼ばわりするときは注意しろ、イフリー」村人が刃向かえば刃向かうほど、マシューは自制に苦労している。

牧師の視線がわたしからマシューへ移動し、ふたたびわたしに戻った。わたしはすすり泣きそうになるのをこらえた。

「悪魔と契約を交わしているから、真実を言えないんだ」ビドウェルが言った。

「黙っていてくれ、ミスター・ビドウェル」ダンフォースがたしなめた。「言いたいことはありませんか？　だれに悪魔と引き合わされた？　ほかの女ですか？」

「あるいは男か」イフリーがつぶやく。「ここにいる闇の申し子はひとりだけじゃない。奇妙な本や道具があるし、魂を呼びだすために深夜の集会が開かれている」

トムがため息をついて、ダンフォースに向かって自分の本を突きだした。「数学だ、魔法じゃない。ウィドー・ビートンは幾何学の本を見たんだ」

「邪悪なものがどこまで広がっているか決めるのは、あなたではない」イフリーが切り返す。

「邪悪なものを探しているなら、ウィドー・ビートンのところへ行け」精一杯冷静を保っているが、マシューの怒りはみるみる高まっていた。

「では、ウィドー・ビートンは魔術を使っているとおっしゃるのですか？」ダンフォースが鋭く尋ねた。

「だめよ、マシュー。それではだめ」わたしは彼の手を引っ張って気を引いた。

マシューがこちらを見た。表情が人間離れし、大きく広がった瞳孔がガラスのように冷たい。わたしが首を振ると大きく息をつき、縄張りに侵入されたことへの怒りとわたしへの強い庇護本能を鎮めようとした。

「彼の言葉に耳を貸すな、牧師。ロイドンも悪魔の手先かもしれない」イフリーが警告した。

マシューが代表団へ向き直った。「わたしの妻になんらかの罪を負わせる根拠があるなら、治安判事に伝えればいい。さもなければ、出ていけ。それからダンフォース、またここへ来るときは、イフリーやビドウェルに同調するのが得策かどうかよく考えてからにしろ」

教区牧師がごくりと喉を鳴らした。

「聞こえただろう」ハンコックが怒鳴った。「出ていけ!」

「いずれ正義が果たされます、ロイドンさま――神の正義が」ダンフォースがしどろもどろで言いながら、廊下へあとずさった。

「わたしの正義が先にこの問題を解決しないかぎりはな、ダンフォース」とウォルター。

ピエールとチャールズが暗がりから現れて大きくドアをひらき、目を丸くしている血が温かい者たちを部屋から出した。外は強風が吹き荒れている。嵐の激しさが、わたしの不思議な力に対する彼らの疑念をいっそう強めるのだろう。

逃げて、逃げて、逃げて——頭のなかで本能が叫びつづけていた。パニックがアドレナリンと一緒に全身にほとばしる。わたしはまた獲物にされている。毛穴から染みだす恐怖のにおいを嗅ぎつけ、ギャロウグラスとハンコックがこちらを見た。

「ふたりとも、じっとしていろ」マシューがふたりに注意して、わたしの前にしゃがみこんだ。「ダイアナの本能が逃げろと言っているんだ。すぐ落ち着く」

「これは決して終わらないのよ。ここへは助けを求めてきたのに、また追われている」わたしは唇を噛みしめた。

「怖がる必要はない。ダンフォースとイフリーも、これ以上いざこざを起こすのは躊躇するはずだ」マシューがきっぱり断言し、きつく握りしめているわたしの手を取った。「きみを敵にまわしたがる者はいない——クリーチャーだろうが、人間だろうが」

「クリーチャーがあなたを恐れるのはわかるわ。あなたはコングレガションのメンバーで、クリーチャーを破滅させる力を持っている。ウィドー・ビートンが言われるままにここへ来たのも無理はない。でも、それではあなたに対する人間の態度を説明できない。ダンフォースとイフリーは疑っているにちがいないわ、あなたが……ウィアだと」ヴァンパイアという言葉があやうく口から出そうになった。

「ふん、どうせあいつらにはなにもできないさ」ハンコックが切り捨てた。「取るに足らない連中だ。ただ、この件を重大とみなす人間のところへ話を持ちこむ可能性はある」

「耳を貸すな」とマシュー。

「だれのこと?」わたしはかすれ声で尋ねた。

ギャロウグラスが驚きで息を詰まらせた。「聖なるものの名にかけて、ぼくはあなたがひどいことをするのを見てきたが、なぜ妻にまで秘密にするんだ?」

マシューが暖炉の火を見つめた。やがてその目をわたしと合わせたとき、そこには後悔があふれていた。

「マシュー?」わたしはうながした。最初の郵便袋が届いたときから感じていた胃を締めつけられる感覚が強まっていく。

「彼らはわたしをヴァンパイアだとは思っていない。わたしがスパイだと知っているんだ」

6

「スパイ？」わたしはぼんやりくり返した。

「諜報員《ちょうほう》と呼ばれるほうがいい」キットが辛辣に言った。

「黙ってろ、マーロウ」ハンコックが叱りつけた。「さもないとおれが黙らせてやるぞ」

「やめておけ、ハンコック。そんなふうに噛みついても、だれも本気にしない」キットの顎が部屋の中央を差した。「それからぼくに向かって丁寧な話し方をするつもりがないなら、ウェールズの王と兵士の舞台をすぐ終わらせるぞ。あんたは裏切り者か下劣でずる賢い使用人にしてやる」

「ヴァンパイアとはなんだ？」ジョージが片手を帳面に伸ばし、反対の手をジンジャーブレッドに伸ばした。例によって、だれひとり彼にはさほど関心を向けていない。

「じゃあ、あなたはエリザベス朝のジェームズ・ボンドみたいなものなの？　でも……」わたしはぞっとしてキットを見た。彼はデットフォードで喧嘩に巻きこまれ、三十歳になる前にナイフで刺殺される運命で、事件はスパイとしての彼の人生と関連があるとされている。

「ジェームズ・ボンド？　ロンドンの聖ダンスタン教会の近くにある、縁をきれいに折り返す帽子屋のことか？」ジョージが吹きだしている。「なんでまたマシューが帽子屋をしてたと思ったんだ？」

「違う、ジョージ、そのジェームズ・ボンドじゃない」マシューはわたしの前にしゃがんだままこちらの反応をうかがっている。「きみは知らずにいるほうがよかったんだ」

「寝言言わないで」エリザベス朝にふさわしい罵倒の言葉なのか知らないし、気にもならない。「わたしには真実を知る権利があるわ」

「そうかもしれない。でもほんとうにマシューを愛しているなら、それにこだわるのは無意味だ」キットが言った。「マシューはもう、真実と真実じゃないものの見分けがつかなくなっている。だから女王は彼に価値があると考えているんだ」

「わたしたちがここへ来たのは、きみの指南役を見つけるためだ」マシューはずっとわたしを見つめている。「わたしがコングレガシオンのメンバーであると同時に女王のスパイでもあるという事実が、きみを危険から守るはずだ。この国で起きることはすべてわたしの耳に入る」

「知らないことはないと主張するわりには、ずいぶんおめでたいのね、この家でなにか起きていると、わたしが気づいていないとでも思っていたの？　手紙が何通も届いていたわ。それにあなたとウォルターが言い争っていた」

「きみはわたしが見せたいと思うものだけ見ていればいい」オールド・ロッジに来てから、傲慢《ごうまん》になりがちなマシューの傾向が急激に強まっていて、わたしは彼の口調に呆然とさせられた。

「よくもそんなことを」わたしはおもむろに口をひらいた。生まれたときからわたしが秘密に囲まれて生きてきたことは、マシューも知っている。そのせいで高い代償を払ってきたのは彼だけじゃない。わたしは立ちあがった。

「座れ」マシューが歯嚙みしながら言った。「たのむ」わたしの手をつかむ。

マシューの親友のハーミッシュ・オズボーンに、十六世紀の彼は別人だと警告された。こんなにも別世界ならあたりまえだ。女は男に言われたことを質問もせずに受け入れるのがとうぜんと思われている。友人に囲まれていたら、むかしの態度や考え方に逆戻りするのはいとも簡単だ。

「質問に答えてくれるなら座るわ。あなたが情報を報告している相手の名前と、この仕事に関わることになった経緯を教えて」マシューの甥とその友人にちらりと目をやる。国家機密かもしれない。

「わたしとキットのことはみんな知っている」わたしの視線を追ったマシューが言った。そして懸命に言葉を探し「すべての始まりはフランシス・ウォルシンガムだった」と話しはじめた。

「わたしはヘンリー八世の治世の終わりにイングランドを離れた。イスタンブルにしばらく滞在してからキプロスへ行き、スペインを放浪し、レパントで戦った。アントワープでは印刷業をはじめることまでした」説明をつづける。「ウィアにはよくあることだ。わたしたちは惨事を探す。他人の人生とすりかわる機会を。だが気に入ったものが見つからなかったので、母国へ戻った。フランスはいまにも宗教戦争と内乱が勃発しそうになっていた。わたしぐらい長く生きていると、兆候に気づく。ひとりのユグノーの教師が、娘たちを安全に育てられるジュネーブへ行くために、喜んでわたしから金を受け取った。わたしは教師のずっと前に亡くなったいとこの身元を騙《かた》り、パリにある彼の家に引っ越してマシュー・ド・ラ・フォーレとして再出発した」

「森《ラ・フォーレ》のマシュー?」わたしの眉が皮肉にあがった。

「それが教師の名前だった」顔をしかめている。「パリは物騒で、駐フランス大使だったウォルシンガムは、幻想から目覚めた国中の逆徒たちを引き寄せた。一五七二年の夏の終わり、フランス国内でくすぶっていた怒りが爆発した。わたしはウォルシンガムの逃亡に手を貸し、彼がかくまっていたイングランドのプロテスタントたちも救出した」

「サン・バルテルミの虐殺」身震いが走った。フランスのカトリックの王女とプロテスタントの夫の結婚を機に起きた、血まみれの一日。

「わたしはその後しばらくして女王のスパイになった。ウォルシンガムがパリへ戻されたときに。彼はヴァロアの王子と女王の縁談をまとめようとしていた」鼻で笑っている。「女王がその縁談に興味がないのは明らかだった。ウォルシンガムの諜報員ネットワークを知ったのは、そのころだ」

マシューが一瞬わたしと目を合わせ、すぐに視線をそらした。まだなにか隠している。わたしはいま聞いた話を再検討し、彼の説明の矛盾点を見つけてそれをたどり、必然的に引きだされる唯一の結論に達した――マシューはフランス人でカトリックなのだから、一五七二年に――あるいは一五九〇年に――エリザベス・チューダーと政治的に同一歩調を取るはずがない。もしイングランドの女王のために働いているなら、もっと大きな目的のためだ。でもコングレガシオンは人間の政治に関わらないと誓いを立てている。

フィリップ・ド・クレアモントとラザロ騎士団は違う。

「あなたは父親の下で働いている。ヴァンパイアというだけでなく、プロテスタントの国のカトリックでもある」マシューがラザロ騎士団のために働きながら、エリザベスにも仕えているのなら、危険は飛躍的に増す。エリザベス朝イングランドで狩られて処刑されるのは魔女だけではない――裏切り者や特異な力を備えたクリーチャー、異教徒もそうだ。「人間の政治に関わったら、コングレガシオンはなんの役にも立たないわ。なぜあなたの家族はそんな危険なことをさせるの？」

ハンコックが鼻で笑った。「だからコングレガシオンにはつねにクレアモントがひとりいるのさ。高邁《こうまい》な理想が実利を邪魔することがないように」

「フィリップのために働くのはこれが初めてではないし、おそらく最後でもない。きみは秘密を暴くのが得意だ。わたしはそれを守るのに長けている」マシューが簡潔に言った。

科学者。ヴァンパイア。戦士。スパイ。マシューの新たな側面が正しい場所におさまり、強要されないかぎりいっさい情報――大小にかかわらず――を明かそうとしない根深い習性をこれまで以上に理解できるようになった。

「あなたがどれほど経験を積んでいようとどうでもいいわ！　あなたの安全はウォルシンガムにかかっている――なのに彼を欺いている」マシューの言葉はわたしの怒りを増しただけだった。

「ウォルシンガムは死んだ。いまはウィリアム・セシルに報告している」

「生きているなかで最高に抜け目ない男」ギャロウグラスがつぶやく。「もちろんフィリップを除いてだが」

「キットはどうなの？　彼もセシルの下で働いているの？　それともあなたの下？」

「なにも言うな、マシュー」とキット。「その魔女は信用できない」

「よく言うぜ、この食わせ者が」ハンコックが冷ややかに言った。「村人をあおってるのはおまえじゃないか」

キットの頬がふたつの有罪の印となって赤く染まった。

「なんだと？　キット、なにをした？」マシューが驚きの目をみはる。

「なにも」キットがむっつり答えた。

「またあれこれ吹聴してるだろう」ハンコックが諭すように指を振る。「おれたちの我慢にも限界があると注意したはずだぞ」

「村人がすでに知っていることしか言ってない」キットが反論した。「ウッドストックではマシューの妻の噂が飛び交っていた。あのままにしておいたら、コングレガシオンを引き寄せてしまう。もう近くまで来ているかもしれない」

「いまならあいつの息の根をとめてもかまわないよな、クレアモント。むかしからずっとそうしたかったんだ」ハンコックが指の関節を鳴らした。

「いいや。だめだ」マシューが疲れた顔を手でこすった。「そんなことをしたらあれこれ訊かれるし、いまは説得力のある答えを考える忍耐がない。ただの村の噂だ。どうとでもなる」

「時期が悪いな」ギャロウグラスがぽつりとつぶやいた。「ベリックだけじゃない。チェスターの住民が魔女に不安を感じているのは、あなたも知ってのとおりだ。スコットランドでは、状況はさらに悪かった」

「その状況が南のイングランドまで広まったら、その女はぼくたちの命取りになるぞ」キットがわたしを指差した。

「騒ぎはスコットランドで留まる」マシューが言いきった。「おまえはもう村へ行くな、キット」

「その女は万聖節前夜に現れたんだぞ、まさに恐ろしい魔女が現れると予言されていた日に。わからないのか？　あなたの妻はジェームズ王の船が巻きこまれた嵐を起こし、いまはイングランドに関心を向けてるんだ。セシルに知らせる必要がある。女王に危険をもたらす存在だ」

「やめろよ、キット」ヘンリーが友人の腕を引っ張った。

「やめるものか。女王に報告するのがぼくの務めだ。以前なら、きみも同意したはずだ、ヘンリー。でもその女が来てから、なにもかも変わってしまった！　この家にいる者はみんな、魔法をかけられているんだ」目が半狂乱になっている。「きみはあの女を姉のように慕っている。ジョージはのぼせあがっているも同然だ。トムはその女の機知を称賛し、ウォルターに至っては、もしマットを恐れていなかったらスカートをめくって壁に押しつけている。その女を本来の場所に返すべきだ。以前はみんなで幸せに暮らしていたじゃないか」

「マシューは幸せではなかった」キットの怒りに気おされてわたしたちのほうへ来ていたトムが言った。

「マシューを愛していると言ったな」わたしを見たキットの顔は懇願をたたえていた。「彼をほんとうにわかっているのか？　食事をするマシューを見たり、血が温かい者がそばにいるとき抱く飢えを感じたことがあるのか？　マシューのすべてを、彼の魂に光とともに宿る闇も、ぼくのように受け入れられるのか？　あんたには魔力という慰めがあるが、ぼくは彼がいなければ死んだも同然だ。マシューがいないとひとつも詩が浮かばないし、ぼくのなかにわずかながらも存在するいいところをわかってくれるのも彼しかいない。ぼくからマシューを奪わないでくれ。頼む」

「無理よ」わたしは簡潔に答えた。

キットが袖で口を拭った。あたかもそうすれば、わたしの痕跡《こんせき》を拭い去れるように。「コングレガシオンのほかのメンバーが、マシューに対するあんたの愛情に気づいたら――」とささえぎる。

「マシューに対するわたしの愛情が許されないものなら、あなたの愛も同じよ」

キットがひるんだ。「でも、愛する相手は選べないわ」

「あんたの魔術を告発するのは、イフリーと彼の仲間が最後じゃないぞ」キットが虚勢を張った。「よく覚えておけ。デーモンにも魔女と同じぐらいはっきり未来が見えることがあるんだ」

マシューの片手がわたしの腰へ延びた。馴染みのある冷たい指が背中を横切り、わたしをヴァンパイアのものだと示す印の曲線をたどっていく。マシューにとって、この印はわたしを守れなかったことを強烈に思い起こさせるものなのだ。親密な仕草を見たキットが、胸が張り裂けそうな悲嘆の声を漏らした。

「そんなに未来がわかるなら、おまえの裏切りをわたしがどう捉《とら》えるかもわかっていたはずだな」マシューがゆっくりと思いを口にした。「わたしの前から消えろ、キット。さもないと、埋葬するものがなにひとつ残らないようにしてやるぞ」

「ぼくよりその女を選ぶのか？」呆然《ぼうぜん》としている。

「一瞬も迷わずにな。出て、いけ」マシューがくり返した。

部屋を出ていくキットの足取りはのろのろしていたが、ひとたび廊下に出ると速まった。自室へあがる木の階段に響く足音がどんどん速くなっていく。

「あいつから目を離さないほうがいい」キットのうしろ姿を見ていたギャロウグラスの鋭い瞳が、ハンコックに向いた。「今後は信用できない」

「これまでも信用できたためしはないさ」ハンコックが鼻を鳴らす。

開け放たれた戸口から音もなくピエールが入ってきた。悲嘆に暮れた表情で、手紙を持っている。

「あとにしてくれ、ピエール」マシューがうめき、腰をおろしてワインに手を伸ばした。背もたれにぐったり寄りかかっている。「今日はもう危機が入る余地はない――女王だろうと、国やカトリックの危機だろうと」

「しかし……ミロール」ピエールが口ごもり、手紙を差しだした。ちらりとそちらへ向けたマシューの目が、表に書かれた達筆を捉えた。

「まさか」片手があがって手紙に触れ、ぴたりととまる。自制を保とうとして喉が震えている。目尻に赤く光るものが浮かび、頬を伝って襞襟《ひだえり》に落ちた。ヴァンパイアの血の涙。

「なんなの、マシュー?」なにがこれほどの悲しみをもたらしたのかわからず、わたしは肩越しにのぞきこんだ。

「やれやれ、今日はまだ終わらないらしい」ハンコックがこわごわつぶやいてあとずさった。「あんたが関心を向けなきゃいけない些細《ささい》な問題がひとつ残ってる。親父さんは、あんたが死んだと思ってるんだ」

わたしの時代に死んでいるのはマシューの父親のフィリップのほうだった――ぞっとする

死、痛ましい死、取り返しがつかない死。でもいまは一五九〇年だから、フィリップは生きている。ここへ来てからずっと、イザボーやマシューの研究アシスタントのミリアムとばったり顔を合わせ、未来に影響を及ぼすさざ波を立ててしまうのを心配していた。フィリップに会うことがマシューにどんな影響を及ぼすかは、一度も考えたことがなかった。過去と現在と未来が衝突した。もし部屋の隅を見たら、衝突に抗議してほどけた時間が見えるにちがいない。でもわたしの視線はマシューと、喉元の純白のリネンに落ちた血の涙に注がれていた。

ギャロウグラスが不愛想にハンコックの説明を補足した。「スコットランドからの知らせとあなたが突然姿を消したことで、ぼくたちはあなたが女王の要請で北へ行き、現地の騒乱に巻きこまれたんじゃないかと不安になった。二日間探しまわったが、あなたの足取りをつかめなかった。だから、あなたが行方不明だとフィリップに知らせるしかなかったんだ。そうしなければ、コングレガシオンの不審を招く」

「それだけではありません、ミロール」ピエールが手紙をひっくり返した。封蠟はこれまでわたしが見たラザロ騎士団のものと同じだが、ひとつ違う点がある——騎士団の通常の押印ではなく、鮮やかな黒と赤の蠟に、摩耗で縁が薄くなった古い銀貨が押しこんである。銀貨には十字架と三日月の模様がついていた——クレアモント家のふたつの徽章。

「フィリップになんと言った？」マシューの目が、赤と黒の海に浮かぶ青白い銀の月に釘づけになっている。

「そいつが届いたからには、おれたちがどう言ったかなんざどうでもいい。七日以内にフランスの土を踏め。さもないとフィリップがイングランドへ出発するぞ」ハンコックがもごもご言った。

「父はここへは来られない、ハンコック。無理だ」

「もちろん無理に決まってる。女王はイングランドの政治をさんざん引っ掻《か》きまわしたフィリップの首をはねる。あんたが行くしかない。昼夜を問わず進めば間に合うはずだ」

「できない」マシューの視線は開封していない手紙に注がれていた。

「フィリップが馬を用意してくれるだろう。それほど長く留守にせずにすむ」ギャロウグラスが叔父の肩に手をかけた。顔をあげたマシューの目にふいに怒りが浮かんだ。

「距離の問題ではない――」ぴたりと口を閉ざしている。

「彼はあなたの母親の夫だぞ。フィリップは信じてだいじょうぶだ――彼に嘘をついていないかぎり」ギャロウグラスの目が細まった。

「キットは正しいことを言った。だれもわたしを信用できない」マシューがすっくと立ちあがった。「わたしの人生は何層もの嘘でできている」

「得意の悟りすましたたわごとを言ってる場合じゃない、マシュー。こうしているあいだも、フィリップはまたひとり息子を失ったかもしれないと思ってるんだぞ」ギャロウグラスの声が大きくなった。「彼女はぼくたちに任せて、馬に飛び乗って、父親に命令されたことをやれ。やらないと、殴って気絶させてハンコックとふたりで運んでいくぞ」

「わたしに指図するとは、ずいぶん自分に自信があるんだな、ギャロウグラス」マシューの口調に物騒な響きがくわわった。両手を暖炉の煙突に突き、炎を見つめている。

「ぼくは祖父を信じている。あなたをウィアにしたのはイザボーだが、ぼくの血管に流れているのはフィリップの血だ」この台詞がマシューを傷つけた。一撃を受けたとたんさっと顔をあげ、むき出しの感情がいつもの冷静な表情を呑みこんでいく。

「ジョージ、トム、上へ行ってキットを見ていろ」ウォルターが友人たちにドアを示した。ピエールのほうへ首をかしげ、ふたりを部屋から出すように促している。玄関ホールでワインと食べ物をもっと持ってくるように指示する声がした。ふたりをフランソワーズに任せたピエールが、戻ってきてしっかりドアを閉め、ドアの前に立った。会話に立ち会うのがウォルターとヘンリーとハンコックとわたしだけ――それと無言のピエール――になると、ギャロウグラスがマシューの説得を再開した。

「セット・トゥールへ行くしかないんだ。あなたの遺体を見るか、生きたあなたが目の前に立つまで、フィリップは手を休めない。彼はエリザベスもコングレガシオンも信用していない」さっきまでと違ってなだめる言葉を選んでいるが、距離を置いたマシューの態度は変わらない。ギャロウグラスが苛立《いらだ》った声を漏らした。

「騙《だま》したいなら騙せばいい、みんなを。そして自分自身を。やりたければひと晩中ほかの方法を考えろ。でも叔母上の言うとおり、そんなものはみんな寝言だ」声を落とす。「あなたのダイアナは不自然なにおいがする。それにあなたは先週より年を取ったにおいがする。あなたたちふたりが隠している秘密を、ぼくはわかっている。フィリップもきっと気づく」

わたしがタイムウォーカーだと気づいているのだ。ハンコックに目をやると、彼もそうだとわかった。

「もういい」ウォルターが吠《ほ》えた。ギャロウグラスとハンコックがたちどころにおとなしくなった。その理由がウォルターの小指で光っている——ラザロと棺が彫られた印章つきの指輪。

「じゃあ、あなたも騎士なのね」わたしは啞然と尋ねた。

「ああ」ウォルターがひとことで答えた。

「そしてハンコックより地位が高い。ギャロウグラスはどうなの？」忠誠や忠義が幾層にも重なり合っていて理解できない。それらを航行可能な構造に整理する必要がある。

「おれはこの部屋でいちばん位が高い、あんたの夫をのぞいて」ウォルターが警告した。

「それにはあんたも含まれる」

「あなたはわたしに対してなんの権限もないわ」と言い返す。「クレアモント一族の仕事におけるあなたの具体的な役割はなんなの、ウォルター？」

わたしの頭上で、ウォルターの怒気を含んだ青い目とマシューの目が合った。「いつもこうなのか？」

「たいがいは」こともなげにマシューが答えた。「慣れるまで多少時間がかかるが、いまはむしろ気に入っている。おまえもそうなるかもしれない、時間があれば」

「要求の厳しい女なら、もうひとりいる。これ以上必要ない」ウォルターが鼻を鳴らした。「そんなに知りたいなら教えてやろう。おれはイングランドの騎士団を指揮している。マシューはコングレガシオンでの立場があるからできない。彼以外の一族のメンバーは、ほかの地位に就いている。さもなければ拒否した」ちらりとギャロウグラスを見ている。

「じゃあ、あなたはラザロ騎士団の八人の管区長のひとりで、フィリップに直接報告しているのね」わたしは考えながら言った。「てっきり九人めの騎士だと思っていたわ」九人めの騎士は騎士団のなかでも謎の存在で、正体は最上位にいる数名以外秘密にされている。

ウォルターがピエールをぎょっとさせるほど罰当たりな台詞をつぶやいた。「自分がスパイでコングレガシオンのメンバーということは妻に隠していたのに、騎士団の最大の機密は話したのか?」

「訊かれたからだ」マシューがあっさり答えた。「だが、今夜はラザロ騎士団の話はこのぐらいにしておこう」

「ここで終えてもおまえの妻は納得しないぞ。猟犬がいつまでも骨をもてあそぶように、いつまでも喰らいついてくるに決まってる」ウォルターが胸の前で腕を組んでにらんできた。

「いいだろう、そんなに知りたいなら教えてやる。ヘンリーが九人めの騎士だ。プロテスタントへの帰依《きえ》を望まない彼は、イングランドでは国家への反逆罪に問われかねないし、ヨーロッパでは女王が王位を失うのを見たがっている不平分子にとって、格好のターゲットになる。フィリップはヘンリーのお人よしにつけこもうとするやつらから守るために、この地位を提供したんだ」

「ヘンリーが？　反逆者？」わたしは呆然として心優しい男性に目を向けた。

「ぼくは反逆者ではない」ヘンリーが声をこわばらせた。「でもフィリップの庇護のおかげで、一度ならず命を救われた」

「ノーサンバーランド卿は権力者だ、ダイアナ」とマシュー。「そのために不届き者にとっては貴重な道具になる」

ギャロウグラスが咳払いした。「騎士団の話はこのぐらいにして、もっと差し迫った話題に戻さないか？　コングレガシオンはベリックの状況を鎮めるようにマシューに求めてくるだろう。女王はおそらくもっとあおらせようとする。スコットランド人が魔女に気を取られているかぎり、イングランドに対して悪さをもくろむ余裕がないからな。マシューの妻は魔術で告発されそうになっている。そしてマシューの父親は息子にフランスへ戻れと言ってきた」

「まったく」マシューが鼻柱をもんだ。「まさに泥沼だ」

「この泥沼からどうやって抜けだせと言うんだ？」ウォルターがギャロウグラスに迫った。

「フィリップがここへ来るのはありえないと言うが、マシューが向こうへ行くのも得策とは思えない」

「三人の主君とひとりの妻を持てば、苦労してとうぜんだ」ハンコックがむっつりつぶやく。

「どうするんだ、マシュー？」ギャロウグラスが言った。

「もしこの銀貨を封蠟に埋めこんだ手紙を送り返さなければ、フィリップはわたしを探しに来る」マシューが虚《うつ》ろにつぶやいた。「これは忠誠を試すテストだ。テストは父の好物だ」

「フィリップはあなたを疑りはしない。直接会えば、この誤解もきっと解ける」ヘンリーが断言した。マシューから反応はなく、その沈黙をヘンリーが埋めた。「あなたはいつもぼくに、計画を立てろと言うじゃないか。さもないと他人の計画に引きずりこまれてしまうと。なにをなすべきか言ってくれ、ぼくたちがそうなるように取り計らう」

マシューは無言で選択肢を検討し、ひとつずつ却下していった。彼でなければ、考えうる手段と対抗手段を取捨選択するのに何日もかかっただろう。でもマシューがやるとほんの数分しかかからなかった。顔に出ることはほとんどなかったが、力が入った肩と、うわの空で髪を梳《す》く手で葛藤《かっとう》しているのがわかった。

「ひとりで行く」やがて彼が口をひらいた。「ダイアナはここに残す。ギャロウグラスとハンコックと一緒に。ウォルターは女王に対する言い逃れを考えてくれ。コングレガシオンはわたしがなんとかする」

「ダイアナをウッドストックにとどめるのは無理だ」断固とした口ぶりでギャロウグラスが言った。「キットが村で作り話を触れまわり、ダイアナへの疑いをあおっている。あなたがいなくなったら、女王もコングレガシオンもダイアナを治安判事から守る理由がなくなる」

「ロンドンへ行きましょうよ、マシュー。みんなで。あそこは都会だもの。魔女が大勢いるからだれもわたしに気づかないでしょうし、わたしの力を恐れない魔女もたくさんいるはずよ。フランスには、あなたが無事だと使者を出せばいい。あなたが行く必要はないわ」父親に再会する必要はない。

「ロンドン！」ハンコックがせせら笑った。「あそこじゃ三日ともたないぞ。ギャロウグラスとおれがウェールズへ連れていく。アバガベニーへ行けばいい」

「いいえ」わたしの目はマシューの襟についた真紅の染みに引き寄せられた。「もしマシューがフランスへ行くなら、わたしも一緒に行くわ」

「だめだ。きみを戦地へ連れていく気はない」

「戦争は冬の到来とともに沈静化している」とウォルター。「ダイアナをセット・トゥールへ連れていくのが最良の策かもしれない。あっちにおまえともめごとを起こす度胸のあるやつはほとんどいない。おまえの父親に逆らおうとするやつは皆無だ」

「あなたが決めて」わたしは詰め寄った。彼をフランスへ行かせるために、マシューの友人や家族に利用されるつもりはなかった。

「ああ。わたしはきみを選ぶ」マシューが親指でわたしの唇を撫でた。落胆せずにはいられなかった。彼はセット・トゥールへ行こうとしている。

「だめよ」わたしは訴えた。それ以上言うのが怖かった。二十一世紀ではフィリップが死んでいて、生きている父親との再会はマシューにとってつらいものになるはずだと口走ってしまいそうで怖かった。

「フィリップに、伴侶を選ぶのは運命だと言われた。きみを見つけたからには、運命が定めたことを受け入れるしかない。だがそれだけではない。なにがあろうと、わたしは生涯きみを選びつづける――父親や自分の利益、さらにはクレアモント一族よりも」彼がキスでわたしの抗議を封じた。まぎれもない確信がこもるキス。

「じゃあ、これで決まりだな」ギャロウグラスがつぶやいた。

マシューがわたしの目を見つめたままうなずいた。「ああ。ダイアナとわたしは故郷へ向かう。一緒に」

「いろいろ準備や手配がいるな」ウォルターが言った。「おれたちに任せろ。ダイアナは疲れているようだし、骨の折れる旅になる。おまえたちは休んだほうがいい」

友人たちが客間へ去ったあとも、わたしたちは寝室へ行こうとしなかった。

「この一五九〇年は、わたしのもくろみどおりにはいかないようだ」マシューが認めた。

「もっと順調にいくはずだった」

「順調にいくはずがないわ。コングレガシオン、ベリックの魔女裁判、エリザベス朝のスパイ活動、ラザロ騎士団。この四つがあなたの関心を得ようと競い合っているのよ」

「コングレガシオンのメンバーであることと、スパイをしていることは役に立つはずだ、障害ではなく」マシューが窓の外を見つめた。「オールド・ロッジへ来れば、ウィドー・ビートンに手を借り、オックスフォードで写本を見つけ、二、三週間で戻れると思っていた」

わたしは彼の計画の問題点を指摘しないように唇を嚙んだ――ウォルターとヘンリーとギ

ャログラスが今夜何度もやっていたことだ——が、表情に出てしまった。

「わたしが浅はかだった」マシューがため息をついた。「しかも問題は、きみの真実味を証明したり、魔女裁判や戦争のような明らかな罠を避けることだけではない。状況に圧倒されているのはわたしも同じだ。エリザベスやコングレガシオンのためにやったこと、父のために取った対抗手段、そういうものの全体像は覚えているが、詳細はぼやけてしまっている。日付を覚えていても、曜日がわからない。だからいつどの使者が来て、次がいつになるのかわからない。ギャログラスやハンコックと別れたのがハロウィーンの前だったのは確かなんだが」

「火種は、いつも些細なことのなかにあるのよ」わたしは涙が残した黒ずんだ乾いた血の痕《あと》に触れた。目尻に小さな染みがあり、細い痕が頬を伝っている。「お父さんから連絡があるかもしれないと、気づくべきだったわ」

「手紙が来るのは時間の問題だった。ピエールが郵便物を持ってくるたびに覚悟していた。だが今日の配達はもうすんでいた。父の字が不意打ちだっただけだ。あの字がどれほど力強いか忘れていた。一九四四年にナチスから奪い返したとき、父の体はヴァンパイアの血でも治せないほど傷ついていた。ペンを持てなかった。字を書くのが大好きだったのに、判読できない線を書くのが精一杯だった」第二次大戦中にフィリップがつかまって監禁されたのは知っているが、ヴァンパイアがどこまで苦痛に耐えられるか実験しようとしたナチスにどんな目に遭わされたのか、詳しいことはほとんど知らない。

「おそらく女神がわたしたちを一五九〇年に戻したのは、わたしのためだけじゃなかったのよ。フィリップとの再会は古傷を開くかもしれないけれど、それを癒してもくれるかもしれない」

「その前に傷はもっと深くなる」マシューが頭《こうべ》を垂れた。

「でも、最後にはきっとよくなるわ」わたしは頑固な頭に沿って髪を撫でてやった。「お父さんの手紙をまだあけていないわ」

「内容はわかっている」

「それでもあけたほうがいい」

ようやくマシューが封蠟の下に指をすべらせてそれを破った。蠟からこぼれ落ちた銀貨を手のひらでキャッチする。厚い手紙をひらくと、かすかに月桂樹の香りが立ち昇った。

「それはギリシャ語？」わたしは肩越しにのぞきこんで尋ねた。わずか一行の下に、Φ《フィ》の文字が渦巻くように書かれている。

「ああ」マシューが文字を指でたどり、父親との最初のためらいがちな接触をした。「帰ってこいと言っている。ただちに」

「またお父さんに会うのに耐えられそう？」

「いいや。ああ」マシューが手紙をきつく握りしめた。「わからない」

わたしは手紙を取ってきれいに皺を伸ばした。マシューの手のひらで銀貨が輝いている。こんなにちっぽけな銀の塊が、これほどの苦悩をもたらしているのだ。

「ひとりでは会わせないわ」死んだ父親に会うとき隣にいてもたいして役に立たないかもしれないが、彼の苦しみをやわらげるためにわたしにできるのはそれしかない。

「フィリップとはみなふたりきりで会う。父は相手の魂を見抜けると考えている者もいる」マシューがつぶやいた。「きみを連れていくのは不安だ。イザボーのときは反応を予想できた——冷淡、怒り、黙認。だがフィリップは予想がつかない。フィリップの頭の中でなにが起きているか、どんな情報をつかんでいて、どんな罠をしかけてくるか、だれにも理解できない。わたしが秘密主義なら、父は謎だ。コングレガシオンですらフィリップがなにをもくろんでいるかわからないので、それを突きとめようと懸命になっている」

「きっとうまくいくわ」わたしは励ました。フィリップはわたしを家族として受け入れるしかない。マシューの母親や兄のように、ほかに選択肢はない。

「父に勝てると思うな」マシューが釘を刺した。「ギャロウグラスが言ったようにきみは母に似ているかもしれないが、イザボーですらフィリップの罠にかかることがある」

「あなたは二十一世紀でもコングレガシオンのメンバーなの？　だからノックスやドメニコがメンバーだと知っていたの？」魔術師のピーター・ノックスは、わたしがボドリアン図書館で〈アシュモール782〉を見つけたときからずっとつきまとってきた。ドメニコ・ミケーレは、クレアモント一族に根深い恨みを抱くヴァンパイアだ。コングレガシオンのもうひとりのメンバーがわたしを痛めつける前、ラ・ピエールにいた。

「違う」マシューが短く答えて顔をそむけた。

「それなら、クレアモント家のだれかが必ずコングレガシオンのメンバーになると言っていたハンコックの話は、もう違うの？」違うと言って――無言で訴える――嘘でもいいから違うと言って。

「違わない」表情のない声で、希望が打ち砕かれた。

「じゃあだれが……」と言いよどむ。「イザボー？ボールドウィン？まさかマーカス？」マシューの母親か兄か息子が関わっているなら、これまでにだれかが口をすべらせていたはずだ。

「わたしの家系には、きみが知らない者もいる。いずれにしても、コングレガシオンのメンバーになっている者の名前を明かすことはできない」

「ほかのクリーチャーを縛っているルールは、クレアモント一族には適用されないの？あなたは政治に首を突っこんでいるわ、帳簿を見たからわかる。二十一世紀に戻ったとき、その謎の親戚がコングレガシオンの怒りからわたしたちを守ってくれると思ってるの？」

「わからない」マシューの声はこわばっていた。「なにもわからない。いまはもう」

旅立ちの段取りはてきぱきと進んだ。ウォルターとギャロウグラスが侃々諤々《かんかんがくがく》と最適なルートを相談しているあいだに、マシューは自分の用事を片づけた。

ハンコックは革で包んだ手紙の束を携えてヘンリーとロンドンへ向かった。王国の貴族であるヘンリーは、十一月十七日の女王の在位を祝う祝典に出席するために宮廷へ行く必要があった。ジョージとトムは、相当な額の現金と面目失墜したキットを伴ってオックスフォードへ発った。ふたりはハンコックから、もしキットがトラブルを起こしたら恐ろしい結果が待っているぞと脅されていた。マシューが遠くにいても、ハンコックは剣が届く距離にいて、正当な理由があれば躊躇なくそれを使うのだろう。さらにマシューはジョージに、錬金術の写本についてオックスフォードの学者にどう質問すればいいか、具体的に指示した。

わたしの用意ははるかに簡単だった。荷造りするものはごくわずかだ——イザボーのイヤリング、できたばかりの靴。服が数着。旅に備え、フランソワーズが全力を傾けてシナモン色の防寒性のあるガウンを用意してくれた。毛皮の裏打ちがついた高い襟をぴったり閉められるようになっているので、風雨を防げる。フランソワーズはさらにマントの裏になめらかな狐の毛皮を縫いつけ、新しい手袋の刺繍《ししゅう》を施した手首から帯状の毛皮を押しこんでくれた。

わたしがオールド・ロッジで最後にしたのは、マシューにもらった雑記帳を書斎へ持っていくことだった。こんな小さな物はセット・トゥールへ行く途中でいとも簡単になくなってしまうだろうし、自分の日記をできるだけ詮索《せんさく》好きな目から遠ざけておきたかった。わたしは床にまかれたイグサに屈みこみ、ローズマリーとラベンダーの小枝を拾いあげた。それからマシューの机へ行って羽根ペンとインク壺を取り、最後の書き込みをした。

4

1590年11月5日　冷たい雨

故郷から手紙。旅の用意。

そっと息を吹きかけてインクを落ち着かせ、ページのあいだにローズマリーとラベンダーをはさんだ。叔母は記憶の呪文にローズマリーを、愛のまじないに用心を吹きこむためにラベンダーを使う――わたしたちのいまの状況にぴったりの組み合わせだ。

「幸運を祈って、サラ」わたしはそっとつぶやき、小さな帳面を棚の端にすべりこませた。どうか戻ってきたときも、まだここにありますように。

7

リーマ・ハエンは十一月が大嫌いだった。明るい時間がどんどん短くなり、日を追うごとに少しずつ闇との戦いに負けていく。しかも街全体がホリデーシーズンの準備をはじめ、雨季がすぐそこまで来ているこの時期のセビリアは、ひどい状況になる。ふだんから常軌を逸している市民の運転が、刻々と悪化していた。

リーマは何週間もデスクに張りついていた。上司が屋根裏にある保管室の整理を思い立ったのだ。去年の冬、老朽化した建物のひび割れた古い瓦《かわら》から雨漏りしたのだが、予報ではこれから数ヵ月の天気はさらに悪くなると言っている。修繕する費用がないので、貴重なものは今後の嵐で被害を受けないように、管理作業員がカビだらけの段ボール箱を階段で運びおろしていた。それ以外は、寄贈者になってくれそうな相手に気づかれないかたちでこっそり処分されることになっていた。

ひとを欺くあくどい手口だが、仕方がない——リーマは思った。この図書館は財源が乏しい小規模で専門的な文書館なのだ。収蔵品の中心は、八世紀にイベリア半島を我が物と主張したイスラムの兵士から、キリスト教徒が半島を奪い返したレコンキスタまで先祖をさかのぼる、アンダルシアの名家からもたらされた。長年にわたってゴンサウヴェス家が集めた一風変わった書物や品物をつつきまわす学者は、ほとんどいない。ほとんどの研究者は、通りの先にあるインディアス総合古文書館でコロンブスのことを調べている。セビリア市民が自分たちの図書館に望むのは最新ミステリで、一七〇〇年代のイエズス会士の解説書や、一八〇〇年代の女性向けファッション雑誌ではない。

リーマはデスクの隅に置いてある小さな雑記帳を手に取り、黒髪を押さえるために頭の上にあげていた明るい色の眼鏡をおろした。この本に気づいたのは、一週間前、管理作業員のひとりがぶつぶつ文句を言いながら目の前に木箱をおろしたときだった。リーマはそれに、〝イングランドの一般的書物、作者不明、十六世紀末〟という説明をつけ、〈ゴンサウヴェス手稿4890〉として登録した。大半のありふれた書物がそうであるように、中はほとんど白紙だった。リーマは以前、一六二八年にセビリアの大学へ通ったゴンサウヴェスの子孫が所有していた本でその一例を見たことがあった。きれいに製本され、罫線《けいせん》が引かれ、色とりどりのインクを使って優雅な飾り文字でページ番号が振られていたのに、一文字も書かれていなかった。むかしの人々も、抱負どおりに行動するとはかぎらない。

こういうありふれた雑記帳には、聖書の一節や詩の断片、金言、古典作家の言葉が書かれている。たいていいたずら書きや買い物リストにくわえ、下品な歌詞や大事な出来事やいつもと違う出来事の記述がある。これも例外ではない。残念ながら、最初のページが破り取られていた。おそらくそこに持ち主の名前が書いてあったのだろう。名前がなければ、持ち主も、イニシャルでしか書かれていないほかの人々も特定するのは事実上不可能だ。歴史学者はこういうだれとも知れない無名の物証にはほとんど興味を示さない。どうやら名前がないと、なぜかその裏にいる人物の重要性も減るらしい。

残っているページに、十六世紀のイングランドで流通していたすべての鋳造硬貨とその相対的価値を記した表があった。うしろのほうのページには、急いで走り書きしたような服のリスト――マント一着、靴二足、毛皮の縁取りがあるガウン一着、スモック六着、ペチコート四枚、手袋ひとつ。日付のある意味をなさない書き込みがいくつかと、頭痛の治療法もある――ミルクとワインでつくる滋養飲料《コードル》。リーマは微笑《ほほえ》み、自分の偏頭痛にも効果があるだろうかと思った。

本来なら手稿を保管している三階の施錠された部屋へ持っていくべきなのに、どういうわけかリーマは手元に置いておきたかった。女性が書いたのは明らかだ。丸みのある書体がおぼつかなく震えているのが微笑ましいし、上下にうねる文章のところどころにいくつもインクの染みがある。十六世紀の教養ある男性は、病気か高齢でないかぎり、こんな字は書かない。これを書いた人物は病気でも高齢でもない。内容から窺える好奇心にあふれた活力と、ためらいがちな筆跡が嚙み合わなくてなんとなく違和感がある。

リーマはこの手稿を館長のハビエル・ロペスに見せたことがあった。ロペスは一族の屋敷と私財を図書館と博物館に変身させるためにゴンサウヴェス家の末裔《まつえい》に雇われた、愛嬌はあるが資格は皆無の男だった。一階にある広々した館長室は壁に美しいマホガニーの鏡板が張られ、この建物で唯一動くヒーターがある。ロペスは少し話を聞いただけで、もっと詳しく調査するべきだというリーマの提案をしりぞけた。イギリスにいる同僚に見せる写真を撮ることも許されなかった。持ち主は女性だと信じるリーマの意見に対しては、フェミニストがどうのこうのとつぶやき、リーマをオフィスから追いだした。

そういうわけで、問題の本はまだリーマのデスクに載っていた。セビリアにあるかぎり、この種の本はこれからもだれにも望まれず、顧みられることもないのだろう。イングランドのありふれた本を探しにスペインに来る者はいない。みんな大英図書館か、アメリカのフォルジャー・シェイクスピア図書館へ行く。

たまに蔵書を丹念に調べに来る変な男がいる。フランス人で、値踏みするようにじろじろ見つめてくるその男がリーマは苦手だった。名前はエルベール・カンタル――それともジェルベール・カンタルだったか。覚えていない。最後に来たとき名刺を置いていき、興味をそそるものが見つかったら連絡してほしいと頼まれた。具体的にどんなものかと尋ねると、自分はなんにでも興味があると言われた。あまり役に立つ返事ではない。

ようやく興味をそそるものが見つかった。あいにくあの男の名刺は見つからない。デスクを引っかきまわして探したがだめだった。この本を見せるのは、男が次に来るときまで待つしかない。きっと上司より興味を持ってくれるだろう。

リーマはぱらぱらとページをめくった。ラベンダーのちっぽけな小枝とローズマリーの砕けた葉がいくつか、ページのあいだにはさまっていた。これまで気づかなかった。綴《と》じ目からそっとつまみあげると、しおれた花の残り香がつかのま感じられ、数百年前に生きていた人物とのあいだにかりそめの絆が生まれた。決して会うことのかなわない女性を思い、リーマは切なく微笑んだ。

「だいたい片づいた《マス・バスラ》」管理作業員のダニエルが戻ってきた。屋根裏からいくつも箱を運んだせいで、すり切れたグレーのオーバーオールが汚れている。ダニエルがおんぼろの台車からさらにいくつか箱を床におろした。外は寒いのに額に汗が浮かび、袖で拭うと額に黒い埃《ほこり》のあとがついた。「コーヒー《カフェ》でも?」

今週誘われたのは、これで三度めだ。自分に気があるのをリーマは知っていた。母方から受け継いだベルベル人の血は一部の男性を引きつける――その血が柔らかい曲線と暖色の肌、アーモンド型の目をリーマに授けているのだからとうぜんだ。ダニエルはもう何年も、いやらしい台詞をつぶやいたり、郵便室へ向かうリーマの背中をかすめてきたり、胸をじろじろながめたりしていた。自分のほうが十センチ以上背が低く、年齢は倍という事実は、ダニエルを思いとどまらせる理由にならないらしい。

「すごく忙しいのよ《エストイ・ムイ・オクパーダ》」リーマは答えた。

ダニエルの不満の声には強い不信感がこもっていた。床におろした箱の山をちらりと見ている。いちばん上の箱にはぼろぼろになった毛皮のマフと、ヒマラヤスギにとまった剝製《はくせい》のミソサザイが入っている。自分より死んだ動物と過ごすほうがいいと思っているリーマにあきれたように、ダニエルが首を振った。

「ありがとう《グラシアス》」相手が去っていくと、リーマはつぶやいた。そしてそっと雑記帳を閉じてデスクの定位置に戻した。

　箱の中身を近くのテーブルへ移動させるあいだ、リーマの視線はシンプルな革装の小さな雑記帳へ何度も戻った。いまから四百年後、わたしが存在した証拠は予定表の一ページと買い物リスト、祖母のミルクジャムサンドクッキー《アルファフォーレス》のレシピだけになり、〝作者不明、重要性なし〟というラベルを貼られてだれひとり訪れない文書保管室にしまわれるのだろうか。

　こんなに暗いことを考えるなんて、縁起でもない。リーマは身震いして、預言者ムハンマドの娘ファーティマの手の形をしたお守りに触れた。革ひもで首からさげているこのお守りは、だれにもわからないほど古くから一族の女性に受け継がれてきたものだ。

「ハムサ・フィエネク」リーマはそっとささやき、うっかり呼び寄せてしまったかもしれない悪霊をこの言葉が撃退してくれるよう祈った。

第二部

セット・トゥールとサン・ルシアンの村

8

「いつもの場所か?」ギャロウグラスがつぶやき、オールをおろして唯一の帆をあげた。夜明けまでまだ四時間以上あるが、暗がりのなかにほかの舟が見える。影絵のような帆や、周辺に浮かぶ舟の船尾のさおで揺れている角灯が見て取れた。

「ウォルターはサン・マロへ行けと言っていたわ」わたしは愕然《がくぜん》として振り向いた。ウォルターはオールド・ロッジからポーツマスまでわたしたちに同行し、ガーンジー島へ渡るあいだ水先案内をしてくれた。そのあとサン・ピエール・ポルト村近くの桟橋に立つ彼と別れた。ウォルターはそれ以上先へ進むわけにはいかなかった――カトリックの国では、首に賞金がかかっているのだ。

「ウォルターの指示は言われなくても覚えていますよ、叔母上。だが彼は海賊だ。そしてイングランド人。しかもここにはいない。ぼくはマシューに訊いてるんだ」

「Immensi tremor oceani《イメンシー・トレモル・オケアニー》」波がうねる海を見つめながらマシューがつぶやいた。真っ黒な海原を凝視する顔は船首像のようだ。それに甥の質問に対する返事が奇妙だった――〝大海の震え〟。わたしがラテン語を聞き間違えたのだろうか。

「潮の流れがちょうどいいし、馬で行くにはサン・マロよりフージェールのほうが近い」マシューの返事に辻褄《つじつま》が合っていたようにギャロウグラスがつづけた。「この天気だと陸より海のほうが叔母上は寒い思いをせずにすむ。この先まだ延々と馬に乗らなきゃならない」

「だがおまえは行かない」マシューの言葉は質問ではなく事実を告げていた。彼のまぶたがさがり、うなずいた。「まあ、いいだろう」

ギャロウグラスが帆綱を引くと、舟の方向が南から東寄りへ変わった。マシューは甲板で弓なりの船体に寄りかかってわたしを抱き寄せ、マントでくるんでくれている。

熟睡はできなかったが、わたしは彼の胸でうとうとしていた。ここまでの旅で、ぐったり疲れていた――限界まで急き立てた馬、徴発した幾艘《そう》もの舟。気温は凍えるほど低く、イングランド製の毛織物の毛羽をうっすら霜が覆っていた。ギャロウグラスとピエールはフランスの方言で早口の会話をつづけているが、マシューはずっと口をつぐんでいる。ふたりの質問には答えるが、みずからの思いは不気味なほど冷静な仮面の下に隠していた。

夜明けごろ、霧のような雪が降りはじめた。ギャロウグラスの顎髭が白くなり、サンタクロースそっくりになっている。彼の指示でピエールが帆を操り、フランスの沿岸が灰色と白に見えてきた。三十分もしないうちに、岸へ向かう潮の流れが速まった。波のうねりで舟が持ちあげられたとき、霧雪の向こうに雲を突く尖塔《せんとう》が見えた。ぎょっとするほど近く、建物の下のほうはかすんでぼやけている。わたしは息を呑んだ。

「しっかりつかまれ」ギャロウグラスが真顔で言い、ピエールが帆をゆるめた。

霧のなかを舟が突き進んでいく。カモメの鳴き声と岩にぶつかる波の音で岸に近づいているとわかったが、舟の速度は落ちない。ギャロウグラスが激しい潮流にオールを突き立てると、急に舟の向きが変わった。だれかが警告か挨拶《あいさつ》の言葉を叫んでいる。

「Il est le chevalier de Clermont!《イレ・ル・シュヴァリエ・ド・クレールモン》」ピエールが口の両側に手を構えて怒鳴り返した。一瞬静寂が流れたあと、冷気を縫ってあわてて走りまわる足音が聞こえた。

「ギャロウグラス!」舟は真っすぐ壁に向かっている。わたしは迫りくる惨事を避けようとオールへ手を伸ばした。だがつかんだとたんに、マシューに取りあげられた。

「あいつは何百年もここを通っている」両手で軽くオールを持った彼が冷静に言った。嘘のようにふたたび船首が急角度で左へ曲がり、舷側が荒削りの花崗岩《かこうがん》に向いた。はるか上のほうで、フックとロープを持った男が四人、舟を岸壁にもやうために待ち構えている。水面の高さがぐんぐんあがって舟を持ちあげ、やがて石造りの小さな小屋と同じ高さになった。階段が暗闇へつづいている。ピエールが飛びおりて早口で男たちに話しかけ、舟を示した。武装した兵士がふたりやってきたが、すぐに階段のほうへ駆けていった。

「モン・サン・ミシェルに到着しました、マダム」ピエールが片手を差しだした。わたしはその手をつかんで舟をおりた。「ミロールが大修道院長とお話しになっているあいだ、お休みください」

この島に関するわたしの知識は、毎年夏にワイト島周辺でヨットに乗る友人から聞いた話に限られている――いわく、引き潮のときは流砂に囲まれ、満ち潮のときは船体を岩にぶつけて壊すほど危険な潮流に囲まれる。わたしは自分たちが乗ってきたちっぽけな舟に振り向いて身震いした。全員まだ生きているのが奇跡だ。

わたしが心の整理をしているあいだ、マシューは船尾から動こうとしない甥を見つめていた。「おまえも一緒のほうが、ダイアナは安全だ」

「面倒ばかり起こすあなたの仲間がいなければ、ぼくがいなくてもだいじょうぶさ」ギャロウグラスがわたしを見あげて微笑んだ。

「フィリップにおまえのことを訊かれる」

「彼には……」ギャロウグラスが口をつぐみ、遠くを見つめた。青い瞳に深い憧憬《しょうけい》が浮かんでいる。「彼には、まだ忘れられないと伝えてくれ」

「フィリップのために、許す努力をしてみろ」マシューが静かに言った。

「許すつもりはない」ギャロウグラスが冷たく応えた。「フィリップもぼくに許せとは言ってこないはずだ。ぼくの父はフランス人に殺されたが、王に立ち向かったクリーチャーはひとりもいなかった。過去と折り合いがつくまで、フランスの土を踏む気はない」

「ヒューはもういない。おまえの祖父はいまもいる。彼のことで時間を浪費するな」マシューが舟をおりた。別れも告げずに甥に背を向けてわたしの肘をつかみ、枝が痩せ、濡れそぼった木立のほうへ歩きだす。ギャロウグラスの冷たい視線をひしひしと感じ、わたしは振り向いてゲール人と目を合わせた。彼の片手があがり、無言の別れを告げた。

マシューが黙りこくったまま階段へ向かった。階段の先になにがあるのかわからなかったし、すぐに何段のぼったのかもわからなくなった。わたしはすべりやすいすり減った階段に足を置くことだけに集中した。スカートの裾から氷のかけらが落ち、大きなフードのなかで風が渦巻いていた。分厚い扉――塩害で頑丈な鉄の当て金が錆《さ》び、穴があいている――が目の前でひらいた。

さらに階段。わたしは唇を引き結んでスカートをたくしあげ、のぼりつづけた。

さらに兵士。近づいていくわたしたちを見てぴったり壁に背をあて、通れるスペースをあけている。肘をつかむマシューの指にわずかに力が入ったが、それをのぞけば生霊《いきりょう》を相手にしている程度の注意しか払っていない。

踏みこんだのは、林立する柱が丸天井を支えている部屋だった。壁際に点在する大きな暖炉が心地よいぬくもりを放っている。わたしはほっとため息をついてマントをゆすり、水と氷を四方へふるい落とした。静かな咳払いが聞こえて振り向くと、暖炉のひとつの前に男が立っていた。枢機卿《すうきけい》の緋色《ひいろ》のローブをまとい、二十代後半に見える。カトリック教会のヒエラルキーでこれほど高い地位に就いているにしては驚くほど若い。

「シュヴァリエ・ド・クレールモン。それとも最近はほかの名前でお呼びしたほうがいいでしょうか？　フランスには長らくいらっしゃらなかった。おそらくウォルシンガムの地位とともに彼の名前も引き継いでおられるのでしょう。あの男は本来の居場所である地獄へ落ちたのですから」強い訛りがあるが、完璧な英語をしゃべっている。「領主殿の指示で、三日前からあなたをお待ちしていました」

マシューがわたしの肘から手を放して前へ進みでた。左膝をすっと折り、差しだされた手の指輪にキスをしている。「猊下《げいか》。ローマで新しい教皇を選んでおいでと思っておりました。このようなところでお会いできて、これ以上の喜びはありません」喜んでいるようには聞こえない。ウォルターの計画どおりサン・マロへ行かずにモン・サン・ミシェルへ来たことで、なにに足を踏み入れてしまったのだろう――わたしは不安を覚えた。

「いまは、教皇選挙《コンクラーヴェ》よりフランスのほうがわたしを必要としています。王や女王が殺害された昨今の事件を、主はお嘆きになっておいでです」枢機卿の瞳が警告の光を放った。「エリザベスも間もなく悟るでしょう、主にまみえたときに」

「ここへは女王の仕事で来たのではありません、ジョワイユーズ枢機卿。これは妻のダイアナです」マシューが親指と中指で父親の薄い銀貨をはさんで見せた。「故郷へ戻るためです」

「存じています。あなたがたの旅の安全を確実なものにするために、父君からこれが届きました」ジョワイユーズが投げた光るものをマシューが上手にキャッチした。「あのお方は身の程をわきまえず、フランスの王のように振舞っておいでだ」

「父にこの国を統治する必要はありません、父自身が、だれかを王にすることもその地位を奪うこともできる鋭い剣なのですから」マシューが穏やかに言い、黒い手袋の上から中指に太い金の指輪をはめた。赤い石がついている。彫られているのは、わたしの背中の印と同じ模様だ。「父がいなければ、フランスにおけるカトリック運動が消滅していたのは、あなたの師たちもご存じのはずです。そうでなければ、ここにおいでのはずがない」

「おそらく領主殿がほんとうに王であったほうが関係者全員にとってよいのでしょう、現在王位についているのがプロテスタントであることを考えると。しかしながら、この話はふたりだけのときにしましょう」ジョワイユーズ枢機卿が元気なく言い、扉のそばの暗がりに立っている従者に合図した。「奥さまをお部屋にご案内しなさい。おひとりにして申し訳ありません、奥さま。ご主人は異教徒のなかに長くいすぎました。冷たい石の床にゆっくりひざまずいていれば、真実の姿を思いだされることでしょう」

こんな場所でひとりにされることへの戸惑いが顔に出たのだろう。

「ピエールが一緒にいる」マシューが請け合い、屈んでキスをした。「潮が変わったら馬で出発する」

そして、それが科学者のマシュー・クレアモントを垣間見た最後になった。大股で扉へ歩きだした彼はもはやオックスフォードの特別研究員ではなく、ルネサンスの王子だった。態度にも、うしろ姿にも、層をなす強さのオーラにも、瞳に浮かぶ冷ややかさにも、それが表れていた。ここでのマシューは同じ男ではなくなると警告したハーミッシュは正しかった。

静穏なうわべの下で、深遠な変化が起きている。

はるか高みで、時を告げる鐘がゆるやかに鳴りはじめた。

科学者。ヴァンパイア。戦士。スパイ。一瞬、間を置いてから最後の鐘の音が響く。

王子。

わたしが結婚した複雑な男性について、この旅はほかになにを明かしてくれるのだろう。

「主をお待たせするのはやめましょう、ジョワイユーズ枢機卿」マシューに鋭く言われ、ジョワイユーズがあとを追った。あたかもモン・サン・ミシェルが教会ではなくクレアモント一族に帰属しているように。

隣にいるピエールが小さく息を吐きだした。「Milord est lui-même《ミロール・エ・リュイーメーム》」ほっとしたようにつぶやいている。

〝ミロールはご自分を見失っていらっしゃらない〟。でも彼はいまもわたしのものなのだろうか？

マシューは王子かもしれないが、王がだれかは明らかだった。

わたしたちを乗せた馬の蹄《ひづめ》が凍った路面を打つたびに、マシューの父親の権力と影響力が強くなった。フィリップ・ド・クレアモントに近づくにつれて、息子のよそよそしさと尊大さが増していった——この組み合わせはわたしを苛立たせ、何度か激しい言い争いへと発展した。マシューは頭にのぼった血が冷えると毎回高飛車な態度を謝り、わたしは父親との再会が近づくストレスにさらされているせいだとわかっていたので彼を許した。

引き潮でむき出しになったモン・サン・ミシェル周辺の砂地を果敢に越えて内陸へ進むと、クレアモント家の協力者がわたしたちをフージェールの町へ迎え入れ、フランスの田園地帯を見晴らす城塞《じょうさい》の居心地がいい塔を提供してくれた。二日後、松明《たいまつ》を持った数人の召使いがボジェの町の手前の路上で待っていた。彼らが着ているお仕着せの服には、見覚えのあるマークがついていた――フィリップの十字架と三日月の徽章。セット・トゥールでマシューの机をあさったとき見たものだ。

「ここはなんなの？」召使いたちに案内されたさびれた城に入ったところで、わたしは尋ねた。だれも住んでいないわりには思いのほか暖かく、物音がよく響く廊下の先から、おいしそうな料理のにおいが漂ってくる。

「旧友の家だ」わたしの凍えた足から靴を脱がせながらマシューが答えた。冷えきった足の裏を親指で押されると、末端に血が戻ってうめき声が漏れた。ピエールに香辛料の入った暖かいワインの杯を手渡された。「ルネはここを狩猟用に愛用していた。彼が住んでいたころは、どの部屋にも芸術家や学者がいて活気にあふれていた。いまは父が管理している。戦争が絶えないので、じゅうぶん手をかける余裕がない」

オールド・ロッジにいるとき、だれが王座と国家を支配するかをめぐってフランスのプロテスタントとカトリックのあいだでくり広げられている闘争について、マシューとウォルターから講義を受けた。フージェールにいたとき、プロテスタントの軍隊が構えたばかりの野営地からあがる煙が遠くに見え、道中には破壊された家や教会が点在していた。破壊の規模は衝撃的だった。

この対立のせいで、入念につくりあげたわたしの素性に変更を加える必要があった。イングランドでのわたしはフランス系のプロテスタントの女性で、命を守り信仰を実践するために故国から逃げたことになっていた。ここでは長く苦しめられたイングランドのカトリックであることがなにより重要だった。複雑に入り組んだわたしたちの偽りの素性を維持するために必要な嘘や一部だけ真実の話をすべて記憶しているマシューは、通過するすべての土地の歴史にも詳しかった。

「アンジューに入った」彼の低い声で、わたしは我に返った。「きみは英語をしゃべるから、こちらがどう言おうと、プロテスタントのスパイと疑われる。フランスのこのあたりは、自分を王とするナバラ王アンリの主張を認めず、カトリックの支配者を望んでいる」

「フィリップのような」わたしはつぶやいた。フィリップの影響力の恩恵を受けているのはジョワイユーズ枢機卿だけではない。頬がこけて怯《おび》えた目をしたカトリックの司祭数人がわたしたちを呼びとめ、状況を知らせると同時にマシューの父親の支援を感謝してきた。手ぶらで帰された者はいなかった。

「フィリップはキリスト教の細かい区分立てにこだわっていない。フランスの違う地方ではプロテスタントを支援している」

「ずいぶん超教派的な考え方ね」

「フィリップにとって大事なのは、フランスをフランスから守ることだけだ。去年の八月、新しく王になったナバラ王アンリが自分の宗教的および政治的立場をパリに強要しようとした。パリ市民はプロテスタントの王に屈服するより飢えるほうを選んだ」髪を指で梳いている。ストレスを感じている証拠だ。「数千人が死に、父はもう人間がこの混乱を収拾するのは無理だと考えている」

フィリップは、息子にも自分の問題を自分で収拾させるつもりはないのだ。夜明け前にピエールが起こしに来て、新しい馬の用意が整ったと告げた。彼は百五十キロ以上離れた町へ二日後に来るようにとの伝言を受け取っていた。

「無理よ。そんな短期間でそんな距離を移動するなんて！」体力はあるほうだが、二十一世紀にどれほど運動していようと、十一月の吹きさらしの田園地帯を一日に八十キロも馬に乗るのとは比べ物にならない。

「やるしかない」マシューがむっつり言った。「遅れたら、もっと急がせるためにもっと従者が送られてくるだけだ。言われたとおりにしたほうがいい」その日遅く、疲労でいまにも泣きそうになっていると、マシューが無言でわたしを抱きあげて自分の鞍《くら》に座らせ、馬が疲れて走れなくなるまで先を急がせた。疲労困憊《こんぱい》のわたしは抗議する気にもなれなかった。

石壁と丸太小屋のあるサン・ブノアには予定どおり到着した、フィリップの命令どおりに。そこはもうじゅうぶんセット・トゥールに近く、ピエールもマシューもさほどたしなみにこだわらなかったので、わたしはまたいで馬に乗った。命じられた日程を厳守していたにもかかわらず、フィリップはわたしたちが翻意してイングランドへ戻ってしまうのを恐れているように、随行する従者を増やしつづけた。ある者はすぐうしろにつき従い、またある者は先行して食べ物と馬を調達したり、混雑した宿や人里離れた家やバリケードをめぐらせた修道院で泊まれる場所を確保したりした。オーヴェルニュの死火山がつくった岩だらけの山地に入ると、険しい峰沿いを馬で進む人影をしばしば目撃した。彼らはこちらの姿を認めると、すぐ方向転換してわたしたちの進捗《しんちょく》状態をセット・トゥールへ知らせにいった。二日後の黄昏《たそがれ》どき、マシューとピエールとわたしはごつごつした峰のひとつで馬をとめた。渦巻く雪の向こうに、クレアモント家の城がぼんやり見えていた。中央の直線的な天守には見覚えがあったが、それがなければわからなかったかもしれない。城を取り巻く城壁と七つの円塔が原形を保ち、すべての塔に緑青《ろくしょう》が浮かぶ円錐《えんすい》形の銅の屋根がついていた。塔の狭間《さま》に隠れた煙突から煙があがり、ぎざぎざの輪郭はピンキングバサミを持った頭のおかしい巨人が壁の先端を切り取ったようだ。城壁の内側に雪をかぶった庭園と長方形の花壇がある。

二十一世紀のこの城塞は、近づきがたい雰囲気を放っていた。いま、いたるところで宗教戦争と内乱が起こっているこの時代は、その防衛能力がいっそう顕著だ。セット・トゥールと村の中間で、門楼《もんろう》が寝ずの番をしている。なかでは人々があわただしく動きまわり、その多くが武装している。ほの暗いなか、雪を透かして目を凝らすと、中庭のあちこちに木造の建物があるのが見えた。小さな窓から漏れる光が、灰色の石と雪をかぶった地面がどこまでもつづく景色のなかに長方形のぬくもりをつくっていた。

わたしの牝馬が湿った暖かい息を吐いた。旅のあいだに乗った中で最高の馬だ。マシューが乗っている漆黒の大きな牡馬《ぼば》は性質《たち》が悪く、近づく者すべてに噛みついて自分が乗せているクリーチャーを守ろうとする。二頭ともクレアモント家の厩舎の馬なので、指示されなくても帰り道を心得ていて、飼葉桶《おけ》のある暖かい馬房へ早く戻りたがっていた。

「まさか自分がここにいることになるとは」マシューがゆっくりまばたきした。あたかも目の前で城塞が消えてしまうと思っているように。

わたしは手を伸ばして彼の腕に触れた。「まだ選択の余地はあるわ。引き返してもいいのよ」ピエールがわたしに哀れみの目を向け、マシューが悲しげに微笑んだ。

「きみは父をわかっていない」マシューが城に視線を戻した。

ついにセット・トゥールの門を入ると、燃えあがる松明が両側にずらりとならんでいた。木と鉄でできた頑丈な扉が待ち構えていたようにひらき、わたしたちは無言で直立する四人の男の前を通りすぎた。うしろで門が閉まり、男がふたり、壁の隠し場所から長い丸太を引きだしてしっかりとかんぬきをかけた。六日間、馬でフランスを横断してきたいまは、それが賢明な用心だとわかる。人々はよそ者に対して疑心暗鬼になっていて、略奪する軍隊の到来や新たな流血の惨事、暴力行為、満足させなければならない新しい主君を恐れている。

城のなかで本物の軍隊——人間もヴァンパイアもいる——が待っていて、五人ほどが馬の世話をしに近づいてきた。そのうちひとりにピエールが手紙の入った小さな包みを手渡し、残りは低い声で彼に質問しながらちらちらわたしを窺っていた。だれひとり近づいてもこなければ、手助けを申し出もしない。わたしは馬の上で疲れと寒さに震えながらフィリップを探した。馬をおりるわたしに手を貸せとだれかに命じるはずだ。

その状況にマシューが気づき、うらやましいほどなめらかにひらりと馬をおりた。わずか数歩で隣に現れ、感覚のない足をあぶみからそっとはずして軽くまわし、動くようにしてくれた。彼の心遣いがありがたかった。セット・トゥールに到着したとたん、中庭の踏みつけられた雪と泥のなかに倒れこみたくはない。

「どれがお父さん?」わたしは馬の首の下をくぐって反対の足へ移動する彼に小声で尋ねた。

「ここにはいない。城の中だ、地獄の番犬に追われているように馬を駆れと言い張ったくせに、わたしたちを出迎える気はないらしい。きみも中に入れ」マシューが素っ気ないフランス語で指示を出しはじめると、気が利かない従者たちが四方に散らばり、残っているのは城の入り口へあがる木の螺旋《らせん》階段のふもとに立つヴァンパイアだけになった。この時代にはまだない石段をあがってイザボーと初めて会ったときの記憶がよみがえり、過去と現在が交錯する不快な感覚を覚えた。

「アラン」マシューの表情が安堵でやわらいだ。

「お帰りなさいませ」ヴァンパイアが英語を話した。軽く足をひきずって近づいてくるにつれ、姿がはっきり見えてきた――白髪交じりの髪、皺《しわ》のあるやさしそうな目、引き締まった体つき。

「ありがとう、アラン。妻のダイアナだ」

「奥さま《マダム》」アランが慇懃《いんぎん》な距離を保ったまま腰を屈めた。

「お会いできてうれしいわ、アラン」彼とは初対面だが、わたしのなかでこの名前はすでに揺るがぬ忠誠と支援に結びついている。二十一世紀のセット・トゥールでわたしのための食べ物を用意するように、マシューが夜中に電話をしたのはアランだった。

「お父上がお待ちです」アランが脇へ寄った。

「わたしの部屋へ食べ物を運ばせてくれ――簡単なものを。ダイアナは疲れて腹を空かせている」マシューが手袋を渡した。「わたしはすぐ父に会う」

「おふたりをお待ちです」アランの顔に慎重に感情を隠した表情が浮かんだ。「足元にご注意ください、マダム。凍ってすべりやすくなっています」

「ふたりを？」マシューが四角い天守を見あげた。口元がこわばっている。

彼にしっかり肘を支えてもらっていると、問題なく階段をのぼれた。けれどのぼりきったときは脚がひどく震えていて、でこぼこの敷居石に足を取られてしまった。それがマシューの怒りに火をつけた。

「フィリップの言っていることは理不尽だ」わたしの腰に手をまわして支えながら彼が嚙みついた。「ダイアナは何日も旅をしてきたんだぞ」

「だんなさまの指示は明確でした」堅苦しい形式ばった物言いは警告だ。

「いいのよ、マシュー」わたしはフードをうしろに払い、奥にある大広間を見渡した。二十一世紀に飾られていた鎧と槍《やり》がない。そのかわりに、扉がひらいたとき吹きこむ風を避けるための木彫りのついたてが立っている。架空の中世を描いた壁画や、丸テーブルと磁器の鉢もない。そのかわりに、石壁にかかったタペストリーが暖炉のぬくもりと外の冷気が混じった風でゆるやかに揺れている。残りのスペースは低いベンチにはさまれたふたつの長テーブルで埋まり、男女がテーブルのあいだを行き来して夕食用の皿や杯をならべていた。数十人のクリーチャーが集まれそうだ。天井近くにあるバルコニーは、使われずに埃をかぶった場所ではなく、楽器を持った楽団が埋めている。

「すごい」こわばった唇のあいだから驚嘆の言葉が漏れた。

冷たい指に顎をつかまれ、振り向かされた。「真っ青じゃないか」とマシュー。

「足を温める火鉢をお持ちします、温かいワインも」アランが言った。「火も大きくしましょう」

血の温かい人間がひとり現れ、わたしの濡れたマントを受け取った。マシューがさっと首をめぐらせ、居間があるはずの方角を見た。わたしは耳を澄ませたが、なにも聞こえなかった。

アランがすまなそうに首を振っている。「ご機嫌麗しくありません」

「そのようだな」マシューがわたしを見おろした。「フィリップがわたしたちを呼んで怒鳴っている。ほんとうにだいじょうぶか、ダイアナ？　今夜会いたくなければ、わたしひとりで父の怒りに立ち向かう」

でも長い時を経て父親と再会しようとしている彼を、ひとりで行かせるわけにはいかない。わたしが自分の亡霊に立ち向かったとき、マシューはそばにいてくれた。わたしも同じようにしなければ。ベッドへ行くのはそのあとでいい。そしてクリスマスまでそこにいよう。

「行きましょう」わたしはきっぱり断言し、スカートをつまんだ。

古城のセット・トゥールは廊下のような現代の利便性とは無縁なので、暖炉の右側にあるアーチ状の戸口を抜け、いつの日かイザボーの広々したサロンになる一画に入った。そこに詰めこまれていた上品な家具はいまはなく、ここまでの道中いたるところで目にした質素なしつらえになっていた。どっしりしたオークの家具は、盗難を阻止すると同時に、しばしば起きる戦闘での被害にも耐えられるものだ。チェストに斜めについた深い傷がそれを物語っている。

その次にアランに案内されたのは、いつの日かイザボーとわたしが暖色のテラコッタの壁に囲まれて、陶器や銀器がセットされたテーブルで朝食をとることになる部屋だった。いまはそんな場所には程遠く、テーブルと椅子がひとつずつあるだけだ。テーブルは書類や筆記用具で埋まっている。それ以上観察する間がないうちに、見覚えのないすり減った石段をのぼりはじめた。

階段は広い踊り場で唐突に終わっていた。左に細長い部屋があり、気の利いた小物や時計、兵器、肖像画、家具が入り乱れて置かれている。大理石でできた古《いにしえ》の神の頭部には古ぼけた金の王冠がさりげなく置かれ、卵サイズのごつごつした深紅色のルビーが、わたしの不幸を願うように王冠の中央からウィンクしていた。

「こちらへ」アランが隣の部屋へ入るように促した。また階段だ。下りではなく上り。閉まった扉の両側に、座り心地が悪そうなベンチが置いてあった。アランが無言でじっと、到着したわたしたちへの反応を待った。やがて、分厚い扉の向こうでラテン語がひとこと響き渡った。

「入れ《イントウロイテ》」

マシューがはっとしている。アランがマシューに心配顔を向けてから扉を押した。油を差された頑丈な蝶番《ちようつがい》が、音もなくひらいた。

部屋の奥に男性がひとり座っていた。こちらに背中を向け、髪がきらめいている。座っていてもかなり長身なのがわかり、広い背中はアスリートのようだ。ペンが紙を引っかく音が、暖炉で薪が爆《は》ぜる音と外で吹き荒れる風の音にリズミカルな高音域を添えている。

そのハーモニーに低音がくわわった。「座れ《セーデーテ》」

今回びくりとしたのはわたしだった。衝撃をやわらげる扉がないと、フィリップの声は鼓膜が痺《しび》れるほどよく響く。この男性は、服従されることに慣れているのだ。ただちに、質問抜きで。命じられたとおり腰をおろそうと、わたしの足が用意された二客の椅子へ向いた。三歩進んだところで、マシューが戸口から動いていないことに気づいた。わたしは彼の隣に戻って手をつないだ。マシューが戸惑い顔でつないだ手を見おろし、辛い記憶を拭《ぬぐ》い去った。

部屋を横切るのにたいして時間はかからなかった。わたしは約束どおり穴をあけた金属製の火鉢とワインが用意されている椅子に腰をおろした。同情顔のアランが会釈して部屋を出ていく。そのあとは待つしかなかった。待つのはつらかったが、マシューにとっては耐え難いはずだ。抑えた感情で体が震えそうになるほど緊張しているのがわかる。

彼の父親がわたしたちの存在を認めるころには、不安も忍耐も限界の一歩手前まで来ていた。両手を見おろし、フィリップの首を絞める力はあるだろうかと考えていたとき、うつむいた頭のてっぺんに、ぞっとするほど冷たい場所がふたつ広がった。顔をあげると、ギリシャ神話の神の黄褐色の瞳と目が合った。

初めてマシューに会ったとき、わたしの本能的な反応は逃げることだった。でもあの九月の夜、ボドリアン図書館で陰気な顔をしていた長身のマシューでも、この半分も現実離れしては見えなかった。そしてそれはフィリップ・ド・クレアモントがモンスターだからではない。むしろ逆だ。簡単に言えば、息を呑むほど衝撃的なクリーチャーだったのだ——尋常ならざる、神がかった、神通力でもありそうな存在。

フィリップ・ド・クレアモントを見て、生身の存在と思う者はいないだろう。目鼻立ちが整いすぎていて、薄気味悪いほど均整が取れている。まっすぐな黒い眉の下にある瞳は、緑のまだらが入った淡い琥珀《こはく》色だ。日差しや自然にさらされた茶色の髪で、金や銀やブロンズの筋がきらめいている。唇はふんわりと肉感的だが、今夜は怒りできつく引き結ばれている。

ぽっかりあきそうになる口をしっかり閉じてこらえ、わたしはフィリップの値踏みする視線を受けとめた。すると彼の視線がことさらゆっくりマシューへ向けられた。

「説明しろ」声は静かだったが、怒りは隠しきれていない。けれど、この部屋で腹を立てているヴァンパイアはひとりではなかった。再会のショックから立ち直ったマシューが、優位に立とうとした。

「セット・トゥールへ来いとの命を受けた。来たぞ、五体満足で。あなたの孫息子の血迷った報告とは裏腹に」父親のオークの机に銀貨を放る。机の端に落ちた銀貨が見えない軸を中心にくるくるまわって平らに倒れた。

「この季節、おまえの妻は留守番をしていたほうが楽だっただろうに」アランのように、フィリップの英語もネイティブ並みに完璧だ。

「ダイアナはわたしの伴侶だ。雪が降るかもしれないという理由ぐらいで、ヘンリーやウォルターと一緒にイングランドに残せない」

「控えろ、マシュー」フィリップが怒鳴りつけた。見た目に負けないぐらいライオンを思わせる声。クレアモント一族は、侮《あなど》りがたい生き物の動物園のようだ。マシューを見ると、いつも狼《おおかみ》を思いだす。イザボーは鷹《たか》。ギャロウグラスは熊を連想させる。フィリップもそれと似通った凶暴な捕食者だ。

「ギャロウグラスとウォルターは、その魔女にはわたしの庇護が必要だと言っている」ライオンが手紙へ手を伸ばし、手紙の角で机をたたきながらマシューをにらんだ。「自分より弱い者を守るのは、コングレガシオンでわが一族の座についているおまえの役目ではないのか」

「ダイアナは弱くない。それにわたしと結婚している彼女には、コングレガシオンにできる以上の庇護が必要だ。あなたにできるか?」態度だけでなく、口調にも挑む気配がくわわっている。

「まずは本人の話を聞く必要がある」フィリップがわたしを見て眉をあげた。

「わたしたちの出会いは偶然だった。ダイアナが魔女なのはわかっていたが、ふたりのあいだに絆があるのは動かしがたい事実だった」マシューが説明した。「ダイアナは仲間の魔女に攻撃され――」

ライオンの前足と見まごう手があがり、黙れと合図した。フィリップが息子に目を向ける。

「マタイオス」ものうげに母音を伸ばす発音にはゆっくり動く鞭《むち》の効果があり、一瞬で息子を黙らせた。「わたしの庇護を必要としているのは、おまえなのか?」

「もちろん違う」マシューがむっとして答える。

「では黙って魔女にしゃべらせろ」

言われたとおりにして一刻も早く落ち着かないこの場から逃れたかったので、わたしは最近あったことをどう説明するのがベストか考えをめぐらせた。細かいことまで話していたら時間がかかりすぎるし、そのあいだにマシューが爆発する可能性が高い。わたしは大きく息を吸って話しはじめた。

「わたしの名前はダイアナ・ビショップです。両親はともに強力な魔女と魔術師でした。わたしが子どものころ、両親は家から遠く離れた場所で仲間の魔女に殺されました。亡くなる前、両親はわたしに呪縛をかけた。母には千里眼があり、未来が見えたのです」

フィリップの目が疑惑で細まった。警戒するのも無理はない。いまだに自分でも、なぜわたしを愛してくれたふたりが魔女の倫理的掟《おきて》を破ってひとり娘に魔術の足かせをかけたのかわからずにいる。

「成長すると、わたしは一族の面汚しになりました――蠟燭に火を灯《とも》すことも、まともに呪文を唱えることもできなかったからです。わたしはビショップ家に背を向け、大学に入りました」この暴露を聞いたマシューが、椅子の上で身じろぎした。「錬金術の歴史を学びました」

「錬金術を学んでいる」マシューが言い直し、わたしに警告の目配せをした。でも彼が得意とする半分真実の入り組んだ話では、フィリップは納得しないだろう。

「わたしはタイムウォーカーです」その言葉が三人のあいだに漂った。「あなたの言葉で言うと、時を紡ぐ者《フルーズ・ド・タン》」

「ああ、おまえの正体なら承知している」フィリップがさっきと同じ物憂い口調で言った。マシューの顔に驚きがよぎった。「わたしは長いあいだ生きてきた。大勢のクリーチャーと出会った。おまえはこの時代の者ではない。過去でもない。だとすると未来から来たことになる。そしてマタイオスも一緒に来た。八カ月前とにおいが違う。わたしが知るマシューなら、魔女になど見向きもしなかった」大きく息を吸いこんでいる。「おまえたちはふたりともひどく奇妙なにおいがすると、孫息子が言ってきた」

「フィリップ、これにはわけが――」だが今夜のマシューは最後まで言わせてもらえない運命にあった。

「なにかと厄介な状況ではあるが、髭剃《ひげそ》りに対して分別ある考え方をする日が来るのを楽しみにできるのはありがたい」フィリップがきれいに切りそろえた顎髭と口髭をぼんやり撫でた。「顎髭は知識ではなくシラミの証拠だ」

「マシューが病人に見えるのは知っています」わたしはうんざり嘆息した。「でもわたしは髭を出す呪文を知りません」

フィリップがわたしの言葉をはねつけた。「顎髭などどうでもいい。錬金術の話をつづけろ」

「はい。わたしは一冊の本を見つけました。大勢のクリーチャーが探している本を。マシューとの出会いは彼がその本を奪いに来たのがきっかけでしたが、そのときすでに本はわたしの手を離れていました。それ以降、周辺一帯のクリーチャーにつきまとわれるようになりました。研究も中止するしかなかった！」

抑えた笑い声らしきものでフィリップの顎の筋肉が震えていた。おもしろがっているときと飛びかかろうとしているときのライオンを見分けるのはむずかしい。

「われわれは起源の本だと考えている」マシューの表情は誇らしげだが、わたしがあの写本の閲覧を請求したのはまったくの偶然だった。「あの本はダイアナを探していた。彼女が見つけたものの正体にほかのクリーチャーが気づいたとき、わたしはすでにダイアナに心を奪われていた」

「では、この状態はしばらくつづいているんだな」フィリップが顎の前で両手の指先を合わせ、机の端に肘をついた。隣にけばけばしい玉座のような醜い椅子があるのに、座っているのは飾り気のない四本脚のスツールだ。

「いいえ」わたしは計算してから答えた。「ほんの二週間です。マシューは長いあいだ自分の気持ちを認めようとしませんでした――ふたりでセット・トゥールへ来るまでは。でも、セット・トゥールも安全ではありませんでした。ある日、わたしはマシューをベッドに残して外へ出た。そして庭でさらわれました」

フィリップの視線がわたしとマシューのあいだを素早く行き来した。「セット・トゥールの塀のなかに魔女が入った？」

「ああ」マシューが簡潔に答える。

「空から来たんです」わたしはやんわり訂正し、彼の父親の視線を取り戻した。「地面に魔女の足が触れたことはないはずです、もしそれが重要なら。もっとも、とうぜんわたしの足は触れましたが」

「とうぜんだ」フィリップが小さくうなずく。「つづけろ」

「魔女はわたしをラ・ピエールへ連れていきました。そこにはドメニコがいました。ジェルベールも」フィリップの表情で、古城もそこでわたしを待っていたふたりのヴァンパイアも知っているのがわかる。

「呪いは雛鳥《ひな》のようにねぐらへ帰る」フィリップがつぶやいた。

「わたしの拉致を指示したのはコングレガシオンで、サトゥという名の魔女がわたしの魔力を力ずくで引きだそうとしました。それに失敗すると、サトゥはわたしを密牢へ放りこみました」

あの晩の話題になるたびにそうしてきたように、マシューの片手がわたしの背中のくぼみへふわりと移動した。フィリップはその仕草をじっと見つめていたが、なにも言わずにいた。

「密牢から逃げたあと、セット・トゥールに留《とど》まってイザボーとマルトを危険にさらすわけにはいかなかった。わたしからはありとあらゆる魔力があふれだしているのに、自分ではコントロールできなかったんです。それでマシューと一緒に叔母の家へ行きました」叔母の家がある場所をどう説明すればいいだろう。「ギャロウグラスの国の伝説をご存じですか？海の西の果てにある陸地のことを？」フィリップがうなずいた。「叔母たちはそこに住んでいます。大雑把に言うと」

「それで、その叔母はふたりとも魔女なのか？」

「はい。けれど間もなくヴァンパイアがマシューを殺しに来ました。ジェルベールの手の者が。そしてあと一歩で目的を果たすところだった。コングレガシオンの手が届かない場所はどこにもありませんでした。過去を別にすれば」マシューをにらみつけるフィリップの毒のある目つきにショックを受け、言葉が詰まった。「けれどここでも平安は見つけられなかった。ウッドストックの住民はわたしが魔女だとわかっているし、スコットランドの魔女狩りがオックスフォードシャーでの生活に影響を及ぼさないともかぎらない。だからふたたび逃げているんです」これまで話した内容を思い浮かべ、重要なことを言いそびれていないか確認する。「わたしがお話しすることは以上です」

「込み入った話を簡潔にまとめる素質があるな。そのやり方をマシューに教えてもらえたら、一族の役に立ちそうだ。われわれは紙とペンに頼りすぎている」つかのま指先を見つめたフィリップが、単純な動作を爆発にしてしまうヴァンパイア特有の効率の良さで立ちあがった。座っていたところから一気に筋肉が躍動し、百九十センチ近い全身が突如として机の上にそそり立っている。フィリップが息子をじっと見据えた。

「おまえがやっているのは危険なゲームだ、マシュー。すべてを失い、得るものはほとんどないゲーム。おまえと別れたあとギャロウグラスが使いをよこした。使いは別のルートで来たので先に着いた。おまえたちがのんびりここまで来るあいだに、スコットランドの王がエディンバラで百名以上の魔女を捕らえて投獄した。コングレガシオンは、この問題を打ち切りにするようジェームズ六世を説得するために、おまえは現地に向かっていると思っているはずだ」

「それならなおさらダイアナにはあなたの庇護が必要だ」マシューがきっぱり告げた。

「なぜわたしが?」フィリップが冷たい見かけにふさわしい台詞を放った。

「なぜならわたしは彼女を愛しているからだ。そして、あなたはわたしにそれがラザロ騎士団の務めだと言ったから——自分の身を守れない者を守ることが」

「わたしが守るのはマンジュサンだ、魔女ではない！」

「だったら、もっと視野を広げたほうがいい」マシューは折れない。「マンジュサンはたいてい自分の身を守れる」

「わたしがこの女を庇護するわけにいかないことは、おまえも重々承知しているはずだ、マシュー。ヨーロッパ全土が宗教問題で反目し、血が温かい者たちはこの騒ぎの責任を負わせるスケープゴートを探している。とうぜんの結果として、彼らは周囲のクリーチャーに目を向ける。それを承知でおまえはこの女を——自分の伴侶で魔女の血族だと言い張る女を——この狂乱のさなかに連れてきた。断る」きっぱり首を振る。「押し通せると思っているのかもしれないが、わたしは誓約を無視してコングレガシオンを刺激し、一族を危険にさらすつもりはない」

「フィリップ、どうしても——」

「わたしに向かってそんな口をきくな」父親が息子に指を突きだした。「自分の問題を片づけて、もといた時代に戻れ。そこでわたしに協力を求めろ、あるいはその魔女の叔母に。自分のトラブルを無関係な過去に持ちこむな」

けれど二十一世紀には、マシューが頼れるフィリップ・ド・クレアモントはいない。すでに亡くなっている。

「これまであなたになにかを頼んだことは一度もない。今回が初めてだ」室内の気温が不穏に数度さがった。

「わたしの返事は予測できたはずだ、マタイオス。だが例によっておまえは思慮が足りなかった。おまえの母親がいたらどうなっていたと思う？　トリーアを嵐が襲っていなかったら？　イザボーが魔女を忌み嫌っているのはわかっているだろう」フィリップが息子をにらみつけた。「彼女がこの女の手足をもぎとらないようにするには小隊がひとつ必要だ。いまのわたしにそんな余裕はない」

最初に息子の人生からわたしを追い払おうとしたのはイザボーだった。ボールドウィンはわたしへの嫌悪を隠そうともしなかった。マシューの友人のハーミッシュはわたしに警戒心を抱き、キットはあからさまに目の敵《かたき》にした。今度はフィリップだ。わたしは立ちあがり、マシューの父親がこちらを見るのを待った。そしてしっかりと視線を合わせた。意表を突かれて目をしばたたいている。

「この展開をマシューが予測できたはずがありません。彼はあなたなら支持してくれると信じていたからです。けれど今回の件では、彼の信念は間違っていました」深呼吸して気持ちを落ち着かせる。「今夜ひと晩、セット・トゥールに留まるお許しをいただけないでしょうか。マシューは何週間も眠っていませんが、馴染《なじ》んだ場所なら眠れるでしょう。明日、わたしはイングランドへ戻ります――必要とあれば、ひとりで」

最近伸びた髪がひとふさ、左のこめかみにこぼれ落ちた。疲れた手を持ちあげて髪をかきあげた瞬間、手首をフィリップ・ド・クレアモントにつかまれていた。状況を理解したときには、マシューが父親の両肩に手をかけていた。

「これをどこで手に入れた？」フィリップがわたしの左手の薬指にはめた指輪をにらんだ。イザボーの指輪。凶暴な色を帯びた瞳がわたしの目を探しだした。手首をつかむ指に力が入り、骨が砕けそうだ。「イザボーがこれを他人に譲るはずがない――わたしたちが生きているあいだは」

「イザボーは無事だ、フィリップ」早口でぞんざいに発せられたマシューの言葉は、安心より情報を伝えることに重点が置かれていた。

「だがイザボーが無事だとすると……」フィリップの声がとぎれた。つかのま唖然としていた顔に、徐々に理解が浮かんでいく。「では、わたしは不死ではなかったんだな。だからこの問題が起きた時代にわたしを見つけることはできない」

「ああ」マシューがひとことと絞りだす。

「それなのに、おまえは自分の敵に立ち向かう母親を残してきたのか？」フィリップの表情が殺気立った。

「マルトが一緒にいる。イザボーに害が及ばないようにボールドウィンとアランが守ってくれる」落ち着かせようと言葉を繋《つな》いでいるが、父親はまだわたしの手をつかんでいる。手の感覚がなくなりつつあった。

「イザボーがわたしの指輪を魔女に譲った？　よもやそんなことがあるとは。だが、よく似合っている」フィリップがうわの空でつぶやき、わたしの手を暖炉の火に向けた。

「イザボーも同じ意見だった」マシューがそっと言う。

「いつ――」言いかけたフィリップが意図的に息をつき、首を振った。「いいや。言うな。おのれの死を知るべきではない」

わたしの母は、自分と父のむごたらしい死を予見していた。寒さと疲労と頭を離れない記憶で体が震えだす。マシューの父親は気づかないようすで自分たちの手をじっと見つめていたが、息子は違った。

「手を放せ、フィリップ」マシューがきっぱり言った。

フィリップがわたしの目をのぞきこみ、失望のため息をついた。指輪をしていても、わたしは彼の愛するイザボーではない。フィリップが手を放すと、わたしは長い腕が届かない場所まであとずさった。

「それで？　ダイアナを庇護してくれるのか？」マシューが父親の表情を探った。

「それがおまえの望みなのか、ダイアナ？」

わたしはうなずき、近くにある椅子の木彫りの肘掛けをつかんだ。

「それなら答えはイエスだ。ラザロ騎士団が平穏を保証する」

「ありがとう」マシューが父親の肩をつかみ、わたしに振り向いた。「ダイアナは疲れている。明日の朝、会おう」

「それは許さん」フィリップの声が室内に響き渡った。「おまえの魔女はわたしの屋根の下でわたしの庇護下にある。おまえとベッドをともにするのは許さない」マシューがわたしの手を取った。「ダイアナは故郷を遠く離れているんだ。城のこのあたりにも来たことがない」

「おまえの部屋で寝るのは許さん」

「なぜなの？」わたしは眉をひそめ、マシューと彼の父親を交互に見た。

「なぜなら、マシューがどんな耳触りのいい嘘をついたにせよ、おまえたちは契《ちぎ》りを結んでいないからだ。神に感謝しなければ。どうやら厄災は避けられそうだ」

「契りを結んでいない？」

「約束を交わしてマンジュサンの愛を受け入れても、侵《おか》すべからざる取り決めをしたことにはならない」

「マシューはどこをとってもわたしの夫です」頬に血がのぼる。マシューに愛を告白したあと、彼はふたりは生涯の伴侶になったと言ってくれた。

「おまえたちはきちんと結婚もしていない――少なくとも厳しい目に耐えるかたちでは」フィリップがつづけた。「そしてそのごまかしをつづければ、向けられる厳しい目も多くなる。マシューはかねてから、法律を学ぶより机上の空論をためつすがめつする時間のほうが長かった。マシュー、今回、おまえの本能はなにが必要か訴えていたはずだ、たとえ理性は違っても」

「旅立つ前に、ふたりで誓いを交わしました。マシューはイザボーの指輪をくれた」マディソンを発つ直前、一種の儀式をした。わたしはあのときのことを思い浮かべ、落ち度を探した。

「マンジュサンの契りは、結婚に対して司祭や法律家や敵やライバルが申し立てるあらゆる異議を沈黙させるものだ――肉体的成就」フィリップの鼻孔が広がる。「そしておまえたちはまだ、そういうかたちでは結ばれていない。おまえたちのにおいは奇妙なだけでなく、まったく別個のものだ――ひとりではなく、ふたりの別々のクリーチャーのように。マンジュサンなら、完全なかたちでは伴侶になっていないとわかる。ジェルベールとドメニコも、ダイアナに近づいたとたん気づいたはずだ。ボールドウィンも、間違いなく」

「わたしたちは夫婦だし伴侶だ。わたしがこう断言すれば、ほかに証拠など必要ない。それ以外のことは、あなたには関係ない」マシューが父親とわたしのあいだに立ちふさがった。

「マタイオス、いまさら遅い」フィリップがげんなりと言う。「ダイアナは父親のいない未婚女性で、わたしが見るかぎり、この部屋に彼女を守る兄弟はいない。ダイアナは完全にわたしの問題だ」

「神の目から見れば、わたしたちは夫婦だ」

「それなのにおまえは彼女を自分のものにしていない。なにを待っているんだ、マシュー？お告げか？ダイアナはおまえを欲している。おまえを見る目つきでわかる。たいがいの男にとっては、それでじゅうぶんだ」フィリップの視線が息子とわたしを交互に釘づけにした。この件に対するマシューの不可解なためらいが思いだされ、わたしの全身に不安と疑念が毒のように広がった。

「わたしたちは出会ってからまだ間もない。それでもわたしは彼女と、彼女だけと生涯をともにするとわかっている。ダイアナはわたしの伴侶だ。この指輪に刻まれている文字を知っているだろう、フィリップ。〝a ma vie de coer entier《ア・マ・ヴィ・ドゥ・クール・アンティエ》〟」

「女に人生を捧げても意味はない、心も一緒に捧げなければ。おまえはその愛の印の結末にもっと注意を払うべきだ、始まりだけでなく」

「わたしはダイアナに心を捧げている」

「すべてではない。もし捧げていたら、コングレガシオンのメンバー全員が死に、誓約は永久に破られ、おまえは本来いるべき場所にいて、この部屋にはいない」フィリップがにべもなく言い放った。「おまえが住む未来の結婚がどんなものか知らないが、いまこの瞬間、それは殉じる価値があるものだ」

「ダイアナのために命を捧げても、現在抱えている困難は解決しない」父親とはもう数世紀つき合っているはずなのに、マシューはわたしがとっくに悟っていることをかたくなに認めまいとしている――フィリップ・ド・クレアモントと口論しても無駄だ。

「魔女の命は数に入らないの？」ふたりがはっとしてこちらを見た。「あなたは魔女を殺したわ、マシュー。そしてわたしはあなたを失うよりヴァンパイアを、マンジュサンを殺すほうを選んだ。今夜は秘密を打ち明けているんだから、お父さまにも事実を知っていただいたほうがいいわ」ジリアン・チェンバレンとジュリエット・デュランドは、わたしたちが原因でエスカレートしていった対立の犠牲者だ。

「求愛に時間をかけようと思っているのか？　教養人を自負するわりに、おまえの馬鹿さ加減は救いようがない、マシュー」愛想を尽かしたようにフィリップが言った。マシューはひるむことなく父の侮辱を受けとめてから、切り札を出した。

「イザボーはダイアナを娘として受け入れた」

だがフィリップの考えはそう簡単には揺らがなかった。

「これまで神も母親も、おまえを自分の行動の結果に向き合わせることができなかった。どうやら今後も変わらないらしい」フィリップが机に両手をついて、大声でアランを呼んだ。

「契りを結んでいないなら、取り返しのつかない被害は受けていない。だれかに気づかれて一族が滅びる前に、この件を修復できる。リヨンに使いをやって、ダイアナが自分の力をもっと理解できるように協力する魔女か魔術師を呼び寄せる。マシュー、そのあいだにおまえは問題の写本を探せばいい。そのあとはふたりとも来た場所に戻り、みずからの無分別な行動を忘れて別々の人生を生きろ」

「ダイアナはわたしの部屋へ連れていく。なんと言われようと――」

「脅す前に、それを実行できるだけの力が自分にあるかよく考えろ」フィリップが冷静に返した。「その女はひとりで、わたしの近くで寝かせる」

隙間風で扉がひらいたのがわかった。その風は、蠟と挽《ひ》いた胡椒《こしょう》の香りだとはっきりわかるものを運んできた。アランの冷徹な瞳が素早く動き、マシューの怒りとフィリップの顔に浮かぶ確固不抜《かっこふばつ》の表情を見て取っている。

「おまえは後手後手にまわっていた、マタイオス」フィリップが息子に言った。「どういうつもりか知らないが、そのせいでくみしやすくなっていた。さあ、負けを認め、おまえの魔女にキスをしておやすみを言え。アラン、この女をルイーザの部屋へ案内しろ。あの子はいまウィーンだ、それともヴェネチアだったか。あの放浪癖にはついていけない」

「おまえは」琥珀色の瞳を息子に向けてつづける。「下へ行って、わたしがギャロウグラスとウォルターに出す手紙を書き終えるまで広間で待っていろ。おまえが戻るのは久しぶりだし、おまえの友人は、エリザベス・チューダーに噂《うわさ》どおりふたつの頭と三つの胸があるのか知りたがるはずだ」

自分の領域を完全に譲り渡すのを惜しむように、マシューがわたしの顎の下に手をあててじっと瞳を見つめ、父親の予想をはるかに超える激しいキスをした。

「話は以上だ、ダイアナ」マシューの唇が離れると、フィリップが素っ気なく告げた。「こちらへ、奥さま」アランが扉へ促した。

ほかの女性のベッドに眠れないままひとりで横たわり、わたしは吹きすさぶ風の音を聞きながら、これまでにあったことを思い返した。整理できないほど大量の言い逃れにくわえ、傷つき裏切られた気持ちもあった。マシューがわたしを愛してくれているのはわかっている。でも彼はふたりの誓いに異議を唱える者がいるとわかっていたはずだ。

数時間が経過し、もう眠れそうにないとあきらめた。わたしは窓辺に行って夜明けを見つめながら、こんなにも短期間で計画が破綻《はたん》してしまった理由と、この破綻のどこにフィリップ・ド・クレアモントが――そしてマシューの秘密が――関与しているのか考えていた。

9

翌朝、部屋のドアをあけると、向かいの石壁にマシューがもたれていた。様子から判断して、彼もまったく眠っていないようだった。一気に立ちあがった彼を見て、わたしのうしろにいるふたりの若い侍女がおもしろがってくすくす笑っている。ふたりはこんなマシュー──髪がくしゃくしゃに乱れている──を見慣れていないのだ。むっつりと険悪な顔をしている。

「おはよう」わたしが前へ踏みだすと、クランベリー色のスカートが揺れた。ベッドや侍女、そしてこれまでに触れたものほぼすべてと同じように、この服もルイーザ・ド・クレアモントのものだ。ゆうべはベッドを囲う刺繍のあるカーテンについた濃厚な薔薇《ばら》と麝香《じゃこう》の香りで息が詰まりそうだった。わたしは新鮮な冷気を胸いっぱいに吸いこみ、マシュー独特のクローブとシナモンの香りを探した。それを嗅《か》ぎ取ったとたん、骨まで染みこんだ疲れがいくぶん消え、慣れ親しんだ香りに元気をもらって、侍女が肩にかけた袖のない黒いウールのローブの前をかき合わせた。大学のガウンを思わせるローブをはおると、暖かさが増した。マシューが表情をやわらげ、わたしを抱き寄せて心を込めた濃密なキスをはじめた。侍女たちはくすくす笑いながら、彼をあおる台詞を言っているらしい。足元に一陣の風が吹きつけ、別の見物人が現れたのがわかった。わたしたちの唇が離れた。

「控えの間がある一画をうろつく年でもないだろう、マタイオス」マシューの父親が隣の部屋から黄褐色の頭を突きだしている。「十二世紀はおまえのためにならなかった。それにわれわれはおまえが詩を読みふけるのを放置してしまった。だれかに見られないうちに身なりを整えてくれないか。そのあとダイアナを下へ連れていけ。ダイアナは真夏のミツバチの巣箱のようなにおいがするから、みんなが彼女のにおいに慣れるまで少し時間がかかるはずだ。不幸な流血は避けたい」

「あなたが口出ししなければ、そんなことにはならない。別々の部屋で寝るなんてばかげている」マシューがわたしの肘をつかんだ。「わたしたちは夫婦だ」

「夫婦ではない、ありがたいことに。下へ行っていろ。わたしもすぐ行く」フィリップが無念そうに首を振り、部屋へ引っこんだ。

マシューはむっつり押し黙ったまま、底冷えする大広間に置かれた長テーブルのひとつをはさんで腰をおろした。この時間、広間はがらんとしていて、居残っていた数人もマシューの険悪な表情を見たとたん、そそくさと出ていった。わたしの前には焼きたてのパンと香辛料を入れた温かいワインが置いてある。紅茶ではないが、まあいいだろう。わたしがゆっくりワインを飲むと、ようやくマシューが口をひらいた。

「父には会った。さっさとここを出よう」

わたしは返事をせずに、両手でしっかり杯を包みこんだ。ワインに浮かぶオレンジの皮の切れ端が、温められてふっくらしている。柑橘《かんきつ》系が入っているおかげで、いくぶん朝食の飲み物らしく見えた。

マシューが周囲を見渡した。顔に苦悩が刻まれている。「ここへ来たのは浅はかだった」

「ほかにどこへ行くの？　雪が降ってるのよ。ウッドストックに戻れば、村人が魔法を使った罪でわたしを判事の前へ引き立てようと待ち構えている。セット・トゥールでは別々の部屋で寝てお父さんに我慢しなければいけないかもしれないけれど、フィリップならきっとわたしに手を貸してくれる魔女を探しだせるわ」これまでのところ、マシューがあわてて決めた計画はひとつもうまくいっていない。

「フィリップは余計な干渉をしすぎる。魔女探しに関して言えば、きみの仲間に対する父の気持ちは母と似たり寄ったりだ」傷だらけの木のテーブルを見つめ、割れ目に入った溶けた蠟をつついている。「ミラノにあるわたしの家がいいかもしれない。向こうでクリスマスを過ごそう。イタリアの魔女は魔法に長《た》けていると評判だし、並外れた用心深さでも知られている」

「ミラノなど許さん」フィリップがハリケーンの勢いで現れ、わたしの隣に腰をおろした。マシューは血が温かい者を不安にさせないようにスピードと力を慎重に抑えている。ミリアムとマーカスとマルトもそうだし、あのイザボーですらそうだ。彼の父親にその種の配慮はいっさい見られない。

「親孝行はもうすんだ」素っ気なくマシューが言った。「ぐずぐずしている理由はないし、ミラノへ行っても問題はない。ダイアナはトスカナ語を話せる」

イタリア語という意味なら、レストランでタリアテッレを注文したり、図書館で本の閲覧を依頼する程度ならできる。でもそれでじゅうぶんとは思えない。

「それはすごい。行き先がフィレンツェでないのが残念だ。だがおまえがあの町で歓迎されるようになるのは、まだそうとう先だろう。最近あそこでやった向こう見ずな行動を考えると」フィリップが漠然とした表現をした。「フランス語は話せるか《パルレ・ヴ・フランセ》?」

「ウィ」わたしは慎重に答えた。明らかに複数の言語で会話をするという厄介な状況になっている。

「ふむ」フィリップの眉間に皺が寄った。「おまえは哲学者だと聞いている《ディクント・ミヒ・ウォース・エス・ピロログス》」

「ダイアナは学者だ」マシューが邪険にさえぎった。「あらためて彼女の信用調査をしたいなら、わたしが喜んで協力する。朝食のあと、ふたりだけで」

「ラテン語で話してみろ《ロクエリスネ・ラティーネ》?」息子がしゃべっていないようにフィリップが尋ねた。「ふだん《ミラ》はギリシャ語をしゃべっているのか《ス・ヘレニカ》?」

「ラテン語はあまり得意ではありません《メア・リングア・ラティーナ・エスト・マーラ》」わたしはワインを置いた。女学生のようなひどい返事にフィリップの目が丸くなり、その表情を見たとたん、ひどいありさまだったラテン語初級講座へ一気に引き戻された。ラテン語で書かれた錬金術の資料を前に置かれれば、読むことはできる。けれど議論ができるほどではない。次はギリシャ語の知識を探ってくるだろうという推測が正しいように祈りつつ、わたしは勇を鼓《こ》してつづけた。「ギリシヤ語はもっ《タメン・メア・リングア・グラエカ》と不得手です《エスト・ペリオル》」

「では、ギリシャ語で話すのもだめなのか」フィリップがむっつりつぶやき、マシューに不機嫌な顔を向けた。「この女に問題はないと言っていなかったか《デン・タ・エクパイデフスーン・ギュナイケス・スト・メロン》?」

「ダイアナの時代の女性は、あなたの予想をはるかに超える学校教育を受けている」マシューが答えた。「ギリシャ語で学んでいないだけだ」

「未来では、アリストテレスは必要とされていないのか? 不可解極まる世界だ。そんな世界に遭遇するはめにならずによかった」ワインのピッチャーを胡散《うさん》臭げに嗅ぎ、飲むのをやめている。「ダイアナはフランス語とラテン語をもっと使いこなせるようになる必要がある。英語をしゃべる使用人はほとんどいないし、地下の使用人部屋にはひとりもいない」フィリップがいくつも鍵がついた頑丈な輪を投げた。わたしの手が反射的にそれをキャッチした。

「必要ない」マシューがわたしの手から鍵束をひったくった。「ダイアナは家政を取り仕切るほど長居しない」

「ダイアナはセット・トゥールでいちばん身分の高い女だから、これは義務だ。料理人から始めればいい」フィリップがいちばん大きな鍵を指差した。「それは食糧庫の鍵だ。パン焼き部屋や醸造室、わたしの部屋以外のすべての寝室、ワインセラーの鍵もある」

「図書室の鍵はどれ？」わたしは興味津々で古びた鉄の鍵をいじった。

「ここでは本は鍵をかけてしまわない」とフィリップ。「食べ物とエールとワインだけだ。ヘロドトスやアクィナスを読んで不品行に至ることはめったにない」

「どんなものにも最初はあるわ」わたしはつぶやいた。「料理人の名前は？」

「シェフだ」

「そうではなくてほんとうの名前」困惑して尋ねる。

フィリップが肩をすくめた。「彼が責任者だから、シェフだ。ほかの呼び方をしたことはない。おまえはあるか、マタイオス？」父親と息子が交わした表情は、ふたりを隔てている長テーブルの将来を案じさせるものだった。

「ここの責任者はあなただと思っていたわ。料理人をシェフと呼ぶなら、あなたはなんて呼べばいいの？」わたしの棘《とげ》のある口調で、いまにもテーブルを放り投げて父親の首に長い指を巻きつけそうになっていたマシューの気が一時的にそれた。

「ここにいるものはみな、〝だんなさま〟か〝父〟と呼ぶ。おまえはどっちがいい？」おもねる口調に危険が潜んでいる。

「フィリップと呼べばいい」マシューが言い捨てた。「ほかにも呼び名はいろいろあるが、いちばんぴったりくる名前はきみの舌を腐らせてしまう」

フィリップが息子に向かってにやりとした。「分別を失っていても、喧嘩っ早い性格はなくしていないようだな。家政はおまえの女に任せて、遠乗りにつき合え。病みあがりに見える。まともな運動が必要だ」

「ダイアナをひとりにするつもりはない」マシューが言い返した。巨大な銀の塩入れをそわそわいじっている。ニュー・ヘイブンにあるわたしの家のコンロ横に置いてある粗末な塩壺の祖先。

「心配するな」フィリップが鼻で笑った。「子守はアランにさせる」

マシューの口が言い返そうとひらきかけた。

「お父さま?」わたしはにこやかに声をかけてさえぎった。「厩舎《きゅうしゃ》であなたと会う前に、夫とふたりきりで話してもかまいませんか?」

フィリップの目が細まった。席を立ち、わたしに向かっておもむろに頭をさげている。普通に近いスピードで動くところを初めて見た。「もちろん。付き添い役を務めるようにアランに言っておく。ふたりの時間を楽しめ——あるうちに」

マシューは父親が広間を出ていくまで、じっとわたしを見つめたまま口を閉ざしていた。

「どういうつもりだ、ダイアナ?」立ちあがってゆっくりテーブルをまわりこむわたしに、彼が小声で尋ねた。

「イザボーはなぜトリーアにいるの?」

「なぜ知りたい?」返事をはぐらかしている。

わたしが罰当たりな台詞を吐くと、彼のとぼけた表情が見事に消えた。昨夜は考える時間がたっぷりあった。ルイーザの薔薇の香りがする部屋で横たわり、ここ数週間の出来事をつなぎ合わせ、それをこの時代に関する知識と適合させる時間がたっぷりあった。

「一五九〇年のトリーアでは、魔女狩り以外たいしてやることがないからよ！」ひとりの使用人があわてて広間を横切り、玄関のほうへ逃げていった。暖炉の前にまだ男がふたり座っていたので、わたしは声を落とした。「いまは近代の地政学におけるあなたのお父さんの役割について議論してる場合じゃないのはわかってるわ。あなたがモン・サン・ミシェルで、あそこが自分の島みたいに指図するのを枢機卿が許している理由や、ギャロウグラスの父親の悲劇的な死についても。でも近いうちに話してもらうわよ。なによりも、ヴァンパイアの契りについて、もっと具体的に説明してもらいますからね」

くるりと背を向けて歩きだす。このまま立ち去れそうだと思える距離まで遠ざかったとき、ものの見事に肘をつかまれ振り向かされた。捕食者が本能的にやる作戦だ。「いいや。結婚の話は、この部屋にいるあいだにすませる」

マシューが朝食を楽しんでいた最後の使用人たちを見た。首をさっとひと振りしただけで、追い払っている。

「結婚？」わたしが食ってかかると、彼の瞳で危険ななにかがつかのま光って消えた。

「わたしを愛しているか、ダイアナ？」マシューのありきたりな質問がわたしの意表を突いた。

「ええ」即答する。「でもあなたを愛しているだけでいいなら話は単純で、わたしたちはいまもマディソンにいたわ」

「単純な話だ」マシューが立ちあがった。「わたしを愛しているなら、父の言葉にふたりが交わした約束を無効にする力はないし、コングレガシオンもわたしたちに誓約を守らせることはできない」

「ほんとうにわたしを愛しているなら、すべてを捧げてくれるはずよ。身も心も」

「そう簡単にはいかない」マシューが悲しげに言った。「最初から警告したはずだ。ヴァンパイアとの関係は複雑だと」

「フィリップはそうは思っていないみたいだったわ」

「それなら彼と寝ろ。わたしを望むなら、待つしかない」冷静に話しているが、これは凍った川の静けさだ。表面は固くてなめらかでも、その下は荒れ狂っている。オールド・ロッジを発ってから、マシューは言葉を武器にしている。最初のうちは辛辣《しんらつ》な意見を口にするたびに謝っていたが、今回は謝りそうにない。父親と再会したせいで、後悔のような現代的で人間らしいものを感じないほど紳士のうわべが薄くなっている。

「フィリップはわたしのタイプじゃないわ」わたしはにべもなく否定した。「でも、わたしが待たなければいけない理由ぐらい説明していただけないかしら」

「ヴァンパイアには離婚などというものが存在しないからだ。あるのは契りと死のみ。母とフィリップのように、一定期間別居する者はいる——」一瞬くちごもっている。「仲たがいしたときに。その間《かん》は愛人を持つ。時間と距離を置くことで、不和を解決して和解する。だがわたしはそんなことをするつもりはない」

「それを聞いて安心したわ。わたしの結婚観もそれとは違うから。それでも、なぜあなたがわたしたちの結婚を完成させたがらないのかわからない」マシューはすでに、恋人の慎重な注意力を通じてわたしの体とその反応を知っている。彼をためらわせているのは、わたしでもセックスの問題でもない。

「きみの自由を束縛するのはまだ時期尚早だ。ひとたびきみのなかで自分を見失ったら、愛人も別れもありえなくなる。きみは本気でヴァンパイアと結婚したいのか、自分に確認する必要がある」

「あなたはわたしを選んでいるわ、何度もくり返し。なのにわたしが同じことをしようとすると、本気じゃないと思うの？」

「わたしは自分が望んでいるものを知る機会がじゅうぶんあった。わたしに対するきみの好意は、未知のものへの恐怖心を軽くする手段か、ずっと否定しつづけてきたクリーチャーの世界を受け入れたいという願望を満足させる方法にすぎない可能性がある」

「好意？　わたしはあなたを愛しているのよ。二日でも二年でも同じよ。わたしの決意は変わらない」

「きみの両親がしたことを、きみにせざるをえなくなるんだぞ！」マシューが声を荒らげてわたしを押しのけた。「ヴァンパイアと契りを結ぶことは、魔女の呪縛と同等の束縛をともなう。きみはいま初めて自分の生きたいように生きているが、それでも次から次へと束縛を受けている。だがわたしの束縛はおとぎ話に出てくる魔法ではないし、それに苛立つように なってもしりぞける呪文はない」

「わたしはあなたの妻で、捕虜ではないわ」

「それを言うなら、わたしはヴァンパイアで、血が温かい者ではない。契りの本能は根源的なもので、容易にはコントロールできない。わたしの全存在がきみに集中する。そんな情け容赦ない関心に耐える義務はだれにもない。少なくともわたしが愛する女性には」

「じゃあ、わたしはあなたなしで生きていくか、あなたに塔に閉じこめられるかなのね」首を振る。「問題は理屈じゃなくて恐怖心だわ。あなたはわたしを失うのを恐れていて、フィリップのそばにいるせいで、それがいっそうひどくなっているの。わたしを避けても父親を失った怒りは薄れないわ。でも話せば薄れるかもしれない」

「父に再会してひらいた古傷から、いつまで血を流しているんだと言いたいのか?」声に冷酷な響きが戻っている。わたしがひるむと彼の顔に後悔がよぎったが、すぐまた険しい表情に戻った。

「あなたはここにいないほうがいい。それはわかってるの、マシュー。でもハンコックの言うとおりよ。協力をいとわない魔女がいそうなロンドンやパリみたいな場所では、わたしは長つづきしない。ほかの女性はひと目でわたしの違いに気づき、彼女たちはウォルターやヘンリーほど寛大じゃない。数日以内に判事のところへ引き立てられてしまう――あるいはコングレガシオンのところへ」

マシューの視線の鋭さが、ヴァンパイアのひたむきな関心の対象にされたらどうなるかという彼の警告に重みを与えていた。「ほかの魔女は気にしない」マシューがかたくなに言い張り、わたしから手を放して背を向けた。「そしてコングレガシオンはわたしがなんとかする」

彼とのあいだの数メートルが、世界の端と端にいるぐらい引き伸ばされていく。昔馴染みの孤独が、もはや友とは思えなかった。

「このままではいられないわ、マシュー。家族もお金もないわたしが頼れるのは、あなただけなのよ」歴史学者は過去についてわかっていることがある──友人もお金も持たない女性につきまとう、社会的脆弱性《ぜいじゃく》もそのひとつだ。「わたしが部屋に入っても、そこにいる全員の好奇の目を引かなくなるまでセット・トゥールにいるしかない。わたしはひとりでもいられるように努力する。とりあえずこれから始めるわ」わたしは城の鍵束を掲げて見せた。

「ままごとをするつもりなのか?」怪訝《けげん》そうにしている。

「ままごとじゃないわ。本気でやるの」彼の唇がゆがんだが、ほんとうの笑みではなかった。「行って。お父さんのところへ行きなさい。わたしは忙しくなるから、さびしがっている暇はないわ」

マシューは別れ際の言葉もキスも抜きで厩舎へ去っていった。いつもの安心を与えてもらえないと、妙に中途半端な気分だった。彼の香りが霧散してからそっとアランを呼ぶと、ピエールを連れてやけに早く現れた。ふたりとも、わたしたちの会話をひとことも漏らさず聞いていたにちがいない。

「窓の外をながめていても、考えていることは隠せないわよ、ピエール。それはあなたのご主人の数少ない癖《テル》のひとつで、彼がそれをやるのはなにかを隠しているときなの」

「テル？」ピエールの顔に戸惑いが浮かんだ。ポーカーはまだ発明されていないから、ポーカー用語がわかるはずがない。

「胸の内が表に出る癖よ。気がかりなことがあったり、言いたくないことがあると、マシューはそっぽを向く。悩んでいるときは指で髪を梳く。それが〝テル〟」

「おっしゃるとおりです、マダム」ピエールが畏敬《いけい》の目で見つめてきた。「ミロールは、マダムが直感を使って心を読んでいるのをご存じなんですか？　ミロールのそういう癖はイザボーさまもご存じですし、ご兄弟やお父上もご存じです。でもマダムは知り合って間もないのに、よくわかっていらっしゃる」アランに咳払いされ、ぎくりとしている。「さしでがましいことを申しました。お許しください」

「好奇心は神さまのお恵みよ、ピエール。それからわたしが夫に使ったのは観察力で直感ではないわ」十七世紀に起きた科学革命の種をいまオーヴェルニュで蒔《ま》いていけない法はない。「図書室のほうが話しやすいかもしれないわね」正しい方角であるよう祈りながら、わたしは指差した。

　クレアモント家所有の本の大半が保管されている部屋は、十六世紀のセット・トゥールにいるわたしにとってもっとも親しみを感じられる場所だった。紙や革や石のにおいに包まれていると、孤独感がいくぶん薄れた。ここはわたしが知り抜いている世界だ。

「やることが山ほどあるわ」わたしは静かに言って、クレアモント家の家臣に振り向いた。

「まず最初に、ふたりに約束してほしいことがあるの」

「誓いですか?」アランが不審の目を向けてきた。

わたしはうなずいた。「ええ。もしわたしが頼んだことが、ミロールか、それよりなにより彼のお父さまの手を煩《わずら》わせることだったら、すぐ方針を変えるから教えてちょうだい。わたしの些細な用事で迷惑をかけたくないの」ふたりとも警戒した顔をしているが、興味は惹かれている。

「Oc《オック》」アランがうなずいた。

幸先よくスタートを切ったのに、最初の作戦会議は前途多難なものになった。ピエールはわたしの前では頑として腰をおろそうとせず、アランはわたしが座っているときしか座ろうとしないのだ。けれどセット・トゥールで果たす責任を思うと不安がつのり、とてもじゃないがじっとしていられなかったので、三人で図書室をぐるぐる歩きまわることにした。何周もしながら、わたしはルイーザの部屋へ運んでほしい本を指差し、生活必需品を列挙し、旅行中に着ていた服を仕立て屋に渡して、それを見本に基本的な服をつくらせるように指示した。あと二日はルイーザ・ド・クレアモントの服を着られる。そのあとはピエールの戸棚をあさってブリーチズとタイツを探すはめになる。女性がそんな下品極まりない行動をすると想像しただけで、ふたりは明らかに戦慄《せんりつ》していた。

作戦会議開始一時間後から三時間かけて、城内の仕組みについて話し合った。これほど複雑な所帯を切り盛りした経験はないが、どんな質問をすればいいかはわかっていた。アランが鍵となる使用人の名前と具体的な仕事の内容を挙げ、村で指導的立場にある数名について簡潔に説明し、現在だれが城に滞在し、だれが今後数週間のうちに訪れる予定か教えてくれた。

そのあと進軍した先の厨房で、シェフと初めて顔を合わせた。葦《あし》のように痩せた人間で、背丈はピエールと同じぐらいだった。ポパイのようにあらゆる筋肉が前腕に集中し、ハムに見える。その理由は彼が粉をまいたテーブルに巨大なパン生地を載せ、なめらかにこねはじめたとき明らかになった。わたしのように、シェフも動いていないと考えることができなかった。

地下の使用人部屋では、家長の部屋のそばで寝ている血の温かい客に関する噂がちらほら流れていた。わたしとミロールの関係や、わたしのにおいや食習慣からどのクリーチャーかと勘ぐる憶測も。〝sorcière《ソルシエール》〟や〝masca《マスカ》〟という言葉——フランス語とオック語の〝魔女〟——が聞こえてくる部屋に入ると、そこはあわただしい動きと熱のるつぼだった。シェフが前もって集めていた厨房のスタッフは膨大な数で、その構成は複雑を極めていた。彼らにとっては、わたしを間近に見る絶好の機会になった。ヴァンパイアもいれば、人間もいる。ひとりはカトリーヌという名の若いデーモンで、ちらちらこちらを窺う好奇心丸出しの視線が頬をつついてきた。

わたしはやむをえない場合以外は英語を話さないと決めていて、話すときもマシューと彼の父親とアランとピエールにだけと決めていた。その結果、シェフや使用人との会話は勘違いだらけになってしまった。幸い、わたしのフランス語と彼らの訛《なま》りの強いオック語が錯綜《さくそう》すると、アランとピエールが丁寧にもつれをほどいてくれた。むかしわたしは物真似がうまかった。いまこそあの才能をよみがえらせるときだ。わたしは彼らのしゃべり方の強弱や抑揚に注意深く耳をそばだてた。すでに今度だれかが近くのリヨンの町へ買い出しに行くときのリストに、複数の言語の辞書を入れてある。

わたしがパンづくりの腕を褒め、厨房の状況を称賛し、見事な調理に必要なものがあったらいつでも教えてほしいと言うと、シェフはわたしに好感を抱いた。けれどこの良好な関係が確固たるものになったのは、マシューの好きな食べ物と飲み物を尋ねたときだった。シェフはべたついた手を激しく振りまわしながらミロールの骸骨《がいこつ》のような状態について早口でまくしたて、それはすべてイングランドとあの国の調理法に対する関心の低さのせいだと主張した。

「なんのためにわざわざチャールズを一緒に行かせたんだ！」シェフが早口のオック語で言い捨て、パン生地を持ちあげてテーブルにたたきつけた。ピエールがあわてて通訳した。「いちばん腕のいい助手を行かせたのに、イングランドじゃなんの役にも立たなかった！ミロールはデリケートな胃をお持ちで、食べるようにお勧めしないと、痩せてしまうんだ」

わたしはイングランドのかわりに謝り、マシューの健康を回復するにはどうすればいいか尋ねたが、夫がいまよりたくましくなると思うと不安でもあった。「加熱していない魚は好きよね？ 鹿の肉も」

「ミロールには血が必要だ。だがきちんと用意したものでなければ召しあがらない」

シェフが肉の貯蔵室へ案内してくれた。数種類の動物の死骸が吊るされ、切断した首から滴る血を下に置いた銀の桶で受けるようになっている。

「ミロールに差しあげる血は、銀かガラスか陶器で集めなければならない。それ以外はお飲みにならない」シェフが指を一本立てて説明した。

「なぜ？」

「ほかの容器は血のにおいと味を悪くする。これは混じりけがない。ほら」シェフが杯を差しだした。金臭いにおいで吐き気がこみあげ、わたしは口と鼻を覆った。アランが杯を遠ざけるよう合図したが、わたしはひとにらみして彼を制した。

「つづけてちょうだい、シェフ」

シェフが気に入ったと言いたげな表情を浮かべ、マシューの食事に関する慎重に対処すべきそれ以外の項目を話しだした。マシューのお気に入りは、ワインと香辛料をくわえた冷たい牛の肉汁だそうだ。ウズラの血も飲むが、少量を早朝でない時間に出されたときにかぎられる。イザボーさまはそこまで好き嫌いが激しくない――残念そうに首を振りながらシェフは言った――でも息子は母親の旺盛な食欲を受け継いでいない。

「そうね」イザボーと狩りに行ったときのことが思いだされ、声がこわばった。

シェフが銀の杯に浸した指先を出した。光を浴びてきらめく指を口に入れ、舌の上で生き血を転がしている。「もちろん、いちばんお好きなのは牡鹿《おじか》の血だ。人間の血ほど濃くないが、味が似ている」

「いいかしら?」わたしは遠慮がちに尋ねて杯に小指を伸ばした。鹿肉では気分が悪くなった。牡鹿の血は違う味がするかもしれない。

「ミロールはよく思われないと思います、マダム」アランが言った。懸念がはっきり顔に出ている。

「でも彼はここにいないわ」わたしは小指の先を杯に浸した。とろりとした血がついた指先を鼻先に近づけ、シェフがやったようににおいを嗅いだ。マシューが嗅ぎ分けるのはどんなにおいなのだろう? どんな味を感じるのだろう?

指が唇をかすめた瞬間、情報が殺到した――ごつごつした頂に吹く風、二本の木にはさまれた気持ちのいい木の葉の寝床、自由に駆けまわる喜び。それらすべてに伴っているのは、一定のリズムを刻む力強い拍動だ。脈動、心音。

鹿の生涯の体験がみるみる薄れていく。もっと知りたい衝動に駆られて指を伸ばしたが、アランの手にとめられた。情報への欲求はまだ胸を焦がすほどだったが、唇に残る血の味が消えるにつれて弱まった。

「マダムはすぐ図書室へ戻られたほうがいい」アランがシェフに警告の目を向けた。

わたしはマシューとフィリップが遠乗りから戻ったときの指示をシェフに与えながら厨房

をあとにした。四人で長い石の通路を進んでいたとき、ひらいた低い扉の前でぴたりと足がとまった。ぶつかりそうになったピエールがかろうじてよけた。

「ここはだれの部屋?」垂木《たるき》から下がる薬草の香りで喉が詰まる。

「マダム・ド・クレアモントの侍女が使っている蒸留室です」アランが答えた。

「マルト」わたしはつぶやいてその部屋に入った。いくつもの棚に土器の壺がきれいにならび、床はきれいに掃き清められている。薬草の香りが漂っている——ミント? マルトの服からときどきこの香りが漂ってきたことが思いだされた。振り向くと、三人はまだ戸口をふさいで立っていた。

「男が入るのは許されていません」ピエールがいまにもマルトが現れるのではないかと思っているように肩越しに振り向いた。「ここを使うのはマルトとルイーザさまだけです。イザボーさまですら遠慮しておいでです」

イザボーはマルトの薬草療法をよく思っていない。それは知っている。マルトは魔女ではないが、調合する薬はサラがつくるものにほとんど引けを取らない。わたしの視線が室内を走った。厨房でやることは料理以外にもある。そして十六世紀から学ぶのは家政の切り盛りやわたしの魔力にとどまらない。

「セット・トゥールにいるあいだ、この部屋を使いたいわ」

アランが鋭い目を向けてきた。「使う?」

わたしはこくりとうなずいた。「錬金術の実験に。ワインをふた樽《たる》運ばせて。古ければ古いほどいいけれど、酸っぱくなっていないものがいいわ。ここになにがあるか調べるから、少し待っていて」

予想外の展開に、ピエールとアランは落ち着かないようすでそわそわしている。わたしの決定にためらいを見せている連れのようすを見て取ったシェフが、ふたりを押して厨房のほうへ急かした。

ぶつぶつ文句を言っているピエールの声が聞こえなくなると、わたしは周囲に集中した。目の前にある木のテーブルに、茎から葉を切り取ったときついたナイフの深い傷が無数に刻まれている。わたしは溝のひとつに触れ、その指を鼻に近づけた。

ローズマリー。記憶のため。

覚えているか?――ピーター・ノックスの声がした。両親の死の記憶でわたしをいたぶり、〈アシュモール782〉を我が物にしようとしている二十一世紀の魔術師。過去と現在がふたたびぶつかり合い、わたしは暖炉横の片隅を盗み見た。思ったとおり、青と琥珀色の糸がある。ほかにもなにかの気配を感じる――べつの時代のべつのクリーチャー。ローズマリーの香りがついた手が自然とそちらへ伸びたが、間に合わなかった。そこにいたのがなんであれ、すでに姿はなく、埃っぽい普通の片隅に戻っていた。

忘れないで。

今度はマルトの声が脳裡でこだました。いくつもの薬草の名前と、それらをひとつまみずつ混ぜてお茶をつくる方法を教えてくれたマルト。あのお茶は避妊薬だったが、淹《い》れたての一杯を初めて飲んだときは知らなかった。材料はすべてここにそろっているにちがいない――マルトの蒸留室に。

いちばん上の棚の手が届かない場所に、素朴な木箱があった。わたしはつま先立ちになって腕を伸ばし、ボドリアン図書館の書棚から本を取ったときのように、自分の願いを木箱に向けた。木箱がするりと前にすべり、指先が触れる位置へ移動した。もっと前へ出るように念じ、つかんだ箱をそっとテーブルに置いた。

蓋《ふた》をあけると、十二の仕切りに分かれていた。それぞれに違うものが入っている。パセリ。生姜《しょうが》。ナツシロギク。ローズマリー。セージ。ノラニンジンの種。ヨモギ。メグサハッカ。アンゼリカ。ヘンルーダ。ヨモギギク。ビャクシンの根。マルトは村の女性の避妊を手伝う用意を整えているのだ。わたしは順繰りに箱の中身に触れ、すべての名前と香りを覚えているのをうれしく思った。でもそのうれしさはすぐ情けない思いに変わった。わたしが知っているのはこれだけだ――どの月相のときに摘めばいいのかも、ほかにどんな不思議な使い方があるのかもわからない。サラならわかっただろう。十六世紀の女性もみんな知っているはずだ。

わたしは無念の思いを振り払った。さしあたり、ここにある薬草をお湯か温めたワインに浸したときの効果はわかっている。わたしは箱を小脇に抱え、みんなのいる厨房へ戻った。

座っていたアランがさっと立ちあがった。

「ご用はおすみですか?」

「ええ、アラン。ありがとう、シェフ《メルセス》」

図書室に戻ったわたしは自分の机の隅に慎重に木箱を置き、なにも書いていない紙を一枚引き寄せた。椅子に腰かけ、ペン立てから羽根ペンを一本取る。

「シェフが土曜日から十二月だと言っていたわ。厨房ではあえて訊かなかったけれど、十一月の後半がなくなってしまった理由をだれか説明してくれるかしら?」ペン先を黒インクの壺に浸し、アランに期待の目を向ける。

「イングランド人は教皇の新しい暦を拒否しています」子どもに教えるように、アランがゆっくり話しだした。「そのため、あちらではまだ十一月十七日ですが、フランスでは十一月二十七日になるのです」

四世紀以上をタイムウォークしても一時間も失わなかったのに、エリザベス朝イングランドから戦乱のフランスへ移動したことで、十日どころか三週間近く失っている。わたしはため息をこらえ、紙のいちばん上に正しい日付を書いた。そこでペンがとまった。

「ということは、日曜日から待降節《たいこうせつ》が始まるのね」

「ウィ。村は――もちろんミロールもですが――クリスマス前夜まで断食をします。城の者は、十二月十七日にフィリップさまと断食を終えることになっています」ヴァンパイアはどうやって断食するのだろう? キリスト教の儀式に関する知識は役に立ちそうにない。

「十七日になにがあるの?」その日付も書きとめながら尋ねる。

「サトゥルヌスの祭りです」ピエールが答えた。「収穫の神に捧げる祭典です。フィリップさまはいまでも昔風に祝っておいでです」

古代と言ったほうが正確だ。サトゥルヌスの祭りはローマ帝国末期を最後に行なわれていない。わたしは恐れ入って鼻柱をつまんだ。「最初から始めましょう、アラン。具体的に、土曜日の夜、ここではなにがあるの？」

三十分後、三枚増えた書きつけと本の前でひとりになったときは、頭がずきずきしていた。しばらくすると、大広間が騒がしくなり、つづいて大きな笑い声が聞こえた。記憶にあるよりどことなく豊かさと精気を増した聞き覚えのある声が、大声でだれかに話しかけている。

マシュー。

書類を片づける間もなく彼が現れた。

「わたしがいなくても、ほんとうにだいじょうぶだったか？」顔色が少しよくなっている。マシューが巻き毛をひとたば指に巻きつけながらわたしの首筋に手をあて、キスをした。舌に血はついていない。風と戸外の味がするだけだ。遠乗りには行ったが、食事はしていない。「さっきはすまなかった」彼が耳元でささやいた。「ひどい振舞いを許してくれ」遠乗りで気分がほぐれ、父親に対する態度がようやく無理のない自然なものになっている。

「ダイアナ」息子のうしろからフィリップが現れた。近くにある本をつかんで暖炉の近くへ移動し、ぱらぱらページをめくっている。『フランク史』を読んでいたのか——もちろん初めてではないだろう。グレゴリウスの母親がこの本の執筆を監督していたら、もっと楽しめるものになっていただろうに。アルメンタリアのラテン語は見事なものだった。彼女と話すのはいつも喜びだった」

フランスの歴史についてトゥールのグレゴリウスが書いた有名な本を読むのはこれが初めてだったが、あえてフィリップに教えることはない。

「彼とマシューがトゥールにある学校に通っていたとき、グレゴリウスは十二歳の少年だった。マシューはほかの生徒はもちろんのこと、教師よりはるかに年上だったから、休み時間には馬になって少年たちを背中に乗せてやっていた」ページをめくっている。「巨人が出てくる場所はどこだ？　いちばん好きな場所だ」

アランが銀の杯をふたつ載せた盆を持ってやってきた。それを暖炉脇のテーブルに置いている。

「メルシ、アラン」わたしは盆を示した。「ふたりともおなかが空いているでしょう。シェフから食事が届いたわ。遠乗りの話をしてちょうだい」

「そんなものは――」断ろうとしたマシューに、彼の父親とわたしが同時に苛立ちの声をあげた。フィリップが丁重に頭をさげ、わたしに発言権を譲った。

「いらなくないわ」わたしは言った。「ウズラの血よ、この時間なら受けつけるでしょう？　でも、明日は狩りに行ってちょうだい、土曜日にも。四週間も断食するつもりでいるなら、できるうちに食事をしておかないと」アランに礼を言うと、彼がお辞儀をして主人に曖昧《あいまい》な視線を送り、足早に部屋を出ていった。「あなたのは牡鹿の血よ、フィリップ。今朝、用意したばかり」

「なぜウズラの血や断食のことを知っている？」マシューの指が、わたしのほつれた巻き毛をそっと引っ張った。わたしは夫の灰緑色の瞳を見あげた。

「昨日のわたしとは違うのよ」彼の手から髪を引き抜き、杯を渡す。

「わたしはよそで食事をすることにしよう」フィリップがさえぎった。「喧嘩はふたりでやってくれ」

「喧嘩なんかしていないわ。マシューは体調を整えておく必要があるだけよ。遠乗りはどこへ行ったの？」牡鹿の血が入った杯を取り、フィリップに差しだす。

フィリップの視線が銀の杯から息子の顔へ移動し、わたしに戻った。そしてまばゆい笑みを浮かべたが、そこには間違いなく品定めの表情が含まれていた。フィリップが差しだされた杯を受け取り、乾杯のポーズを取った。

「感謝する、ダイアナ」声に親しみがあふれている。

けれど、なにひとつ見過ごさないフィリップの瞳は、マシューが今朝の話をしているあいだもじっとわたしを観察していた。春の雪解けの感触で、視線が息子へ移ったのがわかった。なにを考えているのか知りたくて、彼を窺《うかが》い見ずにはいられなかった。視線が交差し、激しくぶつかった。まぎれもない警告。

フィリップ・ド・クレアモントはなにかたくらんでいる。

「厨房はどうだった？」マシューが話を向けてきた。

「興味をそそられたわ」わたしは答え、フィリップの油断ない瞳を正面から見つめ返した。

「とても興味をそそられた」

10

フィリップは見る者の目を奪う存在かもしれないが、なにを考えているかわからない、癪《しゃく》に障る存在でもあった――まさにマシューが言っていたとおりに。

翌朝、マシューとわたしが大広間にいると、どこからともなく忽然《こつぜん》と義父が現れた。ヴァンパイアがコウモリに変身できると人間が考えたのも無理はない。わたしは半熟卵の黄金色の黄身から焼いたパンを持ちあげた。

「おはよう、フィリップ」

「ダイアナ」フィリップが軽くうなずいた。「来い、マシュー。食事をするんだ。妻の前でする気がないなら、狩りへ行くぞ」

マシューがためらい、落ち着かないようすでちらりとわたしを窺って視線をそらした。

「明日でいい」

フィリップがなにやらつぶやいて首を振った。「自分に必要なものへもっと関心を向けろ、マタイオス。飢えて疲れきったマンジュサンと旅をしたがるやつはいない。血が温かい魔女にとっては特にそうだ」

男がふたり大広間に入ってきて、足を踏み鳴らしてブーツについた雪を落とした。木のついたての縁をまわって、凍えそうな冬の風が吹きこんでくる。マシューがそちらへ物欲しげな視線を投げた。凍った大地で牡鹿を追うのは単なる栄養補給ではない——彼の心を晴らしてくれるだろう。そしてもし昨日がなにかを暗示しているなら、戻ったときのマシューははるかに気分がよくなっているはずだ。

「わたしならだいじょうぶよ。やることがたくさんあるの」わたしはマシューの手をぎゅっと握り、安心させた。

朝食のあと、シェフと待降節前の祝宴メニューを相談した。そのあとは、わたしに必要な服について村の仕立て屋や針子と話し合った。自分のフランス語のレベルを考えると、サーカスのテントを注文してしまったかもしれない。昼近くには新鮮な空気を吸いたくてたまらなくなり、アランに頼んで中庭の作業場へ案内してもらった。城の住人に必要なものはほぼすべて——蠟燭《ろうそく》からきれいな水にいたるまで——そこで用意されていた。わたしは鍛冶屋《かじや》が金属を溶かす手順のひとつひとつを懸命に記憶にとどめようとした。歴史学者としての本来の暮らしに戻ったとき、その知識が役に立つのはわかっていた。

鍛冶場で過ごした時間をのぞき、いまのところ、この時代の貴婦人の典型的な一日になっしていた。周囲に同化するという目標に向けて順調に進んでいる気がして、読書と字の練習をして数時間楽しい時を過ごした。楽団が土曜日――一カ月近くつづく断食前の豪華な食事――の用意をしている音が聞こえてくると、彼らにダンスのレッスンをしてもらった。そのあとは自分へのご褒美に蒸留室へ行き、たちまち見事な湯煎《ゆせん》鍋や銅の蒸留器、小さな樽に入った古いワインに夢中になった。厨房から借りてきた少年ふたり、トマスとエティエンヌがふたつの革のふいごを押し縮めるたびに、ため息のように送りだされる空気が熾火《おきび》を赤く燃えあがらせた。

過去にいることは、本でしか知らない知識を実践するまたとない機会を提供してくれた。マルトの道具をひとしきり調べたあと、酒精《エタノール》をつくることにした。錬金術で使われる基本的な物質だ。

「このままじゃきちんと濃縮できないわ」蒸留器から漏れる蒸気を見つめながら、わたしは文句を言った。英語がまったくわからないトマスとエティエンヌが、クレアモント家の図書室から持ってきた大きな本を調べているわたしの横で同情の声を漏らした。ここの書棚はありとあらゆる興味深い本で埋まっている。どれかに漏れを直す方法が載っているはずだ。

「マダム？」戸口からアランがそっと声をかけてきた。

「はい？」わたしは振り向き、たっぷりしたリネンのスモックで両手を拭いた。

アランが室内を見渡してぎょっとしている。袖なしの黒いローブが近くの椅子の背にかけてあり、重たいベルベットの袖は銅鍋の縁に、ボディスはちょうどよく天井から吊り下がったフックにかかっている。十六世紀の基準では裸に近いが、それでもまだコルセットと袖が長いリネンのハイネックのスモック、数枚のペチコート、どっしりしたスカートは身につけている――ふだんの講義のときに比べたらはるかに厚着だ。にもかかわらず裸でいるような気がして、わたしはあえて胸を張り、なにか文句があるのかと言わんばかりの顔をして見せた。賢明にも、アランが目をそらした。

「シェフが夕食をどうすればいいか困っています」

アランの言葉に、わたしは眉を寄せた。シェフはどうすればいいかわかっているはずだ。

「みな腹を空かせ喉が渇いていますが、マダムがいらっしゃらないと食事をはじめられません。セット・トゥールにクレアモント家の方がいらっしゃるときは、夕食の主人役を務めていただくことになっています。それがしきたりです」

カトリーヌがタオルと鉢を持って現れた。わたしはラベンダーの香りがするお湯に指を浸した。

「どのぐらい待っているの?」カトリーヌの腕からタオルを取る。空腹の血が温かい者と、同じぐらい飢えたヴァンパイアを大広間に詰めこむのが得策であるはずがない。クレアモント一族の家政を切り盛りする手腕に対して芽生えたばかりの自信が霧散していった。

「一時間以上です。ロジャーが店を閉めるという知らせが村から届くまで待ちつづけるでしょう。ロジャーは酒場を経営しています。外は寒く、朝食までまだ何時間もあります。フィリップさまはおそらく……」すまなそうに言葉を濁している。

「急いで《ヴィット》」わたしは脱ぎ捨てた服を指差した。「カトリーヌ、服を着させて」

「かしこまりました《ビアン・スュール》」カトリーヌが鉢を置いて、フックにかかるボディスへ向かった。ボディスについた大きなインクの染みが、見苦しくないようにしたいわたしの気持ちに終止符を打った。

大広間へ入っていくと、石の床を長椅子がこすって三十人以上のクリーチャーが立ちあがった。その音に紛れて非難の台詞も聞こえる。わたしが着席したとたん、全員が遅れた食事に舌鼓《したつづみ》を打ちはじめ、わたしはチキンから腿《もも》を一本むしり取って残りはさげるように合図した。

うんざりするほど長い時間が経ったころ、マシューと父親が戻ってきた。「ダイアナ!」木のついたてをまわってきたマシューが、一族のテーブルの上座に座っているわたしを見て戸惑った顔をした。「上にいると思っていた、あるいは図書室に」

「ここにいるほうが礼儀にかなっていると思ったの。料理を用意してくれたシェフの尽力を考えると」フィリップへ目を向ける。「狩りはどうでした、フィリップ?」

「まあまあだ。だが動物の血で得られる栄養は限られている」フィリップがアランを手招きし、冷たい視線でわたしのハイネックをつついた。

「もうじゅうぶんだ」マシューの声は小さかったが、警告の響きがはっきり聞き取れた。いくつもの顔が素早く彼に向けられている。「きみ抜きではじめるように言えばよかったんだ。上へ行こう、ダイアナ」みんなの顔の向きがわたしに戻り、返事を待っている。

「まだ食べ終わっていないわ」わたしは自分の皿を示した。「みんなも。隣に座ってワインでもお飲みなさい」マシューは態度のみならず中身もルネサンスの王子かもしれないが、指をパチンと鳴らされただけで言いなりになるつもりはなかった。

マシューが隣に腰をおろすと、わたしは無理をしてもう少しチキンを飲みこんだ。やがて張りつめた空気に耐えられなくなって席を立った。ふたたび長椅子が石の床をこすり、全員が立ちあがった。

「もういいのか？」意外そうにフィリップが訊いた。「では、おやすみ、ダイアナ。マシュー、おまえはすぐ戻ってこい。なぜかチェスがしたくなった」

マシューが父親を無視して腕を伸ばしてきた。わたしたちはひとことも言葉を交わさずに大広間を抜けて階段をのぼり、一族の私室がある区画へ向かった。わたしの寝室の前まで来たとき、マシューがようやく会話ができるぐらいまで自制を取り戻した。

「フィリップはきみを体《てい》のいい家政婦扱いしている。我慢できない」

「あなたのお父さんは、この時代の女性にするようにわたしを扱っているのよ。わたしならだいじょうぶ」そこでいったん口をつぐみ、勇気を奮《ふる》い起こした。「最後に二本脚で歩く生き物で食事をしたのはいつ？」マディソンを発つ前に無理やりわたしの血を飲ませたし、カナダではだれとも知らぬ血の温かい者で食事をしていた。その数週間前にはオックスフォードでジリアン・チェンバレンを殺した。おそらく血も飲んだのだろう。それをのぞけば、この数カ月、動物以外の血は一滴も口にしていないはずだ。

「なぜそんなことを訊く?」口調が鋭い。

「あなたは本来の屈強さを失っているとフィリップが言っていたわ」わたしは彼の手を握った。「もし食事をする必要があるのに、行きずりの相手の血を飲むのがいやなら、わたしのをあげるわ」

彼が返事をしないうちに、階段から含み笑いが聞こえた。

「気をつけるんだな。われわれマンジュサンは耳が鋭い。この家で血をやろうなどと言ったら、狼どもが押し寄せてくるぞ」アーチ型の石の戸口に腕を組んだフィリップが寄りかかっていた。

マシューがくるりとそちらへ振り向き、怒りの声をあげた。「あっちへ行け、フィリップ」

「その魔女は軽率だ。衝動的に突っ走らないように目を光らせるのはわたしの責任だ。さもないと、われわれの命取りになりかねない」

「この魔女はわたしのものだ」マシューが冷たく言い放つ。

「まだ違う」フィリップが嘆かわしそうに首を振って階段をおりていった。「恐らく今後も変わらないだろう」


その会話のあと、マシューはそれまで以上に用心深く、よそよそしくなった。翌日の彼は父親に腹を立てていたが、その苛立ちを原因となった相手には向けず、それ以外の全員にぶつけた――わたし、アラン、ピエール、シェフ、そして運悪くたまたま顔を合わせたすべての相手に。祝宴のせいで城の中はすでにかなり緊張が高まっていたこともあり、息子の態度に数時間耐えていたフィリップはついに彼に選択肢を与えた。眠って不機嫌を晴らすか、食事をするか。マシューは三つめの選択肢を選び、〈アシュモール782〉の現在の所在のヒントになるものを探すためにクレアモント家の資料をあさりにいった。自由になったわたしは蒸留室へ戻った。

蒸気がたちこめるマルトの部屋で、袖をまくりあげて壊れた蒸留器に屈みこんでいると、フィリップがやってきた。

「マシューはおまえで食事をしたことがあるのか?」いきなり尋ね、わたしの前腕に視線を走らせている。

わたしは左腕をあげて見せた。柔らかいリネンが肩まで落ち、肘の内側にあるピンク色のぎざぎざの傷があらわになった。マシューが血を飲みやすいように、わたしがナイフで切った場所だ。

「ほかには?」フィリップの視線が上半身へ向いた。

わたしは反対の手で首を見せた。そこにある傷のほうが深いが、ヴァンパイアがつけたこちらの傷痕のほうがはるかにきれいだ。

「愚かな真似をしたものだな。夢中になったマンジュサンに、腕ばかりか首からも血を飲むのを許すとは」唖然としている。「誓約はマンジュサンが魔女やデーモンの血を飲むのを禁じている。マシューも承知している」

「彼は死にかけていて、そばにあるのはわたしの血だけだったのよ!」わたしは声を荒らげた。「それに慰めになるかどうかわからないけど、わたしが無理やり飲ませたの」

「なるほど、それでわかった。息子はおまえから受け取るのを血だけにして体に手をつけなければ、おまえは自由だと思いこもうとしているにちがいない」フィリップが首を振った。

「それは間違いだ。おまえは決してマシューから逃げられない。寝床をともにしようがしまいが」

「マシューは、わたしが決して彼から離れないと知っているわ」

「いいや、必ずそうなる。ある日、この世でのおまえの命は終わりに近づき、黄泉《よみ》の国への最後の旅に出る。悲嘆に暮れるより、むしろマシューはおまえを追って死を選ぼうとするだろう」フィリップの言葉は真実を突いているように聞こえた。

マシューの母親から、彼をつくったときの話を聞いた――村の教会の石積みを手伝っていたマシューが、足場から転落したときの顛末《てんまつ》を。初めて聞いたときから、妻のブランカと息子のルーカスを失った絶望が、彼を自殺へ駆り立てたのではないかと思っていた。

「マシューがキリスト教徒なのが、かえすがえすも残念だ。あいつの神は決して満足しない」

「どういう意味？」急に話題が変わってついていけない。

「わたしやおまえが過ちを犯した場合、われわれは神と折り合いをつけ、将来はもっとましな行動を取れるだろうと希望を抱いて日々の暮らしに戻る。イザボーの息子は自分の罪を告白し、何度もそれを償う――自分の命を、自分という存在を、自分がしたことを。あいつはつねに過去を反省するが、それには終わりがない」

「それはマシューが信心深いからだわ」マシューの生き方には宗教的な核があり、それが科学と死に対する彼の姿勢に影響を与えている。

「マシューが？」耳を疑っている。「わたしが知るかぎり、あいつほど信仰が浅いものはいない。あいつにあるのは信念だ。信仰とはまったくの別物で、もとになるのは心ではなく頭だ。マシューはむかしから鋭い知性の持ち主で、神のように抽象的なものと折り合いをつけられる。イザボーに家族の一員にされたあとの自分を受け入れられたのも、それが理由だ。ほかの息子たちは別の道を選んだ――戦争、愛、伴侶探し、征服、富の獲得。マシューはつねに信念を選んだ」

「いまもそうよ」わたしはつぶやいた。

「だが信念だけで勇気は持てない。将来への希望がなければ無理だ」フィリップが考えこむ顔をした。「おまえは夫をよくわかっていないようだ」

「それはあなたも同じよ。わたしたちは愛し合っているけれど、魔女とヴァンパイアがそうなるのは禁じられている。誓約は、公然とつき合うことも、月夜の散歩も禁じているわ」声にどんどん熱が入っていく。「ここの壁の外に出たら、だれかに気づかれてマシューが罰を受けることを心配せずに、手をつないだり彼の顔に触れたりすることもできないのよ」

「マシューは昼前後に村の教会へ行っている。おまえは例の本を探していると思っているようだが。今日も出かけた」これまでの話題と妙にずれた発言だ。「そのうちおまえも行ってみるといい。そうすれば、あいつのことがもっとよくわかるだろう」

月曜日の十一時、わたしは教会へ行った。だれもいないでほしいと思っていたが、そこにはマシューがいた。フィリップの言葉どおりに。

わたしのうしろで重たい扉が閉まった音も、床を横切る足音も聞こえたはずなのに、彼は振り向かなかった。祭壇の右側でただじっとひざまずいていた。底冷えがするのに、薄いリネンのシャツにブリーチズ、タイツと靴しか身につけていない。その姿を見るだけで凍えそうになり、わたしはマントをしっかり体に巻きつけた。

「フィリップにあなたはここにいると言われたの」わたしの声が反響した。

ここに来るのは初めてだったので、まわりをしげしげとながめた。フランスのこのあたりにある宗教的建築物の多くと同じように、サン・ルシアン教会も一五九〇年にはすでにかなり古くなっている。シンプルな外観は、雲を突く高さやレース状の石細工があるカトリックの大聖堂とはまったく違う。色鮮やかな壁画が後陣と身廊《しんろう》を隔てる幅広のアーチを取り囲み、明かり取りの高窓の下にある拱廊《きょうろう》の上部を走る帯状の石を彩っている。大半の窓は雨ざらしのままだが、扉に近い窓だけはだれかが中途半端に磨こうとしたらしい。とがった天井で太い木の梁《はり》が十字に交差し、石工のみならず大工の腕も証明している。

初めてオールド・ロッジを訪れたとき、マシューの家は彼と似ている気がした。ここの梁の組み立て方に見られる幾何学的な細密さや、柱のあいだに等間隔にならぶアーチにも彼の個性がはっきり表れていた。

「一部だけだ」彼の視線が半円形の後陣へあがった。玉座に座ったキリストが、正義を与えるために片手をあげた絵が描かれている。「身廊の大半はわたしが手掛けた。後陣は、わたしが……いないあいだに完成した」

マシューの右肩のうしろから、冷静な表情をした男性の聖人がおごそかにわたしを見つめていた。曲尺《かねじゃく》と茎の長い白いユリを持っている。ヨセフだ。なにも訊かずに懐妊した処女を娶《めと》った男。

「話があるの」わたしはあらためて教会を見渡した。「城で話したほうがいいかもしれない。ここには座る場所がないわ」木の信徒席がない教会に入るまで、あれが魅力的なものとは思いもしなかった。

「教会は快適さを目的に造られたものではない」

「ええ。でも忠実な信者を苦しめるのが唯一の目的でもないはずよ」わたしは壁画に目を向けた。もしフィリップが言ったように信仰と希望が密接にからみ合っているなら、マシューの気持ちを明るくするものがここにあるかもしれない。

ノアと方舟《はこぶね》の絵があった。地球規模の災害とあらゆる生き物の絶滅が辛くも回避された話は、縁起がいいとは言えない。竜を勇壮に退治する聖人もいるが、これでは快適さを求めるわたしの気持ちを暗示しすぎてしまう。教会の入り口は最後の審判に捧げられていた。上段にずらりとならぶ天使たちが、翼の先端で床をかすめながら金色のトランペットを吹いている。ただ下段の地獄の絵は――教会を出るとき必ず地獄の亡者たちと目が合うような位置に描かれている――身の毛がよだつしろものだった。ラザロの復活もヴァンパイアにはたいして慰めにはならないだろう。聖母マリアも役に立たない。後陣の入り口にヨセフと向かい合って静かにたたずむマリアは、マシューが失ったものをあらためて思いださせてしまう。

「少なくともここにいれば邪魔は入らない。フィリップはめったにここへは来ない」疲れた口調でマシューが言った。

「それなら、ここにいましょう」わたしは彼に歩み寄り、いきなり本題に入った。「どうしたの、マシュー？　最初はむかしの生活にいきなり逆戻りしたショックかと思ったわ。そのあとは亡くなったことを隠したまま父親と再会することになったからだと思っていた」マシューはこちらに背中を向けたまま、ひざまずいて頭《こうべ》を垂れている。「でもフィリップはもう自分の将来を知っている。だからほかの理由があるんでしょう？」

教会の空気が重苦しくなった。あたかもわたしの言葉が酸素を奪ってしまったように。鐘楼で鳴く鳩の声だけが聞こえていた。

「今日はルーカスの誕生日だ」やがてマシューが口を開いた。

その言葉に殴られた気がした。彼のうしろにがくりと膝をつくと、クランベリー色のスカートが広がった。フィリップの言うとおりだ。まだマシューのことで知らないことがありすぎる。

マシューの片手があがり、彼とヨセフのあいだの床の一ヵ所を指した。「あの子はあそこに埋葬されている、母親と一緒に」

その下になにが眠っているかを示す銘刻はない。あるのはなめらかな細長いくぼみだけだ。石段をくり返し歩いた足が残すような痕《あと》。伸ばされたマシューの手がくぼみにぴったりはまり、つかのまそこに留まってから引っこめられた。

「ルーカスが死んだとき、わたしの一部も死んだ。ブランカでも同じことが起きた。ブランカの肉体があとを追ったのは数日後だったが、瞳は虚ろで魂はすでに旅立っていた。息子の名前はフィリップがつけた。ギリシャ語で〝光り輝くもの〟という意味だ。暗闇のなかで産婆がルーカスを抱きあげたとき、暖炉の火明かりを浴びた肌が太陽の光を受けた月のように光った。これほど長い年月が経っているのに、あの晩のことはなぜかいまもはっきり覚えている」とりとめのない話がとぎれ、マシューが目を拭《ぬぐ》った。その手が赤く染まっている。

「ブランカとはいつ出会ったの?」

「ブランカが村に来た最初の冬のあいだ、わたしは何度も彼女に雪玉をぶつけた。気を引くためになんでもした。ブランカには触れただけで壊れてしまいそうな近寄りがたい雰囲気があって、大勢の男たちが彼女を狙っていた。春になるころ、市場から家まで送らせてもらえるようになった。ブランカはベリーが好きだった。夏になると、教会の生け垣にベリーがたくさん生《な》った」手についた赤い筋を見つめている。「わたしの手がベリーの果汁で汚れているのを見るたびに、フィリップは笑って秋には結婚だなと言った」

「そのとおりになったのね」

「十月に結婚した、収穫のあとに。ブランカはすでに妊娠二カ月だった」わたしたちの結婚を完成させるのは待てるのに、ブランカの魅力にはあらがえなかったのだ。ふたりの関係をここまで深く知りたくはなかった。

「初めて愛し合ったのは、八月の暑いさかりだった」マシューがつづけた。「ブランカはいつも相手を喜ばせようとしていた。いま思えば、子どものころ虐待を受けていたのかもしれない。しつけではない——当時の子どもはみんな厳しくしつけられていた、二十一世紀の親が夢にも思わない方法で——それ以上のことだ。そのせいで抵抗する意思をくじかれたんだろう。そして自分より年齢や力やしたたかさが勝る相手の要求に屈するようになった。わたしは三つすべてを満たしていて、あの夏の夜、彼女にイエスと言わせたがっていた。だからブランカはイエスと言った」

「イザボーは、あなたたちは深く愛し合っていたと言っていたわ、マシュー。あなたは意思に反することを無理強いしたわけじゃない」できるかぎり慰めてあげたい。彼の思い出で胸が痛もうと。

「ブランカには意思というものがなかった。ルーカスが生まれるまでは。生まれたあとでさえ、自分の意思を表に出すのは息子に危険が及んだときか、わたしがあの子に腹を立てたときだけだった。ブランカはずっと、自分より小さく弱い、守る対象を求めていた。それなのに、望みどおりにいかないことが相次いで起きた。ルーカスは最初の子どもではない。流産するたびにブランカはさらに控えめで無抵抗で従順になっていった。めったにノーと言わなくなった」

大筋をのぞいて、イザボーから聞いた息子の若いころの話とまったく違う。イザボーから聞いたのは、深い愛情と悲しみの共有の話だった。マシューが語っているのは純然たる悲しみと喪失の物語だ。

わたしは咳払いした。「そんなときルーカスが生まれたのね」

「ああ。何年も死産させたあと、ルーカスを与えることができた」そう言ったまま黙りこむ。

「あなたにはどうしようもなかったわ、マシュー。当時は六世紀で、疫病が蔓延していた。あなたにふたりを救うことはできなかった」

「ブランカを自分のものにしないでおくことはできた。そうすればだれも失わずにすんだんだ！」マシューが声を張りあげた。「ブランカは決してノーと言わなかったが、愛し合うたびに瞳に不本意な思いが浮かんでいた。わたしは毎回、今度こそ赤ん坊は生き延びると請け合った。あれをなかったことにできるなら、どんなことでも……」

亡くなった妻と息子にいまもこれほど深い愛情を抱いていると知るのはつらかった。ふたりの魂はここを離れずにいるのだ。そしてマシューからも。けれどこれで少なくとも彼がわたしを避けている理由はわかった――数世紀にわたって抱えてきた深い罪悪感と悲しみだ。時が経てば、ブランカから自由になれるように手を貸せる日が来るだろう。マシューの肩に手をかけると、彼がびくっとした。

「それだけじゃない」

わたしは凍りついた。

「わたしは自分の命も捧げようとした。だが神はそれを望まなかった」マシューの顔があがった。石にできたくぼみを見つめ、その視線を天井に向けている。

「そんな、マシュー」

「ルーカスとブランカのところへ行くことを、何週間も考えていた。だがふたりは天国にいるのに、神は罪を犯したわたしを地獄へ落とすのではないかと不安だった」マシューが淡々と語った。「村の女性に相談した。わたしは取りつかれていると言われた。そのせいで、ブランカとルーカスがここに縛りつけられていると。足場の上から、わたしは下を見おろし、ふたりの魂はこの石の下に閉じこめられているのかもしれないと思った。その上に落ちれば、神はふたりを解き放たざるをえなくなるかもしれない。あるいはわたしもふたりのところへ行かせてもらえるかもしれない——ふたりがいる場所がどこにせよ」

自暴自棄になった男の誤った論理だ。わたしが知っている頭脳明晰《めいせき》な科学者ではなく。

「わたしは疲れきっていた」マシューが力なくつづけた。「だが神は眠らせてはくれなかった。あんなことをしたわたしには許されなかった。罰として神が与えたクリーチャーによって、わたしは生きることも死ぬことも、夢の中でつかの間の平安を得ることすらできない存在に変えられた。わたしにできるのは、覚えていることだけだ」

マシューがふたたびぐったりし、同時にひどく冷たくなった。周囲の凍えそうな空気より肌が冷たく感じる。サラなら楽にしてあげる呪文を知っているのだろうが、わたしには抵抗する彼を抱き寄せて、いくばくかのぬくもりを与えることしかできなかった。

「あれ以降、フィリップはわたしを軽蔑《けいべつ》している。わたしは弱いと考えている――きみのような相手と結婚するには弱すぎると」自分にはその価値がないと思っている原因がようやく見つかった。

「違うわ」わたしはきっぱり否定した。「フィリップはあなたを愛している」セット・トゥールに来てからの短いあいだに、フィリップは息子に対してさまざまな感情を見せたが、軽蔑をうかがわせるものはひとつもなかった。

「勇敢な男は自殺などしない、闘いの最中《さなか》をのぞいて。わたしがつくられたばかりのころ、フィリップがイザボーにそう言っていた。マンジュサンにふさわしい度胸が欠けていると。父はすぐさまわたしを戦地に送りだした。『おのれの命に終止符を打つつもりなら』父は言った。『せめて自己憐憫《れんびん》よりまともな目的のためにしろ』と。あの言葉は決して忘れない」

希望。信仰。勇気。フィリップの簡単明瞭な主義の三つの要素。マシューは自分には疑念と信念と虚勢しかないと思っている。でもそれは間違いだ。

「あまりにも長いあいだ、そういう記憶で自分を責めつづけてきたせいで、真実が見えなくなっているのよ」わたしは彼の正面にまわりこみ、床に膝をついた。「あなたを見るとき、わたしの目になにが映っているかわかる？　あなたはお父さんにそっくりよ」

「だれもが自分の愛する者のなかにフィリップを見ようとする。だが、わたしは父とは似ても似つかない。似ていたのはギャロウグラスの父親のヒューだ、もしまだ生きていたら……」マシューが目をそらした。膝に置いた手が震えている。まだなにかあるのだ。まだ打ち明けていない秘密が。

「わたしはもうあなたが秘密をひとつ持つのを許したわ、マシュー。コングレガシオンの現在のメンバーになっているクレアモント一族の名前。ふたつはだめよ」

「わたしが犯したもっとも重い罪を知りたいのか？」マシューがそれを明かす気になるまで、永遠とも思える時間が流れた。「わたしが彼の命を奪ったんだ。彼はイザボーに懇願したが、母にはできなかった」ふっと顔をそらす。

「ヒュー？」マシューとギャロウグラスを思うと胸が張り裂けそうだ。

「フィリップだ」

わたしたちのあいだにある最後の障壁が崩れた。

「ナチスは苦痛と飢えで父を狂気に追いやった。ヒューが生きていたら、無残に変わり果てた姿でも生きていく希望は残っているとフィリップを説得できたかもしれない。だがフィリップはもう疲れて頑張る気になれないと言った。眠りたいと望み、わたしは──わたしには目を閉じてすべてを忘れたいと望む気持ちがわかった。だから父の望みをかなえた」

がたがた震えている。わたしは彼を抱き寄せた。抵抗されても気にしなかった。波のように思い出が押し寄せてくるあいだ、マシューにはつかまるなにかが──だれかが──必要なことしかわからなかった。

「イザボーに訴えを拒否されると、フィリップは自分で手首を切ろうとした。でもやり遂げられるほどしっかりナイフを持つことができなかった。彼は何度も何度も切りつけ、そこらじゅう血まみれになったが、傷はどれも浅くてすぐ治ってしまった」早口になっている。ようやく口から言葉があふれだしたのだ。「血を流せば流すほど、狂乱が激しくなった。収容所で過ごしたフィリップは、血を見るのが耐えられなくなっていた。イザボーがナイフを取りあげ、死ねるように手を貸すと言った。でもそんなことをしたら、母はぜったいに自分を許せなくなる」

「だからあなたがナイフを使ったのね」わたしは彼と目を合わせた。ヴァンパイアとして生きていくためにマシューがしてきたことから目をそむけたことはない。夫と父親と息子の罪からも目をそむけるわけにはいかない。

マシューが首を振った。「いいや。血をすべて飲み干した。生命力がこぼれていくのをフィリップが見ずにすむように」

「でも、それならあなたは……」ぞっとした思いが声に出てしまった。ヴァンパイアがほかの生き物の血を飲むと、血と一緒に相手の記憶の断片も入ってくる。マシューは父親を苦しみから解き放ったが、その前にフィリップが経験した苦痛をすべて共有したのだ。

「たいていの記憶はよどみない流れのように伝わってくる。暗闇でほどけるリボンのように。フィリップの場合はガラスの破片を飲みこむようだった。新しい記憶をやりすごしたあとも、父の心はすっかり砕け散っていて、つづけられなくなりそうだった」震えがひどくなっている。「延々とかかった。フィリップは衰弱し、取り乱して怯《おび》えていたが、心臓はまだしっかりしていた。父が最後に思ったのはイザボーのことだった。ばらばらに砕けずに残っていたのは、イザボーの記憶だけだった」

「だいじょうぶよ」くり返し語りかけながらきつく抱きしめていると、やがてマシューの震えがおさまりだした。

「オールド・ロッジで、わたしは何者かと訊いたな。わたしは殺戮《さつりく》者だ、ダイアナ。何千人も殺してきた」やがてマシューがかすれ声で言った。「だが殺した相手とふたたび顔を合わせたことは一度もなかった。イザボーはわたしを見るたびに父の死を思いだしている。これからはきみもそうなる」

わたしは両手で彼の顔をはさんで自分から離し、目を合わせた。ふだんはマシューの完璧な顔立ちが、時間と経験によって受けた痛手を隠している。でもいまはそれがすべてはっきり表れ、そのせいでよけいに美しく見えた。ようやく愛する男性が腑《ふ》に落ちた――わたしが何者であるかを直視しろと執拗《しつよう》に主張したこと、自分の命が危ないときでさえジュリエットを殺すのを躊躇《ちゅうちょ》したこと、彼のほんとうの姿を知ったらぜったいに愛せないと確信していること。

「あなたのすべてを愛しているわ、マシュー。戦士と科学者。殺戮者と癒す者《ヒーラー》。闇と光」

「嘘だ」疑っている。

「フィリップはそんな状態では生きていけなかった。きっと何度でも自殺を試みたわ。でもあなたの話を聞くかぎり、彼はもうじゅうぶん苦しんでいた」どのぐらい苦しんだのか想像もできないが、愛するマシューはそのすべてを目の当《ま》たりにしたのだ。「あなたがしたのは慈悲の行為だった」

「終わったときは消えてしまいたかった。セット・トゥールを離れ、二度と戻らずにいたかった」マシューが打ち明けた。「だがフィリップに一族と騎士団を束ねると約束させられていた。イザボーの面倒も見ると誓っていた。だからここに留《とど》まって父の地位を引き継ぎ、父が望んでいた政治的糸を陰で引き、父が勝つために命を捧げた戦争を終わらせた」

「フィリップは自分が軽蔑している相手にイザボーの幸福をゆだねたはずがないわ。臆病者をラザロ騎士団の総長にするはずがない」

「ボールドウィンには、そんなことをフィリップが望んだはずはないと責められた。騎士団は自分が継ぐものと思っていたんだ。どうして父が兄ではなくわたしにラザロ騎士団を譲ることにしたのか、だれひとり理解できなかった。おそらく最後の狂気の沙汰《さた》だったんだろう」

「信頼よ」わたしはそっと彼と指を絡めた。「フィリップはあなたを信頼している。わたしもそう。この手がこの教会を建てた。この手はあなたの息子と父親がこの世で最期の瞬間を迎えるあいだ、ふたりを抱いていられる強さがあった。そしてこの手にはこれからもまだやることがある」

はるか上で翼がはばたく音がした。明かり取りの窓から教会に飛びこんできた一羽の鳩が、むき出しの梁のあいだで迷っている。あちこち飛びまわった鳩が梁を抜け、一気に舞い降りてきた。そしてブランカとルーカスの最後の休息の場となっている石の上にとまり、ゆっくり円を描いて歩いてマシューとわたしに向き合った。小首をかしげ、一方の青い瞳でわたしたちを見つめている。

突然の侵入者に向かってマシューがさっと立ちあがり、驚いた鳩が後陣の反対側へ飛んでいった。聖母マリアの絵の手前で翼をはばたく速度を落とし、壁に激突する直前に素早く方向転換して入ってきたところから外へ出ていった。

翼から抜けた白くて長い羽根が一枚、ふわふわと宙を舞い、わたしたちの前の敷石に落ちた。マシューが屈んでそれを拾いあげ、困惑した顔の前に掲げた。

「この教会で白い鳩を見たのは初めてだ」彼が半円形の後陣を見つめた。キリストの頭の上を同じ鳥が飛んでいる。

「白い鳩は復活と希望のシンボルよ。魔女はお告げを信じているの」わたしはマシューにしっかりと羽根を握らせた。そして額にそっとキスをしてその場をあとにした。思い出を打ち明けたのだから、マシューも平安を得られるだろう。

「ダイアナ?」家族の墓のかたわらに留まっている彼が声をかけてきた。「懺悔《ざんげ》を聞いてくれてありがとう」

わたしはうなずいた。「城で待っているわ。羽根を忘れないで」

わたしは彼の視線を感じながら、神の世界と下界を隔てる入り口を飾る、責め苦と救済を描いた絵の前を通りすぎた。ピエールが外で待っていて、押し黙ったままセット・トゥールまで付き添った。わたしたちが戻ってきたのを聞きつけたフィリップが、ホールで待ち構えていた。

「教会にいたか？」静かにそう尋ねるフィリップを見ると――強壮で活力にあふれている――胸が痛んだ。マシューはどうやってこれに耐えているのだろう？

「ええ。今日がルーカスの誕生日だと教えてくれればよかったのに」カトリーヌにマントを渡す。

「息子を思いだしているときのあいつが、陰鬱《いんうつ》な気分になるのはみんな経験から知っている。おまえもいずれわかるだろう」

「ルーカスだけが原因じゃないわ」言いすぎてしまいそうで、わたしは唇を嚙みしめた。

「では、マシューから自分の死にまつわる話も聞いたんだな」手で髪を梳《す》いている。息子の癖をもっと乱暴にした仕草。「悲しむのは理解できるが、なぜここまで罪悪感を抱くのかわからない。いつになったらあいつは過去を忘れるんだ？」

「決して忘れられないものもあるわ」わたしはまっすぐフィリップの目を見た。「マシューが抱える罪悪感をどう思っていようと、彼を愛しているなら、自分の悪霊と戦うマシューをそっとしておいて」

「いいや。あいつはわたしの息子だ。見捨てるつもりはない」フィリップが唇を引き結んだ。わたしに背を向け、大股で去っていく。「それから、リヨンから連絡があった」彼が肩越しに言った。「近いうちにおまえに力を貸す仲間が到着する。マシューが望んだとおりに」

11

「村から戻る途中で干し草納屋に来い」まばたきするあいだに現れたり消えたりする鬱陶《うっとう》しい癖をまたぞろ発揮したフィリップが、図書室にいるわたしたちの前に立っていた。

わたしは読んでいた本から顔をあげて眉を寄せた。「干し草納屋になにがあるの?」

「干し草だ」マシューが答えた。教会での告白は、彼の苛立《いらだ》ちと短気を余計にひどくしただけだった。「いま新しい教皇に手紙を書いている。アランによると、気の毒にニッコロは、重責を伴う地位につくのは容赦してほしいと懇願したにもかかわらず、教皇に選出されたらしい。フェリペ二世とフィリップ・ド・クレアモントの野心に比べたら、ひとりの男の望みがどれほどのものだと言うんだ?」

フィリップがベルトに手を伸ばした直後、マシューの方向からバシンと大きな音がした。マシューが両手で短剣をはさんでいた。切っ先が胸骨に触れている。

「教皇は待たせておけ」フィリップが短剣の位置を見つめた。「ダイアナを狙うべきだったな。そのほうがもっと反応が早かっただろう」

「せっかくの気晴らしを台無しにしてすまない」マシューの口調は素っ気ないが、激怒しているのがわかる。「ナイフを投げつけられたのは久しぶりだった。腕がなまったらしい」

「時計が二時を打つ前に納屋へ来なければ、探しにくるぞ。それから、わたしが持っていくのはこいつだけじゃない」フィリップが息子の手から短剣を引き抜き、大声でアランを呼んだ。アランはすぐうしろに控えている。

「いいと言うまで、だれも納屋へ来させるな」フィリップが革の鞘《さや》にナイフを戻した。

「そうおっしゃると思っておりました」それはアランがこれまで口にしたなかで、もっとも非難に近い台詞だった。

「男性ホルモン《テストステロン》のぶつかり合いはもうたくさん。イザボーが魔女をどう思っていようと、彼女がここにいてくれたらいいのにと思わずにはいられないわ。それからテストステロンとはなにかと訊かれる前に答えておくけれど、あなたのことよ」フィリップを指差す。「息子も似たり寄ったり」

「女の仲間がほしいのか？」フィリップが顎鬚《あごひげ》を引っ張ってマシューを見た。どこまで息子を追いこめるか、露骨に計算している。「それは思いつかなかった。リヨンから指南役が来るのを待つあいだ、マルゴのところへダイアナをやって、フランスの貴婦人にふさわしい振舞いを伝授してもらおう」

「ユッソンでルイとマルゴがやっていることは、あのふたりがパリでしたことよりひどい。

彼女はだれの手本にもなれないし、とりわけわたしの妻には向かない」マシューが父親をにらみつけた。「もっと用心しないと、ルイが膨大な金をかけて周到にやり遂げた暗殺がでっちあげだと気づかれるぞ」

「魔女を娶ったわりには、他人の情熱をずいぶん速断するじゃないか、マタイオス。ルイはおまえの兄だぞ」

なんてこと、また兄弟が増えた。

「情熱？」マシューの眉があがる。「男と女をベッドへ向かわせるのは、それだと思っているのか？」

「愛にはさまざまなかたちがある。マルゴとルイがなにをしようが、おまえには関係ない。ルイの血管にはイザボーの血が流れているのだから、わたしは今後もあいつを支えつづける――そしておまえもだ、たとえどれほど罪を犯そうと」フィリップが動きがぼやけるほどのスピードで去っていった。

「クレアモント一族は、何人いるの？　それになぜ男が多いの？」静寂が戻ったところでわたしは尋ねた。

「フィリップの娘たちはぞっとする女ばかりなので、家族会議でもう増やさないでくれと頼んだ。スタシアは壁をにらんだだけで塗料が剝《は》げ落ちるし、ヴェリンはおとなしい女を装っている。フレイヤに至っては――フィリップが北欧神話の死の女神の名前をつけたのには、それなりのわけがある」

「おもしろそうね」わたしは彼の頰におざなりにキスをした。「あとで詳しく聞かせて。わたしはマルトが蒸留器と呼んでる大釜《おおがま》の漏れを直せるかやってみるわ」

「わたしが見てやろう。実験器具の扱いには慣れている」マシューが言った。フィリップと得体の知れない干し草納屋に近づかずにすむなら、なんでもしたい一心なのだ。気持ちはわかるが、どうせ父親を避けることはできない。フィリップはわたしの蒸留室へ踏みこんできて、マシューにちょっかいを出すに決まっている。

「必要ないわ」わたしは図書室をあとにしながら肩越しに言った。「なにも問題はないから」

問題はあった。あとでわかった。ふいごを担当する八歳の少年たちが火を消してしまっていたのだ。しかもその前に火が強くなりすぎたため、蒸留器のなかに黒いかすが分厚く残っていた。わたしはトマス――ふたりの幼い助手の信頼できるほう――が火を熾《おこ》しているあいだに、クレアモント家が所有する錬金術の本の余白に失敗の内容とその対処法を書きこんだ。幅のある余白を利用するのはわたしが最初ではなく、走り書きされた内容のなかにはかなり役に立つものもあった。いつかわたしが書いたものも役に立つかもしれない。

エティエンヌ――どこかへ遊びに行ってしまったもうひとりの助手――が蒸留室に駆けこんできて仲間の耳元でなにかささやき、光るものを受け取った。

「またミロール《ミロール・アンコール》に」トマスがささやき返している。

「なにを賭けているの、トマス？」ふたりがぽかんとわたしを見て肩をすくめた。わざとらしく無邪気を装ったようすを見て、マシューのことが心配になった。「干し草納屋。どこにあるの?」わたしはエプロンをはぎ取った。

いかにもしぶしぶといった態度のトマスとエティエンヌに案内され、わたしは城の表門を抜けて急勾配《こうばい》の屋根がついた木と石でできた建物へ向かった。傾斜路をあがった先にかんぬきのある大きな両開き扉があるが、ふたりは建物の端に立てかけられた梯子《はしご》を指差した。梯子の横木が干し草のいい香りがする暗闇の奥へつづいている。

先にのぼりはじめたトマスが、無声映画の俳優になれそうなしかめっ面と両手の仕草で、ぜったいに物音をたてるなと必死に頼んできた。エティエンヌに梯子を支えてもらってのぼっていくと、村の鍛冶屋が埃《ほこり》っぽい屋根裏へ引っ張りあげてくれた。

わたしの登場はセット・トゥールの半数の使用人から好奇の目で迎えられたが、驚いている者はいなかった。表門にひとりしか門番がいないのをおかしいと思っていたが、残りはここにいた。カトリーヌに姉のジョアンヌ、厨房の使用人の大半、鍛冶屋、厩番たちもいる。

なにかが空《くう》を切る音――これまで聞いたことがあるどの音とも違う――が耳に入った。金属同士がぶつかるガチンという音やキンッという鋭い音は聞いたことがある。マシューと父親は軽い手合せを省略して武装戦に突入していた。フィリップの剣の先がマシューの肩に突き刺さり、思わず息を呑んだわたしは片手で口を押さえた。ふたりのシャツやブリーチズやタイツに、血がにじむ切れ目がいくつもできている。明らかに闘いはじめてからある程度の時間が経っていて、しかもこれは上品なフェンシングの試合ではない。

アランとピエールが両側の壁際に無言で立っていた。ふたりの足元は針刺しさながらで、押し固めた土にさまざまな武器が刺さっている。クレアモント家の従者はふたりとも周囲の状況を鋭敏に察知し、わたしが来たことにも気づいていた。屋根裏をちらりと見あげ、不安げな視線を交わしている。マシューは気づいていない。こちらに背を向けているし、納屋の強い香りでわたしのにおいが消えているのだ。フィリップはこちらを向いているが、気づいていないか気にしていないかのどちらからしい。

マシューの剣がフィリップの腕に突き刺さった。フィリップの顔がゆがみ、息子が嘲笑を浮かべてつぶやいた。「痛みが役に立つと思うな」

「おまえにギリシャ語を教えたのは間違いだったな──英語も。おまえの知識のおかげで、際限なくトラブルをこうむっている」フィリップが落ち着き払って応え、腕から剣を引き抜いた。

二本の剣が激しくぶつかり、振りまわされた。マシューのほうがわずかに背が高く、長い手足がリーチと突きの幅を大きくしている。先細の長い剣をときには片手で、ときには両手で使い、父親を迎え撃つために、柄《つか》の握り方を絶えず替えている。だがフィリップのほうが力が強く、短めの剣を片手で軽々と振りまわして激しく斬りこんでいた。丸い盾も持っていて、それでマシューの攻撃をかわしている。マシューも防御用の道具を持っていたのかもしれないが、いまは持っていない。ふたりのまわりには投げ捨てられた武具がいくつも散らばっていた。肉体的には互角だが、闘い方はまったく違う。フィリップは楽しんでいて、闘いながらずっとしゃべりつづけている。一方のマシューはほとんど口をつぐんだまま集中し、父親の言葉を聞いても眉をぴくりとも動かさない。大地も海も、女のように残酷で極悪非道な生き物はつくらない」フィリップが悲しげに言った。

マシューが父親めがけて飛びかかり、すさまじいスピードで大きく弧を描いた剣がフィリップの首めがけて空を切った。ひとつまばたきするあいだにフィリップが剣の下をくぐり抜け、マシューの反対側にまわってふくらはぎを切りつけた。

「今朝はやけに荒れてるな。どうかしたのか？」フィリップが訊いた。単刀直入な質問に息子が反応した。

「よくそんなことが言えたものだ。ああ、どうかしているとも」マシューが食いしばった歯のあいだから答えた。ふたたび振りあげた剣が、すかさずあがったフィリップの盾をかすめた。「あなたにひっきりなしに口出しされて、頭がおかしくなっている」

「〝神が破滅を望む者は、最初に正気を失う〟」フィリップの言葉にマシューがふらついた。

フィリップがそのふらつきを捉《とら》え、剣の面で息子の尻をたたいた。

マシューが毒づいた。「とっておきの名言を、すべてエウリピデスに譲ったのか？」そのとき、彼がわたしに気づいた。

そのあとのことは一瞬のうちに起きた。闘いの構えを取っていたマシューが、わたしのいる屋根裏を見つめて背筋を伸ばそうとした。フィリップの剣が素早く弧を描き、マシューの手から剣を跳ね飛ばした。二本の剣を手にしたフィリップが一本を壁に投げ、残りの一本をマシューの喉に水平に当てる。

「しっかり教えたはずだぞ、マタイオス。考えるな。まばたきするな。息をするな。生き残りたかったら、ひたすら反応しろ」フィリップが怒鳴った。「おりてこい、ダイアナ」

鍛冶屋が気の毒そうにもうひとつの梯子へ案内してくれた。ひどい目に遭うぞ——鍛冶屋の顔に書いてある。わたしは梯子をおりてフィリップのうしろに立った。

「負けた原因はこの女か？」フィリップが問いつめた。刃を強く押しあてられた息子の喉に、どす黒い血がひと筋浮きあがった。

「意味が分からない。放せ」不可解な感情がマシューを襲っていた。瞳が漆黒になり、父親の胸を引っかいている。わたしは彼のほうへ一歩踏みだした。

光るものがヒュッと飛んできて、左腕と脇腹のあいだをすり抜けた。狙いを定めるためにちらりと振り返ることもせずに投げられたフィリップの短剣は、わたしの肌をかすめてもいなかった。梯子の横木に袖が串刺しになっている。腕をひねって無理やりはずすと肘のあたりで生地が裂け、ぎざぎざの傷痕があらわになった。

「わたしが言いたいのはあれだ。敵から目を離したのか？　だから死にかけたのか？　ダイアナがそばにいたから？」ここまで腹を立てたフィリップを見るのは初めてだ。

マシューの集中がふたたびちらりとわたしへ向けられた。せいぜい一秒のことだったが、フィリップがブーツにしのばせた別の短剣をつかむにはじゅうぶんだった。それをマシューの太腿に突き立てた。

「自分の喉元にナイフを押しつけている相手から目を離すな。さもないと彼女は死ぬぞ」そのまま振り向きもせずにわたしに言う。「ダイアナ、おまえは闘っているときのマシューに近づくな」

マシューが父親を見あげた。きらめく漆黒の瞳に必死な思いが浮かんでいる。「放せ。彼女のところへ行かないと。頼む」

「過去を振り返るのはやめて、ありのままの自分を受け入れろ——おまえは一族を預かるマンジュサンの戦士だ。ダイアナの指にイザボーの指輪をはめたとき、それが約束するものをじっくり考えたのか？」声が大きくなっている。

「命のすべて、その終末。過去を忘れるなという警告」マシューが父親を蹴ろうとしたが、その動きを察知したフィリップに短剣をさらにねじこまれた。マシューが痛みに歯を食いしばっている。

「おまえはいつも闇ばかりだ、光がない」フィリップが罵《ののし》り、剣を落としてマシューの届かないところへ蹴った。そして息子の喉をつかんで絞めあげた。「こいつの目が見えるか、ダイアナ？」

「ええ」声がかすれた。

「もう一歩近寄れ」

言われたとおりにすると、気管を押しつぶされそうになっているのにマシューが暴れだした。わたしが大声を出すと、暴れ方がいっそう激しくなった。

「マシューは〝血の逆上〟の状態になっている。マンジュサンはほかのクリーチャーより野性に近い――どれだけ多くの言語を話し、どれだけ見事な服を着ていようが、生粋の捕食者だ。こいつのなかの狼が、自由になって相手を殺そうとしている」

「血の逆上?」ささやき声しか出なかった。

「種に共通する体質ではない。イザボーの血に宿る病だ。彼女をつくった者から受け継ぎ、子どもたちに伝わる。イザボーとルイは免《まぬか》れたが、マシューとルイーザは違う。そしてマシューの息子のベンジャミンもこの病を持っている」

その息子のことはなにも知らないが、ルイーザに関する身の毛のよだつ話はマシューから聞いた。彼女と同じ非道な行為に出る性向がマシューにも伝わっているのだ――そしてそれはいつかわたしたちのあいだに生まれるかもしれない子どもにも伝わる可能性がある。わたしのベッドからマシューを遠ざけている秘密がすべて明らかになったと思った矢先、あらたな秘密が現れた――遺伝性の病への恐怖。

「なにがきっかけになるの?」わたしは締めつけられているように感じる喉から言葉を絞りだした。

「いろいろある。疲れたり空腹のときはひどくなる。逆上したときのマシューは本来のマシューでなくなり、本性に反する行動を取ることがある」

エレノア。マシューが愛したエレノアが、逆上した彼とボールドウィンのあいだに捉われてエルサレムで死んだ原因はこれだったのだろうか? 独占欲の強さやそれに起因する危険についてマシューはくり返していたが、もうばかばかしいものとは思えなかった。わたしのパニック発作のように、これは生理的な反応で、マシューにはコントロールしきれないものなのだ。

「彼を今日ここへ呼んだのは、これが目的だったの？　マシューの弱点を無理やりさらけだすことが？」わたしは息巻いた。「なぜそんなことを？　父親なのに！」

「われわれは二心を抱く種族だ。わたしもいつかこいつに襲いかかるかもしれない」フィリップが肩をすくめた。「おまえを攻撃するかもしれない」

その言葉を聞いたマシューがふたりの体勢を逆転させ、奥の壁までフィリップを押しやって喉をつかんだ。だが優位に立つ前にフィリップに襟ぐりをつかまれていた。ふたりが鼻先を突き合わせて対峙《たいじ》した。

「マシュー」フィリップが鋭く言った。

息子は押すのをやめない。人間らしさが消え、敵を倒すことしか考えていない。あるいは必要とあれば息の根をとめることを。マシューとつき合うようになってからの短いあいだに、人間が考えたヴァンパイアにまつわる恐ろしい伝説を納得できる瞬間が何度かあった。いまもそうだ。でもわたしのマシューに戻ってほしい。彼のほうへ一歩踏みだしたが、いっそう逆上させただけだった。

「近づくな、ダイアナ」

「そんなことはなさりたくないはずです、ミロール」ピエールが主人のそばへ行き、手を伸ばした。バシッと音がして、肩と肘を骨折した腕がだらりと体の脇に垂れ、首の傷から血が噴きだした。たじろいだピエールが、むごたらしい嚙《か》み傷を手で押さえた。

「マシュー！」

　叫んだのは間違いだった。わたしの悲鳴がマシューをいっそう逆上させてしまった。いまの彼にとってピエールは邪魔者でしかない。投げ飛ばされたピエールが納屋の壁に激突した。そのあいだも父親の喉をつかんだ片手はそのままだ。

「黙っていろ、ダイアナ。マシューに理屈は通用しない。マタイオス！」フィリップが大声で息子の名前を呼んだ。マシューはわたしから父親を遠ざけようとするのはやめたが、喉をつかむ力はゆるめていない。

「おまえがなにをしたかわかっている」自分の言葉がマシューの意識に届くのを待ってからフィリップがつづけた。「聞こえるか、マシュー？　わたしは自分の未来を知っている。可能であれば、おまえはその逆上を食いとめていたはずだ」

　フィリップは自分が息子に殺されたと推理したのだ。でも理由や手段はわかっていない。彼が納得できる唯一の原因はマシューの病なのだ。

「なにもわかっていない」マシューがぼんやりつぶやいた。「わかるはずがない」

「おまえの態度は、殺しを後悔しているときのそれだ――罪悪感を抱き、うわの空で、人目を避けている」フィリップが言った。「おまえを許す《テー・アブソルウォー》、マタイオス」

「ここからダイアナを連れだす」マシューがふいに正気に戻った。「行かせてくれ、フィリップ」

「だめだ。いっしょに見届ける、三人で」フィリップの顔に慈愛があふれている。わたしが間違っていた。フィリップはマシューを打ちのめそうとしていたのではない、マシューの罪悪感だけを消そうとしていたのだ。息子を見捨ててはいなかった。

「やめろ!」マシューが叫んで身をよじり、逃れようとした。だがフィリップのほうが力が強かった。

「わたしはおまえを許す」父親がくり返し、息子をきつく抱きしめた。「おまえを許す」マシューがぶるっとひとつ身震いした。全身を大きく揺らした震えがおさまると、悪霊が抜けたようにぐったりした。「申し訳ない《ジュ・スイ・デゾレ》」感情で声がかすれている。「すまない」

「わたしはおまえを許した。だからもう忘れろ」フィリップが息子から手を放してわたしを見た。「来い、ダイアナ。ただし慎重に。マシューはまだ本来の姿ではない」

わたしはフィリップを無視してマシューに駆け寄った。彼が両腕で抱きしめ、生きる糧《かて》のようにわたしのにおいを吸いこんだ。ピエールも前へ出た。すでに治っている腕で、血まみれの両手を拭う布を差しだしている。主人の獰猛《どうもう》な表情を警戒して少し距離を置いているので、差しだされた白い布がたれさがる降参の旗に見えた。フィリップがあとずさると、突然の動きにマシューの視線が反応した。

「お父さんとピエールよ」わたしは両手で彼の顔をはさんだ。徐々に瞳の黒さが薄れ、まずダークグリーンの虹彩《こうさい》が、次に灰色の筋が、最後に瞳孔を縁取る独特の淡い青磁色が戻った。

「なんてことだ」自分に腹を立てている。そしてわたしの手をつかんで顔から離した。「ここまで自分を見失ったのは久しぶりだ」

「おまえは弱っている、マシュー。だから血の逆上が浮上寸前になっているんだ。もしコングレガシオンがダイアナとの関係について異議を申し立ててきたとき、そんなふうに反応したら勝ち目はないぞ。状況を考えると、ダイアナがクレアモント一族か否《いな》かという疑問の余地を残しておくわけにはいかない」フィリップが親指で下の歯をこすった。傷から深紫色の血が盛りあがる。「ここへ来い」

「フィリップ！」マシューがわたしを引き戻した。唖然《あぜん》としている。「そんなことはこれまで一度も――」

「安易に全否定するんじゃない。わたしのことをなんでも知っているつもりになるな、マタイオス」フィリップが真剣な面持ちでわたしを見た。「なにも恐れることはない、ダイアナ」わたしはマシューを見た。ふたたび逆上が起きるきっかけにならないと確認したかった。

「行け」マシューが手を放した。屋根裏にいる野次馬たちは、下の光景にすっかり目を奪われている。

「マンジュサンは死と血を介して家族をつくる」わたしが目の前に立つと、フィリップが始めた。その言葉に、わたしは本能的な恐怖を感じた。フィリップが生え際に近いわたしの額の中央に親指を押しつけ、こめかみのそばへ動かしてから眉でとめた。「この印《しるし》により汝《なんじ》は死す。氏族も親者もなく、生者のなかに存在する亡霊となる」親指が最初に触れた場所に戻り、さっきと対称の印を反対側に描いて眉間でとまった。ヴァンパイアの冷たい血を感じ、魔女の三つめの瞳がぞくぞくした。「この印によりおまえは生き返る。血の誓いを交わした娘、わが一族に永久《とこしえ》に名を連ねる者として」

干し草納屋にも隅はある。フィリップの言葉でそこがチラチラ光る色鮮やかな糸できらめきだした――青と琥珀《こはく》色だけでなく、緑と金色もある。糸がたてる音が、かすかな抗議の悲鳴になっていく。違う時代で違う家族がわたしを待っているのだ。でもその声はすぐに納屋に広がる賛同のつぶやきに呑みこまれてしまった。フィリップがいま初めて野次馬に気づいたように屋根裏を見あげた。

「おまえたちに訊く――ダイアナには敵がいる。おまえたちのなかに、息子が立ちあがれないときダイアナのために戦う覚悟がある者はいるか?」いくらか英語がわかる者がほかの者に質問を通訳している。

「でも、彼は立っている《メ イレ ドゥブ》」トマスが責めるようにマシューを指差した。マシューが立っていることを指摘されたフィリップが、息子の怪我をした脚の膝を蹴って仰向けに倒した。

「ダイアナのために戦う者は?」マシューの喉をそっと踏みながらくり返している。

「わたしが《ジュ・ヴォワ》」最初に口を開いたのはカトリーヌだった――デーモンのメイド。

「それに《エ》、わたしも《モワ》」年上なのにいつも妹に同調するジョアンヌが叫んだ。

ふたりが忠誠を宣言すると、トマスとエティエンヌもわたしと運命をともにすると名乗りをあげ、乾燥豆の籠を持って屋根裏に来ていたシェフと鍛冶屋もそれにつづいた。シェフにひとにらみされ、厨房のスタッフもしぶしぶ従っている。

「ダイアナの敵は突然やってくるから、用意を整えておけ。カトリーヌとジョアンヌは敵の気をそらせ。トマスは嘘をつけ」大人たちが心得顔でくすくす笑っている。「エティエンヌ、おまえは走って助けを呼べ、できればマシューを。そしておまえ、おまえはなにをすべきかわかっているな」フィリップが息子をにらんだ。

「わたしはどうすればいいの？」

「考えろ、今日やったように。考えて――生き延びろ」フィリップがパンと手をたたいた。「お楽しみは終わりだ。仕事に戻れ」

口先だけでぼやきながら、屋根裏の使用人たちがそれぞれの持ち場へ帰っていった。フィリップが首をひと振りしてアランとピエールも外へ出した。そして自分もシャツを脱ぎながらあとにつづいた。だが意外にもすぐ戻ってきて、わたしの足元に丸めたシャツを投げた。なかに雪の塊が入っている。

「脚の傷を手当してやれ。思ったより深くなった腰の傷も」そう指示して去っていく。

マシューが膝立ちになって震えだした。わたしは腰に手をまわしてそっと座らせようとした。でも彼はその手を払いのけてわたしを抱き寄せようとした。

「そんなに我を張らないで」わたしは言った。「わたしは慰めてもらわなくてもだいじょうぶ。たまにはあなたの世話をさせて」

わたしはフィリップが短剣を突き立てた傷から調べはじめた。マシューに手を貸してもらい、太腿の傷から裂けたタイツを取り除いた。深い傷だが、ヴァンパイアの血に備わる治癒《ちゆ》力のおかげですでにふさがりかけている。それでもとりあえず雪を包んだシャツをあてた──マシューはそれが役に立つと断言したが、疲労困憊《こんぱい》した体は雪と同じぐらい冷えきっていた。腰の傷も治りかけているが、周囲のアザはひるむほど痛々しい。

「死ぬことはなさそうよ」わたしは左の脇腹に最後の氷嚢《ひょうのう》をあて、額にかかった髪をうしろへ撫でつけてやった。目の近くについた乾きかけたねばつく血に黒い髪が数本貼りついていたので、それもそっとどかした。

「ありがとう。手当してもらったお返しに、額についているフィリップの血を取ってもいいか？」おどおどしている。「においだ。きみにそのにおいがついているのが気に入らない」

また血の逆上を起こすのを心配しているのだ。自分で額をこすると、指に黒と赤の汚れがついた。「異教の巫女《みこ》みたいになってるんでしょうね」

「ああ、いつも以上に」マシューが太腿から少し雪を取り、それとシャツの裾を使って養子縁組の証拠の残骸を拭いはじめた。

「ベンジャミンの話をして」額を拭いてもらいながらわたしは尋ねた。

「エルサレムでベンジャミンをつくった」

「そして彼にも怒りやすい傾向があるの？」

「傾向？ 高血圧のような言い方だな」おもしろそうに首を振っている。「行こう。これ以上ここにいたら、きみが凍えてしまう」

わたしたちは手をつないでゆっくり城へ戻った。いまだけは、だれに見られようと、どう思われようとふたりともどうでもよかった。しんしんと降る雪が、ごつごつした近づきがたい冬の風景を穏やかなものに変えている。暮れゆく日差しのなかでマシューを見あげると、険しい顔立ちと責任を背負ってそびやかした肩に、あらためて父親が見て取れた。


翌日は聖ニコラスの祭日で、週のはじめに降った雪が日差しを浴びてきらめいていた。内省と祈りの厳粛な期間である待降節はまだ終わっていないが、天候がよくなったことで城は活気にあふれていた。わたしは小さくハミングしながら図書室へ錬金術の本を取りに行った。毎日蒸留室に数冊持ってきているが、必ず返すようにしていた。本であふれた部屋のなかで、男性の話し声がした。穏やかな、眠気すら誘う声はフィリップだ。もうひとりの声は初めて聞く。わたしは扉を押しあけた。

「ああ、来たか」わたしを見たフィリップが言った。一緒にいる男が振り向いたとたん、ぞくぞくした。

「あいにく彼女はフランス語があまりしゃべれない。ラテン語はもっとひどい」フィリップが男に弁解している。「英語はしゃべれるか？」

「ひととおりは」魔術師が答えた。全身をくまなく見つめられ、肌がむずむずした。「健康そうだが、あなたがたとここにいるべきではありませんな」

「喜んで追いだしたいところなんだがね。だが彼女には行くところがないし、仲間の協力を求めている。それであなたをお呼びした。来なさい、ダイアナ」手招きしている。

近づくにつれて、不快感が増した。空気が重たく感じられ、電気を帯びているようにピリピリしている。いまにも雷鳴が聞こえそうなほど大気が濃い。ピーター・ノックスには心に侵入され、サトゥにはラ・ピエールでひどい責め苦を与えられたが、この魔術師はそのどちらとも違っていて、むしろいっそう危険に思えた。わたしは男の脇を足早に通りすぎ、無言でフィリップを見つめて返事を待った。

「こちらはアンドレ・シャンピエだ」フィリップが言った。「リヨンで印刷業を営んでいる。いとこの噂を聞いたことがあるんじゃないか？　立派な医者だったが、すでにこの世を去っているので、哲学と医学に関する知識を伝えることがかなわなくなった」

「いいえ」わたしはどうしてほしいのかヒントはないかとフィリップに目を凝らした。「存じあげません」

シャンピエが軽く頭をさげてフィリップの賛辞に感謝した。「いとこには会ったことがありません。わたしが生まれる前に亡くなったので。それでも高く評価していただいてうれしく思います」フィリップより少なくとも二十歳は年上に見えるから、クレアモント一族がヴァンパイアだと知っているにちがいない。

「魔力の偉大な研究者でもあった、あなたのように」フィリップの発言は例によって単純直截《ちょくせつ》で、媚びているように聞こえない。彼がわたしに話しかけた。「おまえたちが到着してすぐ、お越《こ》しいただくように使いを出していた。おまえの魔力の謎を解く力になってくれるかもしれないと思ったのだ。セット・トゥールに近づく前から、おまえの力を感じていたそうだ」

「どうやらわたしの勘が間違っていたようです」シャンピエがつぶやいた。「実際に会ってみると、たいした力はなさそうだ。おそらくリモージュで噂になっていたイングランドの魔女とは別人でしょう」

「リモージュ？ そんなに離れた場所から噂が届く速さには驚かされるばかりだ。だがありがたいことに、ダイアナは、ここ以外に行き場のないイングランド女性にすぎない」ワインをそそぐ顔にえくぼが浮かんでいる。「外国の侵略がなくても、いまはフランス人の放浪者に悩まされるだけで難儀している」

「戦争で多くの民が家や村を追われています」シャンピエの目は青と茶色だ。強力な千里眼を持っている証拠。しなやかで強靭《きょうじん》なエネルギーが魔力に注ぎこまれ、周囲の空気を振動させている。わたしは本能的に一歩あとずさった。「あなたもおなじ境遇なのかね？」

「ダイアナが見たり経験せざるをえなかった恐怖は計り知れない」フィリップがかわりに答えて肩をすくめた。「人里離れた農家で彼女を見つけたとき、夫は死後十日が経過していた。ダイアナはあらゆる略奪者の餌食《えじき》になっていたかもしれない」年長のクレアモントは、息子やクリストファー・マーロウに負けないぐらい身の上話をでっちあげる才能がある。

「彼女になにがあったか調べてみましょう。手を」すぐ従わずにいるわたしに、シャンピエが苛立ちを見せた。魔術師がさっと手を振ると、わたしの左腕が彼のほうへ伸びた。手をつかまれたとたん、痛烈なパニックに襲われた。わたしの手のひらを撫で、なれなれしい手つきでゆっくりと一本ずつ指に触れて情報を探っている。吐き気がこみあげた。

「肌は秘密を明かしてくれたか？」フィリップの口調はさして興味がなさそうだが、首筋がひきつっていた。

「魔女の肌は読むことができるのです、本のように」シャンピエが眉間に皺を寄せ、手を鼻先に持っていった。においを嗅ぎ、顔をしかめている。「マンジュサンと長くいすぎていますね。どなたがこの女の血を飲んでいるのですか？」

「それは禁じられている」フィリップがよどみなく答えた。「この城に、この女に血を流させた者はいない。気晴らしのためでも食事のためでも」

「わたしにこの女の肌を読み取れるように、マンジュサンは簡単に血を読み取ることができます」シャンピエがわたしの腕を引っ張り、袖をめくりあげて袖口を手首にとめている細いひもをもぎ取った。「やっぱり。だれかに堪能されている。このイングランドの魔女について、もっと知りたいと思うのはわたしだけではないはずです」

フィリップが屈んであらわになったわたしの肘をながめた。冷たい息を感じ、鼓動が警戒のリズムを打った。フィリップの狙いはなんだろう？　どうしてマシューの父親はやめさせようとしないのだろう？

「ここでついたにしては傷が古すぎる。さっきも言ったように、サン・ルシアンへ来たのはほんの一週間前だ」

考えろ。生き延びろ。わたしは昨日のフィリップの教えをくり返した。

「だれに血を飲まれた？」シャンピエが強い口調で尋ねた。

「これはナイフの傷です」わたしはおずおず答えた。「自分でつけました」嘘ではないが、まったくの真実でもない。わたしはこの返事が通用するように女神に祈った。祈りは届かなかった。

「この女はなにか隠しています――おそらくあなたからも。コングレガシオンに報告しなければなりません。それがわたしの務めです」フィリップに目で問いかけている。

「とうぜんだ」フィリップが答えた。「あなたの務めを邪魔するつもりは毛頭ない。手を貸そうか？」

「動けないようにしていただけるとありがたい。もっと徹底的に真実を探りたい」シャンピエが言った。「探られると痛がる者が多いのです。それになにも隠していなくても、魔術師に接触されると本能的に抵抗します」

フィリップがわたしをシャンピエから引き離し、自分の椅子に乱暴に座らせた。そして片手で首を、反対の手で頭を押さえた。「これでいいか？」

「申し分ありません」シャンピエがわたしの前に立ち、額に向かって眉をひそめた。「これはなんだ？」インクで汚れた手で額を撫でてくる。その手がメスのように感じられ、わたしは痛みに身をよじった。

「なぜこんなに痛がるんだ?」フィリップが尋ねた。

「内面を読み解こうとするとこうなるのです。歯を抜くようなものです」ありがたいことに、シャンピエの手がつかのま離れた。「この女の意識と秘密を根っこから抜き去り、化膿《かのう》しないようにします。痛みは強くなりますが、あとになにも残らないので隠そうとしているものがはっきりわかるのです。これは魔力と大学教育の偉大な恩恵でしてね。女の魔術と伝統技術はお粗末で、迷信と申しても過言ではありません。わたしの魔力は正確です」

「ちょっと待ってくれ。無知を容赦してほしい。あなたになにをされたかも、どんな痛みを味わわされたかも、いっさい記憶に残らないと言っているのか?」

「以前あったものがなくなった感覚がぼんやり残るだけです」シャンピエの手がふたたび額を撫ではじめた。「それにしても、これはなんとも奇妙だ。なぜマンジュサンの血がここに?」

フィリップの一族に受け入れられた記憶をシャンピエに渡したくない。イェール大学で教《きょう》鞭《べん》を執っていること、サラとエム、マシューの思い出も探られたくない。両親。ヴァンパイアに頭をおさえられ、魔術師が記憶をより分け盗もうとしているあいだ、わたしは椅子の肘掛けをきつく握りしめた。でもウィッチウィンドの兆しもウィッチファイアのきらめきも助けにきてはくれなかった。わたしの力は完全に沈黙してしまったのだ。

「この魔女に印をつけたのはあなただ」シャンピエが鋭く言った。目が咎《とが》めている。

「ああ」フィリップから説明はない。

「きわめて異例なことです」わたしの心を手で探りつづけている。そしてはっと目を見ひらいた。「まさか、ありえない。なぜこの女が――」シャンピエが息を呑んで自分の胸を見おろした。

あばら骨のあいだから短剣が突きだしていた。深く刺さった短剣の柄を、わたしの手がしっかり握っていた。それを抜こうと相手がもがきだしたので、さらに深く押しこんだ。魔術師の膝から力が抜けた。

「そこまでにしておけ、ダイアナ」フィリップが短剣から手を放させようとした。「どうせもう助からないし、死ぬときは倒れる。おまえには支えきれない」

でも放すつもりはなかった。相手はまだ生きていて、息をしているかぎり、わたしのものを奪うことができる。

シャンピエの肩越しに漆黒の目がついた白い顔が現れ、だらりと垂れた魔術師の首をゴキッとひねった。マシューが男の首筋に噛みつき、深々と血を飲みはじめた。

「どこにいた、マシュー?」フィリップがなじった。「もたもたするな。シャンピエが思いを果たす前にダイアナが刺したからよかったものの」

マシューが飲んでいるあいだに、トマスとエティエンヌが図書室に飛びこんできた。うしろにカトリーヌもいる。全員がぎょっとして立ちどまった。廊下にアランとピエールが見えた。鍛冶屋とシェフ、いつも表門にいる衛兵ふたりも一緒だ。

「よくやった《ヴ・ザヴエ・ビアン・フエ》」フィリップが彼らに告げた。「もう終わった」

「言われたとおりに考えたの」手の感覚がないのに、短剣をつかむ指から力を抜けなかった。

「そして生き延びた。立派にやり遂げたな」とフィリップ。

「死んだの？」声がしわがれている。

マシューが魔術師の首から口を離した。

「間違いない」フィリップが答えた。「まあ、これで悩みの種のカルヴァン主義者がひとり減ったな。ここへ来ることを知人に話していたか？」

「わたしにわかるかぎりでは、いないようだ」マシューが言った。わたしを見つめるうちに瞳がグレーに戻っていく。「ダイアナ。短剣をよこせ」遠くで床に金属が落ちる音が聞こえ、つづいてアンドレ・シャンピエの遺体がドサリと音をたてた。天の恵みのように冷たくてなつかしい手が、わたしの顔を包みこんだ。

「シャンピエはダイアナのなにかに気づいて驚いていた」フィリップが言った。

「ああ、それはわかった。だがそれがなにかわかる前に短剣が心臓に達していた」マシューが両腕でわたしを抱き寄せた。わたしの腕は力が抜けて、抵抗できなかった。

「な、なにも考えていなかった……考えられなかった。シャンピエはわたしの記憶を奪おうとしたの――根っこから引き抜こうとした。両親のものは思い出しかないのよ。それにもし歴史の知識を奪われてしまったら？　現代に戻って教授をつづけられなくなってしまう」

「きみは正しいことをした」マシューが腰に片手をまわしてきた。反対の腕を背中にまわし、自分の胸にわたしの頬を押しつける。「どこで短剣を手に入れた?」

「わたしのブーツだ。昨日そこから出すのを見ていたんだろう」

「ちゃんと考えていたじゃないか」マシューがわたしの髪にキスをした。「いったいなぜシャンピエがサン・ルシアンに?」

「わたしが呼んだ」

「わたしたちをシャンピエに売ったのか?」父親をにらんでいる。「フランスでもっとも不埒《ふらち》なクリーチャーのひとりだぞ!」

「ダイアナを確かめたかった、マタイオス。彼女はわれわれの秘密を知りすぎている。仲間がそばにいても信用できるか見極める必要があった」フィリップはまったく悪びれていない。「家族を危険にさらすことはできない」

「ダイアナの記憶を盗む前にシャンピエをとめる気はあったのか?」瞬時に目の黒さが増している。

「状況による」

「どんな?」マシューが声を荒らげた。わたしを抱く腕に力が入っている。

「シャンピエが三日前に到着していたら、邪魔はしなかった。その場合は魔女と魔術師の問題で、騎士団が口を出すことではない」

「わたしの伴侶《はんりょ》が苦しむのを黙って見ていたんだな」信じがたい思いが声に出ている。

「昨日までなら、伴侶のために介入するのはおまえの務めだった。もしそれに失敗したら、彼女に対する献身が足りなかった証拠だ」

「でも今日は？」わたしは訊いた。

フィリップがわたしを見つめた。「今日のおまえはわたしの娘だ。だから答えはノーだ。シャンピエにあれ以上のことはさせなかった。だがわたしが手を出すまでもなかった、ダイアナ。おまえは自分で身を守った」

「だからわたしを娘にしたの？　シャンピエが来るのを知っていたから？」

「違う。おまえとマシューは教会で試練をひとつ乗り越えた。そして干し草納屋でも。血の誓いは、あくまでクレアモント一族におまえをくわえる第一歩だ。今度はそれを完結させる」フィリップが自分の副官に目を向けた。「司祭を連れてこい、アラン。そして土曜日に教会に集まるよう村に伝えろ。ミロールが結婚する——聖書と司祭とサン・ルシアンの住民すべての立ち会いのもとに。この結婚は人目をはばかるものではない」

「わたしはたったいまひとを殺したのよ！　結婚の話をしている場合じゃないわ」

「くだらん。流血の最中《さなか》の結婚はクレアモント家の伝統だ」フィリップがあっさり言った。

「どうやらわれわれは、ほかのだれかが欲しがる相手と伴侶になるらしい。厄介な話だ」

「わたしは、彼を、殺したのよ」言いたいことがはっきり伝わるように、わたしは床の死体を指差した。

「アラン、ピエール、シャンピエを片づけてくれ。ダイアナを動揺させている。ほかの者はほかにやることがあるだろう、ぽかんと見ているな」三人だけになってからフィリップがつづけた。

「よく聞け、ダイアナ。息子に対するおまえの愛が原因で失われる命は今後もある。みずからの命を犠牲にする者もいれば、死を避けられない者もいるだろう。そしてそのとき、だれが手を下すか、自分なのか、ほかのだれかか、自分が愛する者なのか、それを決めるのはおまえだ。だからよく考えろ——実際に命を奪うのがだれだろうが大差ない。おまえがやらなければ、マシューがやる。シャンピエの死の責任をマシューに負わせたいのか？」

「いいえ」わたしは即答した。

「では、ピエールか？　トマス？」

「トマス？　まだ子どもよ！」

「あの子どもはおまえと敵のあいだに立ちはだかると誓った。あの子が持っていたものを見たか？　蒸留室にあったふいごだ。トマスは金属の先端を研いで武器にしていた。間違いない。もしおまえが殺していなかったら、あの子は隙をみてシャンピエの腹を突き刺していたはずだ」

「わたしたちは動物じゃない、文明人よ。きちんと話し合って、流血抜きで不和を解決できるはずだわ」

「わたしは以前、ひとりの男と机をはさんで三時間話し合ったことがある——相手は王だった。おまえを含め、たいがいの者が王を文明人だと思っただろう。会話が終わったとき、王は数千人の男女と子どもの殺害を命じた。言葉も剣のように命を奪う」

「ダイアナはわれわれの流儀に慣れていない、フィリップ」マシューが釘を刺した。

「それなら慣れてもらうしかない。交渉の時間は終わりだ」フィリップの声はまったく大きくならず、いつもの平板さも失っていなかった。マシューには思いを示すふとしたそぶりがあるかもしれないが、父親の本心はいまだ表に現れたことがない。

「話は終わりだ。次の土曜、おまえとマシューは結婚する。名にくわえて血でもわたしの娘なのだから、よきキリスト教徒としてだけでなく、祖先と彼らの神々を敬う式をあげてもらう。いまがノーと言う最後のチャンスだ、ダイアナ。もし考えが変わり、マシューと結婚に伴う生を――そして死を――望まないなら、イングランドへ無事に戻れるように取り計らってやる」

マシューが離れた。ほんのわずかな距離だが、それはいかにも彼らしかった。この期《ご》に及んでも、わたしに選択肢を与えているのだ。自分はとっくに選択しているのに。それはわたしも同じだ。

「結婚してくれる、マシュー？」わたしはひと殺しなんだから、伺いを立てるのが筋の気がした。

フィリップがむせている。

「ああ、ダイアナ。きみと結婚する。すでにしているが、きみを喜ばせるためなら喜んでもう一度する」

「わたしは最初の結婚で満足していたわ。これはあなたのお父さんのためよ」脚はまだわなわな震えているし、床に血だまりがある状況で結婚についてこれ以上考えられない。

「では、これで決まったな。ダイアナを部屋へ連れていけ。シャンピエの知人が近くにいないことを確認するまで、ダイアナは部屋にこもっていたほうがいい」扉へ向かったフィリップが途中で足をとめた。「ふさわしい女を見つけたな、度胸と希望にあふれる女を、マタイオス」

「わかっている」マシューがわたしの手を取った。

「ではこれも心得ておけ。おまえもダイアナにふさわしい。生きているのを悔やむのはやめろ。これからはしっかり生きていけ」

12

フィリップが計画した結婚式は三日間つづくものだった。金曜日から日曜日まで、城の使用人と村人たち、周囲数キロ以内に住む全員が、身内だけのささやかな行事とフィリップが称するものに参加することになる。

「結婚式は久しぶりだし、冬はこれといった楽しみがない。これは村人たちへの義務だ」フィリップはこう言ってわたしたちの抗議をはねつけた。シェフも、食料品店が品不足でキリスト教徒が節制しているときに、駆けこみで三度もごちそうをつくるのは好ましくないのではとマシューに言われて苛立ちを見せた。たしかに戦争が起きているし、いまは待降節だが――シェフは鼻で笑った――宴会をしてはいけないことにはならない。

城中が大騒ぎになったがわたしたちの手を借りようとする者はいなかったので、マシューとわたしはふたりだけで好きに過ごしていた。

「この結婚式は、どういう内容なの？」わたしは図書室の暖炉の前に横たわっていた。身につけているのはマシューの結婚の贈り物だ——膝まで届く彼のシャツと、穿《は》き古したタイツ。タイツはマシューが上部内側の縫い目を裂いた二本を縫い合わせ、どことなくレギンスに近いものにしてある。ウェストのゴムのかわりに、マシューは厩舎で見つけた古い馬具で細い革ベルトをつくってくれた。ハロウィーン以来もっとも着心地がいい恰好《かっこう》で、最近あまりわたしの脚を見ていなかったマシューの視線を釘づけにしている。

「見当もつかない。古代ギリシャの結婚式には一度も出席したことがない」マシューの指がわたしの膝の裏を撫でた。

「フィリップが公然と異教的なことをするのを、司祭が許すはずがないわ。実際の式はカトリックでやらないと」

「うちの家族は、決してひとつの文章のなかで〝はずだ〟と〝フィリップ〟を使わない。ろくなことにならないのが落ちだ」ヒップにキスをしている。

「少なくとも今夜はただの宴席だわ。それならさほどいざこざを起こさずに乗りきれると思う」わたしは頰肘をついてため息をついた。「結婚式前日の夕食は、花婿の父親がごちそうするのが一般的だもの。フィリップがやっているのは基本的に同じことの気がする」

マシューが笑った。「似たようなものだ——ただしメニューにウナギのグリルと金粉を塗ったクジャクが含まれているが。それにフィリップは花婿の父親だけでなく、花嫁の父親でもある」

「どうしてこんなに大騒ぎをする必要があるのか、いまだにわからないわ」サラとエムは教会で正式な式を挙げていない。かわりにマディソンのカヴンの長老が手結びの儀を行なった。いま思えば、タイムウォークをする前にマシューとわたしが交わした誓いも似たようなものだ――シンプルで形式ばらず、すぐ終わる。

「結婚式は新郎新婦のためにやるものではない。たいていのカップルはわたしたちがしたように、ふたりだけでやればいいと思うものだ。いくつか言葉を交わし、そのあと休暇を取るだけでいいと。結婚式は社会に対する通過儀礼だ」マシューが仰向けに転がった。わたしは両肘をついて体を起こした。

「中身のない儀式だわ」

「そんなものはない」マシューが顔を曇らせた。「どうしてもいやなら、そう言ってくれ」

「いやとは言ってないわ。フィリップに任せましょう。ただ少し……圧倒されているだけ」

「サラとエミリーがいたらいいのにと思っているんだな」

「ふたりがいたら、駆け落ちしないのを意外に思うでしょうね。わたしは個人主義だと思われているから。あなたも個人主義なんだと思っていたわ」

「わたしが？」笑っている。「テレビや映画を別にすれば、ヴァンパイアがひとりになることはめったにない。だれかといるほうを好む。いざとなれば魔女でもかまわない」

マシューがそれを証明するようにキスをしてきた。

「もしこの結婚がニュー・ヘイブンで行なわれるとしたら、だれを招待する？」

「サラとエムね、もちろん。友だちのクリス」わたしは唇を噛んだ。「たぶん大学の学部長も」沈黙。

「それだけ？」マシューが啞然としている。

「友だちはあまり多くないの」落ち着かなくて、立ちあがった。「火が消えかけているわ」

マシューがわたしを床に引き戻した。「火は問題ない。そして明日以降は、自分は孤独だと気に病む必要はない。いまのきみには親類縁者が山ほどいる」

家族の話題になったことで、ずっと待っていたチャンスが訪れた。わたしの視線がベッドの足元に置かれたチェストへ向いた。あの中に、マルトの箱をきれいなリネンで包んで隠してある。

「話し合っておかなければいけないことがあるの」今度はマシューも邪魔してこなかった。

わたしはチェストから箱を出した。

「それは？」彼が不審そうに眉をひそめた。

「マルトの薬草よ――お茶に使うハーブ。蒸留室で見つけたの」

「なるほど。で、それを飲んでいるのか？」口調が鋭い。

「とんでもない。子どもを持つかどうかを、ひとりでは決められないもの」蓋をあけると、ドライハーブの埃っぽい香りが漏れだした。

「ニューヨークでマーカスとミリアムがなにを言おうと、わたしたちのあいだに子どもができる証拠はない。薬草による避妊法は、危険な副作用が出ることがある」医者の台詞のように聞こえる。

「議論をつづけるために言うけれど、あなたがやった科学的な検査で、わたしたちに子どもが持てるのが明らかになった。わたしにこのお茶を飲んでほしい？」

「マルトの調合はあまりあてにならない」マシューが顔をそむけた。

「そう。ほかにどんな方法があるの？」

「禁欲。膣外射精。コンドームもある。もっとも、これもあてにはできないが。特にこの時代に手に入るものは」たしかにそうだ。十六世紀のコンドームはリネンや革や動物の腸でつくられていた。

「でも、もしそういった方法のどれかを信頼できたら？」辛抱が切れかけてきた。

「もし、万が一、わたしたちのあいだに子どもができるなら、それは奇跡だ。だからどんな避妊法も効果はないだろう」

「フィリップがどう思っていようと、パリで過ごした時間は無駄じゃなかったようね。いかにも中世の神学者が言いそうな台詞だわ」箱の蓋を閉めようとした手をマシューにとめられた。

「もしわたしたちに子どもができて、このお茶に効果があるとしても、やはりこれは蒸留室にしまっておいてほしい」

「血の逆上をまた子どもに伝える可能性があっても？」この言葉が彼を傷つけようと、あえて率直に訊いた。

「ああ」マシューがどう話すか思案してからつづけた。「ラボで絶滅のパターンを研究し、われわれが死滅しつつある証拠を見つけたら、未来は絶望的に思える。だがもし血統が途絶えたと思ったとき、ひとつの染色体の変化や予想外の子孫をひとり発見したら、絶滅は避けられないという気持ちが晴れる。いまもそんな気持ちになっている」ふだんはマシューに科学的客観性を持ちだされると苛立つが、今回は違った。彼がわたしの手から箱を取った。

「きみはどう思っているんだ？」

何週間もその答えを探しつづけていた。ミリアムとマーカスがわたしのDNA鑑定の結果を持って叔母のサラの家に現れ、子どもの問題を初めて持ちだしたときからずっと。マシューとの未来に迷いはないが、その未来に付随することにはそこまで確信できずにいる。

「決めるまでもう少し時間がほしいわ」最近はしょっちゅうこればかり言っている。「二十一世紀にいたら、あなたに処方してもらったピルを飲んでいたと思う」ちょっと考えてつづける。「わたしたちにピルが効くかわからないけれど」

マシューはまだわたしの返事を待っている。

「フィリップの短剣でシャンピエを刺したときは、思考や記憶をすべて奪われたら、現代に戻ったとき別人になってしまうということしか考えられなかった。でももしいまこの瞬間二十一世紀に帰ったとしても、わたしたちはもう以前と同じじゃない。わたしたちが行ったすべての場所、会った人たち、共有した秘密——わたしはもう以前のダイアナ・ビショップではないし、あなたも以前のマシュー・クレアモントじゃない。赤ちゃんはそれ以上にわたしたちを変えるかもしれない」

「つまり、妊娠は避けたいんだな」マシューが探るように言った。

「わからない」

「それなら答えはイエスということだ。もしきみが親になりたいかわからないなら、あらゆる避妊法を使う」マシューがきっぱり断言した。顎がこわばっている。

「親にはなりたいわ。自分でも驚くくらいそれを願ってる」こめかみを指で押す。「あなたと子どもを育てたい。ただ、まだ早すぎる気がするだけ」

「たしかに早い。きみの覚悟が決まるまで、妊娠しないように手を尽くそう。でもあまり期待するな。科学は明確だ、ダイアナ。ヴァンパイアは復活を通して繁殖するのであって、出産ではない。わたしたちの関係は違うのかもしれないが、生物学の数千年の歴史を覆《くつがえ》すほど特別な存在ではない」

「〈アシュモール782〉にあった錬金術の結婚の絵――あれはわたしたちよ。わたしにはわかるの。そしてミリアムは正しい。錬金術の変成の過程で金と銀の結婚のあとに来るのは懐妊なの」

「懐妊？」戸口で母音を伸ばすフィリップの声がした。ブーツに踏まれた敷居がミシミシ音をたてている。「その可能性にはだれも触れなかった」

「可能性がないからだ。血が温かい女と寝たことはあるが、ひとりも妊娠しなかった。化学の結婚の絵は、ダイアナが言うようになにかのメッセージかもしれないが、それが現実になる可能性はきわめて低い」マシューが首を振った。「出産を介して子どもの父親になったマンジュサンはひとりもいない」

「安易に全否定するなと言ったはずだ、マシュー。不可能に関しては、わたしは人類の記憶より長く地上を歩き、のちの世代が神話にしてしまったものを見てきた。むかしは魚のように海を泳ぐクリーチャーや、槍《やり》のかわりに稲妻を振りまわす者もいた。彼らは姿を消し、新しいものが現れた。〝この世で唯一たしかなものは変化である〟」

「ヘラクレイトス」わたしはつぶやいた。

「ずば抜けた賢人だった」フィリップが言った。だれの引用かわたしが気づいたことに気をよくしている。「神々は、思いあがったわれわれの不意を衝《つ》くのを好む。神々がよくやる気晴らしだ」わたしの変わった服装をまじまじ見ている。「なぜマシューのシャツとタイツを着ている?」

「彼にもらったの。わたしの時代に着ているものにかなり近いから、くつろげるようにしてくれたのよ。二本のタイツを自分で縫い合わせたみたい」くるりとまわってレギンスもどきを披露する。「クレアモント家の男性が針に糸を通せるなんて、だれが思ったかしら。ましてやまっすぐ縫えるなんて」

フィリップの眉があがった。「わたしたちが闘いから戻ったとき、破れた服をつくろったのはイザボーだと思うのか?」

夫の帰りを待ちながら黙々と縫い物をしているイザボーを想像すると、笑いが漏れた。

「ありえないわ」

「彼女をよくわかっているようだな。男の恰好をするなら、せめてブリーチズを穿《は》け。司祭が見たら、心臓がとまって明日の式を延期するはめになる」

「でも外に出るつもりはないわ」わたしは渋い顔をした。

「結婚する前に、むかしの神々を祀《まつ》った場所に案内したい。それほど遠くない」反対しようとしたマシューに告げる。「ふたりだけで行きたい、マタイオス」

「厩舎で待っていて」わたしに躊躇はなかった。新鮮な空気を吸えば、頭をすっきりさせる格好の機会になるだろう。

外に出たわたしは、頬を刺す冷気や冬の田舎の静けさを満喫した。間もなく、セット・トゥール周辺にたくさんある丸みを帯びた尾根よりも平らな丘に着いた。地面のところどころから突きだしている石が、なぜか左右対称になっている。古びて植物が生い茂っているが、自然に露出した石ではない。人為的に造られたものだ。

フィリップがひらりと馬からおり、わたしもおりるように合図した。地面に立ったわたしの肘を取り、ふたつの不自然なこぶのあいだを抜けて雪に覆われた平らな場所に入っていく。真っ白な表面には野生動物の足跡しかついていない——鹿の蹄が残したハート形、爪が五本ある熊の足跡、三角と楕円《だえん》が合わさった狼《おおかみ》の足跡。

「この場所はなに？」自然に声をひそめていた。

「ここにはかつて、月の女神ダイアナを祀る神殿が建っていて、牡鹿が駆けまわる森や谷を一望できた。女神をあがめた者は、もとからあったオークやハンノキとならんで育つように、神聖なイトスギを植えた」この場所を守るように周囲を囲う緑の木立をフィリップが指差した。「おまえをここに連れてきたのは、わたしが子どものころ、はるか遠い土地でまだマンジュサンではなかったころ、花嫁は結婚前にこういう神殿に来て女神に生け贄《いにえ》を捧げていたからだ。当時はアルテミスと呼んでいた」

「生け贄？」口が乾いた。もう血は見たくない。

「どれだけ変化しようと、過去を記憶に留めて敬う必要がある」フィリップがチャリチャリ音をたてて動くものが入った袋とナイフを差しだした。「同時に、古い過ちも正すべきだ。女神がわたしの行動に満足しないこともある。明日息子がおまえと結婚する前に、アルテミスが貢物を受け取るのを確認したい。ナイフは髪をひと束取るためのものだ。髪は処女の象徴で、それを供えるしきたりがある。金《かね》はおまえの価値の象徴だ」フィリップが声を落とし、いわくありげにささやいた。「ほんとうはもっと高いが、マシューの神のために残しておく必要があった」

廃墟《はいきょ》の中央にある小さな台座へ連れていかれた。そこにはさまざまな供物が載っていた——木の人形、子どもの靴、雪をかぶってふやけた穀物の鉢。

「まだここにお参りに来るひとがいるの？」

「フランスじゅうの女が、いまも臨月になると膝を曲げて月に頭《こうべ》をたれる。こういう習慣はなかなか消えないし、困難な時代を生きる者を力づける習慣ならなおさらだ」フィリップが間に合わせの供物台に近づいた。お辞儀をすることもひざまずくこともなく、神を敬うよくある仕草もいっさいしなかったが、口をひらいたとき、その声はとても静かで耳を澄まさなければならなかった。ギリシャ語と英語が入り混じっていて、ほとんど意味がわからない。それでも真剣なのはよくわかった。

「アルテミス・アグロテレー、誉《ほま》れ高き狩りの女神、アルキデス・レオンドシモスの祈りを聞き届けたまえ。この子ダイアナをその手に取りたまえ。アルテミス・リュケイエー、狼の女神、あらゆる方法で彼女を守りたまえ。アルテミス・パトロイア、わが先祖の女神、彼女に子を授け、わが一族を存続させたまえ」

フィリップの一族。いまやわたしもその一員なのだ。血の誓いだけでなく、結婚によっても。

「アルテミス・ポースポロス、彼女が暗闇に閉ざされたとき、知の光を与えたまえ。アルテミス・ウピス、この世界を旅するあいだ、同じ名を持つ者を見守りたまえ」祈りを終えたフィリップが、前へ出るように合図した。

わたしは硬貨の袋を慎重に子どもの靴の隣に置いてから、髪をひと束つかんでうなじから離した。ナイフは鋭く、一度引くだけで簡単に髪が切れた。

ほの暗い午後の日差しのなか、ふたりで無言でたたずんでいた。足元の地面からエネルギーが湧きあがってくる。女神がいるのだ。一瞬、神殿のかつての姿が脳裡をよぎった――かすかにきらめく淡い色の完全な姿。わたしはこっそりフィリップを窺った。熊の毛皮を肩にはおったその姿も、失われた世界を思い起こさせる粗暴な存在のようだ。そして彼はなにかを待っていた。

イトスギのあいだからカーブした枝角を持つ白い牡鹿が現れ、立ちどまった。鼻から吐く息が湯気になっている。牡鹿が静かにわたしのほうへ歩きだした。大きな茶色い瞳に挑戦的な色を浮かべ、角の鋭い先端が見えるほど近づいてくる。牡鹿がフィリップを傲然《ごうぜん》と見つめ、唸った。獣に対する獣の挨拶《あいさつ》。

「かく、御手《サース・エンケイリストー》にゆだねまつる」フィリップが片手を胸にあて、神妙につぶやいた。そしてわたしを見た。「アルテミスがおまえの供物を受け取った。帰ろう」

中庭に入ると、わたしたちが帰ってくる音に耳を澄ませていたマシューが不安顔で待っていた。

「宴会の用意をしろ」馬をおりるわたしにフィリップが言った。「もうすぐ客が到着する」

わたしは自信に満ちた笑顔に見えてほしい表情をマシューに向け、階段をのぼった。日が落ちると、ざわついた気配で城に客が集まっているのがわかった。間もなくカトリーヌとジョアンヌが着替えを手伝いにきた。ふたりが用意したガウンは、これまで着たどの服より豪華だった。いまのわたしには、ダークグリーンの生地が待降節のために城を飾っているヒイラギの色ではなく、神殿のイトスギの色に見えた。ボディスに刺繍《ししゅう》された銀色のオークの葉が蠟燭の光を捉えるようすは、牡鹿の枝角が沈む夕日を捉えるようすと同じだ。

着付けを終えた少女たちが瞳を輝かせている。ルイーザの磨いた銀の鏡には、青白い顔と髪――くるくると巻きあげたり、ひねって編みこんだりしてある――がぼんやりとしか映らない。でもふたりの表情で、結婚式にふさわしい変身を遂げたのがわかった。

「おきれい《ビアン》です」ジョアンヌがつぶやいた。

カトリーヌが麗々しく扉をあけると、通路の松明《たいまつ》の明かりでガウンの銀糸がまばゆく輝いた。わたしは息を詰めてマシューの反応をうかがった。

「ダイアナ」唖然としている。「きれいだ」マシューがわたしの両手を取って腕を持ちあげ、出来栄えをながめた。「すごい、袖をふた組つけているのか?」

「三組だと思うわ」わたしは笑った。ぴったりしたレースのカフスがついたリネンのスモック、ボディスやスカートとそろいの緑の袖、そして肩からさがるたっぷりふくらんだ緑のシルクの袖は、肘と手首でとめてある。ルイーザのお供で去年パリに行ったジョアンヌは、このデザインが流行《はや》りだと太鼓判を押した。

「でもこんなに邪魔なものがあったら、どうやってキスすればいいんだ?」マシューがわたしの首のまわりに指を走らせると、襞襟《ひだえり》――たっぷり十センチは突きだしている――が震えた。

「それをつぶしたら、ジョアンヌが脳卒中を起こすわよ」わたしは両手でやさしく顔をはさんでくる彼に言った。ジョアンヌはカールアイロンに似た道具を使って何メートルもあるリネンをきれいな8の字型に曲げたのだ。それには何時間もかかった。

「心配するな、わたしは医者だ」マシューが屈んで唇にキスをした。「ほら、ひとつも襞をつぶさなかったぞ」

アランが控えめに咳払いした。「みなさま、お待ちです」

「マシュー」わたしは彼の手をつかんだ。「話があるの」

マシューがアランに合図し、その場にいるのはわたしたちだけになった。

「どうかしたのか？」マシューが不安顔で訊いた。

「マルトの薬草はカトリーヌに蒸留室へ片づけさせたわ」それはこの時代に来るためにサラのホップ納屋でやったことより、はるかに大きな未知なるものへの一歩だった。

「いいのか？」

「いいの」わたしは神殿で聞いたフィリップの言葉を思いだしていた。

大広間への入場は、ささやき声と横目の視線で迎えられた。わたしの変身に気づいてうなずいている者もいるので、ようやくミロールの結婚相手にふさわしい外見になったのだろう。

「来たか」一族のテーブルにいるフィリップの声が響き渡った。だれかの拍手をきっかけに、大広間に盛大な拍手が広がった。最初マシューは照れくさそうに微笑《ほほえ》んでいたが、拍手が大きくなるにつれて誇らしげな笑顔に変わっていった。

わたしたちがフィリップをはさんで上座に腰をおろすと、彼が一品めの料理と音楽の演奏を命じた。わたしのところに、シェフが用意したすべての料理が少しずつ運ばれてきた。数えきれない料理があった――ヒヨコマメのスープ、ウナギのグリル、レンズマメのおいしいピューレ、塩漬けタラのガーリックソース、そしてゼラチンで固めたソースの海を泳ぐ丸ごとの魚には、海藻を模したラベンダーとローズマリーが添えられていた。フィリップの説明によると、どういうメニューにするかをめぐり、シェフと村の司祭が激しい議論を交わしたらしい。使いが数回交わされたのち、ふたりはようやく今夜の料理は肉とミルクとチーズを禁じる金曜日の食事を厳守することで同意し、そのかわりに明日の宴会を無礼講にしたらしい。

新郎にふさわしく、マシューに運ばれてくる料理はわたしよりいくぶん多かった――なにも食べないしほとんど飲まないのだから、必要なかったが。隣のテーブルの男たちが、これから待ち構えている試練のために力をつけろと彼を茶化していた。

香料入りワインが注がれ、クルミと蜂蜜でつくったおいしいお菓子がまわされるころになると、男たちのおしゃべりはあからさまに卑猥《ひわい》になり、マシューの返事も辛辣になっていた。幸い、無礼な台詞や忠告の大半は、わたしがよくわからない言語だったが、フィリップはときおりわたしの耳を両手でふさいでいた。

笑い声と音楽が高まるにつれて、わたしの気分は高揚していった。今夜のマシューは千五百歳のヴァンパイアではなく、結婚式前夜の新郎そのものに見える――おどおどして、うれしそうで、ちょっぴり不安そう。それはわたしが愛したマシューの姿で、目が合うたびに心臓がとまりそうになった。

シェフ選《え》り抜きの最後のワインと砂糖漬けのウイキョウとカルダモンの種が運ばれてくると、歌が始まった。大広間の反対側で、男性が低音で歌いあげ、近くにいる者たちがメロディをくちずさんでいる。間もなく全員がそれにくわわり、足を踏み鳴らす音や手を打ち鳴らす音で、必死でテンポを合わせようとする楽団の音が聞こえなくなった。

客たちが次々に新しい歌を歌っているあいだ、フィリップはテーブルをまわって全員の名前を呼んで挨拶していた。赤ん坊を抱き上げ、家畜の健康状態を尋ね、抱えているもろもろの痛みやうずきを訴える年寄りの話に耳を傾けている。

「彼を見てみろ」マシューが驚嘆の表情でわたしの手を取った。「どうすれば、この部屋でいちばん重要なのは自分だと全員に思わせることができるんだ?」

「わたしにわかるわけないでしょう」笑って答える。彼が戸惑った顔をしたので、わたしは首を振った。「マシュー、あなたは彼にそっくりよ。部屋に入っただけで、その場の主導権を握れる」

「フィリップのようなヒーローを望んでいるなら、がっかりさせてしまうだろう」

わたしは両手で彼の顔をはさんだ。「結婚の贈り物に、みんなにどう思われているか自覚できる呪文をかけてあげられたらよかったわね」

「きみの目に映るわたしは、ほとんど変わっていない。ただ、さっき言われた熟女の性欲にまつわる話を考えると、少々不安になっているかもしれない」冗談でごまかそうとしている。でもわたしにその気はなかった。

「もしわたしの目にリーダーが映っているのが見えないなら、注意が足りないのよ」彼の顔がすぐそこにあるので、息のスパイスの香りが嗅ぎとれる。わたしは思わずマシューを引き寄せていた。フィリップは愛される価値があることを息子に納得させようとしていた。きっとキスのほうが説得力があるはずだ。

遠くではやしたてる声と拍手が聞こえる。そして歓声があがった。

「花嫁に明日の楽しみを残しておいてやらないと、教会に現れないかもしれないぞ、マタイオス！」フィリップの言葉でふたたび笑い声があがる。わたしたちは照れながら離れた。広間を見渡すと、マシューの父親が暖炉のそばで七弦の楽器を調律していた。マシューがキタラという古代ギリシャの楽器だと説明してくれた。広間が期待で静まり返った。

「わたしが子どものころ、こういう宴《うたげ》の最後にはいつも物語を語った。英雄と偉大な戦士の伝説だ」フィリップが弦をかき鳴らし、音色を響かせた。「そして男ならだれでもそうであるように、英雄は恋に落ちる」軽やかにつまびく音色で、物語のリズムへ聴衆を誘いこんでいく。

「黒髪と緑の瞳を持つペレウスは、名をあげるために故郷を離れた。故郷はサン・ルシアンのように山間《やまあい》の町だったが、まだ見ぬ土地での冒険や海にずっとあこがれていたのだ。ペレウスは友人を集め、いくつもの海を航海しつづけた。ある日、彼らは思いのままに魔法を操る美女で有名な島に着いた」マシューとわたしは目を見合わせた。フィリップの低い声が伝説を歌いあげていく。

男にとってはるかに幸福な時代
憧憬《しょうけい》せずにはいられぬ時代！　英雄よ、
銀色に輝く日々の神々の子らよ、願わくば
魔法の歌で汝を呼ぶわれに幸《さち》をもたらしたまえ

この世のものとは思えない低音の歌声に、広間全体が聴き惚《ほ》れている。

「ペレウスは、海神ネレウスの娘テティスに出会う。決して嘘をつかず未来を見通す父親からテティスは予言の力を受け継ぎ、さらには流れる水から燃え盛る炎や大気にまで変身することができた。美女だったが、妻に娶ろうとする者はいなかった。テティスの息子は父親より強くなるというお告げがあったからだ」

「ペレウスはその予言を知ってもテティスを愛した。だがそういう女を娶るには、ある姿から別の姿へ変身するテティスを抱いている勇気が必要だった。ペレウスはテティスを島から連れだし、彼女が水から炎、蛇、雌ライオンと変身するあいだしっかり胸に抱きしめていた。そしてテティスがふたたび女の姿に戻ると、故郷へ連れ帰って結婚した」

「子どもは？　テティスの息子はお告げどおりペレウスを殺したの？」ひとりの女性がささやいた。口を閉ざしたフィリップの指は、キタラをつまびきつづけている。

「ペレウスとテティスの息子は偉大な英雄だった。生と死両方の恵みを受けた戦士。名をアキレウス」フィリップが女性に微笑みかけた。「だがその話はまたべつの夜にしよう」

わたしはマシューの父親が、婚礼の詳しい顚末とそれが引き起こしたトロイア戦争の話をしなかったのでほっとした。若かりし日のアキレウスの話に及ばなかったことはそれ以上にありがたい——息子を自分と同じ不死にしようとした母親が用いた恐ろしいまじないと、青年アキレウスの抑えがたい激昂《げきこう》。この激昂は、有名な無防備の踵《かかと》よりはるかに彼を窮地に追いこんだのだ。

「ただの物語だ」わたしの不安を感じ取ったマシューがささやいた。

けれど、意味するものを知らぬままくり返し語りつづけられた物語こそが、時としてもっとも重要なのだ。たとえしばしば無視されているように見えようと、もっとも神聖なものと考えられている、名誉や結婚や家族にまつわる古臭い風習のように。

「明日は大事な日だ。われわれが待ち焦がれてきた日」フィリップがキタラを持ったまま立ちあがった。「花嫁と花婿は婚礼まで別々に過ごすのが習わしだ」

これも風習のひとつだ——生涯添い遂げる前の、最後の儀礼的な別れ。

「だが花嫁は、孤独な夜のあいだに花婿が忘れてしまわないように、多少の愛情表現をしてもかまわない」フィリップがいたずらっぽく瞳を輝かせた。

マシューとわたしは立ちあがった。わたしはスカートを撫でつけ、彼の上着だけに意識を集中した。細かい縫い目がきれいにそろっている。けれど顎にそっと添えた手に上を向かされたとたん、マシューの顔を形づくるなめらかな曲線と鋭い角度の術中にはまってしまった。じっと見つめ合ううちに、演技しなければという意識が消し飛んだ。大広間で婚礼の客に囲まれて交わしたキスは、呪文となってわたしたちをふたりだけの親密な世界へ運んでいった。

「明日の午後会おう」唇を離しながらマシューがつぶやいた。

「ヴェールをかぶっているのがわたしよ」十六世紀の花嫁はほとんどヴェールをかぶっていなかったが、そうするのがむかしからのしきたりで、フィリップが自分の娘にはヴェールなしで教会へ行かせないと言ったのだ。

「きみがどこにいようとすぐわかる」マシューがにっこりした。「ヴェールがあろうとなかろうと」

アランに連れられて広間を出ていくあいだ、マシューの視線はいっさい揺らがなかった。広間を出てしばらく経ったあとも、まばたきしない冷たい感触がずっと残っていた。

翌日、カトリーヌとジョアンヌがあまりに静かだったので、ふたりが毎朝の雑用をこなすあいだもわたしはまどろみつづけていた。ようやくベッドカーテンが引かれて入浴の時間だと告げられたときは、太陽がすっかりのぼっていた。

ピッチャーを持った女たちがぞろぞろと寝室に入ってきて、カササギのようにけたたましくおしゃべりしながらふだんはワインかリンゴ酒造りに使われていると思われる巨大な銅のたらいを満たしていった。でもお湯の温度は高く、銅のたらいが夢心地のゆくもりを保ってくれたから、とやかく言うのはやめておいた。わたしは満足のうめきを漏らしながら、お湯につかった。

女たちが立ち去ったとき、数少ない私物――本と、錬金術やオック語のフレーズを書き留めた雑記帳――がなくなっていることに気づいた。服をしまっている細長いチェストもない。カトリーヌに尋ねると、城の反対側にあるミロールの部屋にすべて運んだと言われた。いまのわたしはもうフィリップの推定上の娘ではなく、マシューの妻なのだ。わたしの所有物はしかるべく移動されていた。

自分たちの責任を心得ているカトリーヌとジョアンヌは、時計が一時を打つ前にわたしをたらいから出して体を拭いた。ふたりの仕事を監督しているのは、自分の作品に最後の仕上げをしにきたマリー――サン・ルシアンでもっとも腕のいい針子――だった。村の仕立て屋のウェディングガウンに対する貢献は無視されていた。

マリーに公正を期して言えば、〝ラ・ローブ〟（フランス語でしか考えられなかった）は素晴らしかった。これほど短時間でどうやって仕上げたのかは秘密にされていたが、おそらく近隣の女性全員が少なくともひと針は力を貸してくれたにちがいない。

フィリップが結婚を宣言するまで、このドレスは青みがかった灰色の厚手の絹でできた比較的シンプルなものになるはずだった。袖はふた組ではなくひとつにし、冬の隙間風を防ぐためにネックラインを高くしてほしいと念を押したはずだった。刺繍を施す必要はないことも伝えてあったし、スカートをあらゆる方向に広げる鳥籠《かご》のようなしろものも丁重に断っていた。

マリーは誤解力と創造性を活かし、このガウンがいつどこで着られることになるかをフィリップから告げられるはるか以前にもとのデザインを変更していた。フィリップと話したあとは、もう彼女をためらわせるものがなくなった。

「マリー、見事だわ《ラ・ローブ・エ・ベル》」わたしはたっぷり刺繍を施した絹に触れた。図案化された豊穣の角――潤沢と豊穣を示す有名なシンボル――が、金と黒と薔薇《ばら》色の糸で一面に縫いこまれている。花で満たされた角には薔薇飾りと葉のついた小枝が添えられ、ふた組の袖の袖口に刺繍の帯がついている。同じ帯はボディスの縁にもあしらわれ、渦巻きと月と星が波状の模様を描いていた。肩には袖をボディスに結んでいるひもを隠すために、四角いフラップがずらりとならんだピカディルズと呼ばれるものがついている。凝った装飾のわりにボディスのほっそりしたカーブはぴったりフィットしていたし、少なくともファージンゲールの問題に対するわたしの希望は尊重されていた。スカートはたっぷりふくらんでいたものの、それは針金の仕掛けではなく生地のボリュームのおかげだった。ペチコートの下につけているのは腰にのせた詰め物をしたドーナツと絹のタイツだけだ。

「デザインに力があるんです。単純な話ですわ」マリーが請け合い、ボディスの裾を引っ張ってさらにしっかり馴染ませた。

髪のセットが終わるころ、ノックの音がした。あわててドアへ走ったカトリーヌが、タオルを入れた籠をひっくり返してしまった。

ノックしたのはフィリップだった。鮮やかな茶色い服を見事に着こなし、うしろにアランを従えている。マシューの父親が目を見ひらいた。

「ダイアナ?」半信半疑につぶやいている。

「どうかした? どこか変?」わたしはガウンを見おろし、恐る恐る髪を撫でた。「全身が映る大きな鏡がないから――」

「きれいだ。それに、おまえを見たときのマシューの顔が、鏡よりそれを証明してくれるだろう」フィリップが断言した。

「ずいぶん弁が立つのね、フィリップ・ド・クレアモント」笑いながら言う。「なんの御用かしら?」

「結婚祝いを持ってきた」フィリップが片手を差しだすと、その手のひらにアランが大きなベルベットの袋を載せた。「あいにく、なにかをつくらせる時間がなかった。これはどれも一族に伝わる品だ」

フィリップが手のひらに袋を傾けた。光り輝くものが次々にこぼれだす――金、ダイアモンド、サファイア。わたしの目が驚きで丸くなった。けれどベルベットのなかに隠れていた宝物はそれだけではなかった――一連の真珠、オパールをちりばめた三日月、変わったかたちの金の矢尻。矢尻の縁は年月で丸まっている。

「これをどうするの?」唖然としたまま尋ねる。

「おまえがつけるに決まっているだろう」フィリップが笑った。「飾り鎖はわたしのものだが、マリーのガウンを見て、イエロー・ダイアモンドとサファイアなら違和感がないと思った。デザインは古いし、花嫁には男性的すぎると考える者もいるだろうが、この鎖なら肩に平らにかけられるはずだ。もともとは中央に十字架がかかっていたが、おまえは矢尻を下げるほうを望むかもしれないと考えた」

「見たことがない花だわ」ほっそりした黄色のつぼみはフリージアに似ていて、サファイアで縁取られた金のユリの紋章が飾りとしてちりばめられている。

「プランタ・ジェニスタだ。イングランドではエニシダと呼ばれている。アンジュー王家はこれを紋章にしていた」

プランタジネット王家のことだ。イングランドの歴史上、もっとも強大な王家。プランタジネット家はウェストミンスター寺院を拡張し、男爵たちに屈してマグナカルタに署名し、議会を設立し、オックスフォードとケンブリッジ両大学の創設を支援した。プランタジネット朝の支配者たちは十字軍に参加し、百年戦争でフランスと戦った。そしてそのなかのひとりが恩寵《おんちょう》としてこの鎖をフィリップに授けたのだ。そうでなければ、この壮麗さの説明がつかない。

「フィリップ、こんな立派なもの――」遠慮の言葉をさえぎるように、フィリップがほかの宝石をカトリーヌに預けてわたしの首に鎖をかけた。曇った鏡から見つめ返している女性は、マシューが現代の科学者でないように、もはや現代の歴史学者ではなかった。「すごい」驚きが口をつく。

「見事だろう」相槌《あいづち》を打ったフィリップの表情が残念そうにやわらいだ。「イザボーにもおまえのこんな姿を見せてやりたかった。マシューの幸せに立ち会わせてやりたかった」

「いつかわたしから全部話すわ」しんみりと誓い、鏡のなかでフィリップと見つめ合っているあいだに、カトリーヌが鎖の中央に矢尻をとめて髪に真珠を巻きつけた。「この宝石は今夜大切に使わせてもらって、朝にはきちんと返すわ」

「それはもうおまえのものだ、ダイアナ。好きにしていい。これも」ベルトから別の袋――実用的な革でできている――を取り、手渡してくる。

袋は重かった。ずっしりと重い。

「一族の女は自分の財政を自分で管理する。イザボーの意思だ。入っている硬貨はすべてイングランドかフランスのものだ。ヴェネチアのダカット硬貨ほどの価値はないが、それならおまえが使っても関心を引かずにすむだろう。もっと必要になったら、ウォルターか騎士団のだれかにそう言えばいい」

フランスに到着したとき、わたしはなにからなにまでマシューに頼りきっていた。一週間かそこらのあいだにいろいろなことを学んだ――身の処し方、会話、家政の切り盛り、酒精《エタノール》の蒸留法。そして今度は自分の資産を所有し、フィリップ・ド・クレアモントに自分の娘だと宣言された。

「ありがとう、こんなにしてもらって」わたしは静かに礼を言った。「わたしを義理の娘にするのをいやがっていると思っていたわ」

「最初はそうだったかもしれない。だが老人でも考えを変えることがある」フィリップが笑顔を見せた。「それにわたしは、最終的には必ず望むものを手に入れる」

カトリーヌとジョアンヌがわたしをマントでくるんだ。最後の仕上げに薄いシルクを頭にかけ、オパールがついた三日月で髪にとめた。三日月の飾りの裏には落ちないように小さなフックがついていた。

トマスとエティエンヌ――わたし専属の護衛のつもりになっている――が前を走り、城中に大声でわたしたちの接近をふれまわった。間もなく、行列をつくって黄昏《たそがれ》のなか教会へ向かった。鐘楼にのぼっている者がいるらしく、わたしたちの姿をとらえたとたん鐘が鳴りはじめた。

教会に着くと、少し体がすくんだ。扉の外に村人全員が集まり、司祭もいる。マシューを探すと、短い階段の上に立っているのが見えた。透明なヴェール越しに彼の視線を感じる。太陽と月のように、その瞬間わたしたちは時間も距離もふたりの違いも気にならなくなっていた。大切なのは、互いにとってどんな存在であるかだけだ。

わたしはスカートをまとめて階段をのぼった。短い距離が果てしなく感じられた。時間はどの花嫁にもこんないたずらをするのだろうか？　それとも魔女にだけ？

司祭が扉の前から微笑みかけてきたが、教会に入るように促すそぶりはなかった。両手で聖書を持っているが、ひらいていない。わたしはわけがわからず眉を寄せた。

「いいか？」マシューがささやいた。

「なかに入らないの？」

「式が報告どおりに行なわれたかどうかをめぐってあとで流血騒ぎが起きないように、結婚は教会の前で執り行なう。嵐でなくてよかった」

「始めてください《コマンセ》！」司祭が宣言し、マシューにうなずいた。

式で果たすわたしの役目は十一の言葉を発することだけだった。マシューは十五の言葉を担当する。フィリップは事前に司祭に対し、そのあと英語で誓いの言葉をくり返すと伝えていた。自分がなにを誓っているか、花嫁がしっかり理解できるように。それで、わたしたちが夫婦になるために必要な言葉は、全部で五十二になった。

「さあ《マントナン》！」司祭は震えていて夕食を待ち望んでいた。

「Je《ジユ》, Matthew《マチユー》, donne mon corps à toi《ドンヌ・モン・コー・ア・トワ》, Diana《デイアーナ》, en loyal mariage《アン・ロワイヤル・マリアージユ》」マシューがわたしの両手を取った。「我、マシューは、誠実な婚姻において我が体を汝ダイアナに与える」

「Et je le reçois《エ・ジユ・ル・ルソワ》」わたしは答えた。「我、それを受け取らん」

これで半分まで来た。わたしは深呼吸してつづけた。

「Je《ジユ》, Diana《デイアーナ》 donne mon corps à toi《ドンヌ・モン・コー・ア・トワ》, Matthew《マチユー》」むずかしい箇所を乗り越え、すかさず最後の台詞を言う。「我、ダイアナは汝マシューに我が体を与える」

「Et je le reçois《エ・ジユ・ル・ルソワ》, avec joie《アヴエク・ジヨワ》」マシューがヴェールをあげた。「我、それを受け取らん。喜びを持って」

「台詞が違うわ」わたしは抗議した。誓いの言葉はきちんと暗記しているが、〝アヴェク・

ジョワ〟はなかったはずだ。

「違わない」マシューが譲らずに頭をさげた。

伴侶になったときはヴァンパイアのしきたりどおりに結婚し、マディソンでイザボーの指輪をはめてもらったときは慣習にのっとって二度めの結婚をした。これで三度めの結婚をしたことになる。

そのあとのことはぼんやりかすんでいる。松明と幸福を祈る人々に囲まれて長い坂をのぼった。すでにシェフのごちそうが用意されていて、だれもが上機嫌で頑張った。マシューとわたしが一族のテーブルについているあいだ、フィリップはあちこち歩きまわってワインを注いだり、子どもたちが野ウサギの串焼きやチーズフリッターをもらえているかたしかめたりしていた。そして途中でときおりこちらへ誇らしげな顔を向けた。あたかもわたしたちがその日の午後に竜を退治したかのように。

「こんな日が来るとは思いもしなかった」わたしたちの前にカスタードタルトを置いたフィリップが、マシューに言った。

宴が終わりに近づいたころ、男たちが広間の両側にテーブルを片づけはじめた。楽団がいる張り出し席で笛と太鼓の音がする。

「最初のダンスは花嫁の父親が踊るのが伝統だ」フィリップがわたしにお辞儀をし、フロアへ連れだした。フィリップはダンスが上手だったが、それでもわたしのせいで踊りはぎこちないものになってしまった。

「いいかな?」マシューが父親の肩をたたいた。

「頼む。おまえの妻に足を折られそうだ」フィリップがウィンクで言葉の棘《とげ》を抜き、わたしを夫のもとに残して立ち去った。

ほかの者もまだ踊っていたが、みんな離れていって広間の中央にいるのはわたしたちだけになった。リュート弾きがつまびく弦に合わせて音楽がおもむろにスローテンポになり、管楽器の甘い音色が伴奏を奏でだした。ふたりでくっついたり離れたりしながら踊るうちに、周囲のことが気にならなくなっていった。

「あなたのほうがフィリップよりずっとダンスがうまいわ。イザボーがなんと言おうと」ゆっくり踊っているのに息がはずむ。

「それはきみがわたしのリードに合わせているからだ」マシューが茶化した。「フィリップが相手のときは、ステップごとに抵抗していた」

ダンスが再度わたしたちを寄り添わせると、マシューがわたしの肘をつかんでしっかり抱き寄せ、キスをした。「もう結婚したんだから、これからはわたしの罪を許してくれるか?」そう尋ね、また素早く離れて通常のステップに戻る。

「場合によるわ」わたしは慎重に答えた。「今度はなにをしたの?」

「きみの襞襟を取り返しがつかないほどつぶしてしまった」

わたしが笑うと、マシューがふたたびキスをした。短いけれど情熱的なキス。太鼓奏者がそれを合図ととらえ、音楽のテンポがあがった。ほかのカップルがフロア一面でくるくるまわったり跳ねたりしている。彼らに踏みつぶされないうちに、暖炉のそばの比較的安全な場所までマシューに連れていかれた。すぐにフィリップがやってきた。

「妻をベッドに連れていって結婚を完成させろ」フィリップが小声でささやいた。

「だが客が――」マシューが言い返す。

「妻をベッドに連れていけ」フィリップがくり返した。「いまのうちにこっそり出ていけ。みんなが上までついていって、おまえに務めを果たさせようとする前に。あとはわたしに任せろ」そしてわたしに振り向いて礼儀正しく両方の頬にキスをすると、ギリシャ語でなにかつぶやいてわたしたちをマシューの塔へ送りだした。

城のこのあたりは二十一世紀に来ていたが、十六世紀の壮麗さを見るのは初めてだった。マシューの塔は配置が変わっていた。最初の踊り場からつづく部屋には本がならんでいると思っていたが、代わりに大きな天蓋《てんがい》つきのベッドがあった。カトリーヌとジョアンヌがもったばかりの宝石をしまう木彫りの箱を取りだし、水盤に水を入れて洗い立てのリネンを持ってせかせかと歩きまわりはじめた。マシューは暖炉の前に腰をおろしてブーツを脱ぎ、ワインを注いだグラスを手に取っている。

「髪はどうなさいますか、マダム?」ジョアンヌが尋ね、探るようにわたしの夫を見た。

「わたしがやる」マシューがぶっきら棒に答えた。視線は炎を見つめたままだ。

「待って」わたしは髪から三日月型の飾りを抜き取り、ジョアンヌが上向けた手のひらに載せた。ジョアンヌとカトリーヌがヴェールをはずして部屋を出ていき、ベッドの横に立つわたしと、チェストに足を載せて炉辺でくつろいでいるマシューが残された。

扉が閉まると、マシューがワイングラスを置いてわたしのところへやってきて、指に髪を巻きつけてやさしく引っ張り、カトリーヌたちなら三十分近くかかったであろう作業をあっという間にやり遂げた。真珠がはずされた髪がふわりと肩に落ち、わたしの香りを吸いこむマシューの鼻孔が広がった。そして無言でわたしを抱き寄せ、屈んで唇を重ねた。

でもその前に返事を聞きたい質問がある。わたしは体を離した。

「マシュー、ほんとうに……？」

ひんやりする指が襞襟の下に入り、襟をボディスにつけている結び目を見つけた。

ぷつん。ぷつん。ぷつん。

固いリネンが首からはずれ、床に落ちた。高いネックラインをしっかりとめているボタンがはずされる。マシューが頭をさげて首筋にキスをした。わたしは彼の上着をつかんだ。

「マシュー」とくり返す。「これって――」

マシューが新たなキスでわたしを黙らせ、ずっしり重たい鎖を肩から持ちあげた。それを頭から抜くあいだだけ体を離し、すぐに袖とボディスの境目を隠しているピカディルズの下に手を入れた。隙間に指を入れ、弱い部分を探している。

「あったぞ」そうつぶやいて人差し指を縁にひっかけ、ぐっと引っ張った。片方の袖が、さらに反対の袖が腕をすべって床に落ちる。マシューはまったく気にしていないようだが、これはわたしの婚礼衣装で容易に取り換えがきくものではない。

「ガウンが」わたしは彼の腕のなかで身をよじった。

「ダイアナ」マシューが頭をうしろに引いて、わたしの腰に両手を置いた。

「なに?」わたしは靴のつま先を袖に伸ばし、踏みつけられないところまで押しやろうとしながら尋ねた。

「司祭はわたしたちの結婚を祝福した。村人たちはみな幸福を祈ってくれた。そして料理にダンス。だからわたしは、愛し合うことで今夜の幕を引くことになるのかもしれないと思っていた。それなのにきみは服のことで頭がいっぱいらしい」マシューがボディスの中央のとがった場所をスカートにとめている別のひもを見つけた。おへその八センチぐらい下だ。彼がボディスの縁と恥骨のあいだにそっと親指をすべらせた。

「初めて結ばれるのが、あなたのお父さんを満足させるためなんていやよ」口ではそう言ったものの、天使の翼のはばたきのように親指で責めつづけられると、そのたまらない感触で腰が彼のほうに反って無言で誘ってしまう。マシューがうれしそうな声を漏らし、そこに隠れている結び目をほどいた。

引っ張る。ひもが擦《こす》れる音。引っ張る。擦れる音。引っ張る。擦れる音。

交差するひもを彼の指が一本ずつ素早く引っ張り、隠された穴から抜いていく。穴は全部で十二個あり、引っ張られるたびにその勢いで体が前後に揺れた。

「これで終わりだ」満足げにつぶやいた彼が、すぐにうめいた。「くそっ。まだある」

「あら、まだ終わりには程遠いわ。クリスマスのガチョウみたいにたっぷり縛りつけられているんだもの」マシューがスカートからボディスをはずしてコルセットをむき出しにした。

「もっと正確に言えば、待降節のガチョウね」

けれどマシューの耳には届いていなかった。透ける生地でできたハイネックのスモックが、補強された固いコルセットの下へ入っている場所をじっと見つめている。そして胸のふくらみに唇を押しあてた。うやうやしく頭を垂れ、息がかすれている。

わたしの息もかすれていた。薄いローンを隔てていることで、どういうわけか彼の唇の感触が増幅され、とてつもなくエロチックだ。わたしの服を脱がせようとするさっきまでのひたむきさが消えた理由がわからず、わたしは両手で彼の頭を抱いて次の動きを待った。

やがてマシューがわたしの両手をつかみ、ベッドの天蓋を支えている木彫りの支柱を握らせた。「つかまっていろ」

引っ張る。ひもが擦れる音。引っ張る。擦れる音。はずし終える前に、マシューが両手をコルセットの下にすべりこませた。脇腹をすべった手が胸を包みこんでくる。温かい乳首と冷たい手のあいだにスモックがはさまり、うめき声が漏れた。そしてうしろ向きに抱き寄せられた。

「きみ以外のだれかを喜ばせることに興味を持っている男に見えるか?」マシューが耳元でささやいた。返事をしないうちに片手がみぞおちにおり、さらに強く抱き寄せられた。反対の手はもとのまま、胸を包みこんでいる。

「いいえ」わたしは彼の肩へ頭をのけぞらせ、喉をさらした。

「それなら父の話はもうするな。それと、いますぐ袖を心配するのをやめたら、明日同じガウンを二十着買ってやる」マシューが急き立てられるようにスモックをたくしあげ、裾が脚のつけ根に達した。わたしはベッドの支柱から手を放し、彼の手をつかんで太腿のあいだにあてた。

「もうおしゃべりはやめるわ」そう言ったとたん、彼の指が大切なところに触れて息が詰まった。

マシューがあらためてキスでわたしを黙らせた。ゆっくりした手の動きでまったく違う反応を引き起こされ、体のうずきが高まっていく。

「服が多すぎるわ」息をはずませながらわたしは言った。マシューから返事はなかったが、コルセットの襟ぐりを急いで腕へおろすようすで同じことを考えているのがわかる。すでにひもがゆるんでいたので、わたしはコルセットを押しさげて足から抜いた。マシューが上着のボタンをはずしているあいだに、ブリーチズのひもをほどいた。ブリーチズと上着は、わたしのボディスとスカートのように、いくつもの交差したひもで腰で繋がっていた。

タイツのほかにわたしはスモック、マシューはシャツだけの姿になると、ふたりの手がとまった。ふたたび気おくれを感じていた。

「きみを愛してもいいか、ダイアナ？」思いやりのある飾らない質問で、不安が消し飛んだ。

「ええ」わたしはそっと答えた。マシューが床に膝をつき、タイツをとめているリボンをほどく。リボンの青い色は、貞節の色だとカトリーヌが言っていた。マシューがタイツを巻きおろしながら、膝と足首に順に唇を押しあてた。自分のタイツはあっという間に脱いでしまったので、ガーターの色はわからずじまいだった。

マシューが少しだけわたしを持ちあげ、つま先立ちになるようにして太腿のあいだに体を押しつけた。

「ベッドまでたどり着けないかもしれないわ」わたしは彼の両肩をつかんだ。いますぐ入ってきてほしい。

けれど、結局は残ったスモックとシャツを脱ぎながらなんとか柔らかくて薄暗い場所にたどり着いた。ベッドに着いたとき、わたしの体はすっかり彼を迎える準備ができていて、伸ばした両腕で彼を引き寄せた。にもかかわらず、ふたりの体がひとつになったときは息を呑んだ——ぬくもりと冷たさ、光と闇、女と男、魔女とヴァンパイア、正反対同士の結合。

わたしのなかで動きはじめたマシューの表情が、うやうやしいものから驚きに変わり、体の位置を変えた彼にわたしが悦《よろこ》びの声で応じると、真剣な表情になった。彼がわたしの腰の下に手を入れ、彼の両肩をつかんでいる体を持ちあげた。

わたしたちは恋人たちのリズムを奏でていった——一緒に揺れながら唇や手でやさしく触れて相手を悦ばせ、全身全霊を捧げるまでそれをつづけた。しっかりと見つめ合い、生まれたての子どものように震えながら、肉体と魂で最後の誓いを交わし合った。

「永遠にきみを愛させてくれ」汗が浮かぶわたしの額に向かってマシューがささやいた。脚をからませて横たわるわたしの眉間に、彼の唇が冷たい足跡を残している。
「わたしも」わたしはあらためて誓い、マシューにぴったりと身を寄せた。

13

「結婚って悪くないわ」わたしはうっとりつぶやいた。式翌日の宴を乗り越えて贈り物――大半がモーモーかコッコッと鳴くものだった――を受け取ったあとは、何日も愛し合うことか会話か睡眠か読書しかしていない。ときどきシェフから食べ物と飲み物が載ったトレイが届くが、それ以外はふたりきりにされている。フィリップでさえ邪魔をしに来ない。

「ずいぶん気に入ったようだな」マシューが耳のうしろに冷たい鼻をこすりつけてきた。わたしは鍛冶場の上にある予備の兵器をしまう部屋で、脚を投げ出しうつぶせに横たわっていた。上に覆いかぶさったマシューが、木の扉から入ってくる隙間風をさえぎってくれている。もしいまだれか入ってきても、自分の体がどのぐらいあらわになっているのかわからないが、マシューの背中とむき出しの脚は見えるはずだ。彼が意味ありげに体を動かした。

「まさかまたしようとしているわけじゃないわよね」同じ動きをくり返す彼に、わたしは笑った。この精力はヴァンパイア特有のものなのだろうか。それともマシューだけ？

「もうわたしの独創力を批判するのか？」マシューがわたしを仰向けにして太腿のあいだに横たわった。「それに、わたしが考えていたのはこれだ」わたしの唇に唇を近づけ、そっと入ってくる。

「ここには弓の練習をしにきたのよ」しばらくのち、わたしは言った。「的に当てる練習って、このことだったの？」

マシューが笑い声で答えた。「オーヴェルニュには愛し合うことを示す婉曲《えんきょく》表現が山ほどあるが、それは入っていないはずだ。聞いたことがあるか、今度シェフに訊いてみよう」

「やめてちょうだい」

「上品ぶってるのか、ドクター・ビショップ？」わざとらしく驚いた顔をし、わたしの腰の上でもつれた髪から藁《わら》を取っている。「気にするな。わたしたちがなにをしているか、みんな知っている」

「それもそうね」わたしは以前はマシューのものだったタイツを膝上まで引きあげた。「ここへ誘ったのはあなたなんだから、わたしのどこがいけないのか解明してくれない？」

「きみは初心者だ。毎回的に当たるはずがない」立ちあがって自分のタイツを探している。片方は近くに放りだされたブリーチズについているが、もう片方が見あたらない。わたしは肩の下に手を入れ、丸まったタイツを手渡した。

「教え方がよければうまくなるわ」マシューが弓を射るのを見たが、長い腕と繊細で力強い指を持つ彼は、生まれながらの射手だ。わたしは近くの干し草の山に立てかけてあるカーブした弓を手に取った。光沢のある三日月形の角と木でできていて、革をよじった弦《つる》がぶらさがっている。

「それならフィリップに習ったほうがいい、わたしではなく。父の弓の扱い方は伝説になっている」

「あなたのお父さんは、イザボーのほうが腕がいいと言っていたわ」いま使っているのはイザボーの弓だが、これまでのところ彼女の腕前は乗り移っていない。

「それは父の脇腹に矢を当てたのは、母しかいないからだ」弓を渡すように手を出している。「弦を張ってやろう」

すでにわたしの頬には、弦を弓筈《ゆはず》にはめようとしたときできたピンク色の筋がついていた。弓の上下のリムを的確にたわませるには、とてつもない力と器用さが求められる。マシューが下のリムを太腿で支え、片手で上のリムをたわませて反対の手で弦を張った。

「あなたがやると簡単そうなのに」二十一世紀のオックスフォードでシャンパンのコルクを抜いたときも簡単そうに見えた。

「簡単だ――きみがヴァンパイアでざっと千年やっていれば」にっこりしながら弓を差しだす。「忘れるな、背中をまっすぐにして、射ることをあまり長く考えず、放すときはそっとなめらかにやるんだ」

見た目だけでなく聞こえも簡単そうだ。わたしは的に向き直った。マシューが干し草の山に柔らかい縁なし帽と上着とスカートを短剣でとめてある。はじめはなにかに当てるのが目標だと思っていた——帽子か上着かスカートに。けれど狙ったものに当てるのが目標だと教えられた。その意味を伝えるために、マシューは干し草の山に矢を一本打ちこみ、つづけて放った五本の矢で時計まわりにそれを取り囲むと、六本めで中央の矢軸を中心で縦に裂いて見せた。

わたしは矢筒から矢を一本引き抜いて弓につがえ、左腕に沿って狙いをつけながら弦を引いた。そこでためらいが出た。早くも狙いがずれている。

「射て」マシューが鋭く言った。

弦を放すと、矢が干し草の脇を抜けて床に落ちた。

「もう一回やらせて」わたしは足元の矢筒に手を伸ばした。

「わたしはきみがヴァンパイアにウィッチファイアを放ち、胸の真ん中に穴をあけるのを見た」マシューが静かに言った。

「ジュリエットの話はしたくないわ」矢をつがえようとしたが、手が震えていた。わたしは弓をさげた。「シャンピエの話もしたくない。わたしの力がすっかり消えてしまったみたいに見えることも。果物をしなびさせたり、みんなのまわりに色や光が見えることも。そういう話はもう少しあとにできない？——せめて一週間後に」またしてもわたしの魔力——あるいはその欠如——が定番の話題になっていた。

「弓矢はきみのウィッチファイアを刺激するはずだった」マシューが指摘した。「ジュリエットの話が役に立つかもしれない」

「どうしてただの運動にしちゃいけないの?」苛立ちを感じる。

「なぜきみの力が変化しているのか、解明する必要があるからだ」マシューが平然と答えた。「弓を構え、矢を引き、手を放せ」

「とりあえず干し草には当たったわ」干し草の山の右上に矢を当てたわたしは言った。

「あいにく、狙っていたのはもっと下だった」

「せっかく楽しんでいるのに、興をそがないで」

マシューが真顔になった。「楽しむばかりでは生き残れない。今度は矢をつがえたら、目を閉じて狙ってみろ」

「直感を使えと言いたいのね」弓を構えるわたしの笑い声は震えていた。的は目の前だが、狙いをつけずに言われたとおり目をつぶった。たちまち空気の重さが意識された。腕や太腿を圧迫し、分厚いマントのように肩にのっている。空気は矢の先端も支えている。姿勢を調整して大きく胸を張ると、肩で空気が脇へ押しやられた。それに応え、かすかな風が愛撫するように耳元の髪をふわりと浮かせた。

どうしてほしいの? わたしは不機嫌に風に尋ねた。

信じて。風がささやき返した。

驚きで口があき、心の目がひらいた。金色に焼けた矢尻が鍛冶場で打ち延ばされているのが見える。矢尻に閉じこめられた炎はまた自由になりたがっているが、わたしが恐怖を克服しなければそこから出られない。わたしはそっと息を吐き、自信が入る場所をつくった。吐いた息が矢柄《やがら》をたどっていくあいだに弦を放した。わたしの息をのせたまま、矢が飛んでいく。

「当たった」目をつぶっていても、的に当たったのがわかった。

「ああ。問題はどうやったかだ」マシューがわたしの手から落ちる前に弓を取った。

「矢に炎が閉じこめられていたの。それに矢柄と矢尻を空気が包みこんでいた」目をあける。

「マディソンのサラの果樹園で地下水を感じたように、元素を感じたんだな。オールド・ロッジでマルメロに日差しを感じたように」思案の口調でマシューが言った。

「ときどきこの世はつかめそうでつかめない、見えない可能性にあふれている気がするの。もしテティスみたいに思いどおりに姿を変えられたら、どうすればいいかわかるのかもしれない」弓とべつの矢に手を伸ばす。目をつぶっているかぎり、的に当てることができた。けれど少しでも目をあけると、矢ははずれるか手前に落ちてしまった。

「今日はこのぐらいにしよう」マシューがわたしの右肩甲骨《けんこうこつ》の横のこわばりをほぐしながら言った。「シェフの推測によると、今週の後半は雨になる。降らないうちに遠乗りに出かけよう」シェフは焼き菓子の名人だけでなく、いっぱしの気象学者でもある。朝食のトレイと一緒に毎朝予報を届けてくれるのだ。

遠乗りに出かけた帰り、野原のところどころにかがり火が見え、セット・トゥールはいくつもの松明で明るく照らされていた。今夜はサトゥルヌス祭だ——城のホリデーシーズンの正式な始まり。幅広い宗教観を持つフィリップは、だれものけ者にならないように、古代ローマとキリスト教の伝統を同等に尊重している。スカンジナビアのキリスト降誕祭の要素まで含まれているが、そのきっかけは、ここにはいないギャロウグラスだったにちがいない。

「まさかもう相手に飽きたんじゃないだろうな!」戻ったわたしたちにフィリップが楽団席から怒鳴った。頭に見事な枝角をつけた姿は、ライオンと牡鹿が奇妙に混じった存在のようだ。「あと二週間は姿を見せないと思っていた。だがせっかくだから手伝え。空いているところに、星と月を吊るしてくれ」

大広間にはいくつも植物が飾られ、見た目も香りも森のようだった。飲みたくなったらいつでも飲めるように、ワイン樽《だる》がいくつか置いてある。わたしたちは喝采で迎えられた。飾りつけ係が、マントルピースをのぼって梁《はり》に大きな枝をつけてくれないかとマシューに頼んだ。敏捷《びんしょう》に石壁をのぼっていくところを見ると、これが初めてではないらしい。

夕食が運ばれてくると、わたしたちもお祭り気分に釣りこまれ、召使いが主人に、主人が召使いになるしきたりに従ってみずから進んで客に料理を運んだ。わたしの護衛のトマスが長い藁を引き当て、〝無礼講の主君〟として祝宴の主人役を務めることになった。フィリップの席でクッションの山に座り、二階から持ってきた金とルビーの高価な王冠を小道具のようにかぶっている。どんなに突飛な注文をしても、宮廷おかかえの道化師に扮したフィリップがかなえてやった。フィリップの今夜の余興には、アランとのロマンチックなダンス――マシューの父親が女性役を演じた――や、フルートを吹き鳴らして犬たちを錯乱状態にしたり、何匹もの竜が壁をのぼっていく影をつくって子どもたちに悲鳴をあげさせたりすることも含まれていた。

幼い者を楽しませているあいだもフィリップは大人たちをほったらかしにはせず、運がものをいう複雑なゲームを用意して退屈させないようにしていた。賭けに使う袋に入った豆を配り、優勝者には賞金を出すと約束した。商才のあるカトリーヌは、キスと引き換えにいくつも豆を手に入れていた。もしわたしにも賭ける権利があったら、彼女の優勝に全額張っていただろう。

夜を通して、わたしは何度もマシューとフィリップに目を向けた。ふたりは隣り合って立ち、短い言葉を交わしたり冗談を言い合ったりしていた。頭を近づけると、髪の明暗の違いがことさら際立った。けれどそれをのぞくとふたりはそっくりだった。日を追うごとに、父親の漲《みなぎ》る気炎でマシューのとがった角が削り取られている。ハーミッシュは正しかった——この時代のマシューは別人だ。いっそうすてきになっている。そしてモン・サン・ミシェルで感じた不安に相違して、彼はいまもわたしのものだった。

視線を感じた彼が、こちらを見ていぶかしげな顔をした。わたしがにっこり微笑んで投げキスをすると、恥ずかしそうにうなずいた。

零時まであと五分になったころ、フィリップが暖炉の横にあるものからかけてある布を取り去った。

「信じられない。たしかにあの時計を修理してまた動くようにすると話していたが、本気とは思わなかった」わたしのところへやってきたマシューが言った。大人も子どもも歓声をあげている。

それは見たことのない時計だった。金色に塗られた木枠のなかに水を入れた樽がおさまっている。樽から長い銅のパイプが伸び、シリンダーに吊るされた見事な船の模型に水が滴るようになっている。水の重みで船が徐々に重くなると、シリンダーがまわって文字盤の針が動き、時刻を示す。わたしの背丈ぐらいの大きさがある。

「零時になると、どうなるの？」わたしは尋ねた。

「なにが起きるにせよ、昨日フィリップに頼まれた火薬と関係があるにちがいない」マシューがむっつり答えた。

しかるべき物々しさで時計の披露を終えたフィリップが、古代の神々をあがめる祭りにふさわしく、過去と現在の友人や新旧の家族に賛辞を贈りはじめた。この一年間に地元で亡くなったすべての生き物の名前をあげ、それには――〝無礼講の主君〟に促され――トマスの子猫で不運な出来事で痛ましい死を遂げたプリュネルも含まれていた。時計の針が十二時にじわじわ近づいている。

零時ぴったりに、すさまじい音をたてて船が爆発した。木端微塵《こっぱみじん》になった木枠のなかで、時計が震えて停止した。

「だめになった《スカタ》」フィリップが壊れた時計を見てしょげている。

「もとの時計をつくったムシュー・フィネがここにいたら、フィリップがくわえた変更を気に入らなかっただろう」マシューが顔の前の煙を払いながら前屈みになって目を凝らした。「毎年フィリップは新しいことに挑戦する――水の噴射、ベルを鳴らす、鳴き声で時を告げるフクロウ。トランプゲームに勝ってフランソワ一世にあの時計をもらってから、ずっといじくりまわしていたんだ」

「大砲からは火花と煙が少し出るだけのはずだった。子どもたちが喜ぶと思っていたのに」フィリップは不機嫌になっている。「おまえにもらった火薬がまずかったんだ、マタイオス」

マシューが笑った。「ありえない、あの残骸を見れば明らかだ」

「残念《セ・ドマージュ》」トマスが気の毒そうにつぶやいた。フィリップの横にしゃがんでいる少年は王冠が傾き、大人びた気づかう表情を浮かべている。

「問題ない《パ・ド・プロブレム》。来年はうまくいく」フィリップが陽気に答えた。

それから間もなく、わたしたちは賭け事と浮かれ騒ぎにふけるサン・ルシアンの住民を残して広間をあとにした。寝室に戻ると、わたしはマシューが蠟燭を消してベッドに入るまで暖炉の前に立っていた。それからベッドにあがり、ナイトガウンをめくって彼にまたがった。

「どうした？」マシューが訊いた。自分のベッドに仰向けになっているうちにいつのまにか妻に見おろされ、驚いている。

「無礼講は男だけのものじゃないのよ」爪の先で彼の胸を撫でおろす。「大学院にいるとき、雑誌で読んだの。〝積極的な女〟と書いてあった」

「きみが主導権を握るのには慣れていたが、雑誌で学んでいるとは思わなかった」わたしが姿勢をずらしてもっとしっかり太腿ではさみこむと、マシューの瞳の黒さが増した。

「口がうまいのね」指先を引き締まった腰から割れた腹筋へ、さらにたくましい肩へと移動させる。そして前に屈んで彼の両腕をベッドに押さえつけ、ナイトガウンの開いた襟元から自分の体がたっぷり見えるようにした。

「逆転の世界へようこそ」ナイトガウンを脱がせるあいだだけ手を放してやり、ふたたび両手を押さえこんでから、上体を倒して乳首で彼の胸をかすめた。

「ああ。わたしを殺す気か？」

「いま死んだら許さないわよ、ヴァンパイア」わたしは自分のなかに彼を迎え入れ、そっと腰を動かして彼をじらした。マシューが小さくうめいている。「気に入ったのね」

もっと激しく早く動くように促されたが、ゆっくりした一定のリズムを保ってふたりの体がしっくり馴染む感触を堪能した。体の奥にあるマシューの冷たさが、甘美な摩擦となって快感をそそる。絶頂を迎える彼の瞳をのぞきこんでいるうちに、そこに潜むむき出しの無防備さでわたしも一気にあとを追った。どさりと彼の上に倒れこんだわたしが起きあがろうとすると、マシューの腕がしっかり巻きついてきた。

「じっとしていろ」かすれ声で彼がささやいた。

わたしは言われたとおりにした。数時間後に起こされるまで。夜明け前、マシューはふたたび静かに愛を交わし、わたしが炎から水へ、さらに空気へと変身してもう一度夢の世界へ戻るまで、わたしを抱きしめていた。

金曜日は一年でもっとも日が短い日とされ、ユールの祭りだった。村はまだサトゥルヌス祭の余韻冷めやらぬ状態で、クリスマスまでまだ間があったが、フィリップを阻止できる者はいなかった。

「シェフが豚をつぶした」フィリップが言った。「がっかりさせるわけにはいかない」

天気の晴れ間に、マシューは最近降った雪の重みでつぶれた屋根の修理を手伝うために村へ出かけた。棟木《むなぎ》からほかの大工にハンマーを投げ落とし、凍える寒さのなかで過酷な肉体労働ができる予感にわくわくしている彼を現場に残し、わたしは城へ戻った。

クレアモント家所有の錬金術の本のなかでもっとも見事な数冊と、なにも書かれていない紙数枚を携えて図書室にこもった。そのうち一冊は、ところどころにわたしにしかわからない走り書きや図が書きこまれている。城の現状を考えると、酒精《エタノール》づくりはあきらめざるをえない。トマスとエティエンヌは仲間と走りまわったり、シェフのつくりたてのホットケーキに指を突っこむのに夢中で、わたしの科学実験を手伝う気などなかった。

「ダイアナ」飛ぶように移動していたフィリップが、図書室に踏みこんだところでわたしに気づいた。「マシューと一緒だと思っていた」

「棟木にいる彼を見ていられなかったの」正直に答えると、フィリップが訳知り顔でうなずいた。

「なにをしている？」肩越しにのぞきこんでいる。

「マシューとわたしが錬金術とどんな関係があるのか突きとめようとしているの」最近あまり使っていない頭は、睡眠不足もくわわってぼんやりしている。

フィリップが、持っていた三角や四角や巻いた小さな紙片をテーブルに置いて椅子を引きだした。そしてわたしが書いた図形を指差した。「マシューの徽章《きしょう》だ」

「ええ。同時に銀と金、月と太陽のシンボルでもある」サトゥルヌス祭の大広間は、光り輝くこれらの天体で飾りつけがされていた。「月曜の夜からずっと考えていたの。三日月と銀が魔女を象徴するのは理解できる――どちらも女神に結びついているから。でもなぜヴァンパイアの象徴に太陽と金を使うのかしら」

一般的な伝説と食い違っている。

「われわれが不変だからだ。われわれの命は月のように満ち欠けせず、肉体は金のように死や病にむしばまれることがない」

「それは考えつかなかったわ」わたしはメモを取った。

「ほかのことで頭がいっぱいだったからだろう」フィリップが微笑んだ。「マシューはとても楽しそうにしている」

「原因はわたしだけじゃないわ」わたしは義父の視線をしっかり見つめ返した。「あなたと再会したのがうれしいのよ」

フィリップの瞳を翳《かげ》りがよぎった。「イザボーもわたしも、子どもたちが里帰りするのを楽しみにしている。みな立派に独立しているとはいえ、それで彼らの不在が平気になるわけではない」

「それに今日はギャロウグラスの不在も身に沁みているのね」フィリップはいつになく沈んだようすに見える。

「ああ」フィリップが折りたたんだ紙をいじった。「あいつを一族にくわえたのは、長男のヒューだ。自分の血を分け与えるときのヒューの決断はつねに賢明で、ギャロウグラスも例外ではなかった。父親の廉恥心《れんちしん》を具《そな》えた勇ましい戦士だ。孫息子がマシューとイングランドにいるのを心強く思っている」

「マシューはあまりヒューの話をしないわ」

「あいつは兄弟のなかでいちばんヒューと親しかった。最後に残ったテンプル騎士団とともにヒューが教会と国王に殺されたとき、マシューの忠誠心が揺らいだ。血の逆上を脱してわれわれのもとに戻れるようになるまで、しばらくかかった」

「ギャロウグラスは？」

「ギャロウグラスはまだ悲しみを乗り越えられずにいる。そしてそれができるまで、フランスに足を踏み入れようとはしないだろう。孫息子はマシューのように、ヒューの信頼を裏切った者たちに報復をくわえたが、復讐だけで喪失は癒《いや》せない。いずれ戻ってくるだろう。わたしはそう確信している」つかのまフィリップが老人に見えた――剛健な統治者ではなく、息子に先立たれた苦しみにさいなまれている父親に。

「ありがとう、フィリップ」わたしは一瞬ためらってから、彼の手に手を重ねた。フィリップがつかのまその手を握ってから立ちあがり、錬金術の本を一冊手に取った。美しい挿画のある『立ち昇る曙光《しょこう》』は、わたしが初めてセット・トゥールを訪れるきっかけになった本だ。「興味深いテーマだ、錬金術は」フィリップがつぶやきながらページをめくった。太陽の王と月の女王が、ライオンとグリフィンにまたがって戦っている絵を見つけ、頬をゆるませている。「ああ、これがいい」ページのあいだに持ってきた紙片のひとつをはさんでいる。

「なにをしてるの?」好奇心がむくむく湧きあがった。

「イザボーとやっているゲームだ。どちらかが留守のあいだに、ここにある本にメッセージを隠す。一日のあいだに何度もやるので、再会したときすべてを覚えていられない。だから思いがけないときにこういうちょっとした思い出に遭遇し、ふたりで分かち合う」

フィリップが書棚に歩み寄り、革表紙がすり切れた本を抜きだした。「これはわたしたちが好きな作品だ、『アーモリスの歌』。イザボーとわたしの趣味はシンプルで、冒険物語を好む。いつもこの本にメッセージを隠している」仔牛革の背表紙と折り丁のあいだにできた隙間に巻紙をひとつ押しこんでいる。せまいスペースに無理に押しこむと、反対側から長方形に折りたたんだ紙が落ちた。

「自分のメッセージが簡単に見つからないように、イザボーはナイフを使う癖がある。いろいろな手を使うが、これもそのひとつだ。なんと書いてあるか読んでみよう」紙をひらき、無言で目を通している。顔をあげたとき、瞳が輝き、頬には珍しく赤みが差していた。

わたしは笑って席を立った。「返事を書くにはひとりになったほうがよさそうね」

「だんなさま《セニュール》」アランが戸口で身じろぎした。真剣な表情をしている。「使者がまいりました。ひとりはスコットランドから。もうひとりはイングランドから。三人めはリヨンからです」

フィリップがため息をついて小さく毒づいた。「クリスマスが終わるまで待てなかったのか」

口のなかが酸っぱくなった。

「いい知らせとは思えない」わたしの表情に気づいたフィリップが言った。「リヨンの使者はなんと?」

「シャンピエは出発する前に予防策を取り、ここへ呼ばれたことを仲間に話していました。彼が戻らないので、仲間があちこちに問い合わせています。数名の魔女が彼を探すためにリヨンを発つ準備をしていて、こちらへ向かうつもりでいます」

「いつ?」かすれ声が漏れた。早すぎる。

「雪でもたつくでしょうし、祭りの季節に旅をするのは難渋するはずです。あと数日、おそらく一週間はかかるでしょう」

「ほかの使者は?」わたしはアランに尋ねた。

「村にいます。ミロールを探しています」

「イングランドへ連れ帰ろうとしているのね」

「それならキリスト降誕日が出発に最適だ。出歩く者はほとんどいない、月が暗くなる。マンジュサンが旅をするには理想的だが、血が温かい者にとっては違う」とうぜんのことのようにフィリップが言った。「カレーまで馬と宿の用意をしてある。カレーで待っている舟でドーバーへ渡れ。ギャロウグラスとウォルターにはおまえたちの帰りに備えるように連絡しておいた」

「こうなるとわかっていたのね」イングランドへ戻ると思うと寒気がした。「でもまだ無理よ。みんなわたしに違和感を抱くわ」

「自分で思っているよりうまく溶けこんでいる。今朝も完璧なフランス語とラテン語でわたしと話していたじゃないか」言葉を失ってぽかんと口をあけたわたしを見て、フィリップが笑った。「ほんとうだ。二度言葉を切り替えてみたが、おまえは気づかなかった」真顔になる。「マシューにはわたしから話すか?」

「いいえ」わたしは彼の腕に手をかけた。「わたしが話すわ」

マシューは棟木に腰かけ、両手に一通ずつ手紙を持って眉根を寄せていた。わたしに気づくと、斜めのひさしをすべりおり、猫のように優雅に地面に着地した。今朝の幸せそうなようすや陽気にふざけるそぶりは、もはや過去のものになっていた。錆《さ》びた松明受けから上着を取り、それをはおったとたん、大工が消えて王子に戻っていた。

「アグネス・サンプソンが、告発された五十三件の魔術を認めた」マシューが憎々しげに言った。「スコットランドの役人は、告発を積みあげると個々の罪が説得力を失うことをまだわかっていない。この手紙によると、悪魔がサンプソンに、自分にとって最大の敵はジェームズ国王だと伝えたことになっている。エリザベスは自分が一位でないと知って喜んでいるにちがいない」

「魔女に悪魔信仰はないわ」魔女について人間が触れまわる話のなかで、もっとも不可解なのはこれだ。

「飢えや苦しみや恐怖が何週間もつづくと、目の前の不幸を終わらせてくれそうなものを信じてしまうものだ」マシューが指で髪を梳《す》いた。「アグネス・サンプソンの自白には信憑性《しんぴょう》がないとはいえ、ジェームズ一世の主張どおり、魔女が政治に干渉している証拠になる」

「つまり誓約を破っていることになるのね」スコットランド国王がここまで強硬にアグネスを追撃した理由はこれだったのだ。

「ああ。どうすべきかギャロウグラスが知りたがっている」

「以前はどうしたの？　むかしここにいたときは？」

「アグネス・サンプソンの処刑には反対しなかった。コングレガシオンの保護範囲を超えた犯罪に対して市民が与える妥当な罰とみなした」マシューがわたしの目を見た。わたしのなかで、魔女と歴史学者が目の前の不可能な選択肢をめぐって戦っていた。

「それなら今度も黙っていて」歴史学者が勝った。

「黙っていたら、アグネスは処刑される」

「口を出せば歴史を変えてしまうわ。きっと想像を絶する影響を二十一世紀に及ぼしてしまう。わたしだってアグネスを死なせたくはない。でももし過去を変えはじめたら、どこでやめればいいの?」わたしは首を振った。

「それなら今度もスコットランドで起きている身の毛がよだつ出来事を見届けよう。今回は違って見えるだろうが」気乗り薄にマシューが言った。「ウィリアム・セシルが、女王のためにスコットランドの現状に関する情報収集ができるようにイングランドへ戻れと言ってきた。彼の命令には従わざるをえない。選択の余地はない」

「セシルに命令されなくても、どうせ戻るしかないわ。シャンピエの行方がわからないことに仲間が気づいたの。すぐ発てるわ。万が一に備えて、いつでも出発できるようにフィリップが準備していたの」

「父らしい」乾いた笑い声をあげている。

「こんなにすぐ発つことになってごめんなさい」

マシューがわたしを抱き寄せた。「きみがいなかったら、父の最後の思い出は抜け殻になった姿だっただろう。甘い経験には苦い経験がつきものだ」

それから数日間、マシューと彼の父親は別れの儀式を着々とつづけていた。ふたりが交わす言葉から考えて、何度もやってきたことなのだろう。けれど今回は特別だ。今度セット・トゥールへ来るマシューは別人なのだから――わたしのことも、フィリップの未来も知らないマシュー。

「サン・ルシアンの村人はマンジュサンに慣れている」トマスとエティエンヌに秘密を守れるのか心配するわたしに、フィリップが言った。「われわれは、現れては姿を消す。村人はなにも訊かないし、こちらも説明はしない。ずっとこうしてきた」

たとえそうでも、マシューはわたしたちの計画をはっきりさせた。ある朝、剣の訓練を終えたあと、干し草納屋でフィリップと話している声が耳に入った。

「わたしたちの時代に戻る直前に、ここへ使いを出す。一族とジェームズ王の同盟を揺るぎないものにするために、スコットランドへ行くようにわたしに命じる用意をしていてくれ。そこからアムステルダムへ行かなければならない。オランダが東洋との交易ルートを開拓するはずだ」

「わたしに任せておけ、マシュー」フィリップが穏やかに言った。「それまでは、イングランドから定期的に報告をよこし、おまえとダイアナがどうしているか連絡しろ」

「わたしたちの冒険は、ギャロウグラスが逐一報告する」

「おまえから直接聞くのとは違う」とフィリップ。「おまえが尊大な態度を取ったとき、将来どうなるか知りながらほくそ笑むのをこらえるのは容易ではなさそうだ。だが、それもなんとかやり遂げよう」

　セット・トゥールで過ごす最後の数日、時間はいたずらをして最初ゆっくり流れていたのに、突然速度を増した。クリスマスイブに、マシューは使用人の大半と一緒に教会のミサへ出かけた。城に残ったわたしは、大広間の反対側にある書斎でフィリップを見つけた。例によって手紙を書いている。

わたしはドアをノックした。あくまで形式的にそうしたにすぎない。マシューの塔を出たわたしがこちらへ来るのをフィリップは気づいていたにちがいないが、許可なく押しかけてはいけない気がした。「入れ《イントウロイテ》」初めてここに来たときと同じ台詞だが、フィリップを知ったいまはさほど怖く感じない。

「邪魔をしてごめんなさい、フィリップ」

「ええ、入れ、ダイアナ」フィリップが目をこすった。「カトリーヌはわたしの箱を見つけたか?」

「ええ、杯と文箱も」フィリップは自分の見事な旅行用セットを持っていけと言って聞かなかった。いずれも固い革製で、雪や雨や乱暴な扱いに耐えられる。「発つ前に、お礼を言いたかったの——結婚式のことだけじゃない。あなたはマシューのなかで壊れていたものを直してくれた」

フィリップがスツールをうしろに押して見つめてきた。「礼を言うのはわたしのほうだ、ダイアナ。わたしたちは千年以上、マシューの心を癒そうとしてきた。わたしの記憶がたしかなら、おまえはそれを四十日そこそこでやり遂げた」

「マシューはこんなじゃなかったの」わたしは首を振った。「ここへ来て、あなたに会うまでは。彼のなかには、わたしの手が届かない闇があった」

「マシューのような男が影から完全に解放されることはない。だがあいつを愛するには、その闇も受け入れるしかないのだろう」

「〝わたしが暗い影になっているからといって拒んではならない〟」わたしはつぶやいた。

「聞いたことがないな」フィリップが眉を寄せている。

「このあいだ見せた錬金術の本の引用よ――『立ち昇る曙光』。これを読んだときマシューを思いだしたけれど、理由はいまもわからない。でも、いずれわかるわ」

「おまえはその指輪によく似ている」指先で机をたたいている。「それもまたイザボーの巧妙なメッセージだ」

「わたしたちの結婚を認めていることをあなたに伝えようとしたのよ」気持ちが安らぐ重みのほうへ親指が伸びた。

「いいや。おまえを認めていることを伝えようとしたんだ。材料の金のように、おまえは揺らがない。見えない裏側に詩が隠されているように、おまえも山ほど秘密を抱えている。だがもっともおまえを表しているのは石だ――まばゆく輝く表面の下で炎が燃え立ち、決して壊れない」

「あら、わたしはもろいわ」わたしは残念そうに言った。「あなたなら、ありきたりのハンマーでダイアモンドを粉々にすることもできる」

「マシューがおまえにつけた傷を見た。おそらくほかにもあるのだろう――見えないところに。これまで壊れなかったなら、これからもだいじょうぶだ」机をまわってくる。そっと両方の頰にキスをされ、涙がこみあげた。

「もう行かないと。明日の朝早く発つの」立ち去ろうと背を向けたわたしはくるりと振り向き、たくましい背中に両腕をまわした。こんな男性が壊れてしまうなんて信じられない。

「なんだ?」ぎょっとしている。

「あなたもひとりじゃないわ、フィリップ・ド・クレアモント」わたしは懸命に訴えた。「闇のなかでもあなたのそばにいる方法をきっと見つけてみせる。そして世界に見捨てられたとあなたが思ったときは、必ずそばにいて手を握ってあげる」

「とうぜんだ」フィリップがやさしく応えた。「おまえはもう、わたしの心のなかにいる」


翌朝、わたしたちを見送るために中庭に集合したのはわずか数人だった。シェフはわたしのためにありったけの軽食をピエールの鞍袋に詰めこみ、残ったスペースにはアランがギャロウグラスやウォルターやそのほか大勢に宛てた手紙を押しこんだ。そばに立つカトリーヌは泣きはらした目をしていた。一緒に来たいと望んでいたが、フィリップに許されなかったのだ。

そのフィリップが、熊のように両腕でわたしを抱きしめた。そのあとマシューと小声でなにか話していた。マシューがうなずいた。

「おまえを誇りに思うぞ、マタイオス」フィリップが息子の肩をぎゅっと握った。その手が離れたとき、それを惜しむようにマシューの体がわずかに父親のほうへ傾いた。

だがこちらを見たとき、彼の顔には決意が満ちていた。馬に乗るわたしに手を貸し、自分の馬にひらりとまたがった。

「ごきげんよう、父上《カイレー》」マシューが言った。瞳がきらめいている。

「ごきげんよう《カイレテ》、マシューとダイアナ《マタイオス・カイ・ディアナ》」フィリップが応えた。

マシューは最後にひと目父親を見ようと振り向くこともせず、背中のこわばりが薄れることもなかった。まっすぐ前を見つめ、過去ではなく未来を見据えていた。

わたしは一度だけ振り向いた。視界の隅でとらえた動きはフィリップだった。近くの尾根に沿って馬を進め、ぎりぎりまで息子を手放すまいとしている姿。

「さようなら、フィリップ」わたしは風に向かってささやいた。どうか彼に聞こえますように。

14

「イザボー？　だいじょうぶ？」

「もちろん」イザボーが貴重な古書の表紙をうしろに反り返し、上下に振った。

エミリー・マザーはイザボーに怪訝《けげん》な目を向けた。図書室は乱雑を極めていた。城のほかの場所はすっきり片づいているのに、この部屋は竜巻が通り抜けたばかりのようだ。いたるところに本が散乱している。書棚から抜いた本があちこちに放りだされていた。

「ぜったいあるはずよ。子どもたちが一緒にいるのを知っていたはずだもの」イザボーが持っている本を放り投げてべつの本に手を伸ばした。こんなふうに本が手荒く扱われているのを見ると、エミリーの司書魂が痛んだ。

「どうしたの？　なにを探しているの？」エミリーは投げだされた本を拾ってそっと閉じた。

「マシューとダイアナは一五九〇年へ向かった。当時わたしは城を空けていたの、トリーアにいた。フィリップはマシューの新妻に会ったはずよ。そしてわたしにメッセージを残したに決まっている」髪が顔のまわりに垂れて腰の近くまで落ちている。イザボーがそれを苛立《いらだ》たしそうに両手でつかみ、ひねってどけた。新しい獲物の背表紙と中を調べたあと、人差し指の鋭い爪で見返しを切り裂いている。なにも入っていないとわかり、憤懣《ふんまん》の声を漏らした。

「でもここにあるのは本で、手紙じゃないわ」エミリーは慎重に声をかけた。イザボーのことはあまり知らないが、マシューの母親と、彼女がトリーアやほかの土地でやったことに関する身の毛がよだつ逸話はいろいろ聞いている。クレアモント家の女家長は魔女に好意的とは言い難く、たとえダイアナが信頼していようとエミリーはまだ確信できずにいた。

「探しているのは手紙じゃないわ。わたしたちは本のあいだに相手に宛てたメモを隠していたの。フィリップが亡くなったあと、彼の形見が欲しくて図書室の本を片っ端から調べたわ。でもきっと見逃したものがあるのよ」

「たぶんなかったのさ――そのときは」扉近くの暗がりで冷ややかな声がした。サラ・ビショップの赤毛はぼさぼさで、不安と睡眠不足で顔色が悪い。「マルトがここを見たらかんかんになるよ。それにダイアナがいなくてよかった。本の保管について、うんざりするほど退屈な説教をされただろうからね」サラが行くところならどこにでもついてくるタビサが、両脚のあいだから飛びだしてきた。

今度はイザボーが戸惑っている。「なにが言いたいの、サラ？」

「時間は曲者《くせもの》なんだ。すべて計画どおりにいって、ダイアナとマシューが一五九〇年の十月三十一日に戻ったとしても、だんなのメッセージを探すのはまだ早すぎる。それに以前メッセージが見つかったはずがない。フィリップはまだあたしの姪《めい》に会ってなかったんだからね」そこで口を閉ざす。「タビサが本を食べてるよ」

ネズミと薄暗い隠れ場所にあふれた家をすっかり気に入ったタビサは、最近、家具やカーテンによじ登ることに病みつきになっている。いまも書棚のひとつにのって革装本の角をかじっていた。

「悪い猫《カコ・ガテイー》ね！」イザボーが叫んで書棚に駆け寄った。「それはダイアナの愛読書よ」

ミリアム以外の捕食者には引き下がったことのないタビサが、噛んでいた本をたたいて床に落とした。すぐさま自分も飛びおり、格別魅力的なごちそうを守るライオンのように獲物のまわりをうろついている。

「挿画がある錬金術の本だね」サラが猫から本を取りあげ、ページをめくった。表紙のにおいを嗅《か》いでいる。「なるほど、タビサが噛みたがったのもとうぜんだ。お気に入りのおもちゃと同じ、ミントと革のにおいがする」

幾重にも折りたたまれた四角い紙が、ひらひらと床に落ちた。本を取られたタビサが鋭い歯で紙をくわえ、すたすたドアへ歩いていく。

イザボーが待ち構えていた。首根っこをつかんでタビサを持ちあげ、くわえていた紙を奪い取る。そして驚く猫の鼻にキスをした。「おりこうさん。夕食に魚をあげるわ」

「探していたのは、それなの？」エミリーは紙切れを見つめた。図書室を引っ掻《か》きまわす価値があるようには見えない。

イザボーの返事は紙切れの扱い方を見れば明らかだった。彼女が折り目を丁寧にひらくと、十二センチ四方ぐらいの四角い厚手の紙があらわれた。両面が細かい文字で埋まっている。

「暗号で書いてある」サラが首からさげているゼブラ柄の老眼鏡を素早くかけた。

「暗号じゃないわ――ギリシャ語よ」折り目を平らに伸ばすイザボーの手が震えている。

「なにが書いてあるんだい？」サラが訊いた。

「サラ！」エミリーがたしなめた。「失礼よ」

「フィリップよ。ふたりに会ったんだわ」イザボーがつぶやき、紙面に視線を走らせた。口元に片手があがる。安堵《あんど》と驚きがせめぎ合っているらしい。

サラはヴァンパイアが読み終わるのを待っていた。二分かかった。ほかのだれかに与える余裕より九十秒長い。「で？」

「ふたりは祭日をフィリップと過ごしたのよ。『キリスト教の聖なる祝日の朝、息子に別れを告げた。息子はようやく幸せをつかんだ。女神の志を継ぎ、息子の愛にふさわしい女を伴侶にした』」

「マシューとダイアナを指しているのはたしかなの？」エミリーには妙にあらたまった表現に聞こえたし、夫婦のやりとりにしては漠然としている気がした。

「ええ。マシューのことは、わたしもフィリップもずっと心配していたの。きょうだいのほうがはるかに窮地に陥っていたけれど。あの子が幸せになるのを見届けることだけを願っていた」

「それに〝女神の志を継ぐ女〟が指しているものは火を見るより明らかだ」サラが同意する。「ダイアナの名前や魔女だということを書くわけにはいかなかった。だれかに見られたら困るからね」

「つづきがあるわ」イザボーがつづけた。『運命にはまだわれわれを驚かせる力がある、希望にあふれた驚きをもたらす力が。われわれの前途にはいくつも困難が待ち構えている。わたしは残された時間のなかで、きみの無事とわたしたちの子どもや孫たちの無事をたしかなものにするために、できるかぎりのことをするつもりだ。その恩恵をすでに堪能している者も、まだ生まれていない者たちも』」

サラが舌打ちした。「まだ生まれていない？　まだつくっていないではなく？」

「ええ」かすれ声でイザボーが答える。「フィリップはいつも言葉を慎重に選んでいたわ」

「つまり彼はダイアナとマシューについて、なにか伝えようとしてるんだね」

イザボーがどさりとソファに腰をおろした。「はるかむかし、毛色の違うクリーチャーに関する噂《うわさ》があったの。不死であると同時に強力なクリーチャー。最初に誓約が交わされたとき、ひとりの魔女がヴァンパイアのように血の涙を流す赤ん坊を生んだと主張する者がいた。その赤ん坊が泣くたびに、海から強風が吹きつけた」

「聞いたことがないわ」エミリーが眉を寄せた。

「架空の話としてしりぞけられたのよ——クリーチャーのあいだで恐怖をあおる物語として。いまではほとんど忘れ去られているし、あり得ると信じている者はもっと少ない」膝に乗せた紙に触れている。「でもフィリップは事実だと知っていた。なにしろその赤ん坊を抱いたんだもの。だからほんとうだとわかったの」

「ほんとうって、なにが？」サラは愕然《がくぜん》としている。

「マンジュサンが魔女から生まれたのよ。不憫《ふびん》なことに、赤ん坊は飢えていた。魔女の家族は幼い男の子を母親から取りあげ、ミルクしかやらなければマンジュサンにならずにすむと思って血を与えなかった」

「マシューも知っているんでしょう」エミリーが言った。「あなたが話したはずだもの。ダイアナのためでなくても、彼の研究のために」

イザボーが首を振る。「わたしから伝える話ではなかったわ」

「あんたの秘密主義にはあきれるよ」苦々しくサラが言った。

「あなたに言われる筋合いはないわ、サラ」イザボーが声を荒らげた。「仲間の魔女が、サトゥやピーター・ノックスみたいな連中が、マンジュサンの子どもと母親のことを知らないとでも思ってるの？」

「やめて、ふたりとも」エミリーがぴしゃりといさめた。「もしこの話が事実で、ほかにも知っているクリーチャーがいるなら、ダイアナが深刻な危機に瀕《ひん》していることになるのよ。

ソフィも」

「ソフィは魔女と魔術師のあいだに生まれたが、デーモンだ」サラの脳裡に、ハロウィーンの数日前にマディソンにある自宅の玄関先に現れた若いカップルが浮かんでいた。あのデーモンのカップルがこの謎にどうはまるのか、だれもわからずにいる。

「ソフィの夫のナサニエルもデーモンだけれど、生まれてくる娘は魔女だわ。あの夫婦は、魔女とデーモンとヴァンパイアがどうやって子どもをつくり、自分の能力を子孫に伝えていくのか、わたしたちがまだわかっていない証拠だわ」エミリーは不安だった。

「コングレガシオンを避ける必要があるクリーチャーはソフィとナサニエルだけじゃない。マシューとダイアナが一五九〇年にいてくれてよかったよ」サラがむっつりしている。

「でもふたりが過去にいる時間が長くなれば、それだけ現在を変える可能性が高くなるのよ」とエミリー。「ダイアナとマシューの化けの皮がはがれるのは時間の問題だわ」

「どういう意味、エミリー？」イザボーが尋ねた。

「時間は調整するしかなくなる。みんなが思うようなメロドラマ風な調整ではなく、戦争が回避されたり大統領選の結果が変わったりするの。そのメモのように小さなものが、あちこちにひょっこり現れる」

「変則」イザボーがつぶやいた。「フィリップはいつも変則的なものを探していたわ。だからわたしはいまでも新聞を読んでいるの。毎朝新聞に目を通すのがわたしたちの習慣だった」思い出に目を閉じている。「彼はスポーツ欄が好きで、教育コラムもよく読んでいたわ。将来の子どもたちがなにを学ぶのか心配していた。ギリシャ語と哲学を研究する奨学金制度を設立し、女性のために大学に寄付もしていた。ずっと変だと思っていたの」

「ダイアナを探していたのね」エミリーの声には千里眼に恵まれた者の確信がこもっていた。

「たぶん。なぜその時々に起きていることにそこまで夢中になるのか、新聞でなにが見つかると期待しているのか、一度訊いたことがあるの。フィリップは、見ればわかるんだと答えた」イザボーが悲しげに微笑んだ。「彼は謎解きが大好きで、できるものならシャーロック・ホームズのような探偵になりたがっていたわ」

「コングレガシオンより先に、こういう小さな時間のこぶを全部見つけないと」とサラ。

「マーカスに連絡するわ」イザボーがうなずく。

「なんでマシューに異なる種族のあいだに生まれた赤ん坊の話をしなかったんだ」サラは非難の色を隠せなかった。

「息子はダイアナを愛しているのよ。もしこの赤ん坊のことを知ったら、ダイアナを――そして赤ん坊を――危険にさらすより彼女を遠ざけようとするわ」

「ビショップ一族は簡単には引きさがらないんだよ、イザボー。もしあんたの息子をほしいと思ったら、ダイアナは手に入れる方法を見つけるさ」

「そう、ダイアナはマシューをほしいと願い、いまはお互いにそう思ってる」エミリーが指摘する。「でもマーカスだけに知らせるのでは足りないわ。ソフィとナサニエルにも教えないと」

サラとエミリーは図書室をあとにした。ふたりが使っているのはむかしルイーザ・ド・クレアモントのものだった部屋で、イザボーの部屋から廊下を歩いた先にある。たまにかすかにダイアナのにおいを感じることがあると、サラは思っていた。

イザボーはふたりが去ったあとも図書室に残り、本を集めて棚にしまった。もとの整然とした状態に戻ると、ソファに座って夫のメッセージを手に取った。魔女たちに話さなかったことがある。イザボーは最後の数行を読み返した。

〝だが、暗い話はこのぐらいにしよう。きみも無事でいてくれ、ふたりの未来を堪能できるように。わたしはきみのものだとあらためて伝えてから二日が経つ。できるものなら四六時中同じことを言いたい。きみが忘れないように、永遠にきみを愛《いと》おしむ男の名前を忘れないように。フィリッポス〟

死の間際の数日、フィリップはイザボーの名前はおろか、自分の名前すらわからなくなることがあった。

「ありがとう、ダイアナ」イザボーは夜に向かってささやいた。「わたしのもとへ彼を返してくれて」

数時間後、サラは頭上で聞き慣れない音がすることに気づいた――音楽のようだが、音楽を超えたなにか。あわてて部屋を出ると、廊下にマルトが立っていた。ポケットにカエルの刺繍がある着古したシュニール織のバスローブにくるまり、ほろ苦い表情を浮かべている。

「あれはなに？」サラは上に目をやりながら尋ねた。あれほど心に強く訴えかける妙なる調べは人間技と思えない。屋上に天使がいるにちがいない。

「イザボーが久しぶりに歌っているのよ」マルトが答えた。「フィリップが亡くなってから、歌ったのは一度きりだった——あなたの姪が危険な状態になって、この世界へ引き戻す必要があったときだけ」

「だいじょうぶなのかい？」胸を締めつける深い悲しみと喪失感がメロディ全体にあふれている。言葉にできない調べ。

マルトがうなずいた。「歌えるようになったのはいいことよ。哀悼がようやく終わりかけている証拠。そうなって初めてイザボーはまた生きられるようになるの」

ふたりの女性——ヴァンパイアと魔女——は、イザボーの最後の歌声がしだいに薄れて静寂が訪れるまで、じっと耳を澄ませていた。

第三部
ロンドン
ブラックフライアーズ

15

「気がふれたハリネズミみたい」わたしは感想を言った。ロンドンの空は、ごちゃごちゃひしめき合う建物から突きだした針のような尖塔《せんとう》で埋め尽くされていた。「あれはなに?」わたしは細長い窓がいくつもある巨大な石の塊を呆然《ぼうぜん》と指差した。高くそびえる木造の屋根が真っ黒に焦げて太い切り株のようになっているせいで、建物の釣り合いが崩れて見える。

「セント・ポール大聖堂だ」マシューが答えた。建築家クリストファー・レンが再建した白いドームのある優美な傑作ではない。二十一世紀のセント・ポール大聖堂は近代的なオフィスビルに囲まれ、すぐそばに行くまで見えない。古い大聖堂はロンドンでいちばん高い丘に建っているので、ひと目で全体を見渡せた。

「尖塔に雷が落ちて木の屋根に火がついた。イングランド人は、聖堂全体が焼け落ちなかったのは奇跡だと信じている」

「フランス人はとうぜんながら、その出来事に先だって神の御業《みわざ》が働いたと信じている」そう言ったのはギャロウグラスだ。ドーバーでわたしたちを待っていた彼はサザークで舟を徴発し、テムズ川を上流へさかのぼっている。「神が事の真相を知らせてくるのがいつになろうと、修理費はまだ神からもたらされていない」

「女王からも」マシューは川岸にならぶ船着き場を見つめ、剣の柄《つか》に右手をかけている。

むかしのセント・ポール大聖堂がこれほど巨大だったとは思いもしなかった。わたしはあらためて自分をつねってみた。ロンドン塔――まわりに高層ビルがないと、やはり巨大に見えた――やロンドン・ブリッジ――川に浮く商店街になっている――を目にしてから、何度もつねっている。過去へ来てから印象に残るものをいくつも見聞きしてきたが、初めて垣間見るロンドンほど息を呑まされたものはなかった。

「ほんとうに、まず市内の船着き場につけなくていいのか？」舟に乗ってから、ギャロウグラスはこれが賢明な行動かどうか何度もほのめかしていた。

「ブラックフライアーズへ向かう」マシューの返事に揺らぎはなかった。「ほかのことはあとまわしでいい」

ギャロウグラスは怪訝な顔をしたが、そのまま壁に囲まれた旧市街の西端まで舟を漕《こ》ぎつづけた。急な石段の横で舟がとまった。階段の下のほうは水中に沈んでいて、岸壁のようすで残りも沈むまで水面が上昇するのが見て取れた。ギャロウグラスがたくましい男にロープを投げると、自分の舟を無傷で返してくれた彼に男が感謝の言葉をくり返した。

「移動にはいつも他人の舟を使ってるみたいね、ギャロウグラス。マシューに一艘《そう》クリスマスプレゼントにもらうといいわ」わたしは皮肉を言った。イングランドへの帰還――そしてユリウス暦への帰還――によって、今年はクリスマスを二度祝うことになる。

「そうやって、ぼくの数少ない楽しみを奪うのか？」口髭《くちひげ》のあいだから白い歯がのぞいた。マシューの甥が舟の持ち主に礼を言って硬貨を投げると、その大きさと重さで、気の毒な男が浮かべていた不安が曖昧《あいまい》な感謝まで軽減した。

船着き場からアーチ道を渡ると、ウォーター・レーンに出た。曲がりくねった狭い道に住宅や店舗がひしめいている。住宅は上階へ行くほど通りに張りだし、さながら上のほうの抽斗《ひきだし》をあけたタンスのようだ。リネンやカーペットなどさまざまなものが窓の外に干してあるので、余計そう見える。だれもが珍しい好天を活用して部屋の空気を入れ替えたり衣類の虫干しをしたりしているのだ。

マシューはしっかりわたしの手を握り、ギャロウグラスが右側を歩いている。あらゆる方向から景色と音が襲ってきた。荷馬車の車輪にからまったスカートやマントが引っ張られたり、通行人の荷物や武器に引っかかったりするたびに、濃い赤や緑や茶色や灰色の布が腰や肩で大きくひるがえっていた。ハンマーを打つ音、馬のいななき、遠くの牛の鳴き声、石の上で金属が転がる音が競い合っている。川風に吹かれてキーキーきしみながら揺れる看板には、天使や頭蓋骨《ずがいこつ》や道具、鮮やかに彩られた品物や神話の登場人物が描かれている。頭の上では金属の棒についた木の看板が揺れていた。白い鹿が描かれ、かたちのいい枝角を金の帯が囲っている。

「ここだ」マシューが言った。「〈牡鹿と王冠〉」

そこは通りにならぶ建物の大半と同じく木骨造りだった。二列の窓のあいだにアーチ天井の通路がある。通路の片側で靴屋が仕事に精を出し、反対側ではひとりの女性が数人の子どもや客の相手をしながら大きな帳簿になにやら書きこんでいた。女性がマシューにこくりとうなずいた。

「ロバート・ホーリーの細君は、見習いと客に厳しくにらみをきかせている。〈牡鹿と王冠〉で起きることでマーガレットが知らないことはない」マシューの説明を聞き、わたしはできるだけ早く彼女と親しくなろうと肝に銘じた。

通路の先は中庭になっていた――ロンドンのようにごみごみした町では贅沢品《ぜいたく》だ。中庭にはもうひとつ、貴重な設備が備わっていた――〈牡鹿と王冠〉の住民にきれいな水を提供してくれる井戸。だれかが中庭の南側を古い敷石で仕切って花壇をつくっていて、いまはすっきりとなにも植わっていないスペースが辛抱強く春を待っている。数人の洗濯女が共同トイレの横にある古ぼけた小屋の外で仕事をしていた。

向かって左に、二階のわたしたちの部屋へあがる螺旋《らせん》階段があり、広い踊り場でフランソワーズが待っていた。彼女がどっしりした扉をあけると、側面に飾り穴のある大きな食器棚が押しこまれた部屋が見えた。食器棚の取っ手のひとつに羽根をむしって首を折られたガチョウが吊るしてある。

「待ちかねたよ」満面の笑みを浮かべたヘンリー・パーシーが現れた。「何時間も前から待っていたんだ。母がガチョウを送ってくれた。ロンドンでは鳥肉が手に入らないと聞いて、あなたたちがおなかを空かせるんじゃないかと心配したらしい」

「よく来てくれた、ハル」マシューが笑ってガチョウに向かって首をひと振りした。「母君はお元気か？」

「クリスマスは毎年がみがみと口うるさくなってね。家族はなにかと理由をつけて寄りつこうとしないけれど、ぼくは女王のせいでロンドンを離れられない。女王は謁見室の奥から、ペ、ペットワースまで行くのも許さないと怒鳴ってきたんだ」言葉に詰まり、思いだして渋い顔をしている。

「ぜひ一緒にクリスマスを過ごしましょうよ、ヘンリー」わたしはマントを脱いで部屋に入った。伐ったばかりのモミの木とスパイスとの香りでいっぱいだ。

「ご招待ありがとう、ダイアナ。でもきょうだいのエレノアとジョージがロンドンに来ていて、ふたりだけで母に立ち向かわせるわけにはいかない」

「せめて今夜だけでも一緒に過ごそう」マシューがそう口説き、ぬくもりと火明かりが差し招いている右へ向かった。「留守のあいだになにがあったか話してくれ」

「静かなものだったよ」ヘンリーが明るく言った。

「静か？」足音荒く階段をのぼってきたギャロウグラスが、伯爵に冷ややかな眼差しを向けた。「マーロウは〈枢機卿《すうきけい》の帽子〉で飲んだくれ、あいつをつけまわしている劇作家志望のスコットランドの貧乏文士と詩を読み交わしている。いまのところシェイクスピアは、マシューのサインを摸倣する練習で満足しているらしい。宿屋の主人の話によると、マシューは先週キットの賄《まかな》い付きの部屋代を支払うと約束したことになっている」

「あのふたりとはほんの一時間前に別れたばかりだ」ヘンリーが言い返す。「キットはマシューとダイアナが今日の午後ここへ着くのを知っている。彼もウィルも言動に注意すると約束した」

「わかったものじゃない」ギャロウグラスが皮肉につぶやいた。

「これはあなたがやってくれたの、ヘンリー？」わたしは玄関ホールから居住スペースをのぞきこんだ。暖炉と窓枠のまわりがヒイラギと蔦《つた》とモミの枝で囲んであり、オークのテーブルの中央でも山になっている。暖炉にはたっぷり薪がくべられ、威勢よく炎があがっていた。

「フランソワーズもぼくも、あなたの初めてのクリスマスを盛りあげたかったんだ」ヘンリーが頰を赤く染めた。

〈牡鹿と王冠〉は十六世紀の都市生活を見事に表していた。居間はかなり広く、こぎれいで居心地がいい。西側の壁にウォーター・レーンを見おろす大きな格子窓がある。窓の下にクッションのあるシートが作りつけになっているので、人間観察に最適だ。からまる花と蔓が彫られた羽目板が部屋にぬくもりを与えていた。

家具はどれも質素だが、つくりはしっかりしている。背もたれの高い幅広の椅子一脚と奥行きのあるひとりがけソファ二脚が暖炉の前で控えていた。中央に置かれたオークのテーブルはひときわ見事で、幅は一メートルもないものの長さはかなりあり、脚に精緻《せいち》な女人像や胸像が彫りこまれている。テーブルの上に吊るされた横木に蠟燭《ろうそく》がならんでいた。天井についたロープと滑車でなめらかに上げ下げできる仕組みだ。前面の枠に唸るライオンの頭が彫られた巨大な食器棚に、広口グラスやピッチャー、杯やゴブレットがずらりとならんでいる――ただ、ヴァンパイアの住まいにふさわしく、皿はほとんどない。

ガチョウの丸焼きのディナーをはじめる前に、マシューが寝室と彼の書斎へ案内してくれた。ふたつとも玄関ホールをはさんで居間の反対側にあった。中庭を一望できる切妻窓があるおかげで、どちらの部屋も明るくて思いのほか風通しがいい。寝室の家具は三つだけだ――木彫りのヘッドボードと頑丈な木の天蓋がある四柱式ベッド、側面と扉が羽目板張りになった背の高いリネン戸棚、そして窓下に置かれた細長いチェスト。チェストには鍵がかかっていて、甲冑《かっちゅう》と予備の武器がしまってあるとマシューに説明された。ここにもヘンリーとフランソワーズが来た痕跡《こんせき》がある。ベッドの支柱を蔦が這《は》いあがり、ヘッドボードにヒイラギの枝がつけてある。

寝室がめったに利用されることがなさそうに見えるのに対し、マシューの書斎は明らかに頻繁に使われていた。書類が入った複数の籠、羽根ペンでいっぱいの袋やジョッキ、インク壺、蠟燭を数十本つくれそうな量の蠟、撚《よ》り糸の玉、そして考えただけで気持ちが沈んでしまう大量の手紙。折りたたみ式の拡張板がついた机の前に、背もたれが傾斜した座り心地がよさそうな椅子が置いてある。球根型の丸いふくらみがあるどっしりした机の脚をのぞけば、シンプルで実用的なものばかりだ。

マシューを待ち受けている仕事の山にわたしが青ざめているというのに、本人は平然としていた。「急ぐ必要はない。スパイもクリスマスイブは仕事を休む」

夕食の席ではウォルターの最近の手柄やロンドンのひどい交通事情について話し、キットの最新のどんちゃん騒ぎや商魂たくましいウィリアム・シェイクスピアのような興醒《きょうざ》めな話題を避けた。食器が片づけられると、マシューが壁際から小さなゲームテーブルを離して天板の下の仕切りからトランプを出し、エリザベス朝の賭けの仕方を教えてくれた。ヘンリーがフラップドラゴン――皿で燃えているブランデーのなかに干しブドウを置き、だれがいちばん多く食べられるかを賭ける危険なゲーム――をやろうとマシューとギャロウグラスを誘ったとき、窓の外からクリスマスキャロルが聞こえてきた。歌い手全員が同じキーで歌っているわけではなく、歌詞を知らない者はヨセフとマリアの私生活に関する外聞の悪い仔細《しさい》を歌っている。

「どうぞ、ミロール」ピエールがコインの袋をマシューに差しだした。

「菓子はあるのか?」マシューがフランソワーズに尋ねた。

フランソワーズが正気を疑うように彼を見た。「もちろんございます。踊り場の新しい戸棚にしまってあります。あそこならにおいが気になりませんから」階段を指差している。

「去年はワインを配りましたが、今夜の彼らにワインが必要とは思えません」

「ぼくも行くよ、マット」ヘンリーが買ってでた。「クリスマスイブにはいい歌を聞きたい」

マシューとヘンリーが階下に姿を見せたとたん、明らかに歌声が大きくなった。歌が少々ふぞろいに終わると、マシューが礼を言ってコインを配った。ヘンリーはお菓子を配り、彼がノーサンバーランド伯だという情報が伝わるにつれて、お辞儀や「ありがとうございます、伯爵さま」というつぶやきが増えていった。やがて歌い手たちは、いちばんいい軽食や駄賃をもらえるはずと見込んだ謎めいた順番に従って、次の家へ移動していった。

間もなくわたしはあくびをこらえきれなくなり、ヘンリーとギャロウグラスが手袋とマントを身につけだした。玄関へ向かうふたりは、どちらも満足した仲人のような笑みを浮かべていた。マシューはわたしと一緒にベッドに入り、わたしが眠るまで抱きしめたまま、キャロルをハミングしたり、ロンドンにいくつもある鐘が時を告げるたびにその名前を挙げたりしていた。

「あれはセント・メアリー・ル・ボウ教会だ」街の音に耳を澄ませながら彼が言った。「それとセント・キャサリン・クリー」

「あれはセント・ポール大聖堂？」長く尾を引く冴えわたる音が聞こえ、わたしは尋ねた。

「いいや。尖塔に落ちた落雷で鐘も壊れてしまった。あれはセント・セーヴィアだ。街に入ったとき近くを通った」ロンドンの残りの教会がサザーク聖堂に追いついた。最後に残った不協和な鐘の音が鳴り終わるころ、わたしは眠りに落ちた。

深夜、マシューの書斎から聞こえる話し声で目が覚めた。ベッドの感触はあるが、マシューがいない。冷たい床に飛びおりると、マットレスを支えている革ひもが引っ張られてきしんだ。わたしは身震いしてショールをはおり、寝室を出た。

浅い蠟燭立てにたまった蠟の量から判断すると、マシューが仕事をはじめてから数時間経っているらしい。ピエールも一緒で、暖炉脇のくぼみにつくられた棚の横に立っていた。干潮時に現れるテムズ川の泥地をうしろ向きに引きずられたような姿をしている。

「ギャロウグラスと彼のアイルランド人の友人と一緒に街じゅうを調べました」ピエールが小声で言った。「あの教師についてスコットランド人がもっと知っているとしても、話すとは思えません、ミロール」

「教師ってだれのこと?」わたしは書斎に踏みこんだ。そのとき、羽目板のあいだに隠れている幅の狭い扉に気づいた。

「申し訳ありません、マダム。起こしてしまいましたか」汚泥越しに狼狽《ろうばい》が見て取れ、彼が放つ悪臭が目に染みた。

「気にするな、ピエール。さがっていい。つづきはあとにしよう」マシューは従者がビシャビシャ音をたてて去っていくまで待っていた。暖炉近くの暗がりへ視線を漂わせている。

「ここに着いたとき、あのドアの奥にある部屋には案内してくれなかったわね」わたしは彼の横に行った。「なにがあったの?」

「またスコットランドから知らせが届いた。陪審がプレストンパンズの教師でジョン・フィアンという名の魔術師に死刑判決を出した。わたしが留守のあいだ、ギャロウグラスは血迷った告発の陰にある真実を、もしそんなものがあるとすればだが、突きとめようとしていた。いわく、悪魔崇拝、墓場で死体の手足を切断した、金に困らないようにモグラの脚を銀に変えた、ジェームズ国王の政策を邪魔するために悪魔やアグネス・サンプソンと一緒に舟に乗った」目の前にあるテーブルに書類を投げる。「いまわかっているかぎりでは、フィアンはむかし〝テンペスタリイ〟と呼ばれていた者らしい」

「風の魔女《ウインドウイッチ》、あるいは炎の魔女《ファイアウイッチ》ね」わたしは馴染みのある言葉に言いなおした。

「そうだ」マシューがうなずく。「フィアンは日照りつづきに嵐を起こしたり、スコットランドの冬が終わりそうにないとき、雪解けを早めたりして教師の給料を増やしていた。同じ村の住民は彼を称賛した。生徒たちからも慕われていた。他人の死を予言すると信じられていたから、ひょっとしたら多少未来がわかるのかもしれない。だがこれはイングランドの聴衆のためにキットが潤色した可能性もある。きみも知ってのとおり、あいつは魔女の千里眼に異様な関心を抱いている」

「隣人の気分の変化の前で、魔女は無力なのよ、マシュー。さっきまで友人だったのに、次の瞬間には町を追いだされる――あるいはもっとひどい目に遭わされる」

「フィアンに起きたことが後者だったのは間違いない」厳しい表情をしている。

「想像はつくわ」身震いが走った。もしアグネス・サンプソンと同じような拷問をされているなら、死んだほうがましだと思っているだろう。「あの部屋にはなにがあるの?」

マシューは話せないと言おうとしたようだったが、賢明にも思い直して立ちあがった。

「見せたほうが早い。つまずかないように、わたしから離れるな。まだ夜が明けていないが、外から気づかれたくないので蠟燭を持ちこめない」わたしは無言でうなずいて、彼と手をつないだ。

戸口を抜けた先にあったのは、壁の高いところに矢狭間《やざま》ぐらいの細長い窓がならぶ縦長の部屋だった。しばらくすると目が慣れ、暗がりから灰色の影が浮かびあがった。背もたれがカーブしている柳を編んだ古びたガーデンチェアが、向かい合って置いてある。中央に傷だらけの低い長椅子が二列にならび、さまざまなものが雑多に載っていた——本、書類、手紙、帽子、服。右側で金属がきらめいた。柄を上にして刃先を下にしたいくつもの剣だ。近くの床に短剣が山積みになっている。なにかを引っかく音と、あわてて逃げていく小さな足音も聞こえた。

「ネズミだ」マシューの声は冷静そのものだったが、わたしは思わず寝巻の裾を脚にたぐり寄せた。「ピエールとふたりで精一杯努力はしているが、ネズミを完全に追い払うのは不可能だ。ここにある紙にたまらない魅力を感じるらしい」彼が上を示し、わたしは初めて壁についた奇妙な花綱飾りに気づいた。

そろそろと壁に近づいて飾りに目を凝らした。紙でできた飾りはいずれも、頭が四角い釘で漆喰《しっくい》にとめた細い撚りひもから吊りさがっていた。ひもは紙片の左上の角を次々に突き抜け、端でつくった結び目を同じ釘にかけて書類のリースをつくっている。

「世界初のファイルキャビネットのひとつだ。わたしには秘密がありすぎるときみは言うが」マシューが穏やかに言い、飾りをひとつつかんだ。「これもくわえてもらってかまわない」

「でも数えきれないほどあるわ」いくら千五百歳のヴァンパイアだろうと、数が多すぎる。

「ああ」自分が守ってきた古文書を見渡しているわたしを見ながら彼が言った。「われわれは、ほかのクリーチャーが忘れてしまいたいものを記憶に留《とど》める。だからラザロ騎士団はここにあるものを守ってこられた。秘密のなかには女王の祖父の治世までさかのぼるものもある。それより古い資料の大半は、保管のためにすでにセット・トゥールへ移した」

「膨大な量だわ」わたしはつぶやいた。「そしてこれが全部、最終的にはあなたとクレアモント家に繋《つな》がっているのね」部屋全体が徐々にぼやけ、やがて言葉の輪と渦しか見えなくなった。それがからみ合う長い糸となってほどけていき、複数の糸でテーマと筆者と日付をつなぐ地図をこしらえている。交差する糸に、意味を読み解かなければならないなにかがある気がする……。

「きみが眠ってからずっとここにある書類を調べて、フィアンの情報を探していた。彼に言及したものがあるかもしれないと思った」マシューがわたしを連れて書斎へ戻った。「隣人が彼に敵意を見せた原因を解明してくれるものが。なぜ人間がこういう行動をするのか、その理由を示すパターンがあるはずだ」

「もしそれが見つかったら、仲間の歴史学者たちがぜひ知りたがるでしょうね。でもフィアンのケースを解明できても、同じことがわたしに起きないようにできるとはかぎらないわ」マシューの口元がひきつり、わたしの言葉が的を射たのがわかった。「それに、以前のあなたがこの件を徹底的に調べたとは思えない」

「わたしはもうこの受難に見て見ぬふりをした男ではない——そしてむかしの自分に戻りたいとも思わない」椅子を引きだしてどさりと腰をおろす。「なにかできることがあるはずだ」

わたしは両手で彼を抱き寄せた。座っていても長身のマシューの頭頂部は肋骨《ろっこつ》に届くほどだ。すり寄ってきた彼がぴたりと動きをとめ、ゆっくり体を離した。わたしのおなかをじっと見つめている。

「ダイアナ、きみは……」マシューがくちごもった。

「妊娠してるわ、たぶん」さらりと返す。「ジュリエットの一件以来ずっと生理が不規則だから、確信が持てなかったの。カレーからドーバーへ渡るあいだ吐き気がしたけれど、海が荒れていたし、発つ前に食べた魚はどうみてもあぶなっかしかった」

マシューはひたすらおなかを見つめている。不安を覚えてわたしはまくしたてた。

「高校の保健の先生に教わったとおりね——最初のセックスで妊娠する可能性もあるのよ」計算によると、結婚した週末のあいだに妊娠したのは間違いない。

マシューはまだなにも言わずにいる。

「なにか言って、マシュー」

「ありえない」呆然としている。

「わたしたちにまつわるものは、ありえないことばかりよ」わたしは震える手をみぞおちへさげた。

マシューがわたしと指をからめ、ようやく目を合わせた。そこに見えたのは意外なものだった――畏怖《いふ》、誇り、そしてわずかな狼狽。すると彼がにっこり微笑んだ。それは心から喜んでいる表情だった。

「いい親になれなかったらどうしよう」わたしは自信のない口調でつぶやいた。「あなたは父親の経験がある――どういうものかわかってる」

「きっと立派な母親になる」すかさず彼が言った。「子どもに必要なのは愛情と、力を貸してくれる大人、そしてやさしく受け入れてくれる場所だ」マシューが指をからめ合った手でおなかをそっと撫でた。「最初のふたつはふたりで力を合わせて取り組もう。三つめはきみに任せる。気分はどうだ？」

「ちょっと疲れていてむかむかするわ、肉体的には。精神的には、どう言ったらいいのかわからない」震える息を吸いこむ。「恐怖と強さとほのぼのした気持ちを同時に感じるのは、普通なの？」

「ああ――それとわくわくした気持ちと不安、具合が悪くなるほどの心配も」口調がやさしい。

「ばかげてるのはわかっているけれど、魔力が赤ちゃんに悪い影響を及ぼすんじゃないかと心配なの。たとえ毎年数えきれない魔女が出産していても」なにしろ彼女たちはヴァンパイアと結婚していないのだ。

「これは普通の妊娠ではない」わたしの心を読んでマシューが言った。「それでもきみが心配する必要はない」瞳に翳《かげ》がよぎっている。彼の心配の種がまたひとつ増えたのが目に見えた気がした。

「だれにも言いたくないの。いまはまだ」隣の部屋を思い浮かべる。「もうひとつ秘密が増えてもだいじょうぶ？　せめて少しのあいだだけ」

「もちろん」マシューが即答した。「数カ月先まで妊娠は目立たない。だがフランソワーズとピエールはきみのにおいの変化に気づくだろう、もしまだ気づいていなければだが。それにハンコックとギャロウグラスも。幸い、ヴァンパイアは立ち入った質問をしない」

わたしは小さく笑った。「秘密をばらすのはわたしになりそうね。あなたはいまより過保護になりようがないから、あなたの態度でわたしたちが隠し事をしていると勘ぐられることはないもの」

「わからないぞ」マシューがにっこり微笑んだ。からめた指に力をこめている。明らかに守ろうとする仕草だ。

「そんなことばかりしていたら、すぐみんなに気づかれてしまうわ」わたしは皮肉ってマシューの肩に手を這わせた。彼がぞくりと身震いした。「温かい者に触れても身震いしないんじゃなかった？」

「震えてるのはそのせいじゃない」マシューが立ちあがり、蠟燭の光をさえぎった。

その姿を見たとたん、心臓がどきりとした。かすかな鼓動の変化を聞き取ったマシューが微笑み、わたしをベッドへ引き寄せた。ふたりで服を脱ぎ捨て床に放り投げると、それが窓から差しこむ銀色の光を浴びてふたつの白い塊になった。

わたしの体内で起きているかすかな変化を追跡するマシューの触れ方は、羽根のようにやさしかった。柔らかい体を隅々まで調べているが、ひんやりした視線ではやる気持ちが静まるどころかいっそう高まった。キスはどれも、ふたりの子どもができた実感と同じぐらい複雑にからみ合っていた。その反面、暗闇のなかで彼がささやく言葉を聞いていると、マシューだけに集中できた。わたしがこらえきれなくなると、マシューが入ってきた。彼の動きは、キスのようにゆっくりやさしかった。

もっと強く結びつきたくて背中をそらせると、マシューが動きをとめた。背中を弓なりにしたわたしと、子宮の入り口で静止している彼。その永遠とも思える刹那《せつな》、父親と母親と子どもの距離が限界まで近づいていた。

「心のすべて、命のすべて」わたしのなかで動きながらマシューが誓った。

大きな声をあげたわたしを、マシューは震えがおさまるまで抱きしめていた。それからキスをしながら下へ移動していった——最初は魔女の三つめの目に、次に唇、首筋、胸、みぞおち、へそ、そして最後におなか。

彼がわたしを見おろして首を振り、少年のようににやりとした。「子どもができた」啞然《あぜん》としている。

「そうよ」わたしは笑顔を返した。

マシューが太腿のあいだに肩を入れ、脚を押し広げた。片腕をわたしの膝に巻きつけ、もう一方の腕で反対側の腰を抱いてそこの鼓動を手で感じられるようにすると、わたしのおなかを枕にして満ち足りたため息を漏らした。じっと押し黙り、ふたりの子どもに栄養を送る血流のかすかな音に耳を澄ませている。その音を聞き取ったとたん、頭を傾けてこちらを見た。そして心からのまばゆい笑みを浮かべ、寝ずの番に戻った。

クリスマスの朝の蠟燭が灯《とも》る暗がりのなかで、わたしはほかのクリーチャーと愛を共有することから得る静かなパワーを感じていた。もはやわたしは宇宙と時間を旅する孤独な流星ではなく、複雑な太陽系の一部になったのだ。自分より大きくて力の強い存在にあちこち引き寄せられても、重心を保つすべを学ぶ必要がある。さもないと、マシューとクレアモント家とわたしたちの子ども——そしてコングレガシオン——に引っ張られて進路をはずれかねない。

母と過ごした時間はとても短かったけれど、七年のあいだに多くのことを教わった。無条件の愛、四六時中されていたように感じられる抱擁《ほうよう》、いてほしいところにいつもいてくれたこと。マシューが言ったとおりだ——子どもに必要なのは愛と、いかなるときも慰めを与えてくれる場所、そして子どものためなら助けをいとわない大人だ。

そろそろここでの一時滞在をシェイクスピア時代のイングランドで受ける上級セミナーとして臨むのはやめて、自分が何者かを解明する最後にして最大のチャンスと捉《とら》えなければ。我が子がこの世界における自分の立場を理解する手助けができるように。

けれど、まずは魔女を見つけなければならない。

16

週末はふたりだけの秘密を大いに楽しんだり、親になることをあれこれ想像したりしているうちに静かに過ぎていった。クレアモント一族の最新メンバーは、父親譲りの黒髪とわたし譲りの青い目をしているのだろうか？　好きなのは科学なのか、それとも歴史なのか？　マシューのように器用なのか、それともわたしに似て不器用なのか？　性別に関しては、ふたりの意見が分かれていた。わたしは男の子としか思えず、マシューは女の子だと確信している。

疲労と高揚感がつのると、将来のことを考えるのはひと休みして、暖かい部屋から十六世紀のロンドンをながめた。まずはウォーター・レーンを見おろす窓から遠くのウェストミンスター寺院の塔を観察し、そのあとはテムズ川を臨む寝室の窓辺に引き寄せた椅子に座ってひとしきり過ごした。寒かろうがキリスト教の安息日であろうがおかまいなしに、船頭たちは荷物や客を運んでいた。下の通りの端では川へおりる階段に貸舟の漕ぎ手が集まり、無人の舟が水面のうねりに合わせて上下していた。

午後はテムズ川の潮が満ちて引くまでの時間をかけて、マシューがロンドンでの思い出を話してくれた。十五世紀にテムズ川が三カ月以上凍結したときは、歩いて川を渡る人々のために氷の上に仮設店舗がいくつもできたらしい。また、〈テビース・イン〉で過ごした実りのない年月の思い出話もしてくれた。彼はそこで四回めにして最後となる法律の勉強をかたちだけしていたのだ。

「発つ前にきみにこれを見せられてよかった」マシューがわたしの手を握った。ひとつ、またひとつとランプに火が灯り、舟の舳先《へさき》に吊るされたり家々や宿屋の窓を照らしたりしている。「もしかしたら王立取引所を訪れる時間もつくれるかもしれない」

「ウッドストックへ戻るの？」わけがわからず、わたしは訊いた。

「おそらく少しのあいだだけ。そのあとわたしたちの時代へ戻る」

わたしはぽかんと彼を見つめた。あっけに取られて言葉が出なかった。

「妊娠期間になにがあるか予想がつかない。きみの安全のために、そして赤ん坊の安全のためにも、おなかの子を観察する必要がある。いくつか検査をして、超音波検査もしたほうがいい。それに、きみもサラやエミリーにそばにいてほしいだろう」

「でも、マシュー」わたしは横槍を入れた。「まだ帰れないわ。帰り方がわからないもの」

マシューが素早く首をめぐらせた。

「出発する前、エムにはっきり言われたの。時間をさかのぼるときは、目指す場所へ連れていってくれる三つの品物がいる。未来へ行くときは魔術が必要だけど、わたしは呪文を使えない。だから ここへ来たのよ」

「出産予定日までここで過ごすのは無理だ」マシューがはじかれたように椅子から立ちあがった。

「十六世紀の女性も子どもを産んでいたわ」わたしは穏やかに言った。「それに、体の変化はなにも感じない。せいぜい妊娠二、三週間のはずよ」

「娘とわたしの両方を連れて未来へ戻れるほど力が強くなるのか？　だめだ、できるだけ早く出発するしかない。娘が生まれるずっと前に」そこでふと口を閉ざした。「もしタイムウォークが胎児に悪影響を与えたらどうする？　魔力は問題ないかもしれないが、タイムウォークとなると……」どさりと椅子に腰をおろす。

「なにも変わっていないわ」わたしはなだめた。「赤ちゃんはまだせいぜい米粒ぐらいの大きさよ。ロンドンにいるんだから、魔力の手ほどきをしてくれる魔女を見つけるのだってむずかしくないはずだわ――サラやエムよりタイムウォークに詳しい魔女は言うに及ばず」

「レンズマメの大きさだ」マシューがつかのま思案して結論に達した。「もっとも重要な胎児の発育が終わるのは六週め頃までだ。それなら、時間はたっぷりある」父親ではなく医者の口調になっている。最近のわたしは、彼の現代の客観性より前近代的な怒りのほうが好ましく感じはじめていた。

「だとすると、あと二、三週間しかないわ。もしわたしには七週間必要だったらどうするの?」サラがここにいたら、わたしが理性的な話し方をするときは注意しろと警告していただろう。

「七週間でもだいじょうぶだろう」マシューは自分の思いに夢中になっている。

「そう、それを聞いて安心したわ。自分が何者か解明するみたいな大事なことをしているときに、急《せ》かされたくないもの」わたしはずかずかとマシューに歩み寄った。

「ダイアナ、そういう問題では――」

ふたりの距離は鼻を突き合わせるほど近くなっていた。「自分の血に流れる力がもっとわからなければ、いい母親になれっこないわ」

「影響が――」

「赤ちゃんに悪い影響があるなんて言ったら承知しないわよ。わたしは試験管じゃない」すっかり頭に血がのぼっていた。「あなたは自分の科学実験のためにわたしの血を欲しがった。今度はこの子？」

憎たらしいことに、マシューは腕を組んで灰色の瞳に険しい表情を浮かべたまま押し黙っている。

「どうなの？」わたしは問いつめた。

「なにが？　これ以上わたしがなにか言う必要はない。言いたいことはもうきみが言った。そもそもきみが言いだしたも同然だった」

「ホルモンとはなんの関係もないわ」そう言ったとたん、この発言自体がそうでない証拠かもしれないと気づいた。

「言われるまでそんなことは思いもしなかった」

「そうは聞こえなかったわ」

マシューの眉があがった。

「わたしは三日前となにも変わっていないわ。妊娠は病気じゃないし、わたしたちがここにいてはいけない理由にはならない。まだ〈アシュモール782〉を探すまともな機会すら持てずにいるのよ」

「〈アシュモール782〉？」マシューが苛立ちの声を漏らした。「状況が変わった。それにきみは以前と同じではない。いつまでも妊娠を隠してはいられない。数日もすれば、あらゆるヴァンパイアがきみのにおいの違いに気づく。そのうちキットも気づいて父親はだれか訊いてくるだろう、わたしのはずがないからだ。妊娠した魔女がウィアと暮らしていたら、ロンドンじゅうのクリーチャーの敵意を招くし、誓約をさほど気にしていない者も例外ではない。コングレガシオンに苦情を申し立てる者も出てくるかもしれない。父はきみの安全のためにセット・トゥールへ戻れと言ってくるだろうが、わたしはもう一度父に別れを告げられるとは思えない」理由をあげるたびに声が大きくなっていく。

「そこまで考えていなかっ——」

「ああ」マシューがさえぎった。「そうだ。考えたはずがない。いいか、ダイアナ。以前のわたしたちは禁じられた結婚をした男女だった。ほとんど前例がないカップル。だがいまのきみはわたしの子どもを妊娠している。これは単に前例がないだけではすまない――クリーチャーはそんなことは不可能だと信じている。三週間だ、ダイアナ。それ以上延ばすことはできない」マシューがきっぱり断言した。

「それまでに、手ほどきしてもいいと言ってくれる魔女が見つからないかもしれないわ」わたしは食い下がった。「スコットランドの状況を考えると」

「本人の意向を尊重するとだれが言った?」ぞっとする笑みを浮かべている。

「客間で読書するわ」わたしはくるりと背を向けて寝室へ行こうとした。できるだけマシューから離れたかった。だが戸口で待ち構えている彼に腕で行く手をさえぎられた。

「きみを失うつもりはない、ダイアナ」強調しながらも冷静にマシューが言った。「錬金術の写本を探すためだろうが、おなかの子のためだろうが」

「わたしも負けるつもりはないわ」とやり返す。「あなたの支配欲を満足させるつもりはない。自分が何者か突きとめるまでは」

月曜日、また居間に腰を据えてじっくり『妖精の女王』に目を通し、退屈で頭がどうにかなりそうになっていると、ドアがひらいた。来客だ。わたしは勇んで本を閉じた。

「体が芯まで冷えきった」ウォルターが戸口で水滴をしたたらせていた。ジョージとヘンリーも一緒で、同じように悲惨な姿になっている。

「やあ、ダイアナ」ヘンリーがくしゃみをし、あらたまったお辞儀をしてから暖炉へ向かって炎に手をかざしてうめいた。

「マシューはどこ？」ジョージに座るように合図しながらわたしは尋ねた。

「キットといる。本屋で別れた」ウォルターがセント・ポール大聖堂のほうを示した。「腹がぺこぺこだ。昼にキットが注文したシチューは食えたもんじゃなかった。フランソワーズがなにか用意してくれるはずだとマットに言われたんだがね」茶目っ気のある含み笑いで嘘だとわかる。

みんなが料理をお代わりして三杯めのワインを飲んでいるころ、マシューがキットと戻ってきた。両手で本を抱えたマシューには、かねてから噂を聞いていた魔術師の理髪屋のおかげで髭がすっかりそろっていた。きちんと手入れされた新しい口髭は口の幅に合わせてあり、流行の小ぶりな顎髭も綺麗に整えられている。

「やれやれ」ウォルターが顎髭《あごひげ》に向かって大きくうなずいた。「ようやく見慣れた顔になったな」

「ただいま」マシューがわたしの頬にキスをした。「わたしだとわかるか？」

「ええ――海賊みたいだけれど」笑いながら答える。

「たしかにそうだね、ダイアナ。ウォルターと兄弟みたいだ」とヘンリー。

「なんでマシューの女房をいつもファーストネームで呼ぶんだ、ヘンリー？　その女の後見人にでもなったのか？　きみは彼女の弟なのか？　そのどれでもないなら、誘惑しようとしてるとしか思えないね」キットが不満げにつぶやいてどさりと椅子に腰かけた。

「蜂の巣をつくな、キット」ウォルターがいさめた。

「クリスマスプレゼントが遅くなってしまった」マシューが抱えていたものをわたしのほうへすべらせた。

「本ね」一目瞭然の真新しさに当惑してしまう――初めてひらかれた固い綴《と》じがあげる抗議のきしみ。紙のにおいとツンと鼻を突くインクの香り。これまでこういう本は、図書館の閲覧室ですりきれた状態になっているものしか見たことがない。それがいまは食事をするテーブルに載っている。いちばん上にあるのはオックスフォードに置いてきた雑記帳の代わりをする白紙の本だった。二冊めは装丁の美しい祈禱《きとう》書だ。題扉に聖書に出てくる家長エッサイが横たわる姿が描かれている。エッサイの腹部から枝分かれした木が生えていた。わたしの額に皺《しわ》が寄った。なぜマシューは祈禱書をくれたのだろう?

「ページをめくってごらん」彼がうながした。わたしの腰にしっかりと手をあてている。

題扉の裏は、ひざまずいて祈るエリザベス女王の木版画だった。すべてのページを骸骨《がいこつ》や聖書の登場人物や伝統的な金言が飾っている。文章と挿画が合わさった本だ――わたしが研究している錬金術の学術書のように。

「既婚の貴婦人が持つにふさわしい本だ」マシューがにやりとし、いわくありげに声を落とした。「それを持っていれば、希望どおりの体裁をとりつくろえる。だが心配するな。次の本は貴婦人にはまったくふさわしくない」

わたしは祈禱書を脇に置いてマシューが示した分厚い冊子を手に取った。ページを綴じ合わせて厚い上質革紙でくるんである。人間を苦しめるあらゆる病気の症状と治療法を解説すると謳《うた》っている論文だ。

「宗教関係の本は贈り物として人気があるから、売るのも簡単だ。医学書の読者は少ないから、手数料抜きで製本すると割に合わない」柔らかい革表紙に触れているわたしにマシューが説明し、べつの本を差しだした。「幸い、こっちは製本を注文していた。印刷したてで、いずれ必ずベストセラーになる」

その本はシンプルな黒い革のカバーがつき、銀色の模様が刻印されていた。フィリップ・シドニーの『アーケイディア』の初版だ。学生時代にこれを読むのが大嫌いだったことが思いだされ、笑いがこみあげた。

「魔女は祈りと薬だけでは生きていけない」茶目っ気でマシューの瞳がきらめいている。キスをされると口髭がくすぐったかった。

「新しい顔に慣れるまで、少し時間がかかりそうだわ」わたしは笑って初めての感触を感じた唇をこすった。

ノーサンバーランド卿が、厳しい訓練が必要な馬を見るような眼差しを向けてきた。「そんな本では、ダイアナはすぐ退屈してしまう。もっと変化に富んだ行動をしないと」

「それはそうだが、街なかを歩きまわって錬金術の講義を頼むわけにもいかないだろう」マシューの口元がおもしろそうにひきつった。時を追うごとに、アクセントや言葉の選択がこの時代に使われていたものに変化している。マシューがわたしのほうへ屈みこんでワインピッチャーの香りを嗅ぎ、顔をしかめた。「クローブや胡椒《こしょう》を入れていない飲み物はないのか？ひどいにおいだ」

「ダイアナはメアリと気が合うんじゃないかな」マシューの質問を無視してヘンリーがつづけた。

マシューが目を丸くしている。「メアリ？」

「年が近いし性格も似ている。それにふたりとも学問の虫だ」

「伯爵夫人は学識豊富なだけでなく、物事をきちんとやる癖がある」キットが自分の広口グラスにたっぷりワインのお代わりを注いだ。グラスに鼻を突っこんで深々とにおいを嗅いでいる。ワインの香りはどことなくマシューに似ていた。「彼女の蒸留器とかまどには近づかないほうが身のためだ。さもないと流行《はや》りの縮れ毛になるぞ」

「かまど？」だれの話をしているのだろう。

「なるほど。ペンブルック伯爵夫人か」ジョージがパトロンを得る期待で瞳を輝かせた。

「無理よ」ウォルター・ローリーとジョージ・チャップマンとクリストファー・マーロウに囲まれているだけで、一生語り草にできそうな文学上の逸話に遭遇しているのだ。ペンブルック伯爵夫人はこの国いちばんの文士で、サー・フィリップ・シドニーの妹にあたる。「急にそんなこと言われても、心の準備ができていないわ」

「急なのは向こうも同じだ。だがヘンリーの言うことにも一理ある。近いうちにきみはマシューの友人に飽きて、自分の友人が欲しくなるはずだ。さもないと退屈して気分がふさいでしまう」ウォルターがマシューにうなずいた。「メアリを夕食に招待しろよ」

「ペンブルック伯爵夫人がウォーター・レーンに現れたら、ブラックフライアーズの活動が麻痺《まひ》してしまう。マシューの女房をベイナード城へ行かせたほうがずっといい。市壁のすぐ向こうだ」キットが言った。わたしを厄介払いしたくてしょうがないのだ。

「そのためにはダイアナは徒歩でロンドン《シティ》へ入らなければならない」マシューが声をとがらせた。

キットが鼻先でせせら笑った。「今週はクリスマスと新年のはざまだぞ。既婚女性ふたりがワインを飲みながら世間話をしていても、だれも目を向けやしないさ」

「おれが送っていこう」ウォルターが申し出た。「メアリは新世界でのおれの冒険話をもっと聞きたがるはずだ」

「バージニアへまた投資してくれるように頼むつもりだな。ダイアナを行かせるなら、わたしが連れていく」マシューの目つきが鋭くなった。「メアリは魔女の知り合いがいるだろうか」

「彼女は女だぞ？　いるに決まってる」とキット。

「ぼくが手紙を書こうか、マット？」ヘンリーが問いかけた。

「ありがとう、ハル」マシューは明らかにこの計画のメリットを納得していないが、やがてあきらめた。「最後に彼女に会ってからずいぶん経つ。明日お邪魔すると伝えてくれ」

約束の時間が近づくにつれて、メアリ・シドニーに会いたくない気持ちが薄れていった。ペンブルック伯爵夫人に関する情報を思いだせば思いだすほど――そして新たな情報を聞けば聞くほど――会うのが楽しみになった。

フランソワーズは今回の訪問をかなり心配し、わたしの服装のことで何時間も大騒ぎしていた。彼女はセット・トゥール滞在中にあつらえた黒いベルベットの上着の襟ぐりにとびきり薄い生地でできた襞襟を取りつけ、わたしを実物以上に見せてくれる赤褐色のガウンを洗濯してアイロンをかけた。ガウンには黒いベルベットの帯模様がついているので上着とよく合うし、差し色の効果もある。フランソワーズの好みには地味でドイツ的すぎたものの、着替えをすませたわたしを見てまずまずだと保証してくれた。

わたしは早く出発したくて、正午にウサギ肉の塊と大麦がたっぷり入ったシチューを大急ぎでかきこんだ。マシューはちびちびワインを飲みながら、ラテン語で午前中のようすを訊いてきた。わたしをからかっているのだ。

「怒らせようとしているなら、成功してるわよ！」ことさら複雑な質問をしてきた彼にわたしは言った。

「頼むから、ラテン語で《ラフェロー・ミヒー・イーン・ラティーネ》お答え願おうか《クアエソー》」学者ぶった口調で応えた彼にパンを投げつけると、笑いながらよけられた。

ちょうどそのとき到着したヘンリー・パーシーが、上手に片手でパンをキャッチした。そしてなごやかに微笑みながら無言でテーブルにパンを置き、もう出かけられるかと尋ねた。

ピエールが靴屋の入り口の暗がりから音もなく現れ、不安げに通りを歩きだした。右手でしっかり短剣の柄《つか》をつかんでいる。マシューに連れられてシティのほうへ曲がったところで、わたしは空を見あげた。セント・ポール大聖堂が見える。

「近くにあれがあれば迷子になりそうにないわね」わたしはつぶやいた。

大聖堂のほうへゆっくり進んでいくうちに、騒然とした雰囲気に慣れてきて、個々の音やにおいや風景がわかるようになった。パンを焼く香り。石炭の火。薪の煙。酵母のにおい。昨日の雨で洗われたばかりのゴミ。湿った毛織物。わたしは深呼吸をし、もう学生たちに過去の世界へ戻ったとたん悪臭に襲われると話すのはやめようと肝に銘じた。どうやら間違っていたらしい。少なくとも十二月の末の場合は。

人々がそれぞれの作業から顔をあげ、通りかかったわたしたちに窓から興味津々な視線を送り、マシューとヘンリーだとわかるとうやうやしく会釈した。印刷所の横を進み、男性の髪を切っている別の理髪屋の前を通過し、ハンマーの音と熱で純度の高い金属を扱っているのがわかる活気ある作業所をまわりこんで歩きつづけた。

見慣れない光景を不思議に思う気持ちが薄れるにつれて、人々の声や服の生地、彼らの表情に注目できるようになった。マシューから近所には外国人が大勢いると聞かされていたが、飛び交う声は喧騒《けんそう》にしか聞こえない。「あのひとは何語をしゃべってるの?」わたしは小声で尋ね、毛皮の縁取りがついた深い青緑色の上着を着ている丸々太った女性に目配せした。わたしの上着とデザインが似ている。

「ドイツの方言だ」マシューが頭を近づけ、喧騒のなかでも聞こえるように答えた。

やがて古い門楼《もんろう》のアーチをくぐった。道幅が広くなったが、奇跡的に敷石の大半が保たれている。右手にある不規則に広がった複数階の建物から、活気のある物音が聞こえた。「ドミニコ修道会の修道院だ」マシューが言った。「ヘンリー八世が司祭を放逐したあと放置されていたが、その後安アパートになった。いったい何人住みついているのか、見当もつかない」彼が目をやった中庭を見ると、アパートと裏の住居のあいだに石と木材でできた傾いた塀が伸びていた。粗末な扉が一組の蝶番《ちょうつがい》で取りつけられている。

マシューがセント・ポール大聖堂を見あげ、わたしを見おろした。表情がやわらいでいる。「用心などかまうものか。行こう」

三階部分がいまにも通行人の上に倒れてきそうな住居と古い市壁のあいだへ入っていく。細い路地でも前へ進めるのは、みなが同じ方向へ歩いているおかげだ――北にある前方の出口へ。人波に乗って出た先は、ウォーター・レーンよりかなり広い通りだった。人ごみとともにやかましさも増している。

「祭日だから、シティはひとが少ないと言わなかった?」と言ってみる。

「これでもそうだ」マシューが答えた。数歩進むと、さらなる大混乱に巻きこまれた。わたしの足がぴたりととまった。

淡い午後の日差しを浴びて、セント・ポール大聖堂の窓が光っていた。周囲にびっしり人々が集まっている――男性、女性、子ども、奉公人、召使い、聖職者、兵士。叫んでいない者は叫び声に耳を傾け、どこを見ても紙だらけだ。露店の本屋の外でひもに吊るされた紙、あらゆる固い場所に釘で打ちつけられた紙、本に束ねられた紙、そして見物人の顔の前で振られる紙。若者たちが告知文で覆われた柱のまわりに集まり、ゆっくりと求人情報を読みあげる声に耳を澄ませている。ときおりそのうちひとりが集団から抜けだし、いくつもの手に背中をたたかれながら、帽子を引きさげて仕事を探しに行く。

「まあ、マシュー」そういうだけで精一杯だった。

周囲の人ごみがどんどん増えていくが、みなわたしの護衛が腰につけた長い剣の先端を慎重に避けていた。フードにふわりと風があたった。ぞくぞくする感覚につづいて、軽く押される感触がした。大聖堂の広場の雑踏で、魔女とデーモンがわたしたちの存在に気づいたのだ。三人のクリーチャーと貴族ひとりがいっしょに歩いていたら、見て見ぬふりをするほうがむずかしい。

「注目されてるわ」わたしが言うと、マシューがさほど気にしていないようすで近くの顔を見渡した。「わたしの仲間。キットの仲間。あなたの仲間はいない」

「いまのところは」マシューが小声で応じた。「ひとりではここへ来るな、ダイアナ、ぜったいに。ブラックフライアーズから出ずに、フランソワーズと一緒にいろ。この路地より先へ行く場合は」うしろを顎で示す。「必ずピエールかわたしが付き添う」自分の警告が真剣に受けとめられたことに満足すると、人ごみからわたしを引き離した。「メアリに会いに行こう」

ふたたび南へ向きを変えてテムズ川へ歩きだすと、風でスカートが脚にまとわりついた。坂を下っているのに一歩一歩踏みだすのがひと苦労だった。ロンドンにたくさんある教会のひとつの前を通りかかったとき、小さく口笛が聞こえてピエールが路地へ入っていった。別の路地から彼が出てきたとき、壁の向こうに見覚えのある建物があることに気づいた。

「わたしたちの家だわ！」

マシューがうなずき、通りの先を示した。「そしてあれがベイナード城だ」

それはロンドン塔とセント・ポール大聖堂と遠望するウェストミンスター寺院を除いて、これまで見たなかでいちばん大きな建物だった。狭間《さま》のある三つの塔がテムズ川に面し、それを繋ぐ壁の高さは近くの住居の優に倍はある。

「ベイナード城は川から入るように建てられたんだ」またべつの曲がりくねった路地を進みながら、すまなそうにヘンリーが説明した。「こっちは裏口だ——でも今日みたいな天気の日は、こっちのほうがはるかに寒い思いをせずにすむ」

堂々とした門楼をくぐると、えび茶色と黒と金の徽章《きしょう》がついたチャコールグレーの制服を着た男がふたり、訪問者がだれかたしかめに近づいてきた。ひとりがヘンリーに気づき、仲間が質問する前に袖をつかんだ。

「ノーサンバーランド伯！」

「伯爵夫人にお会いする」ヘンリーが門番のほうへマントを投げた。「乾かせるかやってみてくれ。それからロイドン殿の従者に温かい飲み物を頼む」革の手袋をはめた指をぽきぽき鳴らして顔をしかめている。

「承知しました」門番が答え、ピエールに疑いの目を向けた。

ベイナード城はふたつの広大な四角いスペースを囲むように建てられ、中庭いっぱいに落葉した木々や夏の草花の名残《なごり》が広がっていた。幅の広い階段をのぼった先でお仕着せを着た召使いに出迎えられ、そのうちひとりに伯爵夫人の居間へ案内された――川を望む南向きの窓がある気持ちのいい部屋だ。ブラックフライアーズから見える場所と同じテムズ川の一画が見えている。

窓からのながめは同じでも、この高雅で明るい部屋とわたしたちの家の違いは一目瞭然だ。わたしたちの部屋も広くて居心地良く家具調度がそろっているが、ベイナード城は貴族の住まいであり、それがしっかり表れていた。座面に詰め物をした背もたれが高く肘掛けのある椅子が暖炉脇に置かれ、それ以外の椅子も女性がスカートをすべてたくしこんで丸まって座れそうなほど奥行きがある。明るい色彩で古典神話の一場面を描いたタペストリーが、石壁に精彩を与えている。研究者魂が活動中であることを示すものもあった。本や古い彫刻、自然物、絵画、地図、物珍しい品々がテーブルを埋め尽くしている。

「ロイドン殿?」とがった顎髭に白髪交じりの黒髪の男が立っていた。片手に小さなパレットを、反対の手に絵筆を持っている。

「ヒリアード!」マシューがいかにもうれしそうな声を出した。「どうしてここに?」

「ペンブルック伯爵夫人に頼まれた」男がパレットを持つ手をあげた。「この細密画の仕上げをしなきゃならない。夫人が新年の贈り物にしたいと言うんでね」明るい茶色の瞳でわたしを窺っている。

「うっかりしていた、妻とは初対面だったな。ダイアナ、ニコラス・ヒリアードだ、絵師の」

「お目にかかれて光栄です」わたしは腰を屈めてお辞儀をした。ロンドンには十万人以上の住人がいる。なぜマシューは未来の歴史学者が重要人物と捉える住民すべてと知り合いなのだろう？「あなたの作品を見て感嘆しました」

「去年わたしが頼んだサー・ウォルターの肖像画を見たんだ」すかさずマシューが口をはさみ、わたしの大げさな挨拶《あいさつ》をとりつくろった。

「たしかにあれは傑作だった」ヘンリーが絵師の背後へ目を向けた。「でも、これもあの絵に匹敵する作品になりそうだ。メアリそっくりじゃないか、ヒリアード。眼差しの強さをしっかり捉えている」ヒリアードがうれしそうな顔をした。

召使いがワインを運んでくると、ヘンリーとマシューとヒリアードが静かに会話を交わしているあいだに、わたしは黄金にはめこまれたダチョウの卵や銀のスタンドに載ったオウムガイを観察した。ふたつが置かれているテーブルには、触れる気になれないほど高価な製図器械もいくつか置かれていた。

「マット！」ペンブルック伯爵夫人が部屋の入り口で立ちどまり、メイドに渡されたハンカチで手についたインクをあわてて拭った。鳩羽《はとば》色のガウンは染みだらけで、ところどころに焦げ跡までついているのに、なぜ手の汚れを気にするのだろう。地味なガウンを脱ぎ捨てると、濃い深紫色のはるかに見事なベルベットとタフタのドレスが現れた。彼女がこの時代の白衣を召使いに渡したとき、火薬のにおいがした。右耳に落ちてきたブロンドの縮れ髪をかきあげている。すらりと背が高く、肌がなめらかで茶色の目が落ちくぼんでいる。

伯爵夫人がうれしそうに両手を差しだした。「うれしいわ。何年ぶりかしら、兄のフィリップの葬儀以来ね」

「メアリ」マシューが屈んで夫人の手にキスをした。「お元気そうだ」

「あなたも知ってのとおり、ロンドンは性に合わないけれど、女王の即位記念日にここへ来るのが恒例になっているからつづけているのよ。フィリップの詩篇の翻訳やそれ以外の道楽もいくつかやっているけれど、あまり身を入れていないの。それに慰めもあるわ、旧友との再会のようなことが」快活なしゃべり方だが、鋭い知性がうかがえる。

「ほんとうにお元気そうだ」ヘンリーも負けずに喜びを伝え、満足そうに伯爵夫人を見つめた。

メアリの茶色の瞳がわたしを捉えた。「そちらはどなた?」

「再会の喜びで作法がおろそかになってしまった。妻のダイアナだ。先ごろ結婚した」

「どうぞよろしくお願いいたします」わたしは深々と腰を落としてお辞儀をした。伯爵夫人の靴はエデンの園を表した見事な金と銀の刺繍《ししゅう》が施され、蛇やリンゴや昆虫で埋めつくされていた。目の玉が飛びだすほど高価にちがいない。

「こちらこそよろしくね」伯爵夫人の瞳が楽しそうにきらめいた。「さあ、堅苦しい挨拶は終わったことだし、これからはただのメアリとダイアナでいきましょう。ヘンリーから聞いたけれど、錬金術を学んでいるそうね」

「錬金術の本を読んでいるだけです」わたしは訂正した。「ノーサンバーランド伯はわたしを買いかぶっていらっしゃいます」

マシューがわたしの手を取った。「それを言うなら、きみは謙遜《けんそん》しすぎだ。妻には膨大な知識がある、メアリ。ロンドンには不慣れなので、あなたにいろいろ教えてもらえばいいんじゃないかとハルが思いついた」

「喜んで」ペンブルック伯爵夫人が答えた。「窓辺に座りましょう。マスター・ヒリアードが絵を描くときは強い日差しがいるの。わたしの肖像画の仕上げをしてもらっているあいだに、なにもかも話してちょうだい。この王国で起きていることで、マシューが知らないことはほとんどないし、わたしは何カ月もウィルトシャーの屋敷にいたのよ」

全員が腰をおろすと、召使いが砂糖漬けの果物を盛った皿を持って戻ってきた。

「おいしそうだ」ヘンリーが黄色と緑とオレンジ色の菓子の上で、うれしそうに指をうごめかせた。「砂糖漬けをつくらせたら、あなたの右に出る者はいませんよ」

「じゃあ、ダイアナに秘訣を教えるわ」メアリもうれしそうだ。「でも、彼女にレシピを教えてしまったら、もうあなたに来てもらえなくなってしまうかもしれないわね」

「メアリ、それは言いすぎです」ヘンリーが甘いオレンジピールを頬張りながら否定した。

「伯爵も一緒なのか、メアリ？　それとも女王の仕事でウェールズを離れられないのか？」マシューが尋ねた。

「主人は数日前にミルフォード・ヘイブンを発ったけれど、ここには来ずに宮廷へ行くはずよ。ウィリアムとフィリップを連れてきているから、シティにはあまり長居せずにラムズベリーへ行こうと思っているの。あちらのほうが空気がきれいだもの」悲しげな表情をよぎらせている。

メアリの話でボドリアン図書館の中庭に立つウィリアム・ハーバートの彫像が思いだされた。デューク・ハンフリー閲覧室へ向かう途中でわたしが毎日前を通っていた彫像の男性、ボドリアン図書館最大の恩人は、この女性の息子なのだ。「息子さんたちはおいくつですか？」立ち入った質問でないよう祈りながらわたしは訊いた。

伯爵夫人の表情がやわらいだ。「ウィリアムは十歳、フィリップはまだ六歳よ。娘のアンは七歳だけれど、数カ月前から具合が悪くて、屋敷に留まったほうがいいと夫が考えたの」

「憂慮するようなことではないんだろう？」マシューが顔を曇らせた。

ふたたび夫人の顔に憂いがよぎった。「わたしの子どもたちを苦しめる病気は、どんなのでも憂慮するわ」

「すまない、メアリ。軽率な発言だった。わたしにできることならなんでもすると言いたかっただけだ」声に心苦しさがにじんでいる。この会話はわたしが知らないふたりの過去と関係があるのだ。

「あなたはわたしの大切な存在に悪いことが起きないように、一度ならず助けてくれた。それを忘れたことはないし、必要なら今後も必ずお願いするわ。でもアンは子どもによくある高熱を出しているだけなの。医者は心配ないと言っているわ」わたしに顔を向ける。「お子さんはいらっしゃるの、ダイアナ?」

「まだです」わたしは首を振った。マシューの灰色の瞳がつかのまこちらへ向き、すぐそらされた。わたしはそわそわと上着の裾を引っ張った。

「ダイアナは初婚なんだ」とマシュー。

「そうなの?」耳寄りな情報に興味を惹かれてもっと質問しようと口をひらきかけたメアリを、マシューがさえぎった。

「幼いころ両親を亡くした。結婚の段取りをつける者がいなかった」

その台詞がメアリの同情をかきたてた。「幼い少女の人生は、後見人の気まぐれ次第で大きく左右されてしまうのよね」

「たしかに」マシューがわたしに向かって一方の眉をあげて見せた。なにを考えているか想像はつく――わたしは呆《あき》れるほど他人に依存しないタイプだし、サラとエムほど気まぐれに程遠い存在はこの世にいない。

会話は政治や最近の出来事へ移っていった。わたしはじっと耳を傾け、はるか昔に受けた歴史の授業のおぼろげな記憶と、三人が交わす複雑なおしゃべりを結びつけようとした。話題は戦争やスペインに侵略される可能性、カトリック支持者、フランスにおける宗教対立などさまざまだったが、聞き覚えのない名前や地名がしばしば出てきた。メアリの暖かい居間でくつろぎ、絶え間ない話し声を心地よく聞いているうちに、思いがさまよいだした。

「終わりました。週末までに助手のアイザックに細密画を届けさせます」ヒリアードが宣言し、道具を片づけはじめた。

「ありがとう」伯爵夫人が片手を差しだすと、いくつもつけた指輪の宝石がきらめいた。ヒリアードがメアリの手にキスをし、ヘンリーとマシューに会釈して部屋を出ていった。

「なんて才能豊かな方かしら」座り直したメアリが言った。「最近はとても人気があるから、お願いできたのは幸運だったわ」暖炉の火明かりを受けて足元がきらきら輝き、色とりどりの靴で銀の刺繍が赤やオレンジや金にきらめいている。だれがあんな複雑な刺繍をデザインしたのだろう──わたしはぼんやり考えた。もっとそばにいたら、さわってもいいかと訊いてみるのに。シャンピエは指先でわたしの心を読むことができた。無生物からも似たような情報を得られるのだろうか？

相手の靴に手を近づけたわけでもないのに、若い女性の顔が見えた。メアリの靴のデザインが書かれた紙をながめている。図案の輪郭に沿ってあけられた無数の小さな穴が、複雑な図案を革に移しとった手順の謎を明かしていた。デザインに目を凝らしていると、心の目が時間を少しさかのぼった。頑固そうな口元をしたいかめしい顔つきの男性と一緒にいるメアリが見えた。ふたりの前のテーブルに昆虫や植物の標本がたくさん置いてある。ふたりはバッタについて活発に議論を交わしていて、男性が細かく説明しだすと、メアリがペンを取ってバッタをスケッチしはじめた。

ではメアリは錬金術だけでなく、植物や昆虫にも関心があるのだ——そう思いながら、わたしは彼女の靴でバッタを探した。あった、踵《かかと》についている。生きているみたいに実物そっくりだ。それに右の踵の蜂は、いまにも飛び立ちそうに見える。

耳の奥でかすかな羽音が聞こえ、銀と黒の蜂がペンブルック伯爵夫人の靴から離れて飛びあがった。

「うそ」驚きで声が漏れた。

「珍しい蜂だな」ヘンリーが飛び去る蜂をピシャリとたたいた。

けれどわたしの目は、メアリの靴から這いだしてイグサのなかへもぐりこもうとしている蛇に釘づけになっていた。「マシュー！」

マシューがさっと前へ出て蛇のしっぽをつかんだ。蛇は手荒な扱いに腹を立て、二股に割れた舌をちらつかせてシャーッと威嚇《いかく》している。手首のひと振りで暖炉に投げこまれた蛇が、ジュッと音をたてて燃えあがった。

「そんなつもりは……」わたしは語尾を飲みこんだ。

「気にするな。きみは悪くない」マシューがわたしの頰に触れ、左右の柄が非対称になった靴を見つめている伯爵夫人に向き直った。「魔女が必要なんだ、メアリ。早急に」

「魔女に知り合いはいないわ」ペンブルック伯爵夫人が即答した。

マシューの眉があがる。

「あなたの奥さんに紹介できるような魔女の知り合いはいない。こういう話をわたしがしたがらないのは、あなたも知っているでしょう、マシュー。兄のフィリップがパリから無事に戻ったとき、あなたの正体を話してくれたわ。子どもだったわたしは作り話だと思った。いまでもそう思いたいの」

「だがあなたは錬金術の実験をしている」とマシュー。「あれも作り話なのか？」

「わたしが錬金術の実験をやっているのは、神による天地創造の奇跡を理解するためよ！」

メアリが声を荒らげた。「錬金術は無縁よ……魔術とは！」

「あなたが探していた言葉は〝邪悪なもの〟だ」マシューの瞳が黒ずみ、口元にすごみが出た。伯爵夫人が反射的にひるんでいる。「神の御心がわかると言えるほど、みずからと自分の神に自信があるのか？」

非難されたメアリはたじろいでいたが、まだ降参する気配はない。「わたしの神とあなたの神は同じではないわ、マシュー」夫の目が細まり、ヘンリーがそわそわとタイツをいじった。伯爵夫人の顎がつんとあがる。「フィリップは別の話もしてくれたわ。あなたはいまも教皇とミサを信奉している。兄はあなたの信仰の誤りには目をつぶってその下にいる男性を見ていたし、わたしもいつかあなたも真実に気づいてそれに従ってくれるだろうと期待して同じようにしてきたのよ」

「ダイアナやわたしのような存在にまつわる真実を日々目の当たりにしているのに、なぜあくまで否定しつづける？」マシューが疲れた声で尋ね、立ちあがった。「二度とあなたに迷惑をかけない。ダイアナにはほかの方法で魔女を探す」

「どうしてこれまでどおりの関係をつづけて、もうこの話はやめるわけにいかないの？」メアリがわたしを見て唇を嚙《か》みしめた。目に不安が浮かんでいる。

「なぜならわたしは妻を愛していて、妻には無事でいてほしいからだ」

つかのまメアリはマシューを見つめ、彼の言葉に嘘偽りがないか探っていた。その結果に満足したにちがいない。「ダイアナがわたしを恐れる必要はないわ、マット。でもほかのロンドン市民は信用できない。スコットランドで起きていることでみんな怯《おび》えているから、自分たちの不幸を単純に他人のせいにしてしまう」

「靴を台無しにしてすみません」わたしはおずおず謝った。二度と元どおりにはならないだろう。

「靴の話はもうやめましょう」メアリがきっぱり断言し、立ちあがって別れを告げた。

わたしたちは無言でベイナード城をあとにした。うしろからゆっくり門楼をくぐったピエールが、帽子に頭を詰めこんだ。

「かなりうまくいったんじゃないかな」ヘンリーが沈黙を破った。

「たしかに多少の波乱はあった」わたしたちに不信の目を向けられ、あわててつづけている。「でもメアリがダイアナに興味を持ったのは間違いないし、あなたへの変わらぬ献身が揺らいでいないのもたしかだ、マシュー。少し時間を与えてやらないと。簡単に物事を信じるようには育てられていないんだ。だからこそ信仰の問題が大きな悩みになる」ヘンリーがマントを体に巻きつけた。風が弱まり、暗くなりはじめている。「ここで失礼するよ。母がオルダーズゲートにいて、夕食を一緒に食べることになっているんだ」

「気分がすぐれないと聞いたが、もう回復されたのか？」マシューが尋ねた。伯爵未亡人はクリスマスのあいだ息切れがすると訴えていて、心臓が原因ではないかとマシューは心配していたのだ。

「母はネヴィル家の人間だ。だから永遠に生きて、機会さえあれば厄介事を起こしつづける！」ヘンリーがわたしの頬にキスをした。「メアリのことは心配しなくてだいじょうぶ。それと……ほかのこともね」意味ありげに眉をピクピクさせ、去っていった。

マシューとわたしは彼のうしろ姿を見送ってからブラックフライアーズへ歩きだした。

「なにがあった？」マシューがぽつりと尋ねた。

「以前、魔力を引き起こすのは感情だった。いまはぼんやり疑問を抱くだけで裏に隠れているものが見えるの。でもなぜ蜂が動いたのかわからないわ」

「考えていたのがメアリの靴のことでよかった。もしタペストリーに注目していたら、オリュンポス山の神々の戦いの真っただ中にいるところだった」にこりともせずにマシューが言った。

そのあとはセント・ポール大聖堂の敷地を足早に抜け、そこそこ静かなブラックフライアーズへ戻った。先ほどの活気あるにぎわいが、のんびりしたペースまで落ちていた。職人が戸口に集まり、今日の作業の仕上げを見習いたちに任せて仕事に関する書付けを交換している。

「テイクアウトしていくか？」マシューがパン屋を指差した。「あいにくピザはないが、キットとウォルターはプライアーのミートパイに目がない」店内から漂ってくる香りでよだれがあふれ、わたしはうなずいた。

自分の店にマシューが入ってきたのを見た主人のプライアーはぎょっとし、ソースや肉の新鮮さについて細かく訊かれてへどもどしていた。最終的にわたしは鴨肉を詰めた香りのいいパイに決めた。どんなにしめたばかりだろうと、鹿肉を食べる気はなかった。

マシューがプライアーに支払いをしているあいだに、見習いたちがパイを包んでくれた。盛んにちらちらこちらを窺《うかが》っている彼らのようすで、魔女とヴァンパイアが蛾《が》を引き寄せる蠟燭のように人間の疑いの目を引き寄せることをあらためて思い知らされた。

夕食はくつろいだなごやかなものになったが、マシューは少しうわの空に見えた。わたしがちょうどパイを食べ終えたとき、木の階段を踏む足音が聞こえた。キットじゃありませんように――わたしは指を交差して祈った――今夜はやめて。

フランソワーズが扉をあけると、見覚えのある墨色のお仕着せを着た男がふたり立っていた。マシューが眉を寄せて立ちあがった。「伯爵夫人の具合が悪いのか？　それとも息子のどちらかが？」

「みなさまお元気でいらっしゃいます」男のひとりが丁寧にたたまれた紙を差しだした。矢尻が刻印されたいびつな赤い封蠟が押されている。「ペンブルック伯爵夫人から」男がお辞儀をした。「ロイドン夫人宛てです」

裏に書かれた正式な住所を見るのは変な気分だった。〝ブラックフライアーズ、〈牡鹿と王冠〉気付 ダイアナ・ロイドン夫人〟。指先でそっと触れると、メアリ・シドニーの聡明《そうめい》な顔がはっきり浮かびあがった。わたしは手紙を持って暖炉の前へ行き、封蠟の下に指をすべらせて腰をおろした。厚手の紙をひらくとパリパリ音がした。小さな紙片がひらりと膝に落ちた。

「メアリはなんて?」使いを帰したマシューが訊いた。うしろに立ってわたしの両肩に手をのせている。

「木曜日にベイナード城へいらっしゃいって。いまやっている錬金術の実験にわたしが興味を持つかもしれないと思ってるの」信じられない気持ちが声に出てしまう。

「これでこそメアリだ。慎重だが信義に厚い」マシューがわたしの頭にキスをした。「そしてつねに驚くほどの回復力を見せてきた。そっちにはなんて書いてあるんだ?」

わたしは小さいほうの紙を手に取り、詩の出だしを読みあげた。

我、多くのひとに怪しまるるごとき者となれり。
されど汝《なんじ》は我が堅固なる避けどころなり。

「これはこれは」マシューが含み笑いを漏らした。「出世したな」わたしは訳がわからず彼を見た。「メアリがいちばん大切にしている課題は錬金術ではなく、イングランドのプロテスタントのために詩篇を新しく翻訳することだ。兄のフィリップがはじめたが、完成を見ずに亡くなった。メアリは兄の二倍詩才があり、本人もたまにそうではないかと思っている。もっとも、ぜったいに認めないだろうが。これは詩篇第七十一篇の冒頭だ。メアリはこれを送ることで、きみが彼女の仲間だと世間に示しているんだ――信頼できる腹心の友だと」そこで声を落とし、茶目っ気をこめてささやく。「たとえ靴を台無しにされても」そしてふたたび含み笑いを漏らし、ピエールを従えて書斎へ去っていった。

わたしは居間に置かれている脚がどっしりしたテーブルの端をデスク代わりに使っている。これまで仕事で使ってきたあらゆる場所がそうであったように、そこもいまや玉石混淆状態だ。わたしは散らかった品物をあさって残った白紙を見つけだすと、新しい羽根ペンを選び、テーブルに載ったものを押しのけてスペースを空けた。

伯爵夫人に短い返信を書くのに五分かかった。恥ずかしい染みがふたつできてしまったが、イタリック体はまずまずの出来だし、いくつかの単語は過度に現代風に見えないように発音どおり綴《つづ》るよう心がけた。迷ったときは子音を二重にするか、最後に〝e〟を足すかした。そして紙に砂をふりかけて余分なインクを吸いこませてからイグサのなかに砂を吹き飛ばした。手紙をたたんだところで、封蠟も印璽《いんじ》も持っていないことに気づいた。この問題はなんとかしなければならない。

ピエールが取りに来たときのために手紙を脇に置き、あらためて紙片を手に取った。メアリは詩篇第七十一篇の三つの節を送ってきた。わたしはマシューが買ってきてくれた白紙の雑記帳をつかみ、最初のページをひらいた。そばのインク壺に羽根ペンを浸し、ページの上で鋭い先端を慎重にすべらせた。

我が仇《あだ》は我がことをあげつらい、
我が魂をうかがう者は互いに議《はか》りて言う。
「神、彼を離れたり。彼を助くる者なし
彼を追いて捕らえよ」と。

インクが乾くと、雑記帳を閉じてフィリップ・シドニーの『アーケイディア』の下にすべりこませた。

メアリから届いたこの贈り物には、単なる友情の申し出を超えたものがある――間違いない。さっきマシューに読みあげた一節は、メアリの家族に対する彼の尽力へ向けられた謝意の表明と、今後決してマシューに背を向けることはないという宣言だ。後半はわたしに向けたメッセージ――わたしたちは監視されている。ウォーター・レーンで胡散《うさん》臭いことが起きていると疑っている者がいて、マシューの敵は、彼の味方といえどもひとたび真実に気づいたら離反するはずだと思っているのだ。

ヴァンパイアであると同時に女王の従者でありコングレガシオンのメンバーでもあるマシ

ューを、わたしの魔力の指南役になる魔女探しに巻きこむことはできない。それに妊娠したとなると、急いで指南役を見つけることが新たな重要性を帯びている。

わたしは紙を一枚引き寄せ、リストをつくりはじめた。

封蠟

印璽

ロンドンは大都市だ。買い物に出かけよう。

17

「出かけるわ」

フランソワーズが縫い物から顔をあげた。三十秒後、ピエールが階段をのぼってきた。マシューがいたら間違いなく姿を見せただろうが、いまは謎に満ちた用事で外出している。今朝わたしが目を覚ますと、びしょ濡れの服が暖炉の横で乾かされていた。夜中に呼びだされたマシューはいったん帰ってきたが、また出かけていった。

「お出かけになる？」フランソワーズの目が細まった。わたしが着替えてから、よからぬことをたくらんでいるのではないかとずっと疑っていたのだ。頭からかぶせられるペチコートの数に文句を言うかわりに、今日のわたしは灰色の暖かいフランネル製を一枚余分に身につけた。そのあとはどのガウンを着るかでもめた。わたしはルイーザ・ド・クレアモントの見事なガウンより、フランスから持ってきた着心地のいい服を選んだ。黒髪と磁器の肌を持つマシューの姉なら鮮やかなターコイズブルーのベルベットのガウン――「緑青色《ろくしょう》です」とフランソワーズに訂正された――や、陰気な灰緑色のタフタ――正式名称は〝瀕死《ひんし》のスペイン人〟――も着こなせるだろうが、淡いそばかすがある赤みがかったブロンドの巻き毛のわたしが着ると幽霊のようになってしまうし、街なかで着るには派手すぎる。

「ミロールがお帰りになるまでお待ちになったほうがいいのでは?」ピエールが勧めた。そわそわと足を踏みかえている。

「いいえ、その必要はないわ。ほしいもののリストをつくったから、自分で買いに行きたいの」フィリップにもらったコインの革袋を手に取る。「これを持って出かけてもいいの? それともボディスにお金を押しこんで、必要なときにそこから出したほうがいいの?」歴史小説のこのくだり――女性がいろいろなものを服に詰めこんでいるところ――にはむかしから大いに興味を惹かれていたから、小説家が書くように人前で簡単にものを取りだせるのか確かめるのが楽しみだ。十六世紀のセックスが一部のロマンス小説で描かれているほど簡単でないことははっきりした。そもそも脱がなければいけない服が多すぎる。

「マダムがお金を持ち歩くなんて、とんでもありません!」フランソワーズが、腰につけたバッグのひもをほどいているピエールを示した。そのバッグはどうやら底なしらしく、ピンや針、錠前をあける器具一式と思われるものや短剣ひとふりなど、とがった道具が山ほどしまわれている。わたしの革袋がそこにおさまると、彼が少し動いただけでジャラジャラ音がした。

ウォーター・レーンに出たわたしは、パッテン――靴のうえに履いて汚泥がつかないようにする便利な木製の厚底サンダル——が許すかぎり威厳を保った足取りでセント・ポール大聖堂の方角へ歩きだした。毛皮で縁取られたマントが足元ではためき、厚い生地がまとわりつく霧をはばむバリアになってくれた。だれもが最近つづいた豪雨からいっとき解放された時間を楽しんでいるが、からりとした空模様には程遠い。

まずプライアーのパン屋に寄って、干しブドウと果物の砂糖煮が混ぜこまれたパンを買った。夕方おなかが空くことがよくあるし、甘いものがほしくなるかもしれない。次に訪れたのはブラックフライアーズをロンドンのほかの地区と繋ぐ路地のそばの店、錨《いかり》を描いた看板を掲げた繁盛する印刷屋だった。

「おはようございます、ロイドンの奥さま」わたしが戸口をまたいだとたん、店主が挨拶した。どうやら名乗らなくても隣人はみなわたしを知っているらしい。「ご主人の本を取りにおいでですか？」

どんな本の話をしているのかわからなかったが構わずきっぱりうなずくと、店主が高い棚から薄い本を取った。パラパラめくってみたところ、軍事と弾道学を取りあげた本とわかった。

「製本した医学書をご用意できなくて申しわけありませんでした」マシューの買い物を包みながら店主が言った。「お預かりしてもかまわなければ、お気に召すように製本させていただきますよ」

ではマシューにもらった病気と治療法の論文の出所はここだったのだ。「ありがとう

「……」と言葉尻を浮かせる。

「フィールドです」店主が助け船を出した。

「フィールド」オウム返しに言葉を返したとき、目がぱっちりした若い女性が赤ん坊を腰に抱えて店の奥から出てきた。よちよち歩きの子どもがスカートにしがみついている。女性の手は荒れていて、インクがこびりついていた。

「女房のジャクリーンです」

「まあ、ロイドンの奥さま」女性のかすかなフランス語訛《なま》りはイザボーに似ていた。「ご主人から大の読書家とうかがいました。それにマーガレット・ホーリーの話だと、錬金術を学ばれているそうですね」

ジャクリーンと夫はわたしのことにかなり詳しかった。靴のサイズや好みのミートパイも知っているにちがいない。それだけに、わたしが魔女だと気づいた者がブラックフライアーズにひとりもいないようすなのが余計に不思議だった。

「ええ」わたしは手袋の縫い目を伸ばした。「綴じていない紙も扱っているの?」

「はい」フィールドが戸惑って眉を寄せた。「もう先日お渡しした雑記帳がいっぱいになってしまったんですか?」なるほど、雑記帳の出所もここだったのだ。

「手紙用の紙がほしいの」と説明する。「それと封蠟。印璽も。ここで買えるかしら?」イェール大学の本屋にはあらゆる文房具がそろっている――ペン、どう考えても無意味な色とりどりの封蠟、アルファベット型の安っぽい真鍮《しんちゅう》の印璽。フィールドと妻が目を見合わせた。

「紙は午後のうちにお届けしましょう」フィールドが言った。「でも印璽は金細工師に指輪にしてもらう必要があります。ここには熔かして鋳直してもらうために印刷機からはずした、すり減った文字しかありません」

「ニコラス・ヴァランにお願いするという手もありますよ」とジャクリーン。「金属を扱う名人ですし、素晴らしい時計もつくっています」

「この路地の先?」わたしはうしろを示した。

「彼は金細工師じゃない」フィールドが口をはさんだ。「ムシュー・ヴァランをわずらわせたくない」

ジャクリーンは動じない。「ブラックフライアーズに住むことには利点があるのよ、リチャード。ギルドの規則に捉われずに仕事ができるのもそのひとつ。それに、ここでだれかが女性の指輪みたいなちょっとしたものをつくったところで、金細工師のギルドは気にしやしないわ。奥さま、封蠟がご入り用なら薬種屋をお訪ねください」

買い物リストには石鹼もある。そして薬種屋は蒸留装置を使う。必要に迫られていたとはいえ、最近は関心の的が錬金術から魔力へ移りつつあるが、役に立つことを学ぶチャンスを見過ごす手はない。

「いちばん近い薬種屋はどこ?」

ピエールがゴホンと咳払いした。「ミロールに相談なさったほうがいいのでは?」

マシューにはいろいろ意見があるに決まっている。そしてその大半は、わたしに必要なものをフランソワーズかピエールに取りに行かせることがからんでいるにちがいない。フィールド夫妻は興味津々でわたしの返事を待っている。

「そうね」ピエールをにらみながらわたしは言った。「でも奥さんの意見も聞きたいわ」

「ジョン・ヘスターはとても評判がいい薬剤師なんですよ」ジャクリーンが茶目っ気まじりに応え、スカートから幼い子どもを引き離した。「あのひとがくれたチンキで息子の耳の痛みがおさまったんです」ジョン・ヘスターは——わたしの記憶が正しければ——錬金術にも興味を持っていた。おそらく魔女ともつき合いがあるだろう。それどころか彼自身が魔術師の可能性もあり、そうなったらわたしのほんとうの目的にはまさに好都合だ。今日は単に買い物に来たのではない。見られるために外出した。魔女は好奇心が強い。自分を餌《えさ》にすれば、だれか食いついてくるはずだ。

「あのペンブルック伯爵夫人も、ぼっちゃんの偏頭痛にヘスターのアドバイスを求められたという噂です」ジャクリーンの夫がつけくわえた。では、わたしがベイナード城へ行ったこともこのあたりでは知れ渡っているのだ。メアリは正しかった——わたしたちは注目されている。「ヘスターの店はポール波止場の近くです。蒸留器の絵の看板が出ていますす」

「ありがとう」ポール波止場はセント・ポール大聖堂の近くにあるにちがいない。それなら午後のうちに行ける。わたしは頭のなかで今日の遠征の地図を書き換えた。

フィールド夫妻に別れを告げると、フランソワーズとピエールがもと来た道を戻りはじめた。

「大聖堂へ行くわ」わたしは反対方向へ歩きだした。

信じられないことに、目の前にピエールが立っていた。「ミロールはいい顔をされないと思います」

「ミロールはここにいないわ。マシューには、あなたと一緒でなければあそこへ行ってはいけないと固く言いつけられた。家から一歩も出るなとは言われていない」本とパンをフランソワーズに突きだす。「もしわたしより先にマシューが帰ってきたら、わたしたちの居場所を教えてすぐ戻ると伝えて」

フランソワーズが包みを受け取り、ピエールと長々と視線を交わしてからウォーター・レーンを歩き去った。

「ご用心を、マダム《ブルネ・ギャルド》」横をすり抜けるわたしにピエールがつぶやいた。

「言われなくても用心してるわ」澄まして応えたとたん、水たまりに踏みこんでしまった。

衝突した二台の四頭立て馬車がセント・ポール大聖堂へつづく通りをふさいでいた。不恰好な車体は貨車のようで、ジェーン・オースティンの映画で疾走する馬車とは似ても似つかない。わたしはうしろにピエールを従え、苛立った馬と同じぐらい苛立った乗客——道の真ん中に立ってどちらが悪いか怒鳴り合っている——を避けて馬車をまわりこんだ。御者だけはわれ関せずというようすで、騒ぎを見おろす御者台に座ったまま小声でおしゃべりしている。

「こういうことはよくあるの？」わたしはフードをうしろにずらしてピエールを見た。

「ああいった新しい乗り物は始末に負えません」苦い顔をしている。「みんなが歩いたり馬に乗っていたころのほうがはるかによかった。でも問題ありません。どうせ流行りませんよ」

ヘンリー・フォードも同じことを言われた。

「ポール波止場までどれくらいあるの？」

「ミロールはジョン・ヘスターに好感を持っていません」

「質問の答えになっていないわ」

「大聖堂の広場でなにをお買いになるんですか？」長年教師をしているから、こんなふうに話をそらされるのには慣れていた。でもロンドン《シティ》を横断しているほんとうの理由は、だれにも話すつもりはなかった。

「本よ」わたしは短く答えた。

セント・ポール大聖堂の広場に入ると、紙に占領されていないあらゆる場所が、物や労力を売る人々で埋まっていた。ひとのよさそうな中年男性が、小屋から延びる差し掛け屋根の下に置いた腰かけに座っているが、その小屋自体、大聖堂の壁のひとつにくっつけて建てられている。ここではよく見られる商売の仕方だ。男性のまわりに大勢が集まっている。運がよければ、あのなかにひとりぐらい魔女がいるだろう。

わたしは雑踏を縫って歩きだした。どうやらみんな人間らしい。残念。

待っている客のために丁寧になにかを書き写していた男性が、はっと顔をあげた。物書きだ。お願い、どうかウィリアム・シェイクスピアじゃありませんように。

「なにかご用ですか、ロイドンの奥さま」男性にはフランス語の訛りがあった。シェイクスピアではない。でも、なぜわたしを知っているのだろう？

「封蠟はある？　赤いインクは？」

「わたしは薬種屋ではありません。しがない教師です」客たちが、食料雑貨商人や薬種屋、それ以外の搾取者が享受している不届きな利益についてひそひそ話しだした。

「印刷屋の奥さんから、ジョン・ヘスターが見事な封蠟をつくると聞いたの」いくつかの顔がこちらを向いた。

「ただし、かなり値が張りますよ。インクも。アイリスの花からつくっているんです」そのとおりだとつぶやく声が周囲で聞こえる。

「ヘスターの店がある場所を教えていただける？」

ピエールがわたしの腕をつかんだ。「いけません」耳元でささやいている。だが人間の視線を集めただけとわかり、素早く手を放した。

物書きの手があがり、東を指差した。「ポール波止場にあります。ビショップス・ヘッドへ行って南へ曲がってください。道順はその御仁が知っています」

うしろのピエールにちらりと目をやると、彼はわたしの頭の上の一点をじっと見つめていた。「そうなの？　ありがとう」

「ロイドンさまの女房だって?」人だかりから離れたとき、含み笑いをしながらだれかがこう言うのが聞こえた。「なるほど。ロイドンさまがお疲れのようすなのも無理はない」

わたしはすぐに薬種屋の方角へは歩きださなかった。かわりに大聖堂をしげしげとながめながら、その巨体のまわりをゆっくり歩きだした。大きさのわりには思いのほか気品があるが、不運な落雷のせいで外観は永遠にそこなわれてしまった。

「ビショップス・ヘッドへ行く最短ルートはこちらではありません」いつも三歩うしろにいるピエールが真うしろにいたため、足をとめて見あげたわたしにぶつかってきた。

「尖塔の高さはどれぐらいあったの?」

「建物の横幅と同じぐらいありました。ミロールはよくあんなに高くつくれたものだと感心しておいででした」失われた尖塔があったころは、細くそそり立つその姿が控え壁の繊細なラインやゴシック様式の縦長の窓と同調して、建物全体を空高くそびえるように見せていたのだろう。

そのとき、にわかに湧き起こるエネルギーを感じた。セット・トゥールの近くにあった女神の神殿で感じたものと似ている。大聖堂の奥底で、なにかがわたしの存在を感じ取ったのだ。それはささやき声と足の下のかすかなうごめき、認知のため息で挨拶し、すぐに姿を消した。ここにはパワーがある――魔女を惹きつけずにはおかないパワーが。

わたしはフードをうしろにはらい、広場にいる商人と客をじっくり観察した。デーモンや魔女やヴァンパイアがちらちら視線を送ってくるが、騒然としているので相手を特定できない。もっと混雑していない場所を探さなければ。

大聖堂の北側を通過して東の端をまわりこむと、いっそうにぎやかになった。屋根に十字架がついた戸外の説教壇に立つ男性に、全員が注目している。電気拡声装置がないので、男性は聴衆を話に引きこむために声を張りあげ、派手なジェスチャーを交えて炎と硫黄をイメージさせていた。

これほどの煉獄と天罰がこれほど迫真的に語られている状況でひとりの魔女が太刀打ちできるはずがない。危険なほど目立つことをしないかぎり、わたしに気づいた魔女は仲間が買い物をしているだけだと思うだろう。わたしは苛立ちのため息を噛み殺した。計画の単純さはぜったい確実だと思っていた。ブラックフライアーズには魔女がいない。けれどセント・ポール大聖堂は魔女が多すぎる。そして興味を惹かれてわたしに近づこうとする者がいたとしても、ピエールを見て尻込みしているのだろう。

「ここにいて」わたしはそう命じて彼をにらみつけた。ピエールがそばでヴァンパイアの拒絶を発散していなければ、好意的な魔女の注意を引く確率が増えるかもしれない。ピエールが無言で屋台の本屋の支柱にもたれ、じっとこちらを見つめた。

わたしは説教壇《ポールズ・クロス》の足元に集まる人ごみに分け入り、友人を探しているように左右を見渡した。魔女に見られているときの、ぞくぞく感を待ち構えた。魔女がいるはずだ。いるのを感じる。

「ロイドン夫人?」聞き覚えのある声がした。「なぜここに?」

世界の悪はカトリックのいかがわしいグループと貿易商のせいだと唱える説教師にむっつり耳を傾けているふたりの紳士の肩のあいだから、ジョージ・チャップマンの血色のいい顔がひょっこり現れた。

探している魔女はひとりもいないのに、〈夜の学派〉のメンバーは例によってどこにでも登場する。

「インクを探しているの。それと封蠟を」この台詞をくり返すたびに馬鹿げて聞こえた。

「それなら薬種屋だ。行こう、わたしの行きつけの店に案内する」ジョージがわたしの肘を取った。「腕もいいし、値段も手ごろだ」

「もう時刻が遅くなってきました」いつのまにかピエールが真横に来ていた。

「機会があるうちにロイドン夫人は外の空気にあたっておいたほうがいい。もうすぐまた雨になると船頭が話していたが、あの連中が間違うことはめったにない。それにジョン・チャンドラーの店はセント・ジャイルズ――市壁のすぐ外のクリップルゲートにある。ここから一キロもない」

ジョージに偶然出会ったのは、苛立たしい展開というよりむしろ幸運だった気がしてきた。歩きまわっているあいだに魔女とばったり会えるかもしれない。

「マシューもチャップマンさんと一緒なら文句は言わないはずよ――ましてやあなたもいるんだもの」わたしはピエールにそう言ってジョージの腕を取った。「行きつけの薬種屋はポール波止場のそばにあるの？」

「逆の方角だ」とジョージ。「でもポール波止場では買い物しないほうがいい。あそこで唯一の薬種屋はジョン・ヘスターで、非常識な値段をつけている。チャンドラーならもっといい品物を半値で提供してくれる」

わたしはジョン・ヘスターを後日のやることリストへまわし、ジョージに連れられるままセント・ポール大聖堂の広場を出て北へ向かい、大きな邸宅や庭園の前を歩きつづけた。

「ヘンリーの母親が住んでいる場所だ」ジョージが左にあるひときわ堂々とした建物を示した。「彼はここが嫌いでマットの家の近くに住んでいたんだが、貧間では伯爵の威信にかかわるとメアリに説得された。それでストランド街の一軒家に引っ越した。メアリは喜んでいるが、ヘンリーは陰気な家だと感じているし、湿気が彼の骨に悪い」

市壁はパーシー家の屋敷のすぐ先にあった。当時〝ロンディニウム〟と呼ばれていたロンドンを侵略者から守るためにローマ人が築いた壁は、いまも公式な境界になっている。オルダーズゲートをくぐって低い橋を渡ると、教会の周囲になにもない野原と住宅がごちゃごちゃとひしめき合っていた。のどかな風景と一緒に襲ってきたにおいで、手袋をはめたわたしの手が鼻へあがった。

「下水だ」ジョージがすまなそうに足元を流れる汚泥を示した。「あいにく、これがいちばんの近道なんだ。すぐましになる」わたしは涙目を拭《ぬぐ》い、そのとおりであるように心から祈った。

ジョージに連れられて歩く道は、四頭立て馬車と食べ物をぎっしり積んだ牛を繋いだ荷馬車がすれちがえるほど幅があった。ジョージは歩きながら発行人のウィリアム・ポンソンビーを訪ねた話をはじめたが、その名前にわたしが心当たりがないと知って打ちひしがれていた。エリザベス朝の出版業の複雑な仕組みにはうとかったので、わたしはそれとなく質問をすることにした。彼は有名な発行人のポンソンビーがつれなく断った大勢の劇作家――キットも含まれている――について、楽しげに話してくれた。ポンソンビーはまじめな文士仲間に協力するのを好み、事実彼のもとに集まっているのは傑出した作家ばかりだった――エドモンド・スペンサー、ペンブルック伯爵夫人、フィリップ・シドニー。

「マットの詩なら出版してくれるだろうが、本人にその気がない」ジョージが困ったように首を振った。

「詩？」思わず足がとまった。マシューが詩を称賛しているのは知っているが、書いているのは知らなかった。

「ああ。自分の詩は友人だけに見せるために書いたものだと言って聞かないんだ。メアリの兄のフィリップ・シドニーのために書いた哀歌はみんな気に入っていた。〝しかれど眼と耳とあらゆる思いは、彼の甘美なる才芸に魅入られん〟」笑みを浮かべている。「傑作だ。なのにマシューは印刷の価値をあまり認めていない。軋轢《あつれき》や思慮の足りない意見を招くだけだと言っている」

　最新式の研究室を持っているのに、マシューはアンティークの腕時計やクラシックカーを好む時代遅れのところがある。わたしは彼の伝統主義を示す新たな証拠ににやにやしないように唇を引き結んだ。「なにについて書いた詩なの?」

「大半は愛と友情だが、最近彼とウォルターが読み交わしている詩のテーマはもっと……暗い。このごろあのふたりは、ひとつの頭でものを考えている気がする」

「暗い?」わたしは眉を寄せた。

「マシューとウォルターは、周囲で起きていることをつねによしとしているわけじゃない」ジョージが声を落とし、通行人の顔に素早く視線を送った。「しばしば苛立ち、特にウォルターだが、権力の座にある者に嘘をつく。危険な傾向だ」

「嘘をつく」わたしは慎重につぶやいた。『嘘』という有名な詩がある。作者不詳だが、ウォルター・ローリーの作とされている。「〝宮廷に伝えよ、その輝きときらめきは、腐った木さながらだと〟?」

「じゃあ、マットはきみに自分の詩を見せたんだな」ジョージがふたたびため息をついた。

「彼は短い言葉で多様な感情や意味を伝えることができる。うらやましい才能だ」

この詩はよく知っているが、マシューが関わっているとは知らなかった。でも、夜になれば夫の文芸作品について議論する時間がたっぷりあるだろう。わたしはこの話題はここまでにして、ジョージの意見——最近の作家は、生き残るために必要以上に作品を出版するよう求められているのではないか、印刷物に誤植がまぎれこまないように、優秀な原稿チェック係が必要——に耳を傾けた。

「チャンドラーの店だ」台座の上に傾いた十字架が立っている十字路をジョージが指差し

た。少年の一団が台座からでこぼこの石をひとつほじくりだそうとしている。あの石がじきに店の窓ガラスに投げつけられるのは魔女でなくてもわかる。

薬種屋に近づくにつれて、空気が冷たくなっていく気がした。セント・ポール大聖堂と同じエネルギーのみなぎりを感じるが、このあたりには貧困と絶望の重苦しい雰囲気が漂っている。通りの北側では老朽化した塔が崩れ落ち、周囲の家々は風がひと吹きしただけで飛ばされそうだ。ふたりの若者が興味津々なようすでそろそろ近寄ってきたが、ピエールにシッと威嚇されて立ちすくんだ。

ジョン・チャンドラーの店は周囲のゴシック風な雰囲気にぴったりマッチしていた。陰気で異様で見る者を不安にさせる。天井から剝製《はくせい》のフクロウが吊り下がり、武器で刺し貫かれ四肢が切断されたり折れたりしている身体図の上に、ずらりと歯がならんだ不運な生き物の顎の骨が留めつけられている。かわいそうな生き物の左目に、しゃれた角度で千枚通しが刺さっていた。

カーテンのうしろから、古びた黒い上着の袖で手を拭きながら、猫背の男が出てきた。上着はオックスフォードやケンブリッジの学生が着るガウンに似ていて、くしゃくしゃなところもそっくりだ。明るいハシバミ色の瞳が躊躇《ちゅうちょ》なくまっすぐ目を合わせてきたとき、はっとして肌がぞくぞくした。チャンドラーは魔術師だ。ロンドンをほぼ横切ったすえに、ようやく仲間が見つかった。

「このあたりの通りは、週を追うごとに物騒になっているな、チャンドラー」近所をうろつく不良少年たちを戸口から窺いながらジョージが言った。

「もうやりたい放題ですよ」とチャンドラー。「今日はどういったご用件で、チャップマンさま？　もっと強壮剤がご入り用ですか？　頭痛が再発されましたか？」

ジョージがさまざまな痛みと苦痛を事細かに説明しはじめた。同情のつぶやきで合いの手を入れていたチャンドラーが、台帳を引き寄せた。ふたりがそれをのぞきこんでいる隙に、わたしは店内をゆっくり観察した。

どうやらエリザベス朝の薬種屋はこの時代の雑貨屋らしく、狭いスペースは垂木《たるき》まで商品で埋まっていた。色鮮やかな絵が描かれた大量のポスター――壁に磔《はりつけ》にされた傷ついた男の絵もある――砂糖漬けの果物が入ったいくつもの壺。テーブルのひとつには古本が積まれ、横には出版されたばかりの本も何冊かある。薄暗い部屋に一抹《いちまつ》の色彩を添えている陶器の壺には、どれも薬効のあるスパイスや薬草の名前が書かれたラベルがついていた。動物界からもたらされた陳列品は剝製のフクロウや顎の骨にとどまらず、尾を結び合わせたしなびたネズミにも及んでいた。インク壺や羽根ペン、糸巻もある。

店内は種類別におおまかに分類されていた。インクは羽根ペンや古本と一緒に知恵の象徴とされるフクロウの下に置いてある。ネズミが下がっているのは〝猫いらず〟のラベルがある壺の上で、壺の横に置かれた本は、魚のつかまえ方だけでなく、〝イタチ、ノスリ、クマネズミ、ハツカネズミほか、あらゆる害獣を捕らえるさまざまな道具や罠《わな》の作り方〟を謳っている。マシューの屋根裏から招かれざる客をどうやって追いだすか、ずっと悩んでいた。

この小冊子に詳細に記された方法はわたしのスキルを超えているが、できるひとを見つけられるだろう。もし天井から下がっているネズミが証拠なら、罠には効果があることになる。

「失礼します」チャンドラーがさりげなく断りながらわたしの前に手を伸ばした。吊るされたネズミを作業台へ持っていき、慣れたようすで手際よく耳を切り取る相手をわたしは興味津々で見つめていた。

「それにはどんな効果があるの？」ジョージに尋ねる。

「粉にしたネズミの耳はいぼに効くんだ」彼が巧みにすりこぎを使っているチャンドラーの横で真顔で答えた。

わたしは件《くだん》の病に悩まされていないことに感謝しつつ、文具の区画を守っているフクロウのほうへ向かった。赤いインクが入った壺がある。濃くて鮮やかな色。

ウィアの友人は、あなたがその瓶を自宅に持ち帰るのをよく思わないはずですよ、奥さま。鷹の血でできていて、愛の呪文を書くために使われるものです。

ではチャンドラーには声を出さずにしゃべる能力があるのだ。わたしはインクをもとの場所に戻し、ページの角が折られた小冊子を手に取った。一ページめには、幼い子どもを襲う狼《おおかみ》と、むごい拷問を受けたのち処刑された男の絵があった。二十一世紀の食料雑貨店のレジ横にあるタブロイド紙を思わせる。ページをめくったわたしは、スタッブ・ピーターという名の人物に関する記述を読んでどきりとした。狼の姿で現れたスタッブは、男や女や子どもの血を飲んで相手を殺したと書いてある。世間の目に触れているのはスコットランドの魔女だけではない。ヴァンパイアもそうなのだ。

わたしは素早くページに視線を走らせた。スタッブがはるか遠いドイツに住んでいるとわかって緊張が解けた。だが被害者のおじのひとりが、わたしたちの家とベイナード城の中間で醸造所を営んでいるのがわかると不安が戻ってきた。殺害の陰惨な詳細のみならず、人間が自分たちに紛れて暮らすクリーチャーに立ち向かうためなら手段を選ばないことにも啞然とさせられた。記述ではスタッブ・ピーターは魔術師となっていて、奇行の原因は、姿を変えて血への異常な嗜好《しこう》を満たせるように悪魔と契約したためとされている。でも、おそらくこの男はヴァンパイアだったのだろう。わたしはほかの本の下に小冊子を差しこみ、カウンターへ向かった。

「ロイドン夫人はそろえたいものがあるんだ」ジョージが薬種屋に話しかけた。

わたしの名前を聞いたチャンドラーが、慎重に頭を空っぽにした。

「そうなの」わたしはおもむろに言った。「もしあれば赤いインクを。それから手を洗うための香りつきの石鹼をいくつか」

「承知しました」魔術師が白目《ピューター》の小さな容器がならぶ棚をあさった。探していた容器を見つけてカウンターに置く。「インクに合う封蠟もご入り用ですか？」

「ここにあるものならなんでもいいわ」

「ヘスターの本も置いているのか」ジョージがそばにある本を手に取った。「ここのインクはヘスターのインクと同じぐらい上質で価格は半分だとロイドン夫人に言ったんだ」

ジョージの褒め言葉に薬種屋が曖昧に微笑み、机に載ったインクの横に深紅の封蠟数本と甘い香りがするボール状の石鹼をふたつ置いた。わたしは害獣駆除マニュアルとドイツ人のヴァンパイアに関する小冊子を机に置いた。チャンドラーの視線があがってわたしと目が合った。目に警戒が浮かんでいる。

「そうそう」とチャンドラー。「そのヘスターの本のほかにも、向かいの印刷屋が何冊か置いていった本があります、あそこは医学の分野も扱っています」

「ロイドン夫人はそれにも関心があるはずだ」ジョージが勧められた本をほかの本の上に置いた。わたしはあらためて、なぜ人間はこれほどまでに自分たちのまわりで起きていることに気づかないでいられるのか不思議に思った。

「でも、このような内容がレディにふさわしいものか……」チャンドラーはわたしの結婚指輪に意味ありげな視線を送って言葉を濁している。

わたしの無言の反論は、すかさず答えたジョージの言葉にかき消された。「彼女の夫は気にしないさ。ロイドン夫人は錬金術を研究しているんだ」

「それもいただくわ」わたしはきっぱり告げた。

買い物したものを包んでいるチャンドラーに、ジョージがお薦めの眼鏡屋を教えてほしいと頼んだ。

「世話になってる発行人のポンソンビーが、ホーマーの翻訳を終えないうちに目が衰えてしまうんじゃないかと心配していてね」ジョージがもったいぶって説明する。「母の召使いに処方箋《せん》をもらったんだが、よくならない」

薬種屋が肩をすくめた。「年寄りの治療薬が効くこともありますが、わたしの薬のほうが確実です。卵白とローズウォーターでつくった湿布薬を届けさせましょう。亜麻布を浸して目にあててください」

ジョージとチャンドラーが薬の値段を交渉して配達の相談をしているあいだに、ピエールが荷物をまとめて戸口へ向かった。

「ありがとうございました」チャンドラーがお辞儀した。

「こちらこそいろいろありがとう」わたしは応えた――**ロンドンに来たばかりで、協力してくれる仲間を探しているの。**

「どういたしまして」薬剤師がよどみなく言った。「でも、ブラックフライアーズにもいい薬種屋がございますよ」――**ロンドンは物騒な場所です。力添えしてくれる相手に手を貸してもらいなさい。**

どうしてわたしが住んでいる場所を知っているのかと尋ねる前に、明るく別れを告げるジョージに通りへ出されてしまった。ピエールがぴったりうしろについているので、たまに吐く冷たい息を感じ取れるほどだった。

市中へ戻る道すがら、はっきりと視線を感じた。わたしがチャンドラーの店にいるあいだに警報が発令され、見慣れない魔女が界隈《かいわい》にいるという噂が広まったのだ。ようやく今日の午後の目的が達成できた。ふたりの魔女が腕を組んで自宅の玄関先に現れ、敵意のこもる視線でちくちくと探ってきた。顔も体格もそっくりだから、双子かもしれない。「ウィア」ひとりがつぶやいてピエールに唾を吐き、指を二本立てて悪魔に対抗するサインをつくった。

「行きましょう、マダム。遅くなっています」ピエールがわたしの前腕をつかんだ。

できるだけ急いでわたしをセント・ジャイルズから遠ざけたいピエールの気持ちと、一杯のワインを求めるジョージの気持ちがあいまって、ブラックフライアーズへの帰路は往路よりはるかに速まった。無事〈牡鹿と王冠〉に戻ると、まだマシューの気配はなく、ピエールが探しにいった。するとフランソワーズが時刻の遅さとわたしが休まなければならないことについて、あてつけを言った。ほのめかしの意味を理解したジョージが、いとまごいの台詞を口にした。

フランソワーズが暖炉の前に腰をおろし、縫い物を脇に置いて扉を見つめた。わたしは買ったばかりのインクで買い物リストの項目にチェックマークをつけ、〝ネズミ取り〟と書き足した。次にジョン・ヘスターの本を手に取った。慎重に白紙でくるみ、きわどい内容だとわからないようにしてある。性病の治療法が列挙してあり、その大部分は有毒な高濃度の水銀がからんでいた。チャンドラーが既婚女性に売るのをためらったのも無理はない。興味深い第二章を読みはじめたとき、マシューの書斎で話し声がした。フランソワーズは唇を引き結んで首を振っている。

「今夜はワインが足りなくなりそうですね」そう言って、扉の横にある空のピッチャーを持って階段へ向かった。

わたしは夫の声がするほうへ行った。マシューはまだ書斎にいて、服をむしり取って暖炉に投げこんでいた。

「あれは邪悪な男です、ミロール」ピエールが主人の剣をはずしながら厳しい表情で応えた。

「あの鬼畜を表すのに邪悪では足りない。的確な言葉はまだ存在しない。今日を最後に、わたしはあの男は悪魔そのものだと判事の前で誓ってやる」長い指がぴったりしたブリーチズのひもをほどいている。マシューが床に落ちたブリーチズを屈んで拾いあげた。それは宙を飛んで炎に飛びこんだが、飛びこむ前に血の染みが見えた。湿った石と歳月と汚物のにおいで、ラ・ピエールに閉じこめられたときの記憶が一気によみがえった。吐き気がこみあげる。マシューがくるりと振り向いた。

「ダイアナ」一度大きく息を吸いこんだだけでわたしの苦しみを感じ取り、頭からシャツを引き抜くと、脱ぎ捨てたブーツをまたいでリネンの下着《ドロワーズ》だけの姿で横へやってきた。火明かりが肩で躍り、たくさんある傷のひとつ――肩関節のすぐ上にある長くて深い傷――が見え隠れしている。

「怪我をしたの?」わたしは詰まった喉から言葉を絞りだした。視線は暖炉で燃える服に釘づけになっていた。マシューがわたしの視線を追って小さく毒づいた。

「わたしの血ではない」彼に他人の血がついているという事実は、たいして慰めにならない。「女王に立ち会うよう命じられた、囚人が……尋問される場に」一瞬の迷いで、〝拷問される場〟という表現を避けたのがわかった。「体を洗ってくる。そのあと一緒に夕食にしよう」口調はやさしいが、疲れて腹を立てているように見える。それにわたしに触れないように気をつけている。

「地下にいたのね」このにおいは間違いない。

「ロンドン塔にいた」

「囚人は……死んだの？」

「ああ」マシューが手のひらで顔をこすった。「早めに着いて阻止するつもりだった――今回は。だが潮を読み間違えた。今回も、囚人の苦しみを終わらせてやることしかできなかった」

マシューは苦しむ男性の死に立ち会ったことがある。今日は自宅に留まってロンドン塔の迷える魂と関わらずにいることもできたはずだ。彼より弱い者ならそうしていただろう。わたしは手を伸ばして彼に触れようとしたが、マシューがあとずさった。

「秘密を白状しないうちに死んだとわかったら女王は激怒するだろうが、もうどうでもいい。大方の人間がそうであるように、エリザベスは都合がいいときは見て見ぬふりをするのが得意だ」

「囚人はだれだったの？」

「魔術師だ」彼が無表情で答えた。「赤毛の人形を持っていると隣人から通報があった。隣人は人形が女王を表しているのではないかと疑っていた。そしてエリザベスはスコットランドの魔女と魔術師、アグネス・サンプソンとジョン・フィアンの行動に触発されたイングランドの仲間が女王に背くのではないかと怯えていた。だめだ、ダイアナ」近づいて慰めようとしたわたしに、その場に留まるように合図している。「それ以上ロンドン塔とあそこで起きていることに近づくな。居間へ行っていろ。わたしもすぐ行く」

彼を残していくのはつらかったが、マシューのためにいまできるのは言われたとおりにすることだけだった。テーブルに載ったワインとパンとチーズを見ても食欲は湧かなかったが、今朝買ってきたパンをひとつ取ってのろのろとちぎった。

「食欲がないな」猫のように物音をたてずに入ってきたマシューが、自分の杯にワインを注いだ。それをぐっと飲み干し、お代わりを注ぐ。

「あなたもね」わたしは言った。「定期的に食事をしていないわ」ギャロウグラスとハンコックからしきりに夜の狩りへ誘われているのに、断りつづけている。

「その話はしたくない。それより今日きみがなにをしていたか話してくれ」――忘れさせてくれ。声に出さない言葉がささやきとなって室内にこだました。

「買い物に出かけたわ。あなたがリチャード・フィールドに注文していた本を受け取って、奥さんのジャクリーンに会った」

「そうか」マシューの顔に笑みが浮かび、口元の緊張が少しだけほぐれた。「新しいフィールド夫人だな。最初の夫を亡くし、いまはふたりめの夫を振りまわしている。来週の末には

いい友人になっているだろう。シェイクスピアには会ったか？　あの家に厄介になってい
る」
「いいえ」わたしはテーブルの上で高くなっていく山にパン屑《くず》を足した。「大聖堂へ行った
わ」マシューがわずかに前へ乗りだした。「ピエールが一緒だった」あわててつけくわえ、
テーブルにパンを置く。「それに偶然ジョージに会ったの」
「ビショップス・ヘッドをうろついてウィリアム・ポンソンビーを探し、機嫌を取ろうとし
ていたにちがいない」肩の緊張を解いて含み笑いを漏らしている。
「ビショップス・ヘッドへは行けなかったの」わたしは正直に打ち明けた。「ジョージは
説教壇《ポールズ・クロス》の説教を聞いていたわ」
「説教を聞くためにあそこに集まる群衆は、予測がつかない行動に出ることがある」マシュ
ーがつぶやいた。「きみをうろつかせるとは、ピエールも不注意なことをしたものだ」魔法
のように彼の従者が現れた。
「長居はしなかったわ。ジョージが行きつけの薬種屋へ連れていってくれたの。その店で本
を数冊とこまごましたものを買った。石鹼。封蠟。赤いインク」そこで唇を引き結ぶ。
「ジョージの薬種屋はクリップルゲートに住んでいる」マシューの声から抑揚が消え、ピエ
ールに目を向けた。「ロンドン市民から犯罪の申し立てがあると、行政官はあそこへ行っ
て、ぶらぶらしている者か妙な印象を受ける者を連行する。見つけるのは簡単だ」
「行政官がクリップルゲートを標的にしてるなら、なぜバービカン・クロス近辺に大勢クリ

ーチャーがいて、ブラックフライアーズにはほとんどいないの？」マシューにとってこの質問は不意打ちだったらしい。

「ブラックフライアーズはかつてキリスト教の聖地だった。デーモンや魔女やヴァンパイアはずっと前にほかの場所に住むのが習慣になり、そのままいまも戻っていない。だがバービカン・クロスは数百年前にユダヤ教の共同墓地があった場所だ。イングランドからユダヤ人が追いだされたあと、シティの役人が犯罪者や裏切り者や教会から破門された者用の、神に捧げられていない墓地にした。人間は幽霊が出ると信じて近づかない」

「じゃあ、わたしが感じた悲しみは死者のものだったのね、生きている者だけでなく」抑える間もなく口から言葉が出ていた。マシューの目が細まっている。

ふたりの会話は彼のすり切れた神経を一向になごませておらず、わたしはどんどん落ち着かなくなっていた。「ジャクリーンに薬種屋を紹介してほしいと頼んだらジョン・ヘスターを薦められたけれど、ジョージが自分の馴染《なじ》みの薬種屋なら同じぐらい腕がよくて値段は安いと言ったの。店がある場所のことまで訊かなかった」

「わたしにとっては、手ごろな値段より、ヘスターと違ってジョン・チャンドラーは客にアヘンを売りこまないことのほうが重要だ。それでもクリップルゲートへは行かないでほしい。今度文房具が必要なときは、ピエールかフランソワーズを買いに行かせる。できればウォーター・レーン沿いの三軒先の向かいにある薬種屋へ行ってくれ」

「フィールドの妻は、ブラックフライアーズに薬種屋があることをマダムに話しませんでした。数カ月前、ジャクリーンは長男の耳の病に最適な治療法のことで近所の薬種屋のラユンヌと意見が合わなかったのです」ピエールが説明のつもりでおずおず口にした。「ジャクリーンとラユンヌが正午の鐘とともにセント・ポール大聖堂の身廊で互いに向けて剣を抜こうがどうでもいい。今後ダイアナが街なかをうろつくことはない」

「危険な場所はクリップルゲートだけじゃないわ」わたしはドイツのヴァンパイアに関する小冊子を机に置いて押しだした。「チャンドラーの店で梅毒に関するヘスターの本と、動物を罠でつかまえる方法を書いた本を買ったの。これも売られていたわ」

「なにを買ったって?」マシューがワインにむせた。別の本に気を取られている。

「ヘスターの本はどうでもいいの。この本には悪魔と契約して狼に姿を変えて血を飲む男の話が載っているわ。出版に関わった男のひとりは近所に住んでいる——ベイナード城の近くの醸造家よ」指で本をたたいて強調する。

マシューがゆるく綴じられた紙の束を自分のほうへ引き寄せた。視線が問題の箇所に達したとたん息を吞んでいる。本を渡されたピエールも、素早く目を通しはじめた。

「スタッブはヴァンパイアなんでしょう?」

「ああ。スタッブの死のニュースがここまで届いていたとは知らなかった。片面刷りの印刷物や大衆誌に掲載された風聞は、必要ならもみ消せるようにキットから報告が来ることになっている。これは見落としたんだろう」マシューがピエールをにらんだ。「この仕事はほかのだれかにやらせろ。キットには知らせるな」ピエールが了解の印にうなずいた。

「つまり狼男に関するこういった伝説も、ヴァンパイアの存在を否定しようとする人間のいじらしい試みなのね」わたしは首を振った。

「それは人間に厳しすぎる。彼らの注目はいま魔女に集中している。百年かそこら経てば、精神科施設が改善されてデーモンの番になるだろう。そのあと人間はヴァンパイアに取りかかり、魔女は子どもを怯えさせる怖いおとぎ話にすぎなくなる」言葉とは裏腹に浮かぬ顔をしている。

「ご近所さんは狼男で頭がいっぱいになってるのよ、魔女ではなく。そしてもしあなたがその仲間だと誤解される可能性があるなら、わたしのことなんか心配せずに自分の心配をするべきだわ。それに、わたしの仲間がここの玄関をノックするまで、さほど時間はかからないはずよ」これ以上マシューが魔女探しをつづけるのは危険だという確信が拭えない。夫の瞳に一瞬警告が浮かんだが、彼は怒りをコントロールできるようになるまで口をつぐんでいた。

「自分の力でなんでもしたくてたまらないのはわかる。だが今度ひとりで行動を起こそうと決めたときは、まずわたしに相談すると約束してくれ」思っていたよりはるかに穏便な返事が返ってきた。

「わたしの話に耳を傾けると約束してくれればね。あなたは見張られているわ、マシュー、間違いない。メアリ・シドニーもそう確信している。あなたは女王の仕事とスコットランドの問題を片づけて、こっちはわたしに任せて」

なおも交渉しようと口を開きかけた彼に首を振る。

「いいから言うとおりにして。わたしの仲間が来るわ。必ず」

18

翌日の午後、マシューはベイナード城の風通しがいいメアリの居間でわたしを待っていた。楽しそうにテムズ川を見つめていた彼は、わたしに気づいて振り向き、琥珀《こはく》色のボディスとスカートを覆っているエリザベス朝版の白衣を見て笑みを浮かべた。白い袖はばかばかしいほど詰め物をされて両肩から突きだしているものの、首まわりの襞襟は小ぶりで控えめに抑えてあるので、ほかの服より着心地がいい。

「メアリは実験から手を放せないの。月曜の夕食に間に合うようにいらっしゃいと言われたわ」マシューの首に抱きついてしっかりと唇を重ねると、彼が背中をそらせた。

「どうして酢のにおいがするんだ？」

「メアリはお酢で手を洗うの。石鹼よりきれいになるのよ」

「家を出るときはパンと蜂蜜のいい香りがしていたのに、ペンブルック伯爵夫人にピクルスのにおいをつけて返されたな」耳のうしろに鼻を近づけ、満ち足りた吐息を漏らしている。

「酢が触れていない場所がきっと見つかると思っていた」

「マシュー」わたしはそっと耳打ちした。伯爵夫人のメイドのジョーンが真うしろに立っている。

「破廉恥《はれんち》なエリザベス朝の人間ではなく、上品ぶったヴィクトリア朝の人間のようだ」マシューが笑い声をあげ、最後にもう一度首筋にキスをしてから体を起こした。「楽しい午後を過ごせたか?」

「メアリの実験室を見たことがある?」わたしは不恰好《ぶかっこう》なグレーの上っ張りをマントと交換し、ほかの仕事をするようにジョーンをさがらせた。「彼女は城の塔のひとつを占拠して、壁を賢者の石の絵で飾ったのよ。錬金術師のジョージ・リプリーが残した巻物《スクロール》の世界で作業しているみたいなの。イェール大学のバイネッキ図書館に収蔵されているものを見たことがあるけれど、六メートルぐらいしかなかった。メアリの壁画はその倍はあるの。おかげでなかなか実験に集中できないわ」

「どんな実験をしていたんだ?」

「緑のライオンを追いかけていたのよ」わたしは得意顔で答えた。錬金術の過程で、二種類の酸性溶液を化合させて衝撃的な色の変化を引き起こす段階のことだ。「しかも、もう少しでつかまえられそうだった。でもなにかがうまくいかなくて、フラスコが爆発してしまったの。すごくわくわくしたわ!」

「わたしのラボでなくてよかった。一般的に、硝酸を扱う実験をしているときは爆発を避けるべきだ。次はもっと爆発しにくい実験をしたらどうだ、ローズウォーターの蒸留のような」彼の目が細まった。「水銀は扱わなかっただろうな?」

「だいじょうぶよ。赤ちゃんに害を及ぼしかねないことはやらないから」わたしは守勢にまわった。

「きみのためを思ってなにか言うたびに、わたしの心配などお門違いだと決めてかかるんだな」眉間に皺を寄せてむっとしている。黒い口髭と顎髭のせいで――どちらもまだ馴染めずにいる――以前に増して近づきがたい雰囲気だ。でも言い争いはしたくなかった。

「ごめんなさい」わたしはすぐに謝って話題を変えた。「来週は第一物質《プリマ・マテリア》を合成してみようと思ってるの。水銀が含まれているけど、触らないって約束するわ。メアリはそれが一月末までに腐敗して錬金術のヒキガエルになるか確かめようとしてるのよ」

「新年のめでたい門出になりそうだ」マシューが肩にマントをかけてくれた。

「さっきはなにを見ていたの?」窓の外に目をやる。

「テムズ川の対岸で大晦日《おおみそか》に燃やすかがり火が用意されている。荷馬車が新しい薪を取りに行くたびに、地元の住人がすでに積まれたものをこっそりくすねている。薪の山は小さくなるばかりだ。織物を織ってはほどくのをくり返した、ギリシャ神話のペネロペを見ているようだ」

「メアリが明日はみんな仕事を休むと言っていたわ。そうだ、マンチットを、あのパンのことをそう呼ぶのよね? もっと買って、土曜日の朝食用に蜂蜜を入れたミルクに浸して柔らかくしておくようフランソワーズに言うのを忘れないようにしないと」エリザベス朝のフレンチトーストだ。「どうやらメアリは、ヴァンパイアの家でわたしがおなかを空かせるんじゃないかと心配してるみたい」

「クリーチャーやクリーチャーの習慣となると、ペンブルック伯爵夫人は〝尋ねず、語らず〟の方針を取っている」とマシュー。

「たしかに自分の靴で起きたことに、いっさい触れずにいるわ」思い返しながら、わたしはひとりごちた。

「メアリ・シドニーは母親と同じ方法で人生を乗りきっている――都合の悪い真実すべてに見て見ぬふりをすることで。ダドリー一族の女性はそうするしかない」

「ダドリー？」わたしは眉を寄せた。ダドリー一族――なにかと問題を起こすことで有名な一族だ――物腰の柔らかいメアリとはかけ離れている。

「ペンブルック伯爵夫人の母親はメアリ・ダドリーだ。女王陛下の友人にして、女王の寵臣《ちょうしん》ロバートの姉」マシューの口元がゆがんだ。「才気にあふれた女性だった、ちょうど娘のように。いろいろなことで頭がいっぱいで、父親の反逆罪や弟の失策が入る余地がなかった。処女王エリザベスから天然痘《てんねんとう》をうつされたときは、女王や自分の夫が醜くなったメアリに会うよりほかの人間との交流を好むようになったと気づいても、決して表に出さなかった」

わたしはショックで立ちすくんだ。「どうなったの？」

「つらい思いを抱えながら孤独のうちに亡くなった。ダドリー一族のほとんどの女性の先祖と同じように。最大の功績は、自分と同じ名前をつけた娘を十五歳かそこらで四十過ぎのペンブルック伯爵に嫁がせたことだ」

「メアリ・シドニーは十五で花嫁になったの？」あの鋭敏で生気にあふれた女性は、さしたる苦労も見せずに大所帯を切り盛りし、元気いっぱいの子どもたちを育て、さらには錬金術の実験に打ちこんでいる。その理由がようやくわかった。ペンブルック伯爵夫人はわたしより二、三歳年下だが、三十歳になったときはすでに人生の半分こういった務めを巧みにこなしていたのだ。

「ああ。だがメアリの母親は生き延びるために必要なあらゆるツールを娘に与えた――鉄のように強固な自制、強い義務感、金で得られる最高の教育、詩を愛する心、そして錬金術への情熱」

わたしはボディスに触れて、自分のなかで育っている命を思った。この世界で生き延びるために息子に必要なツールとはなんだろう？

家までは化学について話しながら帰った。マシューはメアリが雛《ひな》を抱く雌鶏《めんどり》のように抱えこんでいるのは酸化鉄の鉱石で、フラスコで蒸留して硫酸をつくるつもりなのだろうと説明してくれた。わたしはかねてから錬金術の実用面よりその象徴性に関心があったが、ペンブルック伯爵夫人と過ごした午後は、このふたつの関係がきわめて興味深いものになる可能性を浮かびあがらせた。

ほどなく無事〈牡鹿と王冠〉の室内に入ったわたしは、ミントとレモンバームでつくった薬湯でゆっくり喉を潤《うるお》した。エリザベス朝にもお茶があると判明したが、どれもハーブティーだった。メアリについてしゃべっていると、マシューが笑みを浮かべていることに気づいた。

「なにがおもしろいの？」

「こんなきみを見るのは初めてだ」

「こんなって？」

「とても生き生きしている——自分がやっていることに関する話や疑問、来週メアリとやろうとしているあれこれをしゃべりつづけている」

「学生に戻ったのがうれしいの」わたしは素直に打ち明けた。「最初は苦労したわ——すべての答えを知らずにいることに。もう何年も、疑問しかないことがどれほど楽しいか忘れていた」

「それにここでは自由になった気になれる。オックスフォードではなれなかった気持ちに。秘密があると孤独になる」マシューが瞳に同情を浮かべてわたしの顎をやさしく撫でた。

「孤独になったことなんか一度もないわ」

「いいや、あった。おそらくいまもそうだ」彼がそっとつぶやいた。

返事をする間もなくマシューがわたしを椅子から立ちあがらせ、暖炉脇の壁に押しつけようとした。すると、一瞬前まで姿がなかったピエールが戸口に現れた。

そのとき、ノックの音がした。マシューの肩の筋肉が盛りあがり、太腿《ふともも》あたりで短剣がきらめいた。彼がこくりとうなずくと、ピエールが踊り場に出て勢いよく扉をあけた。

「ハバード師から言づけを預かってまいりました」男性のヴァンパイアがふたり、踊り場に立っていた。どちらもたいていの使者には手が届かない高価な服を身につけている。ふたりともせいぜい十五歳くらいだ。これまで十代のヴァンパイアを見たことがなかったから、てっきり禁じられているのだろうと思っていた。

「ロイドンさま」背が高いほうのヴァンパイアがインディゴブルーの瞳でマシューを見つめた。その目がわたしへ移動すると、視線の冷たさが肌を刺した。「奥さま」短剣をつかむマシューの指に力が入り、ピエールが戸口とわたしたちを結ぶスペースへさらに近づいた。

「ハバード師がお会いしたいと申しております」背の低いほうのヴァンパイアが言った。マシューが持つ短剣に侮蔑《ぶべつ》の目を向けている。「時計が七時を告げるときにおいでください」

「都合がついたら行くと伝えろ」マシューの声は毒気を含んでいた。

「あなたひとりではありません」背が高いほうの少年が言う。

「キットには会っていない」いくぶんとげとげしい口調でマシューが応えた。「あいつが問題を起こしたのなら、どこを探せば見つかるかは、おまえたちの主人のほうがわかっているはずだ、コーナー」いかにもぴったりな名前だ。思春期の体は角と突端《コーナー》だらけだ。

「マーロウなら朝からハバード師と一緒にいます」いかにもつまらなそうにコーナーが答えた。

「そうなのか?」マシューの目つきが険しい。

「はい。ハバード師はそちらの魔女と会いたがっておいでです」コーナーの連れが言った。

「そういうことか」マシューの声から抑揚が消えた。黒と銀色にぼやけたなにかが見え、次の瞬間、磨きあげた短剣がコーナーの目の横にある扉の側柱に突き刺さって震えていた。大股で近づくマシューを見て、少年たちが反射的にあとずさった。「ご苦労だった、レオナード」マシューが足で扉を閉めた。

十代のヴァンパイアたちがどたどたと階段をおりていくあいだ、ピエールとマシューは無言で視線を交わしていた。

「ハンコックとギャロウグラスを」とマシュー。

「ただちに」部屋を飛びだしたピエールが、あやうくフランソワーズとぶつかりそうになった。フランソワーズが側柱から短剣を抜いた。

「客があった」柱についた傷のことで小言を言われないうちにマシューが説明した。

「どういうことなの、マシュー？」わたしは訊いた。

「ふたりで古い友人に会いに行く」相変わらず気味が悪いほど声に表情がない。

わたしはテーブルに置かれた短剣に目をやった。「その古い友人はヴァンパイアなの？」

「ワインを、フランソワーズ」マシューが数枚の紙をつかみ、わたしがきれいに積んでおいた山を崩した。文句をこらえたわたしの目の前で、羽根ペンを一本取って猛烈なスピードでなにやら書きはじめている。ノックの音を聞いてから、一度もわたしを見ていない。

「肉屋で買った新鮮な血があります。よかったらそれを……」

マシューが顔をあげた。唇をきつく引き結んでいる。フランソワーズはそれ以上言い返さずに、大きなゴブレットにワインを注いだ。注ぎ終えた彼女にマシューが手紙を二通手渡した。

「これをラッセル・ハウスのノーサンバーランド伯爵に届けてくれ。こっちはウォルター宛てだ。ホワイトホールにいる」フランソワーズがすぐさま部屋を出ていき、マシューが大股で窓に歩み寄って通りを見つめた。リネンの高い襟の内側で髪がもつれていて、わたしはふいにそれを直してやりたくなった。けれどそんな親しげな態度は求めていないと彼の背中が警告している。

「ハバード師って、だれなの？」催促してみたが、マシューの心はどこかよそにいっていた。

「きみがやっているのは自殺行為だ」こちらに背を向けたまま、険しい口調で彼が言った。

「きみには自衛本能が欠けているから気をつけろとイザボーに言われた。それを身につける前に、いったい何度こういうことをやるつもりだ？」

「わたし、今度はなにをしたの？」

「わざと目につくようにした」語気が荒い。「そしてそのとおりになった」

「外を見るのはやめて。頭のうしろに話しかけるのはもういや」淡々と言ったが、ほんとうは彼に駆け寄りたかった。「ハバード師は何者なの？」

「アンドリュー・ハバードはヴァンパイアだ。ロンドンを牛耳《ぎゅうじ》っている」

「どういう意味？　ロンドンを牛耳っているって。シティのヴァンパイア全員がそのひとに従っているの？」二十一世紀のロンドンのヴァンパイアは、一族への強い忠誠と夜行性と献身で名高い——少なくともほかの魔女からそう聞いている。パリやヴェネチアやイスタンブルのヴァンパイアほど行動が派手ではないし、モスクワやニューヨークや北京の同類ほど血に飢えていることもなく、うまくまとまっている。

「ヴァンパイアだけではない。魔女やデーモンもだ」マシューが振り向いた。眼差しが冷たい。「アンドリュー・ハバードは元聖職者だ。とぼしい教養とトラブルを起こすだけの神学を身につけた聖職者。ロンドンで初めてペストが流行したときヴァンパイアになった。一三四九年には市民の半分近くが命を落とした。ハバードは最初の流行を生き延び、病人の世話をしたり死者を埋葬したりしていたが、やがて病に倒れた」

「それでだれかがヴァンパイアにして助けたのね」

「ああ。だが、だれがやったかいまだに突きとめられずにいる。噂は山ほどあるが、大半は神によって復活したことになっている。死を悟ったハバードは、みずから墓地に墓を掘り、そこに入って神を待っていたそうだ。数時間後、よみがえって人々のなかに戻ってきた」そこでいったん言葉を切る。「そのときから幾分正気を失っているような気がする」

「ハバードは迷える魂を集めている」マシューがつづけた。「最近は数えきれないほどいる。ハバードはそういう者を受け入れている——孤児、未亡人、一週間のうちに家族全員を亡くした男。彼らが病気になるとヴァンパイアに変え、あらためて洗礼を施してから家や食べ物や仕事を保証する。ハバードは彼らを自分の子どもとみなしている」

「魔女やデーモンでも？」

「ああ」マシューが簡潔に答えた。「養子縁組の儀式を行なっているが、フィリップがやっているものとはまったく違う。ハバードは彼らの血を飲む。そうすれば子どもたちの魂の中身がわかり、彼らの世話を神に任された証拠になると本人は主張している」

「そのひとたちの秘密もわかるわ」慎重につぶやく。

マシューがうなずいた。ハバード師にわたしを近づけたくないと考えているのもとうぜんだ。ヴァンパイアに血を飲まれたら、赤ん坊のことを気づかれてしまう——父親がだれかも。

「フィリップとハバードは、クレアモント一族を師の家族の儀式や義務から免除する協定を結んでいる。ロンドンに足を踏み入れる前に、きみがわたしの妻であることを伝えておくべきだったかもしれない」

「でもあなたは伝えないことにした」わたしは両手を握りしめた。ギャロウグラスがウォーター・レーンの端にある船着き場は避けたほうがいいと言った理由がようやくわかった。フィリップの言うとおりだ。マシューはたまに愚かなことをする——あるいは世界一傲慢《ごうまん》な男がやりそうなことを。

「ハバードはわたしのやることに口出しをしないし、わたしも彼の邪魔はしない。きみがクレアモントの一員だとわかれば、きみへの干渉もやめるだろう」マシューが下の通りでなに

か見つけた。「助かった」階段に大きな足音が響き、間もなくギャロウグラスとハンコック
が居間に入ってきた。「遅いぞ」
「ぼくも会えてうれしいよ、マシュー」とギャロウグラス。「じゃあ、ついにハバードが面
会を求めてきたんだな。それからまさかとは思うが、叔母上に留守番させてあいつをコケに
しようなんて考えるな。どういう計画だろうが、一緒に連れていけ」
いつもと違い、マシューがうしろから前へ髪を梳《す》いた。
「くそっ」その手の動きを見てハンコックが毒づいた。どうやらトサカのように立った髪
も、マシューの特徴的な仕草のひとつらしい――独創的なはぐらかしと半端な真実の泉が枯
渇したことを示す仕草。「ハバードを避けることが唯一の方針だったんだな。ほかのことは
考えていなかった。度胸があるのか間抜けなのか、ずっと謎だったが、これでその謎も解け
たらしい――そして答えはあんたが喜ぶものじゃない」
「月曜にダイアナをハバードのところへ連れていくつもりだった」
「シティに来てから十日も経ったあとで」とギャロウグラス。
「なにも急ぐ必要はない。ダイアナはクレアモントだ。それにここはシティではない」すか
さず言い返したマシューが、わたしの戸惑った顔を見てつづけた。「ブラックフライアーズ
は厳密にはロンドンに入らない」
「ぼくはまたハバードの本陣に乗りこんで、シティの地勢に関する議論をくり返す気はない
ぞ」ギャロウグラスが太腿に手袋をたたきつけた。「ランカスター派を加勢しにきた一四八

五年に、騎士団がロンドン塔に逗留《とうりゅう》できるようにあなたが交渉したときハバードは認めなかったし、いまだって認めるはずがない」

「あいつを待たせないほうがいい」ハンコックが言った。

「時間はたっぷりある」マシューの口調に動じた様子はない。

「あなたは潮の流れをわかっていない。川を使うつもりなんだろう？　テムズ川も厳密にはシティに含まれないと考えているからな。舟で行くなら、すでに遅れているかもしれない。出発しよう」ギャロウグラスが玄関のほうへ親指を突きだした。

ピエールが玄関で待っていて、黒い革手袋をはめていた。いつもの茶色いマントでなく、流行の丈よりずっと長い黒いマントを着ている。右腕が銀色のもので覆われていた——四分割された上の部分に三日月がある十字架を蛇が取り巻いている。フィリップの徽章《きしょう》。マシューの徽章との違いは星とユリがないだけだ。

ギャロウグラスとハンコックが似たような服装になると、フランソワーズがマシューの肩によく似たマントをかけた。たっぷりしたドレープが床をこすり、いつも以上に長身で堂々として見える。ならんで立つ四人は見る者を怯えさせる光景で、これまで人間によって書かれてきた黒マントのヴァンパイアに関する記述もこれに触発されたと思えば不思議ではなかった。

ウォーター・レーンの端に着くと、ギャロウグラスが使えそうな舟を探した。「あれなら全員乗れるかもしれない」細長い漕《こ》ぎ舟を指差し、耳をつんざく口笛を吹く。舟の横に立っていた男に行き先を訊かれ、ルートに関する複雑な指示をしている――いくつもある船着き場のどこに立ち寄るか、だれが漕ぐか。ギャロウグラスに怒鳴りつけられると、気の毒な男は舳先につけたランプのそばでちぢこまり、ときおりおどおど振り向いていた。

「出会った貸し舟屋を片っ端から怯えさせていたら、隣人といい関係は築けないわよ」そう言うわたしの前で、マシューが隣の醸造所を見つめながら舟に乗りこんだ。ハンコックが無造作にわたしを抱きあげ、夫に手渡す。マシューの腕にしっかり抱えられたとたん、舟が勢いよく川に飛びだした。貸し舟屋すらそのスピードに息を呑んでいる。

「わざわざ人目を引く必要はない、ギャロウグラス」きつい口調でマシューが告げた。

「じゃああなたが漕いで、ぼくが奥さんを温めようか?」返事がないので、首を振っている。「だろうな」

ロンドン・ブリッジのランプのぼんやりした光が前方の暗がりに浮かび、ギャロウグラスがひと漕ぎするたびに舟で砕ける水音が大きくなった。マシューが水際に目をやった。「オールド・スワン・ステアズに行け。潮が変わる前に舟に戻って川をさかのぼりたい」

「声を落とせ」ハンコックのささやき声には棘《とげ》があった。「ハバードにこっそり近づこうとしてるんだ。大声で話していたら、チープサイドをトランペットと幟《のぼり》を手に練り歩くようなものだ」

ギャロウグラスが船尾に背を向け、左手で力強く二度漕いだ。さらに数回オールを引いて船着き場へ舟を寄せる――厳密には傾いた塔門についたぐらぐらの階段にすぎない。貸し舟屋がそこで待っていた数人の男を素っ気ない短い台詞で追い払い、そそくさと舟から飛びおりた。

通りまで階段をのぼり、曲がりくねった道を無言で進んで家々のあいだや狭い庭を足早に通りすぎた。ヴァンパイアたちの歩みは猫のようになめらかで静かだ。わたしの歩みはもっと頼りなく、ゆるんだ敷石につまずいたり水たまりに踏みこんだりしてしまった。やがて広い通りに出た。通りの先から笑い声が聞こえ、大きな窓から明かりが漏れている。わたしはぬくもりに惹きつけられて両手をこすり合わせた。きっとあそこが目的地なのだろう。きっとあっさりすむのだろう——アンドリュー・ハバードに会って結婚指輪を見せ、家に帰れるのだろう。

けれどマシューに連れていかれたのは、通りを横切った先にある荒れ果てた教会墓地で、そこにある墓石は死者同士がなぐさめを求め合っているように互いにもたれていた。ピエールがいくつも鍵がついた金属のリングを出すと、ギャロウグラスが鍵のひとつを鐘楼の横にある扉の錠前に差しこんだ。いまにも壊れそうな身廊《しんろう》を抜け、祭壇の左側にある木の扉をくぐり抜けた。狭い石段が暗闇へ落ちこんでいる。ヴァンパイアではないわたしの視力では、何度も角を曲がって狭い通路を進んだり、ワインや発酵前のブドウ果汁や死体のにおいがする場所を横切ったりするうちに、方向感覚を保てなくなった。教会の地下室や墓地をうろつく意欲を人間から奪うために書かれた物語に入りこんでしまった気がした。

迷路さながらの地下道をさらに奥へ進んで地下室をいくつか抜け、薄暗い穴倉のような部屋に入った。狭い納骨堂に積みあげられた頭蓋骨《ずがいこつ》から、空洞になった眼窩《がんか》がこちらを見つめている。石の床の振動とこもった鐘の音で、頭上のどこかで時計が七時を打ったのがわかった。マシューに急かされ、遠くに淡い光が見えるべつの地下道に入った。

地下道の突き当たりは、テムズ川の舟から陸揚げされたワインが保管されているセラーだった。壁際にいくつか樽《たる》が置かれ、おがくずのさわやかな香りと古いワインのにおいがせめぎ合っている。わたしは前者の香りのもとをこっそりうかがった――きれいに積み重ねられた棺《ひつぎ》だ。ギャロウグラスが入れそうなほど長さがあるものから、赤ん坊用の小さなものまで大きさで分けてある。四隅でいくつもの人影がゆらめき、大勢のクリーチャーが集まる部屋の中央でなんらかの儀式が行なわれていた。

「わたしの血はあなたのものです、ハバード師」男の声は怯えていた。「喜んで差しあげます。どうかわたしの気持ちを汲《く》んで、家族にくわえてください」静寂のあと、悲鳴が聞こえた。あたりに張りつめた期待感がたちこめている。

「捧げ物を受け取り、おまえをわが子として庇護《ひご》しよう、ジェイムズ」ざらついた声が答えた。「それと引き換えに、わたしを父として敬うように。兄弟姉妹に挨拶しなさい」

歓迎のざわめきがあがるなか、肌に氷の感触を覚えた。

「遅いぞ」がらがら声がざわめきを貫き、うなじの産毛がさかだった。「ありったけの供を連れてきたようだな」

「それは違う。そもそも約束などしていない」マシューがわたしの肘をつかんだ。無数の視線が肌をつつき、ぴりぴりさせ、凍えさせた。

小さな足音が近づいてきて、周囲をひとまわりした。やがて目の前に長身の痩せた男が現れた。わたしはひるまずに相手の目を見つめ返した。ヴァンパイアに怯えを見せてはいけないことぐらいわかっている。大きな眉骨の下にあるハバードの落ちくぼんだ瞳は、青みがかった濃い灰色の虹彩《こうさい》から青と緑と茶色の筋が四方に広がっていた。

彩りがあるのは瞳だけだ。それ以外は異様に色が白い――頭皮ぎりぎりまで刈りこんだ白に近い金髪、あるのがわからないほど淡い眉と睫毛《まつげ》、きれいに髭《ひげ》を剃《そ》った顔を水平に横切る大きな唇。スカラーズ・ガウンと法衣の中間のような丈の長い黒マントが、痩せた体をいっそう痩せこけて見せている。わずかに猫背の広い背中に強さが表れているが、それを除けば骸骨同然だ。

素早く動くなにかを視界にとらえた直後、無遠慮な指に顎をつかまれて横を向かされた。同時にマシューの手がハバードの手首をつかんでいた。

ヴァンパイアの冷たい視線が首筋に触れ、そこについた傷を見て取った。もっと大きな襞襟をフランソワーズが見つけてくれたらよかったのにと思えてならない。ハバードが辰砂《しんしゃ》と毛皮のにおいがする冷たい息を吐きだし、大きな唇を引き結んだ。唇の端が淡いピンクから白へ変わっている。

「問題が起きている、ロイドン」

「問題はひとつではない、ハバード。まず、おまえはわたしのものに手を出している。放さないと夜明けまでにここをずたずたにする。そのあとは、ロンドンじゅうの生き物が、デーモン、人間、ウィア、魔女が、この世の終わりが来たと思うようなことが起きる」マシューの声は憤怒《ふんぬ》で震えていた。

暗がりから数人が現れた。ジョン・チャンドラー――クリップルゲートの薬種屋――の姿が目に入った。挑戦的にわたしと目を合わせてくる。キットもいて、べつのデーモンの隣立っていた。腕を組んできた友人からわずかに身を引いている。

「やあ、キット」感情のない声でマシューが言った。「とっくに逃げだしてどこかに隠れていると思っていた」

ハバードが自分と向き合う位置までわたしの顔を戻した。裏切り者の魔術師とキットに対する怒りが表に出ていたらしく、警告するように首を振っている。

「〝汝心に汝の兄弟を悪《にく》むべからず〟」ハバードがつぶやいて手を放し、周囲に視線を走らせた。「席を外せ」

マシューの両手がわたしの顔をはさみ、指で顎を撫でてハバードのにおいを消した。「ギャロウグラスと一緒にいろ。すぐ行く」

「女はここにいさせろ」とハバード。

マシューの筋肉がひきつった。指示を撤回されることに慣れていないのだ。少なからぬ間を置いてから、友人と家族に外で待っているように告げた。ハンコック以外はすぐ従った。

「あんたの親父は、賢い者は愚か者が山の頂《いただき》から見て取るものより多くを井戸の底で見ると言っている。そのとおりであることを祈るよ」ハンコックがつぶやいた。「なにしろ今夜あんたがおれたちを突っこんだのは、どえらい穴だからな」最後の一瞥《いちべつ》をくれてから、ギャロウグラスやピエールを追って奥の壁にある戸口から出ていった。頑丈な扉が閉まり、静寂が訪れた。

その場にたたずむ三人の距離が近いので、マシューの肺から吐きだされたかすかな息の音が聞こえた。一方のハバードは、ペストの影響が狂気だけなのか首をかしげずにはいられなかった。肌は陶器というより蠟《ろう》のようで、いまだに病気の影響が残っているように見える。

「くどいようだが、クレアモント、ここにいられるのはわたしの温情だ」ひとつしかない大きな椅子にハバードが腰をおろした。「コングレガシオンのメンバーにもかかわらずロンドンをうろつくのを許しているのは、おまえの父親にそうしろと言われたからだ。だがおまえはしきたりをないがしろにし、わたしや子どもたちに紹介せぬまま妻をロンドンに入れた。それに騎士団の問題もある」

「騎士団のメンバーの大半は、おまえより長くロンドンに住んでいる。〝子どもたち〟にくわわらないなら市境の外へ出ろとおまえに執拗《しつよう》にせまられたので、市壁の外に拠点を移した。おまえとわたしの父が結んだ協定は、クレアモント一族がこれ以上ロンドンに騎士を入れないというものだ。わたしはしていない」

「そんな些末《さまつ》な問題を子どもたちが気にすると思っているのか？　わたしは騎士団がはめている指輪とマントについた徽章を見た」前に乗りだしたハバードの目に脅しが浮かんでい

る。「おまえはスコットランドへ向かっていると聞いていた。なぜまだここにいる?」

「情報提供者に渡す報酬が足りないようだな」とマシュー。「最近のキットはかなり金に困窮している」

「わたしは愛と忠誠心を金で買うような真似はしない。自分の思いどおりにするために脅迫や拷問に訴えることもない。クリストファーは快くわたしの頼みを聞いてくれている。父親を愛するすべての信心深い子どもと同じだ」

「キットは仕える相手が多すぎて、だれにも忠誠を尽くせない」

「おまえにも同じことが言えるのではないか?」啖呵《たんか》を切ったハバードがこちらを見つめ、おもむろにわたしのにおいを吸いこんだ。悲しげな声を漏らしている。「それよりおまえの結婚の話をしよう。子どもたちのなかには、魔女とウィアの交際は忌まわしいものだと信じる者もいる。だがわたしの街では、おまえの父親の復讐に燃える騎士団と同じぐらい、コングレガシオンや誓約も歓迎できない。どちらもわれわれがひとつの家族として生きていくことをお望みになる神のご意志を妨げる。しかも、おまえの妻は時を紡ぐ者《タイムスピナー》だ」ハバードが言った。「タイムスピナーは容認できない。みなによからぬ考えを抱かせてしまう」

「選択と思想の自由のような考え?」わたしは口をはさんだ。「なにを恐れて――」

「さらに」ハバードが構わずつづけた。わたしの姿など見えないようにマシューだけを見つめている。「おまえがこの女で栄養を補給している問題もある」ハバードの視線がわたしの首筋にマシューが残した傷跡へ向いた。「魔女たちが気づいたら、審理を求めてくるだろう。ヴァンパイアにみずから進んで血を与えているのが明白になれば、仲間に避けられロンドンから追放される。本人の同意なしでおまえが血を飲んでいるのが明白になった場合は、おまえが処刑される」

「仲間意識もその程度のものなのよ」わたしはつぶやいた。

「ダイアナ」マシューがいさめた。

ハバードが両手の指先を合わせ、あらためてマシューを見つめた。「最後に、この女は子を宿している。子どもの父親はこの女を探しにくるのか？」

その台詞で、わたしの反論が喉でとまった。ハバードはまだ最大の秘密を嗅ぎつけていない――おなかの子の父親がマシューであることを。わたしはパニックを抑えこんだ。考えろ――そして生き延びろ。フィリップの忠告がこの窮地から救ってくれるかもしれない。

「いいや」マシューが短く答えた。

「では父親は死んだのだな――病気か事故、あるいはおまえの手によって」長々とマシューに視線を投げる。「そういうことなら、生まれた赤ん坊はここの子どもとして受け入れよう。その時点で母親もわたしの子どものひとりになる」

「いいや」とマシュー。「断る」

「コングレガシオンのほかのメンバーにおまえたちの罪を聞きつけられたら、ロンドンの外でいつまで生きていられると思っているんだ？」ハバードが首を振った。「わたしの家族になり、おまえと血を分かち合うことがなくなれば、ロンドンで妻に危害が及ぶことはなくなるのだぞ」

「ダイアナにさっきのような邪悪な儀式を受けさせるつもりはない。必要なら〝子どもたち〟に彼女は家族だと言えばいい。だがダイアナや赤ん坊の血を飲むことは許さない」

「わたしは世話をしている者たちに嘘はつかない。なぜ神から目の前に試練を与えられたとき、秘密と争いでしか応じられないのだ？　破滅につながるだけだというのに」感情で喉がうごめいている。「自分より偉大なものを信じる者に、神は救いをお与えになる」

わたしは言い返そうとしたマシューの腕に手をかけて黙らせた。

「ひとつお尋ねしますが、ハバード師」わたしは言った。「わたしの理解が正しければ、クレアモント一族はあなたの管轄の外にあるんですね？」

「いかにも。だがおまえはクレアモント一族ではない。一族のひとりと結婚しているだけだ」

「違います」夫の袖をしっかりつかんだまま反論する。「わたしはマシューの妻であると同時に、フィリップ・ド・クレアモントが血の誓約をした娘でもあります。二重の意味でクレアモント一族なんですから、わたしもわたしの子どももあなたを父と呼ぶ必要はありません」

アンドリュー・ハバードの顔に衝撃が現れている。つねに他に三歩先んじているフィリップへわたしが無言の感謝を捧げているあいだに、マシューの肩から力が抜けた。はるかフランスにいながらにして、彼の父親はまたしてもわたしたちを危機から救ってくれたのだ。

「お疑いなら確かめてください。フィリップは額のここに印をつけました」わたしは魔女の三つめの目がある眉間に触れた。その目はいまヴァンパイアにはお構いなしに休眠状態にある。

「おまえを信じよう」ようやくハバードが口をひらいた。「教会で臆面《おくめん》もなくそんな嘘をつく者はいない」

「それなら力になってもらえないでしょうか。魔力や魔術に詳しい仲間をロンドンで探しているんです。子どもたちのだれかを紹介していただけませんか？」わたしの申し出でマシューの笑みが消えた。

「ダイアナ」不機嫌にたしなめてくる。

「協力していただけたら父もきっと喜びます」わたしは平然と聞き流した。

「どんなふうに喜ぶのかね？」アンドリュー・ハバードもルネサンスの王子だ。戦略的に優位に立てるチャンスは見逃さない。

「まず、わたしたちが大晦日を自宅で静かに過ごしていると知ったら父は喜ぶはずです」わたしは相手の目を見つめて答えた。「わたしが父に出す次の手紙でほかになにを書くかは、あなたが〈牡鹿と王冠〉にどんな魔女をよこすかで決まります」

ハバードはわたしの申し出を検討していた。「おまえの要望を子どもたちと相談し、だれが最適か決める」

「だれをよこそうが、スパイだ」マシューが警告した。

「あなただってスパイだわ」わたしは食いさがった。「疲れた。帰りたいわ」

「話はすんだな、ハバード。すべてのクレアモント一族同様、おまえがダイアナを、ロンドンに受け入れたものと解釈する」マシューが返事も待たずに背を向けて歩きだした。

「クレアモント一族といえども、ロンドンでは用心が不可欠だ」うしろでハバードが言った。「肝に銘じておくがいい、ロイドン夫人」

帰り道、マシューとギャロウグラスは小声でしゃべっていたが、わたしは口をつぐんでいた。手も借りずにひとりで舟をおり、みんなを待たずに階段をのぼってウォーター・レーンへ出た。そこまでしても、〈牡鹿と王冠〉に着いたときはピエールが前を歩き、マシューはすぐそばにいた。家のなかでウォルターとヘンリーが待っていた。わたしたちを見たふたりがさっと立ちあがった。

「よかった」ウォルターが言った。

「困っていると聞いてすぐ来たんだ。ジョージは病で臥《ふ》せっているし、キットとトムは見つからなかった」ヘンリーの視線はわたしとマシューを不安そうに行き来している。

「呼びだしてすまない。緊急事態と判断するのは時期尚早だった」マシューが裾をひらめかせて肩からマントを脱いだ。

「もし騎士団のことなら――」ウォルターが言いかけた。マントを見つめている。

「そうじゃない」

「わたしのことよ」わたしは言った。「それから不吉な考えを思いつく前に、ひとつ断っておくわ。魔女の問題には口を出さないで。マシューは監視されているの。しかも目を光らせているのはアンドリュー・ハバードだけじゃない」

「マシューは監視されるのには慣れている」ギャロウグラスが素っ気なく言った。「じろじろ見られようが気にしない」

「わたしはなにがなんでも指南役を見つける必要があるのよ、マシュー」ボディスの腹部を覆っている場所へ片手が移動する。「あなたたちが関わっていたら、秘密を明かしてくれる魔女は現れない。この家に入ってくるのは、ウィアか哲学者かスパイのどれかなのよ。魔女から見れば、だれが当局へ通報しても不思議じゃないわ。ベリックは遠い印象があるかもしれないけれど、パニックは広がっているもの」

マシューの眼差しは凍るように冷たかったが、少なくとも聞く耳は持っている。

「あなたがここへ魔女を呼びつければ、来るには来るわ、きっと。マシュー・ロイドンはつねに自分の思いを通す。でもそうなったところで手助けしてもらうどころか、ウィドー・ビートンが来たときのようになるのが落ちよ。わたしが求めているのは、そんなことじゃない」

「ハバードの協力などそれ以上に必要ない」ハンコックがむっつり言った。

「わたしたちには時間の余裕がないのよ」わたしはマシューに念を押した。ハバードは赤ん坊がマシューの子なのを知らないし、ハンコックとギャロウグラスはわたしのにおいの変化に気づいていない――いまのところは。けれど今夜の出来事でわたしたちの不安定な立場を痛感した。

「いいだろう、ダイアナ。魔女の問題には口出しをしない。だが嘘はつくな」マシューが言った。「隠し事もなしだ。この部屋のだれかが、つねにきみの居場所を把握しておく必要がある」

「マシュー、だめ――」ウォルターが抗議の声をあげた。

「わたしは妻の判断を信用する」マシューが断言した。

「フィリップが祖母についてよく言う台詞だ」ギャロウグラスがつぶやいた。「そのとたん、地獄の蓋《ふた》があく」

19

「もしこれが地獄の姿なら」ハバードと対決した一週間後、マシューがつぶやいた。「ギャロウグラスもがっかりするだろう」

　実際、居間でわたしたちの前に立っている十四歳の魔女には、地獄の責め苦らしきものはいっさいなかった。

「静かに！」わたしは言った。この年頃の子どもが傷つきやすいのはよくわかっている。「ハバード師からここへ来る理由を聞いているの、アニー？」

「はい、奥さま」アニーが哀れっぽく答えた。顔が蒼白《そうはく》なのは生まれつきなのか、怯えと栄養不足が原因なのか判断がつかない。「奥さまにお仕えして、ロンドンでのご用事のお供をするためにまいりました」

「話が違う」マシューが苛立たしさを丸出しにして、木の床をどすんと踏みつけた。アニーは縮みあがっている。「能力や知識と呼べるものがおまえにあるのか？　それともハバードはからかっているのか？」

「力なら少しあります」あわててアニーが答えた。肌の白さで淡いブルーの瞳が際立っている。「でも場所が必要です。それにハバードさまは——」

「ああ、ハバードがどう言ったかは想像がつく」マシューがばかにしたように鼻で笑った。わたしが極めつきの警告の表情を浮かべて見せると、目をしばたたかせておとなしくなった。

「説明させてあげて」わたしは強い口調で告げてから、少女に元気づける笑みを向けた。

「つづけて、アニー」

「奥さまにお仕えするほかに、叔母がロンドンへ戻ったらこちらへ連れてくるように言われました。叔母はいまお産に付き添っていて、その女性のお世話をするあいだはそばを離れたくないと言っているんです」

「叔母さんは魔女で産婆もしているの？」

「はい。腕のいい産婆で強力な魔女です」誇らしげに胸を張っている。そのせいで、短すぎるスカートからのぞいた細い足首が冷気にさらされた。アンドリュー・ハバードは息子たちには暖かい恰好をさせているが、娘たちにはそこまで配慮をしていないのだ。わたしは苛立ちを押し殺した。フランソワーズに針仕事をしてもらわなければ。

「どういう事情でハバード師の家族になったの？」

「母は貞淑な女性ではありませんでした」おずおずとしゃべりながら、薄いマントの下で手をもみしだいている。「ハバードさまはセント・アン教会の地下室《アンダークロフト》でわたしを見つけてくださったんです。隣で母が亡くなっていました。叔母は結婚したばかりで、自分のお産を控えていました。わたしは六歳でした。叔母の夫は、わたしの罪深さが息子たちを堕落させるのではないかと考えて、わたしを引き取ろうとしませんでした」

つまり十代のアニーは、人生の半分以上をハバードと過ごしているのだ。そう思うと背筋が凍る。六歳の子どもにだれかを堕落させる力があるとする考え方は理解を超えているが、これでアニーのみすぼらしい恰好と奇妙な名前——アニー・アンダークロフト——も説明がつく。

「フランソワーズが食べるものを用意しているあいだに、寝る場所に案内するわ」朝のうちに三階へあがり、小さなベッドと三本脚のスツールと魔女の少女の持ち物をしまうために用意した古びたチェストを点検してある。「荷物を運ぶのを手伝うわ」

「奥さま?」アニーが戸惑っている。

「この子はなにも持ってきていません」フランソワーズが新たに世帯にくわわったメンバーにとがめる視線を投げた。

「かまわないわ。どうせすぐ増えるから」わたしはアニーに微笑《ほほえ》みかけた。本人は半信半疑の顔をしている。

週末はフランソワーズとふたりでアニーをぴかぴかに磨きあげてまともな服と靴を身につけさせ、簡単なお使いができる程度の基本的な算数ができるかたしかめた。ためしに一ペニーに相当する羽根ペン数本と封蠟――マシューは驚異的なペースで文具を使い果たしてしまう――を近くの薬種屋へ買いに行かせると、すぐに釣銭を持って帰ってきた。

「一シリングと言われたんです！」アニーが文句を言った。「あんな封蠟では、蠟燭にもなりません」

ピエールはアニーを気に入り、機会あるごとにめったに見せない愛らしい笑顔を引きだそうとした。あやとり遊びを教え、日曜日にマシューが妻と数時間ふたりきりになりたいことをあからさまにほのめかすと、進んでアニーと散歩に出かけた。

「あの子に……手を出したりしないわよね？」わたしはもっぱら愛用している服――上質の黒いウールでできた袖なしの上着《ジャーキン》――のボタンをはずしているマシューに尋ねた。自宅にいるときは、これにスカート一式とスモックを着ている。

「ピエールが？　まさか」苦笑している。

「妥当な疑問だわ」メアリ・シドニーが自分をいちばん高く買ってくれる相手に嫁いだのは、さほど年齢が変わらないときだった。

「だから偽りのない返事をした。ピエールは若い女とは寝ない」最後のボタンをはずしたマシューの手がとまった。「これはうれしい驚きだ。コルセットをつけていないのか」

「窮屈なんだもの。赤ちゃんのせいにしているの」

マシューが感謝の声を漏らしながらジャーキンを脱がせた。

「ほかの男が近づかないように見張ってくれるかしら？」

「この話はあとにしないか？」苛立ちが顔に出ている。「外は寒いから、ふたりはそれほど長く出かけていないはずだ」

「寝室ではすごくせっかちになるのね」わたしは彼のシャツの首元から両手を入れた。

「そうか？」マシューが貴公子のような眉をわざとらしくあげて見せた。「自分の問題は、あっぱれな自制だとばかり思っていた」

それから数時間、彼は日曜日のだれもいない家だと自分の忍耐がいかに無限かを証明しつづけた。みんなが帰宅したときは、ふたりとも心地よい疲労感に包まれ、気分もはるかによくなっていた。

だが月曜には、なにもかも通常に戻ってしまった。夜明けに最初の手紙が届くやいなやマシューは気もそぞろで怒りっぽくなり、仕事が立てこんで昼食へ行けないことがはっきりすると、ペンブルック伯爵夫人への謝罪をわたしに言づけた。

メアリは特に驚いたようすもなく彼が来られない理由を説明するわたしの話に耳を傾け、軽く興味をひかれたフクロウのようにアニーに向かって目をぱちくりさせると、ジョーンがいるキッチンへ少女を下がらせた。おいしい昼食を一緒に食べながら、メアリがブラックフライアーズの大声を出せば聞こえる範囲にいる人々の暮らしぶりを細かく説明してくれた。そのあとはジョーンとアニーを助手にして実験室へ行った。

「ご主人はどうしているの、ダイアナ？」伯爵夫人が袖をまくりながら尋ねた。視線は目の前の本に向いている。

「達者にしています」エリザベス朝の〝元気〟に相当する言葉はこれだと知っている。

「それを聞いて安心したわ」メアリが振り向き、見た目が不快でにおいはもっと不快ななにかをかきまぜた。「それにいろいろなことがかかっている気がするもの。女王陛下はバーリー卿をのぞけば王国にいるどの男性より彼を頼りにしているわ」

「彼の機嫌をもっとあてにできるといいんですけれど。最近はすぐ気分が変わるんです。わたしを独占したがるかと思うと、次の瞬間には家具かなにかのように無視したりして」

「殿方は自分の財産にそういう態度を取るものよ」メアリが水差しを手に取った。

「わたしは彼の財産ではありません」言下に否定する。

「わたしたちが考えること、法が言うこと、そしてマシューが感じていることは、それぞれまったく別物なのよ」

「それは理不尽です」わたしはこの問題に異議を唱えようとすぐさま応えた。だがメアリの穏やかなあきらめの笑顔を見て口をつぐんだ。

「わたしもあなたも、ほかの女性に比べれば夫に苦労していないわ、ダイアナ。わたしたちには自分の本があり、大好きなことに熱中する時間がある。ほとんどの女性は違うわ」ビーカーの中身をあらためてかきまぜ、べつのガラス容器に移している。

わたしはアニーのことを考えた。教会の地下室でさびしく息を引き取った母親、夫の偏見ゆえに姪《めい》を引き取れなかった叔母、安らぎや希望のたぐいをほとんど望めない一生。「女性の使用人に文字の読み方を教えているんですか？」

「そうよ」メアリが即答した。「書き方や計算も教えているわ。そういう能力があれば、重宝がられていい夫とめぐりあえるもの――お金を使うだけでなく、稼ぐのも好きな夫と」ジョーンに手を貸すように合図し、化学薬品が入った繊細なガラスのボウルを火元へ運んでいく。

「じゃあアニーにも教えないとね」わたしは少女ににっこり微笑みかけた。暗がりから出ようとしないアニーは、青白い顔とシルバーブロンドの髪のせいで幽霊のようだ。教養をつければもっと自信が持てるだろう。薬種屋の店主と封蠟の値段で押し問答をして以来、確実に足取りが軽くなっている。

「将来きっとあなたに感謝するようになるわ」メアリが真顔で言った。「わたしたち女には自分のものがなにもない。あるのは両耳のあいだにあるものだけ。わたしたちの美徳は最初は父親のもので、そのあと夫のものになる。女は家族に忠誠を捧げるわ。物心がついたときから、字を書けるようになったり針に糸を通せるようになったときから、わたしたちがすることはすべてほかのだれかのものになる。言葉と知識を身につければ、その先ずっとアニーは自分だけのものを持てるようになる」

「あなたが男だったらよかったのに、メアリ」わたしは首を振った。「ペンブルック伯爵夫人なら、どんな相手でもほぼ例外なく悠々と打ち負かすことができるだろう。

「もしわたしが男だったら、いまごろ自分の領地にいるか、ヘンリーのように女王陛下のご機嫌を取っているか、マシューのように国務に励んでいるわ。そのかわりに、こうしてあなたと自分の実験室にいる。あれこれ考え合わせると、わたしたちは恵まれているのよ——たとえたまに理想化されたり厨房のスツールと間違えられたりしてもね」丸い目を輝かせている。

　わたしは笑ってしまった。「それもそうですね」

「宮廷に行ったことがあれば、わたしが言ったとおりだとわかるわ。さあ」メアリが実験のほうへ向き直った。「このまましばらく第一物質を熱しておくわ。間違っていなければ、賢者の石ができるはずよ。実験が成功するのを期待して、つぎのステップをおさらいしておきましょう」

　錬金術の写本を前にするといつも時間が経つのを忘れてしまうので、顔をあげて実験室に入ってくるマシューとヘンリーを見たときは目を疑った。メアリとふたりで『新たな高貴な《プレティオーザ・マルガ》る真珠《リータ・ノベラ》』として知られる錬金術の文献に描かれた挿画について夢中で話しこんでいたのだ。もう夕方なのだろうか？

「まだ帰る時間のはずがないわ。まだだめよ」わたしは訴えた。「メアリのこの写本に——」

「マシューはこの本を知ってるわ、彼のお兄さんからいただいたんだもの。でも教養のある奥さんをもらって、わたしに譲ったことを後悔しているかもしれないわね」明るく笑っている。「居間に軽い食事を用意してあるわ。今日は夫婦そろったあなたたちに会いたいと思っていたの」この台詞を聞いたヘンリーが、意味ありげにメアリにウィンクした。

「お心遣いありがとう、メアリ」マシューが礼を言って、わたしの頬にキスをした。「今日は酢の段階まで行かなかったようだな。まだ硫酸とマグネシアのにおいがする」

わたしはしぶしぶ本を置き、メアリが今日の作業のメモを仕上げているあいだに手を洗った。みんなで居間に腰を据えると、ヘンリーはもうはやる気持ちを抑えきれなくなっていた。

「もういいだろう、メアリ？」椅子の上でそわそわしている。

「贈り物をするのが大好きなところはウィリアムにそっくりね」メアリが笑って答えた。「新年とおふたりの結婚を祝う品をヘンリーと用意したの」

どうしよう、わたしたちはお返しできるものをなにも用意していない。もらうだけの状況が気まずくて、わたしはマシューをうかがった。

「贈り物でメアリとヘンリーに先を越されないようにするのは至難の業《わざ》だ」浮かない顔で彼が言った。

「なにを言ってるの」とメアリ。「マシューは兄のフィリップの命とヘンリーの領地を救ってくれた。この恩は、どんな贈り物をしても返せるものではないわ。そんなことを言って、わたしたちの喜びを台無しにしないで。新婚カップルに贈り物をするのは昔からのしきたりだし、新年なのよ。女王陛下にはなにを差しあげたの、マシュー？」

「おとなしく時節を待てとあらためて伝えるためジェイムズ王に時計を贈った女王には、水晶の砂時計を進呈しようと思っていた。自分もどのみち死ぬ運命にあることを思いだすきっかけになるかもしれない」冷めた口調でマシューが答えた。

ヘンリーがぞっとした顔で彼を見ている。「そんな、嘘だろう？」

「いらいらしていたときに、ふと思っただけだ」マシューが安心させた。「女王にはむろん蓋つきの杯を贈っておいた。みんなと同じように」

「わたしたちの贈り物を忘れないで、ヘンリー」メアリまで痺《しび》れを切らせはじめている。

ヘンリーがベルベットの袋を取りだしてわたしに差しだした。おぼつかない手でひもをほどくと、ずっしり重たい金のロケットが現れた。同じぐらいずっしりしたチェーンがついている。表に施された精巧な金線細工にルビーとダイアモンドがちりばめられ、中央にマシューの月と星があった。ロケットを裏返したわたしは、見事なエナメルで描かれた花々と蔓《つる》を見て息を呑んだ。下にある留め金をそっとはずすと、マシューの細密画がわたしを見あげた。

「マスター・ヒリアードがここへ来たとき下書きを書いてくれたのよ。祭日で彼の手がふさがっていたから、絵付けは助手のアイザックがやるしかなかったの」とメアリ。

　わたしは手のひらに細密画を載せて左右に傾けた。マシューは夜遅く寝室を出て書斎で仕事をしているときのくつろいだ姿で描かれていた。レースで縁取りされたシャツの襟もとがあいていて、右眉をあげ、真剣とからかいが混じる見慣れた表情で見る者を見つめている。黒髪はいつものように無造作にうしろへ撫でつけ、左手の長い指でロケットを持っている。この時代にしては、驚くほどあけすけでエロチックな絵だ。

「気に入ってもらえたかい？」ヘンリーが訊いた。

「素晴らしいわ」手にしたばかりの宝物から目を離せない。

「アイザックはどちらかというと……師匠より思いきった構図を取るの。でも結婚祝いだと話したら、こういうロケットは妻のとっておきの秘密になるものだし、みんなに見せるのではなくひとりの男性にしか見せないはずだと言われたのよ」メアリがわたしの肩越しにのぞきこんだ。「よく似ているけれど、ヒリアードならもっとうまく顎を捉えていたでしょうね」

「完璧だわ、一生大切にします」

「これはあなたに」ヘンリーが同じような袋をマシューに差しだした。「ヒリアードは、あなたがこれを他人に見せたり宮廷へつけていくこともあるだろうと考えたので、いささか……自重したものになっている」

「わたしの細密画でマシューが持っているロケット?」わたしはシンプルな金の枠がついた独特な乳白色の石を示した。

「どうやらそうらしい」マシューがつぶやく。「月長石《ムーン・ストーン》か、ヘンリー?」

「年代物だ」得意そうにヘンリーが答えた。「ぼくのコレクションのひとつだが、あなたに持っていてほしかった」

内側の細密画はマシューの肖像より奥ゆかしいものだったが、それでもどきりとするほど親密な雰囲気が出ていた。わたしは黒いベルベットの飾りがついた赤褐色のガウンをまとい、顔を囲う繊細な襞襟の首元で真珠のネックレスが輝いている。髪型が新婚の夫への親密な贈り物であることを物語っていた。赤みがかった金色の乱れ髪が波うち、両肩から背中へ広がっている。

「青い背景でダイアナの瞳がいっそう際立っている。それに口元の表情は生きているようだ」マシューもわたしと同じぐらい贈り物に圧倒されている。

「台をつくらせたのよ」メアリがジョーンに合図した。「つけないときに飾っておけるように」それは台と言うより浅い箱で、黒いベルベットに楕円《だえん》形のくぼみがふたつならんでいた。ふたつの細密画がぴったりおさまり、対の効果が際立った。

「こんな贈り物をしてくれるとは、メアリとヘンリーも気が利くな」〈牡鹿と王冠〉に戻ったあとマシューが言った。うしろからそっとわたしを抱き、両手をおなかにあててくる。

「これまではきみの写真を撮る余裕がなかった。まさか最初の似姿がニコラス・ヒリアードの作品になるとは思ってもいなかった」

「どちらの肖像画も見事だわ」わたしは彼の両手に自分の手を重ねた。

「でも……?」軽く体を離して首をかしげている。

「ニコラス・ヒリアードの細密画は人気の的よ、マシュー。わたしたちがいなくなっても、あの絵は消えない。でも旅立つ前にあんな見事な作品を壊す気にはなれないわ」時間は襞襟に似ている——最初はきつく編まれた平坦な布だ。それが捻《ね》じ曲げられ、裁断され、折りたたまれていく。「わたしたちは現在に染みを残すかたちで過去に干渉しつづけているわ」

「もしかしたら、それがわたしたちのやるべきことなんだろう」とマシュー。「それに未来がかかっているのかもしれない」

「どんな関係があるのかわからないわ」

「いまはわからない。だがいつか振り返ったとき、この細密画が重要だったとわかるかもしれない」

「それなら〈アシュモール782〉を見つけたらどうなるの？」わたしはマシューを見あげた。メアリの挿画のある錬金術の写本を見たせいで、あの謎めいた写本とその捜索がうまく進んでいないもどかしさがまざまざと思いだされていた。「オックスフォードで探したジョージは運に恵まれなかったけれど、あの写本はイングランドのどこかにあるはずよ。アシュモールはだれかからあれを手に入れた。写本そのものを探すより、アシュモールに売った人物を探すべきよ」

「この時代は写本の売買が活発だ。どこにあってもおかしくない」

「つまりすぐ近くにある可能性もあるということでしょう？」わたしは食い下がった。

「否定はできない」マシューが認めた。けれど、捉《とら》えどころのない写本より差し迫った問題で心が占められているのがわかる。「ジョージにあちこちの本屋をあたらせよう」

けれど、翌朝になると〈アシュモール782〉のことが頭から吹き飛んでしまった。引っ張りだこの産婆であるアニーの叔母から短い手紙が届いたのだ。ロンドンに戻ったらしい。

「悪名高いウィア兼スパイの家に来る気はないそうだ」手紙を読んだマシューが言った。

「醜聞が立つのを恐れて夫が反対している。こちらがガーリック・ヒルのセント・ジェイムズ教会の近くにある彼女の家へ行く」反応を見せないわたしに顔をしかめてつづける。「町の反対側だ。アンドリュー・ハバードの住まいの目と鼻の先」
「あなたはヴァンパイアよ」わたしは釘を刺した。「そして彼女は魔女。ご主人が用心するのもとうぜんよ」

それでもマシューは折れず、町を横切るわたしとアニーに付き添ってきた。セント・ジェイムズ教会周辺はブラックフライアーズよりはるかに栄えていて、広々した通りは手入れが行き届き、大きな家や繁盛した店があり、教会の庭もこざっぱりしていた。アニーの案内で教会の向かいの路地に入った。薄暗いが清潔だ。

「あそこです、ロイドンさま」アニーが風車の絵がある看板をマシューに示し、ピエールとふたりでわたしたちの到着を告げに走っていった。

「待っていてくれなくてもいいわ」わたしはマシューに言った。この訪問でそうとう神経がすり減っているから、そのうえにらみをきかせた彼にそばをうろつかれたらたまらない。

「どこにも行くつもりはない」マシューがむっつり答えた。

戸口に丸顔の女性が現れた。低くて上を向いた鼻、丸みのある顎、髪と瞳は濃い茶色だ。表情は落ち着いているが、目に苛立ちが浮かんでいる。女性がピエールをさえぎった。自分だけ家に入るのを許されたアニーが、戸口の反対側でうろたえている。

わたしの足もとまっていた。驚きで口があいていた。アニーの叔母はソフィ・ノーマンに生き写しだった。マディソンにあるビショップ家で別れの手を振っていた若いデーモンに。

「これは《デュー》」マシューがつぶやき、驚きの表情でわたしを見おろした。

「叔母のスザンナ・ノーマンです」おずおずとアニーが言った。わたしたちの反応で不安になっているのだ。「叔母は——」

「スザンナ・ノーマン?」相手の顔から目を離せない。名字とソフィそっくりなことが偶然であるはずがない。

「姪の言葉を聞いたでしょう。どうやら本領を発揮できないようですね、ロイドン夫人」女性が言った。「それからあなた、ここはあなたの居場所ではありません、ウィア」

「ノーマン夫人」マシューがお辞儀をした。

「手紙をお読みにならなかったんですか? 夫はあなたといっさい関わりたくないんです」少年がふたり玄関から飛びだしてきた。「ジェフリー! ジョン!」

「魔女なの?」年上の少年が尋ねた。興味津々でマシューを見つめ、つづけてわたしに目を向けた。この子には能力がある。ようやく思春期を迎える年頃ながら、未熟な魔力がすでに少年の周囲でぱちぱちと音をたてているのが感じ取れる。

「神さまがくださった力を使って、くだらない質問をするのはやめなさい、ジェフリー」魔女が値踏みするようにわたしを見た。「ハバード師が興味を持つのもとうぜんね。まあいいわ、お入りください」言われたとおりにしようとすると、スザンナが片手をあげた。「あなたはだめですよ、ウィア。わたしは奥さまに用があるんです。どうしても近くにいたいなら、〈金の鵞鳥《がちょう》の雛〉がいいワインを出します。でも、自宅まで奥さまに付き添うのはお供に任せたほうがみんなにとっていいと思います」

「ご忠告ありがとう。教えてもらった飲み屋で満足いくものを見つけられるだろう。ピエールを中庭で待たせておく。彼は寒さを気にしない」マシューが狼のようににやりと笑った。スザンナがむっとしてくるりと踵《きびす》を返した。「いらっしゃい、ジェフリー」肩越しに声をかけられたジェフリーが弟の腕をつかみ、最後にもう一度ちらりとマシューを見てから母親のあとを追った。「なかで待っています、ロイドン夫人」

「信じられない」親子の姿が見えなくなると、わたしはつぶやいた。「ソフィの何代か前の曾《ひい》おばあさんにちがいないわ」

「おそらくソフィはジェフリーかジョンの子孫だろう」マシューが思案顔で顎をつまんだ。「兄弟のどちらかが、キットと銀のチェスの駒をノーマン一族とノース・カロライナにつなげたいきさつのミッシングリンクなんだ」

「先のことは成り行きに任せろと言うけれど、ほんとうね」

「わたしは以前からそう思っていた。とりあえず、ピエールがここにいるし、わたしも近くにいる」目元の皺《しわ》が深くなっている。なにも問題がないときでもわたしから十五センチ以上離れたくないのだ。

「どのぐらいかかるかわからないわ」わたしは彼の腕をつかんだ。

「かまわない」マシューがきっぱりと請け合い、軽くキスをした。「必要なだけ時間をかけるといい」

家に入ると、火床に載せたものに屈みこんでいたアニーがあわててわたしのマントを脱がせ、また暖炉へ戻っていった。

「気をつけて、アニー」苛立たしそうにスザンナが声をかけた。アニーが暖炉の熾火《おきび》に据えられた金属のスタンドから浅い片手鍋を慎重に持ちあげた。「ウィドー・ハケットのお嬢さんから眠れる薬を頼まれているの、高い材料を使ってるのよ」

「ほんとに魔女なの、母さん」わたしを見ながらジェフリーが言った。幼いわりに、どぎまぎするほど賢そうな目をしている。

「母さんもわからないわ、ジェフリー。でもだからこそここにいるんでしょう。弟とあっちの部屋に行ってなさい。静かにするのよ。父さんが寝てるから、起こさないようにして」

「うん、母さん」ジェフリーがテーブルから木の兵隊ふたつと舟をつかんだ。「今度はおまえが勝てるように、ウォルター・ローリーの役をやらせてやるよ」弟に約束している。

そのあとに広がった静寂のなか、スザンナとアニーはじっとわたしを見つめていた。かすかに脈打つアニーの力はすでに知っていた。けれどスザンナが向けてくる詮議《せんぎ》の絶え間ない流れに対しては心の準備ができていなかった。わたしの三つめの目がひらいた。ようやく魔女の興味をかきたてる相手が現れたのだ。

「落ち着かないわ」わたしは首をめぐらせてスザンナの鋭い視線から逃れた。

「とうぜんです」スザンナが平然と応えた。「なぜわたしの協力が必要なんですか?」

「わたしには呪縛がかかっているの。そういうのじゃないわ」あわてて一歩遠のくアニーに声をかける。「両親は魔女と魔術師だったけれど、ふたりともわたしの能力の本質がわからなかった。それで娘に害が及ぶのを恐れて、呪縛をかけたのよ。でも括《くく》りがゆるんで、おかしなことが起きているの」

「たとえば？」スザンナが訊き、アニーに椅子に腰かけるよう合図した。

「何度かウィッチウォーターを起こしたわ、最近はないけれど。ひとのまわりに色が見えることもあるけれど、いつもじゃない。それにマルメロにさわったら、しなびてしまった」もっとすさまじい突発的な魔力の発現にはあえて触れなかった。部屋の隅に見える青と琥珀色の奇妙な糸や、メアリ・シドニーの靴から蛇が逃げだしたことも言わずにおいた。

「両親のどちらかがウィッチウォーターを起こせたんですか？」とスザンナ。わたしの話に筋が通る理由を見つけようとしているのだ。

「わからないわ」わたしは正直に答えた。「ふたりとも、わたしが小さいときに亡くなったの」

「きっとあなたには魔術のほうが向いてるんじゃないかしら。水や炎みたいな荒々しい魔力を欲しがる魔女は大勢いるけれど、生半可《なまはんか》では手に入らない」スザンナの口調は切なげだった。叔母のサラは四元素を呼び起こす魔力に頼る魔女を好事家《こうずか》だと思っている。それに対しスザンナは、呪文は魔術に関する知識の二流の形態と捉えている。わたしはこれらの一風変わった偏見にため息をつきそうになるのをこらえた。みんな魔女じゃないの？

「叔母からいろいろな呪文を教わったけれど、習得できなかったの。蠟燭《ろうそく》に火をつけるのは何度かできた。物を手元に呼び寄せることはできる」

「大人なのに？」スザンナが言った。両手を腰に置いている。「アニーだってもっとできるわよ、まだ十四でも。植物から媚薬《びやく》をつくることはできるの？」

「いいえ」サラは霊薬の作り方を教えたがっていたが、わたしが断ったのだ。

「あなたは治療師《ヒーラー》なの？」

「いいえ」アニーのおどおどした表情のわけがだんだんわかってきた。

スザンナがため息をついた。「アンドリュー・ハバードがどうしてわたしに協力するよう言ってきたのか、見当もつかないわ。患者さんと体の弱い夫と育ちざかりの息子ふたりで、ただでさえ手いっぱいなのに」棚から縁が欠けた鉢を、窓辺の網棚から茶色い卵をひとつ取る。それをわたしの前のテーブルに置いて椅子を引きだした。「座って。両手を太腿の下にはさんで」

わけがわからないまま、わたしは言われたとおりにした。

「アニーとわたしはウィドー・ハケットの家に行ってくるわ。そのあいだに、手を使わずに卵を鉢に割り入れなさい。必要な呪文はふたつ――物を動かす呪文と、単純なひらく呪文。息子のジョンは八つだけど、あの子だってこのぐらいなにも考えずにできるわ」

「でも――」

「もし帰ってきても卵が鉢に入っていなかったら、あなたの力になれる魔女はいない。卵を割れないほど力が弱いなら、呪縛をかけたご両親が正しかったのかもしれないわ」

アニーがすまなそうな顔をしながら両手で片手鍋を抱えあげた。スザンナがそれにピシャリと蓋をする。「行くわよ、アニー」

ノーマン家の居間にひとり座ったまま、わたしはじっと卵と鉢を見つめた。

「まさに悪夢だわ」少年たちに聞こえないよう祈りながら、わたしはつぶやいた。

ひとつ深呼吸して、気力を奮い起こした。呪文はふたつとも知っているし、卵に動いてほしいと思っている――なんとしても動いてほしい。魔力は望みをかなえることに他ならないのよ――そう自分に言い聞かせた。

わたしは自分の望みを卵に投げかけた。テーブルの上で卵が跳ね――一度だけ――そのまま動かなくなった。わたしはふたたび呪文を念じた。さらにもう一度。さらにもう一度。

数分後、努力の結果は額にうっすら浮かんだ汗だけだった。卵を浮かせて割りさえすればいいのに。できない。

「ごめんね」わたしは平らなおなかに向かってつぶやいた。「運が良ければ、お父さんに似るわ」吐き気がした。心もとなさやホルモンの急速な変化は消化に悪影響を及ぼす。

鶏《にわとり》にもつわりはあるのだろうか？　わたしは首をかしげて卵を見つめた。どこかの気の毒な雌鶏《めんどり》が、ノーマン家を養うために孵《ふ》化《か》前の雛を盗まれたのだ。吐き気が強まった。ベジタリアンになることを考えるべきかもしれない。少なくとも妊娠中は。

けれどそもそも雛などいないのだろう――わたしは自分を慰めた。すべての卵が受精卵というわけじゃない。三つめの目が殻の内側をのぞきこみ、厚い白身の層を抜けて黄身をうかがった。黄身の表面に、命の証拠が細くて赤い筋になって何本も走っている。

「有精卵だわ」ため息が漏れた。わたしは両手の上でもぞもぞ身動きした。以前サラとエムが鶏を飼っていたことがある。雌鶏が卵を孵《かえ》すまで三週間しかかからなかった。三週間のぬくもりと庇護で雛が生まれた。わたしたちの子どもが陽の光を見るまで何カ月も待たなければならないなんて、不公平な気がする。

庇護とぬくもり。こんなにも単純なことなのに、確実に命が生まれる。マシューはなんて言っていただろう?――子どもに必要なのは、愛情と力を貸してくれる大人、そしてやさしく受け入れてくれる場所だ。雛にも同じことが言える。わたしはお母さん鶏の羽毛のぬくもりに包まれ、衝撃や疵《きず》からやさしく守られている感覚を想像した。子宮の奥に浮かんでいるわたしたちの子どもも、そんなふうに感じているのだろうか。もし違うなら、そのための呪文があるのだろうか? 責任感で編まれた呪文。それは庇護とぬくもりと愛情で赤ん坊をくるみ、同時に安全と自由を与えるほどやさしいものなのだろうか?

「それがわたしの心からの願いよ」つぶやきが口をついた。

ピー。

わたしは周囲を見渡した。多くの家庭では暖炉の近くで数羽の鶏が地面をつついている。ピー。その声はテーブルに載った卵から聞こえていた。殻にひびが入り、くちばしがのぞいた。湿って羽根がへばりついた頭から、ふたつの黒い瞳が戸惑ったようにぱちくりしながらこちらを見あげている。

うしろでだれかが息を呑んだ。振り向くと、アニーが口に手をあててテーブルの上の雛を見つめていた。

「スザンナ叔母さん」アニーが口から手を放して叔母を呼んだ。「これって……?」最後まで言えずに黙ってわたしを指差している。

「そうよ。ロイドン夫人の新しい呪文が残した光。急いでグッディ・オルソップを呼んで来て」スザンナがくるりと姪を振り向かせ、いま来たほうへ押しだした。

「卵を割れなかったわ」わたしは謝った。「呪文が効かなかった」

まだ湿っている雛が異議を申し立てた。怒ったようにピーピー鳴きつづけている。

「効かなかった? 魔女がどういうものか、ぜんぜんわかってないんじゃないかと思えてきたわ」あきれかえった口ぶりでスザンナが言った。

わたしは彼女が言うとおりかもしれないと思いはじめていた。

(下巻につづく)

魔女の契《ちぎ》り　上

著者　デボラ・ハークネス

訳者　中西和美《なかにしかずみ》

2013年3月19日　初版第1刷発行

発行人　鈴木徹也

発行所　ヴィレッジブックス
〒108-0072 東京都港区白金2-7-16
電話 048-430-1110（受注センター）
03-6408-2322（販売及び乱丁・落丁に関するお問い合わせ）
03-6408-2323（編集内容に関するお問い合わせ）
http://www.villagebooks.co.jp

印刷所　中央精版印刷株式会社

ブックデザイン　鈴木成一デザイン室＋草苅睦子（albireo）

 ISBN978-4-86491-042-2 Printed in Japan

ヴィレッジブックス好評既刊

「魔女の目覚め 上・下」

デボラ・ハークネス　中西和美［訳］〈上〉924円（税込）〈下〉945円（税込）

ISBN〈上〉978-4-86332-329-2　ISBN〈下〉978-4-86332-330-8

魔女の血を引く歴史学者と、天才科学者のヴァンパイア。謎に満ちた錬金術の写本が、強大な戦いと愛を引き寄せる！　世界35カ国で話題の絶賛ファンタジー。

「ファミリー・ツリー」

カウイ・ハート・ヘミングス　堤朝子［訳］861円（税込）ISBN978-4-86332-377-3

あたりまえの存在だから、どれほど愛しているか、忘れていた――ハワイを舞台に家族の再生を描く感動の物語。アカデミー賞脚色賞受賞、全米大絶賛の映画原作。

「ソウル・サーファー　サメに片腕を奪われた13歳」

ベサニー・ハミルトン　鹿田昌美［訳］693円（税込）ISBN978-4-86332-886-0

サーフィン中サメに襲われ左腕を奪われたベサニー。しかし事故のわずか１ヶ月後、彼女はサーフィンを再開し、劇的な復活を果たした。勇気と感動のノンフィクション！

「ラブリー・ボーン」

アリス・シーボルト　イシイシノブ［訳］903円（税込）ISBN978-4-86332-197-7

突然命を絶たれてしまった14歳の少女スージー。彼女が天国から見守る、家族と友人、そして犯人のその後――ピーター・ジャクソン監督が贈る感動超大作・原作！

「ナイン・ストーリーズ」

J・D・サリンジャー　柴田元幸［訳］714円（税込）ISBN978-4-86332-395-7

いまだ熱狂的な読者を有する巨匠サリンジャー。2010年に没した著者の自薦短編集が35年ぶりの新訳版で登場。いま、シーモアたちの声が現代によみがえる――

「鼓動を聴いて」

ヤン-フィリップ・センドカー　たかおまゆみ［訳］903円（税込）ISBN978-4-86332-260-8

盲目の少年が恋したのは、足の不自由な美少女ミミ。互いの足となり目となる幸せな日々は突如運命に引き裂かれ……。五感で涙する、感動のベストセラー。
